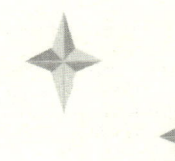

巫女馆的密室

〔日〕爱川晶 /著　周庠宇 /译

台海出版社

◇ 千本櫻文庫 ◇

文库，原本是指收纳书物的仓库和书库，也指收纳书与记事簿，以及不常用物品的小箱子。以前者为例，"金泽文库站"就是以前镰仓时代北条氏用来收藏汉书用的，"金泽文库"名字的由来便是如此。东京都的世田谷区也存在收集着珍贵汉书的"静嘉堂文库"。后者则更多地被称为"手文库"。

江户时代以来，可以放入袖袂的小开本书籍逐渐流行起来，被称为"袖珍本"。明治三十六年（1903年），富山房发行了小开本的丛书，起名"袖珍名著文库"。随后，明治四十四年（1911年），讲述日本战国时代的猿飞佐助和雾隐才藏系列故事的讲谈社"立川文库"发行出版。讲谈是日本民间艺术，是以口语化的方式讲述历史故事的形式。而"立川文库"则是将讲谈收录成册集中出版的丛书，据统计，当时刊行量为200册左右。从那时起，文库就脱离了原本的释意，逐渐演变成了现在的类书集丛。

文库说法借鉴了日本出版业界的传统说法。而千本樱源自日本奈良县吉野山樱花盛开的奇景，世人皆称"一目千本樱"来形容樱花美景。千本樱文库的纳入作品皆为日系作品，题材包括推理、悬疑、幻想、青春、文化等类型，正如千本樱满山盛开的绝景。

现代日本，以"文库"命名刊行的丛书系列有200种以上，所谓"文库本"只不过是统称而已。日本传统的"文库本"常用的是A6尺寸的148mm×105mm，也叫"A6判"。千本樱文库的所有书籍将在"文库本"

的基础上提升，达到 148mm×210mm 的开本标准。在追求还原的前提下，力图带给读者更清晰的阅读体验。

　　从 20 世纪 70 年代以来，日系推理小说逐步进入中国读者的视野。随着时代更替，涌现出了各种不同风格的作家。日系推理能够长久不衰的原因之一在于设立的各种新人奖，这些新人奖能为日本文坛输送新鲜血液，不断地创作优秀作品。鲇川哲也奖是日本东京创元社在 1990 年创立的公募新人文学奖，也是日本推理作家们至关重要的出道途径。该奖创立以来挖掘出了众多才华横溢的作家，如芦边拓、二阶堂黎人、西泽保彦、柄刀一、城平京、相泽沙呼等。

　　1994 年，爱川晶投稿第五届鲇川哲也奖，以《化身》斩获大奖并随之出道。他在作品中设置了数量众多的谜团，令读者大呼过瘾。其代表作是美少女代理侦探系列，主角根津爱具有相当高的人气。本书是该系列的长篇作品。聪明伶俐的高中生美少女侦探与稍显笨拙的刑警，这样出色的人物设定，有趣的搭档组合，给这部本格推理增添了别样趣味。

千本樱文库编辑部

◇作家 WRITER

鲇川哲也奖作家系列

◇ 相泽沙呼
◇ 爱川晶
◇ 城平京
◇ 芦边拓
◇ 柄刀一

梅菲斯特奖作家系列

◇ 西尾维新
◇ 井上真伪
◇ 天祢凉
◇ 殊能将之
◇ 木元哉多
◇ 北山猛邦

其他作家系列

◇ 仓知淳
◇ 乙一
◇ 三津田信三
◇ 深木章子
◇ 横关大
◇ 野崎惑

acllahuasi

a c l l a h u a s i

樫村千春所画的"太阳神殿"的示意图。
上图为正视图，下图为剖面图。

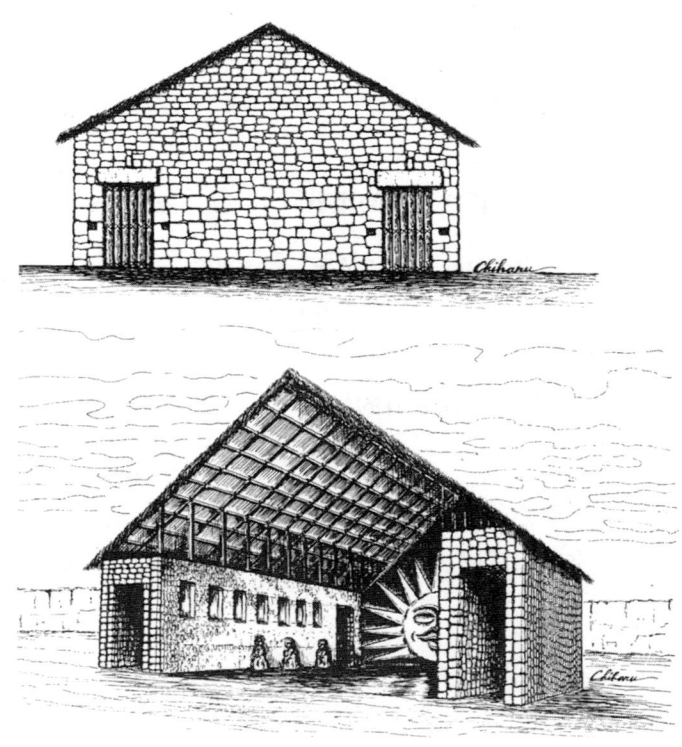

序章（第五章之 8）

确认了收件人之后，桐野又大吃了一惊。"netsu shinzou"[1]。原来，这封邮件发送给了爱的父亲啊。

桐野急忙点开了邮件。

爸爸：

昨天我出门了，没见到你。怕你担心，我就写了这封邮件。

我的好朋友——樫村愉美家的别墅所在的奥会津坂岩村，非常安静，是个特别好的地方。这栋别墅是由温泉旅馆改建的，所以它里面的浴池真的特别大！虽然我今天有些头痛，心情也不是很好，但是一进到温泉，立刻就又有了精神。

是的，这真的是一次非常特别的体验。在别墅附近的后山上，有一个在急坡上被挖开的洞窟。洞窟里是一间小屋，十年之前，在那里发生了不可思议的事件。

今天下午，我和长颈鹿先生[2]两个人，试着进了那间小屋。没

---

1 "netsu"是"根津"的日语罗马音标注。爱的姓氏是"根津"。——译者注
2 "长颈鹿先生"是爱对桐野的昵称。原文中，爱称桐野为"キリン（Kirin）さん"。日语中"桐"的训读为"きり（Kiri）"。"キリン（Kirin）"一词在日语中是"长颈鹿"的意思，因此根津爱称其为"キリンさん"。本文统一将此称呼译为"长颈鹿先生"。——译者注

想到，我毫不费力地就解开了谜题。之前的那些人，正是因为拘泥于奇怪的偏见，所以才会搞不明白。其实，只要把握好已知条件，就能看到真相。

只不过，从狭义的角度来考虑的话，这可能真的是推理史上首次出现的手法。至少，犯人制造密室的动机是前无古人的。

我明天就回仙台。等我回去之后，也想让你试着解一下这个谜题。不知道这次你还能不能轻易地解开呀。

那，先晚安啦。听说会津这边的特产是柿子，我会去街上找你最爱吃的柿饼，带回去给你吃的。还请好好期待一下呀。

爱

"推理史上首次出现的手法"

这是最有冲击感的内容。

在邮件里，爱一次都没有提到"杀人"这个词。当然，她应该是不想让父亲担心，才没有说的吧。也正因如此，有必要补充完整之后再进行思考。

这样的话，密室杀人，还有从未出现过的作案手法啊！

真的有这种方法吗？从狭义的角度来看，爱也算是下过判断了啊。不过就算如此，这也……

还有，小爱断言的——犯人"前无古人的作案动机"，到底是什么意思啊？

桐野在操作鼠标的过程中，发现了爱发送的这封邮件还有后续。

爱的署名之后，还有两行内容。

啊？怎……怎么会……

　　读到那两行文字时，桐野突然感到一阵头晕。这种感觉，和得知爱失踪的消息时所感受到的冲击相比，几乎一样强烈。

　　爱后面写的内容，是……

◇ "软盘（*Floppy Disk*）Ⅰ"

利蒂做了一个梦。

一个她一步一步地爬上缓缓坡道的梦。

周围被白雾笼罩。从山谷底部吹来的风，把如棉花一般的烟霭接连不断地运向空中。

时间还是清晨。传来了笛子和太鼓的声音。

今天是什么节日吗？利蒂试着想了想，但还是没有想出来。不过，她总觉得有几分激动，从心底感到骄傲与自豪。

利蒂发现自己的衣服和平时穿的不太一样。由白色、黄色和绿色的丝线在红色布料上复杂编织而成的毛衣，是用羊驼绒制成的高级品。它非常柔软，用手摸一下的话，感觉就像是被吸进去了一样。

音乐的声音渐渐大了起来，这之中也有利蒂熟悉的旋律。使用的乐器有南美排箫、盖那笛和阿根廷低音鼓。

阿根廷低音鼓的鼓皮，有人说是从战后俘虏身上剥下的人皮。这是真的吗？利蒂一边继续走着，一边在脑袋里想着这件事。

不知何时，雾霭散尽，周围变得明亮起来。

利蒂正在走着的，是一条田间小路。

鳞状云飘在空中，安第斯山脉里的梯田一望无际。用石头垒成的狭长的梯田，种满了玉米。在玉米高高的绿茎的中部，已有白丝冒了出来。

远处深山重重。从山脊线来判断，利蒂发现自己像是站在了海拔相当高的地方。

她将视线移回近处。在道路的两侧，站着很多人，男女老少都有。他们穿着打扮相同，又跳又唱，还有人在演奏乐器。利蒂注意到了非常狂热的、尽情摇摆身体的年轻人。

果然，这是在过节啊。利蒂又一次想到。

如此热闹的场面，莫非是"太阳节"或者是"丰收节"吧？今天，到底是几月几日来着？

利蒂继续走着。

她注意到了一个事实。连续不断唱歌跳舞和演奏乐器的人们，好像是朝向着她的。在老人之中，有不少人都向着她所在的方向双手合十，像是在祈祷着什么一样。

利蒂歪了一下小脑袋。

为什么有这么多人如此狂热地迎接自己呢？这和之前感受到的从内心深处涌出的自豪感，是不是又有着什么联系呢？

利蒂继续往前走。

她的目光移回正面。在远处的正前方，梯田和天空交汇处的前面，有一座石造建筑。可能是神殿。

自己的目的地，正是那里。

那个建筑进入视野之后，利蒂立刻就确信了她的判断。

她定睛一看，神殿周围也聚集了相当多的人。

利蒂接着向前走。

她迈着扎实的步伐，走着，走着……

好像是有什么东西转了一下似的，利蒂的意识清醒了。

隐约传来了柴火噼啪噼啪的开裂声。还有小鸟们叽叽喳喳的叫声。

早晨，这是真的早晨……

利蒂慢慢地坐了起来。紧接着，飘荡在空中的烟雾进入鼻腔，利蒂被狠狠地呛了一口。在没有窗户的房间里生火的话，失去了行进空间的烟雾总是会充满整个屋子。

"你起来了啊，利蒂。"

是母亲的声音。

室内还有些昏暗，只能看到她模糊的剪影。

"啊，早，妈妈。"

"早。不好意思啊，能帮我去树林里捡些木柴回来吗？家里剩的好像不够了。"

"好，我知道了。"

利蒂一边用右手捂着想要打哈欠的嘴，一边站了起来。

家里的大门用的是成捆的圆木，被粗绳子固定住了。大人暂且不论，对于小孩子来说，开关门还是很费劲的。

她总算解开了绳扣，把门打开，向外走去。

这是一间墙壁被错乱不齐的大小石头堆砌而成的、切妻屋顶[1]上铺着芦苇的房子。房子的入口很低，就连十二岁的利蒂，也只有弯腰才能勉强出入。

---

1 切妻屋顶原是中国古代建筑的一种屋顶样式，日本称为切妻造。屋顶有一条正脊、四条垂脊，又称"五脊殿"，它类似中国建筑的悬山屋顶。——译者注

走到屋外，利蒂看到的是和梦境中一样的雾霭。

现在是六月，正是旱季的鼎盛时期。在这个一点儿降雨也没有的季节，浓雾从海面飘到了山里，给植物们带来了湿润。

在小石子遍布的坡道，利蒂一边小跑着下坡，一边在心里反刍着刚才的梦境。

真的是一个奇怪的梦啊。那个场景，到底是意味着什么呢？到目前为止，利蒂已经做过好几次这种相同的梦。所以，这次她更加在意了。

过了大约五分钟，利蒂来到一片小树林。她一边拨开胸前的灌木丛前进，一边捡起掉在地上的干枝。

因为村民们都来这里拾柴，所以即便是想要好好找，也收集不到太多的木柴。

村里的人实在是太多了，利蒂之前就这样觉得。

她所在的拉姆兰村到底有多少人，准确的数字不得而知。但是，六月举办太阳节的时候，聚在广场上的人数相当惊人。村子里有这么多人，拾柴困难也不是没有道理啊。

利蒂从出生之后，还没有离开过村子一步。拉姆兰村是科利亚苏尤[1]的一部分，科利亚苏尤也不过只是印加帝国的一个州而已。她虽然知道这些知识，但是没有什么真实感。光是世上竟有如此巨

---

1 科利亚苏尤（克丘亚语：QuIIaSuyu），印加帝国四大行政区之一。印加帝国（1438–1533年）是位于南美洲的古老帝国。其中心区域分布于南美洲的安第斯山脉，主体民族印加人是美洲三大文明之一的印加文明的缔造者。"印加帝国"的克丘亚语标注为"Tawantinsuyu"。——译者注

大的国家这一点，就已经超出了她的想象。

村子外面的世界到底有多大？利蒂想用自己的眼睛去确认。虽然这种想法早已发芽，但是对仅仅为了填饱肚子就已经费劲心力的贫穷人家来说，旅行这种事情并非那么简单。

利蒂捡了大约二十根柴，就从树林里出去了。

她回到家里，只见母亲把土锅架在屋子正中央的炉子上，正要煮土豆。利蒂把柴火递了出去，母亲把柴火用地上铺着的芦苇来回蹭了蹭，然后扔进了火里。尽管这样，刚捡来的柴火带着湿气的缘故，屋子里的烟变得更浓了。

没过多久，早饭准备好了。

"帮我去叫麻由起床。"

母亲说完之后，利蒂朝着烧着火的地炉旁边的床铺走去。

在木制的小床上，裹着毛毯的妹妹麻由睡得正香。

麻由才刚两岁。"麻由"是"川"的意思。顺便说一下，"利蒂"是"雪"的意思，她对于这个名字很满意。

遵循村子里的习惯，麻由的头被绑上了板子。两块平整的板子固定在左右太阳穴的附近，被绳子绑着，目的是让头部变成细长的形状。当然，这个过程是非常痛苦的。最初被板子固定的时候，妹妹整晚都哭个不停。

即便是现在，她也会因为此事而经常哭闹。

自己对于夹木板的记忆虽已模糊，但是头盖骨在变硬之前的那种痛苦，却记忆犹新。

在妹妹哭个不停的那晚，利蒂试着问母亲为什么一定要让小孩子经历这样的痛苦。

"因为，这是从很久以前就延续下来的传统啊。"母亲带着理所当然的表情回答道，"这个村子，不，只要是印加帝国的孩子，大家都会这样做的。这样做是为了变得幸福啊。所以即便痛苦，也必须忍受。"

"为什么改变了头的形状，就会变得幸福？"

"比如说，男人在选择自己的结婚对象时，首先就要确认头的形状。头盖骨细长的女人会被认为脾气秉性好，因为即使遇到了困难，也决不会灰心气馁。嫁给了优秀的男人，女人也会变得幸福吧？"

"这样啊。那，男孩子为什么也要被夹木板呢？"

"那是为了受到别人的尊敬。头的形状好的男人，总是积极上进，有领导他人的能力。还有，最重要的是，这样的男人经常会有一些看似不着边际，实际上却很优秀的想法。所以，从很久以前开始，我们就延续着这种习惯。"

"但是，真的很可怜啊。明明还是个小孩子，太可怜了。"

利蒂越说越激动，虽说母亲不会骗她，但是她无论如何也接受不了这种说法。

"当然，还有别的方法。"

不知从何处传来了悲伤的声音。

"不用在小时候遭那么久的罪，有更轻松的方法。那样做的话，就算是长大了也没关系，而且效果还非常好。但是，只有身份高贵的人才能用那种方法。像我们这样的穷人，从一开始就与那种方法无缘。"

利蒂也没办法再说什么了，她也深知自己家里的贫穷。

利蒂摇着麻由，把她叫醒了。真是幸运，她今天起床没有哭闹，看来心情不错。

母女三人围坐在地炉边上，开始吃早饭。

菜品非常简朴。

放了些许辣椒酱的煮土豆，还有蚕豆汤。在利蒂家里，就连玉米都是奢侈的食物。肉类更是只有在过节那天才能吃到。

她们把冒着热气的土豆一点一点地放进嘴里。

"你爸爸要是回来了的话……"母亲嘴里嘟囔着，"要是那样的话，我们也会活得更轻松吧。"

"什么时候回来？阿马鲁。"

"利蒂，不要那么说话。为什么你不喊他'亚亚'呢？"

"啊，对不起。"

阿马鲁是母亲的再婚对象。对于利蒂来说，他并不是亲生父亲。

"他马上就会回来的。"

像是心情平复了下来，母亲如此说道。

"这样啊，那我现在去做烤天竺鼠，请怀着期待的心情稍等一下。"

天竺鼠其实就是豚鼠，和土拨鼠很类似。为了准备迎接节日和其他值得庆祝的事情，每家每户都在房子的角落里养天竺鼠。利蒂家里大概养了十五六只。做法是把去掉毛和内脏的天竺鼠用签子穿起来，放在火上烤就可以了。还可以把它的肉切碎，用来煮汤。不管哪种做法，都是晴朗日子里的最高级的款待。

利蒂的继父——阿马鲁从去年八月就去参加劳役了，到现在还没回来过。他好像是在某处深山里做着挖银的工作，不过详细情况就不得而知了。

以拉姆兰村为首的周边村落，被一位叫作卡鲁帕的首领管理着。

卡鲁帕是一位满头白发、身材矮小的老人。每当节日之时，被华丽的装束包裹住全身的卡鲁帕，便会坐在由一众强壮男子抬着的轿子上，出现在大家的面前。在利蒂一家看来，他简直就像是神一样的存在。但是，听说在都城里还有更厉害的皇帝。卡鲁帕见到皇帝陛下时，会伏下身子把脸贴到地上。

吃完饭，在利蒂收拾素色的陶碗和勺子的同时，母亲给麻由喂了奶。之后，她开始准备去地里干活。

"今天还要去做冻干土豆的农活，利蒂你也过来帮忙。"母亲背着麻由说道。

"嗯，我知道了。"

"利蒂可真是个干活小能手，你可帮了妈妈的大忙了。"母亲高兴地说，"不过啊……政府官员最近在选拔'太阳贞女'，听说也会来咱们村子里选人。"简直像换了一个人似的，妈妈的声音变得非常严肃。

关于"阿克利亚[1]"利蒂当然也知道。它的意思是"被选中的处女"。从各个村子里选出的漂亮的少女，会被送到以印加帝国都城为首的，位于全国各地的特别建造的馆里。

前年，利蒂的表姐被选中带走了。她的家人到现在还是无法从

1　阿克利亚，即"太阳贞女（克丘亚语：Acllas）"的音译。——译者注

悲伤中走出。官员说那些姑娘都有被好好保护，过着奢华的生活。但是，关于她们被要求干重活以及被施以暴力，甚至是被迫成为献给神灵的祭品的种种流言，一直没有间断过。

"所以，要是能够的话，我也想在出门的时候把你留在家里。你在咱们村子里也算是出了名的长得漂亮，我真的替你担心。但是，现在又是做冻干土豆的关键时期……而且，那些家伙对村子里的事情也很清楚，要是被盯上了，也瞒不过去啊。"

◇ "硬盘（*Hard Disk*）I"

台子上放着两条腿。

女人的腿。

丰腴的大腿，紧实的膝盖，看起来相当柔软的腓肌。它的曲线美感简直无可挑剔，缝匠肌的走向也很自然。

刀在手上，暂且再看一会儿。

总觉得，就这样切断的话，也太可惜了。

但是，也绝不能原封不动地放着。

咽下泪水，把刀子紧贴在膝盖的中央。和普通美工刀的刀尖角度不同，这是一把刀尖为三十度的锐利的美工刀。

稍一用力，刀刃就像被吸进去了一样。把腿转动着，慢慢地切。不一会儿，就把它切成了自己预想的两段。

确认完切断面之后，里面的空洞也可以说是完美的圆形。这是用泡沫塑料制作原型的技术越来越好的证据。使用的黏土的量也是根据经验确定的。

为了减轻重量，这次在石塑黏土里试着掺了比平时更多的树脂黏土，没想到做出来的效果刚刚好。

不禁露出了得意的微笑。即使是再小的事情，进步了也会很开心。

小心地把另一条腿也切断。这条腿也成功了，万岁。

花了很长时间才进行到这一步。把从模型中取出的前后两部分黏合的时候，它们不过只是粗细相同的两条黏土管子罢了。继续添加黏土，等干了之后用砂纸打磨。经过数十次的反复操作，终于变得像人的腿了。嘴上说起来简单，但是操作起来可是真的不容易。双手已经累得几乎没有了知觉。因为在制作过程中会产生大量的灰尘，要是不戴口罩的话，喉咙可就要遭殃了。

但是，现阶段还是不能掉以轻心。为了不让之后的连接工作变得麻烦，要写上各自的名字，接合的部分也要标好记号。

毕竟，"球形关节人偶"的组成部分有很多，各部分也不是依次接合而成。为了能在最后一口气地将橡皮筋穿过人偶，如果在制作过程中不仔细检查的话，就会非常容易失败。之前就经历过好几次这样的惨痛教训。

用铅笔写下注意事项，在切断面处涂上大量的液体黏土。这也是最近才掌握的技法。作为上胡粉之前刷底漆的步骤，涂抹膏状黏土的方法之前有所耳闻。但是，从来没有听说过它可以用来把关节部分变得平整。最近在某网站主页上发现了这个刚被上传的方法，试了一下之后，没想到效果很好，就立刻回了一封邮件表示感谢。

在等待液体黏土干燥时，开始准备关节球。

关节球的做法也一直在变。最开始的时候什么都不知道，想着把黏土球揉小，再往上面添加黏土。一直在掌心揉搓，黏土小球滚来滚去的，根本固定不住。这种原始的做法，效果当然也很不好。

从第三个开始，掌握了用石膏来做形状的方法。这也是从那个爱好者网站获得的情报。自那以后，这个步骤就没有失败过了。

在大小合适的容器中铺好油黏土，把用泡沫塑料制成的球体的一半埋进去。在上面涂上一层便于之后取出的凡士林，再注入石膏。牙科用的石膏入手简单也很好用，不过，因为它很快就会变硬，所以要尽量在最短的时间内完成。但是，最近已经习惯了。灌注石膏的时候，用手将容器来回晃动，如此一来，也不用担心石膏模型里会混入大的气泡了。

金属托盘里，大小各异、种类不同的球两两放在一起。按照大小顺序摆放，依次是大腿部、膝关节、手腕根部和肘关节所要使用的球。

在水泥地面上，开始给球涂上液体黏土。这个步骤很枯燥无味，但是也绝不能偷工减料。把球放进去之后要想再修正的话，可就没那么容易了。认真处理这个步骤，也是为了能让好结果来得更加轻松。

工作台的边上，横躺着身体部分的模型。

这部分也快完成了。和手脚不同，身体必须左右对称才行，在这一点上着实费了些力气。去掉泡沫塑料的模型，在前后相连的部分画一条中心线，用黏土来给它"加肉"。

在胸部、臀部、腹部和锁骨的周围，以及乳房的膨胀效果确实很难做，但是最费劲的还要算是臀部了。画一条像蝴蝶翅膀根部的线，在那里添加黏土，然后把它的周围做出凹陷效果。

这次的身形简直是完美，做得太棒了。

仅仅是看，都能感受到肌肤的柔软和温感。

要放在它上面的脸，也已经决定了。

想要尽快开始这一步。嗯，哪怕是早一天、早一个小时开始。实在是太期待了，都有些不知道该怎么办了。

第一章　日轮馆的密室

acllahuasi

1

关于那起事件，我可以告诉给你们。但是，我有些担心你们会不会认真听。毕竟那起事件确实太不切实际了……

不，不会的。确实，距离那起事件的发生，已经过去很多年了。再过一些日子，就整整过去十年了。不过，我对它的记忆，可绝不会因此而变得模糊。只有这一点，我在最开始的时候想跟你讲清楚。

想要努力忘记，却始终没有办法做到。

在日轮馆里看到的令人毛骨悚然、无法言喻的景象……即使到了现在，还历历在目。

如果那起事件不是自杀，而是某个人蓄意制造的话，那简直就是这世上绝无仅有的完美密室杀人了。除此之外，我想不出别的词语来形容了。

我该从哪里开始说起呢。

你们二位，对于死去的千春少爷的人品，了解到什么程度呢？

哦，好的。我知道了，原来如此。

那就先从成长经历简单说起吧。

他出生的故乡是岩手县，听说是在盛冈附近的小镇。我忘记他的姓了，实在抱歉。

他好像是在北方长大的，是那种特别能忍耐的性格。不怎么爱说话，看起来很温厚老实，我觉得他和少夫人是天作之合。没想到最后竟会成了那个样子……唉，真是……

啊，真是对不起。也许是上了年纪的缘故吧，特别容易流泪。我的妻子也被我惊到了，说我"明明是个顶天立地的男人，还这么容易流眼泪"。

……嗯，我没事。

千春少爷在大学里学的是历史专业，读了研究生之后，他成了老爷的学生……啊，你们知道这件事啊。那我就略过不说了。

总之，他对学习非常热心。去国外的大学留学的时候，成绩也非常优异，后来还取得了博士学位。大家都认为他会像老爷一样，成为大学教授。

尽管如此……到底是在何时何地，他错按了自己人生的按钮啊。

艺术家的心灵，果然既纤细又脆弱。要是没有当上画家，画作没有在展览会上获奖的话，他也不会被逼上绝境的吧。

先前看到的那两张画作，二位觉得怎么样？

……哦，啊，原来如此。

正如你们所说的那样。两张画的画风大相径庭，让人难以相信它们竟出自同一人之手。

我对美术不是很了解，但是，那幅叫作《视觉陷阱》的画……就算是毫无美术知识的人，也能看懂，我觉得画得很棒。不过，画中那只死去的鸟，总让人有些害怕。

比起它来，我对抽象画是真的理解不了。用那么多种颜色的颜料，胡乱地往画布上涂……啊，不，我这么说实在是太傲慢无礼了。毕竟，这幅抽象画在国际展览会上还获奖了。

啊……哦。你们是想问他从什么时候开始进行绘画创作的吗？

让我想想……应该是从他去世的四五年前开始的吧。

千春少爷和少夫人结婚，是在昭和五十六年（1981年）。千春少爷那时还在读博士，时年二十八岁。后来他去留学了，去世是在平成元年（1989年）。享年三十六岁。

所以说，他开始画画应该是在三十一二岁的时候。

当然，想必他从更早之前就开始画画了，但是真正专心作画估计还是从那时开始的。

留学的时候，赶上长期休假了，他一定会回国。那时，他和少夫人一起，经常住在这栋别墅。他们二人有了孩子，也是在他留学的那四年里发生的。小小姐愉美是在昭和五十七年（1982年）出生的，小少爷慎二是在昭和五十九年（1984年）出生的。

在夏蝉鸣声四起的暑假里，他一个人默默地对着画布的身影，我现在还会时不时地想起。那个时候，有事要找他的话，他还会好好地回答。

可是……

2

二位的咖啡是不是已经凉了？我去跟妻子说，让她重新给你们换上热咖啡吧？

没关系。

这样啊，那我就继续说了。

我开始对千春少爷的行为感到异常，是在日轮馆开始建造的时候。

到底是出于什么目的，才要建造这么奇怪的东西啊？我最开始就没能理解这一点。

他说"想要一个自己专用的画室"，但是不管怎么想，这种说法都只不过是想让老爷接受他的行为的借口吧。别墅的面积虽然有限，但是空着的屋子还有不少。如果只是出于画画的目的，完全没有必要新建一个馆。

那个馆的风格很奇特。除了这一点，我也不理解它的位置选择。为什么偏偏要建在那种地方？

那个地方原本是一个神殿，连施工的人也被吓得不轻。不过，毕竟是做买卖的，只要钱给够，他们还是会按照要求施工的。

开始动工是在昭和六十三年（1988年）的四月，当年十月完工。千春少爷一看到施工负责人的时候，就催促他们加快进度。但是，还是花了不短的时间才完成的。

问题事件的发生，是在翌年（1989年）的五月。

日轮馆里，连固定的架子都没有，家具什物就更不必说了。那样倒也没什么，不过，最让人目瞪口呆的，是它的内部从地面到墙壁、天花板，画满了用视觉陷阱手法创作的画。而且，馆的正面也都画满了这种画。

……刑警先生，你看起来也被吓到了啊。

被吓到也很正常，但是，跟你一起来的这位可是看起来很冷静呢。总觉得你们两个的表现有些颠倒了，哈哈。

什么？

啊，视觉陷阱画的说明吗？

关于这一点，我在接下的话里会慢慢讲述的。更详细的内容，不如去亲眼看看吧，那样应该会知道得更多。我被吩咐过要带你们去那里。十年过去了，外墙上的画多少有些褪色了，但是室内的画基本上还是原样。

在开始讲十年前的事件的来龙去脉之前，我先简单说一下当时千春少爷的异常行为。

虽然期间频繁往返于两国，但是千春少爷正式结束海外留学生活回国是在昭和六十年（1985 年）的秋天。正如我之前说的，翌年他的论文获得了认可，他也被授予了博士学位。

但是，正好也就在那个时候，他不合常规的行为举止开始变得惹人注目。

不过，他的身体也不太好。我认为这应该也是一个原因。

可能是留学的时候过于用功逞强了吧，他的心脏开始出问题了，肠胃也变得不好……之后鼻子也出了问题，患上了鼻窦炎，相当痛苦。他讨厌医生，说"医院的治疗不过是为了卖药罢了，病根本就治不好"。此外，他还患上了严重的皮肤病。手腕、手掌还有手背，经常会变得红肿。

恐怕是身体不好的原因吧，感情的起伏也变得极端起来。心情好的时候，他话很多，把我当作倾听的对象，滔滔不绝地讲述他接下来准备创作的画，经常夹杂着复杂的美术理论。他还会变得非常好动，经常在家里匆匆忙忙地走来走去。在作画的时候，他像是把自己整个身子都贴在画布上一样，非常专注。

心情不好的时候，就完全相反了。他把自己关在屋子里谁也不见，基本上也不吃饭。所以他死的时候，比平时瘦了好多。不过，他原本就是个身材魁梧的壮汉，遗体搬出来的时候费了很大力气，估计别人是看不出来他瘦了好多的。

什么？哦，是的。关于他的体型，你们不知道吗？原来如此啊。在变瘦之前，身高一百九十厘米的他，体重怎么也有一百一十公斤以上了吧，就像传说故事里的坂田金时[1]那样健硕。

他最开始说要建画室……是在昭和六十三年（1988 年）的一月前后。

他先是做了个木制的模型，拿给老爷和少夫人看了。

1　坂田金时又名"金太郎"，是日本民间传说中的英雄。传说他拥有怪力，在山中与动物为友。与源赖光相识之后，成为其家臣，改名为坂田金时。——译者注

模型的大小?

嗯……墙壁的高度大概有三十厘米,屋顶的高度也超过了二十厘米。还有,屋顶是坡度很陡的切妻式屋顶。宽度大概有三十厘米到五十厘米左右的样子。所以说,模型并不是很大。

听他说,那个建筑是以"太阳神殿"为原型设计的。用磨平棱角的石头堆积成墙体,在房顶铺满了芦苇叶。

啊,你们知道啊?可真是博学多识啊。

为了能说得更好懂一些,暂且先不谈模型的事,我想说明一下建成后的日轮馆和真正的太阳神殿的区别。

这是千春少爷生前所画的示意图。根据这个图来看,太阳神殿原本在正面的两侧各有一个入口。连接入口的狭长通路,可以直接延伸到神殿的最深处。也就是说,穿过细长的走廊之后,就会到达神殿最深处的祭坛。本应该是这种构造才对。

建成的日轮馆在外观上没什么不同,但是,正面的两个入口却只是视觉陷阱画,并不能从那里出入。此外,位于两侧的两条细长的走廊,也并不与神殿内部相通。也就是说,内墙和最深处的那面墙是连着的。

真正的入口,在正面的中央附近。入口的门很不寻常,它忠实地还原了那个样式……

六根粗圆木排成一排,用草绳捆住,样子有点儿像木筏。从馆的内部把它架起来之后,另用两根圆木摆成十字,从后面把它顶住,再用草绳把它们绑好。此外,在三个地方,用了金属卡扣加以固定。

什么?纵横十字固定的话,不是三处固定,而应该是四处吧……

啊，你们说的倒也不是没有道理。

也就是说，金属卡扣是在左、右和上这三个地方。一开始用的不是金属卡扣，好像是开了孔的石头。在门下面的水泥地面上，开了一个比圆木还要大一圈的洞，从那里往馆里运圆木。

你们听明白了吗？换种说法的话，十字圆木中竖着的那一根的顶端被固定住了。又做了一些调整之后，它就可以在地面的洞里拔插了。

所以，说起关门的步骤，最开始要把像木筏一样的门立起来，用绳子把横着的那根圆木绑好。然后把竖着的那根圆木的底端插进地上的洞里。开门的时候，步骤反过来就可以。

我的说明有些冗长，不过想要理解密室的话，这里是很关键的一点。希望你们能多加留心。

那我接着往下说。

神殿里供奉着的，是太阳神。所以，在最里面的墙上画着一个金色的太阳。

因蒂[1]？

嗯，确实是这个名字。

话说，没想到你这么年轻，居然懂这么多知识啊。越来越佩服你了。

啊，是的。我想起来了。

也有这样的事发生。

1　因蒂（克丘亚语：Inti）是印加神话中的太阳神，亦是印加帝国的守护神。——译者注

千春少爷用那个模型，表演过一个魔术。

是我叫它"魔术"的。千春少爷自称那是"奇迹"。总而言之，确实是让人觉得不可思议的技艺。

说出来有可能会有些吓人。毕竟是年轻的姑娘一瞬间变成木乃伊了啊。

地点……是的，就在这个会客室。他是把模型放在这张桌子上面进行表演的。

时间应该是夜里十一点。

千春少爷先把模型正面的门打开，让大家确认里面是空的。

啊，对不起，我说晚了。那个模型虽然做工很精致，但是和完成的日轮馆相比，还是有几处不同的。其中之一便是入口。左右两边的视觉陷阱画和与实物保持一致，但是位于中央的入口处的门，并不是用圆木做的，而是很普通的对开门。

不过，这也情有可原。毕竟模型是要从外面开关门的，没有必要装一个只能从内部开合的门。

什么？哦，是的，是的。

在场的都有谁？除了千春少爷，还有老爷和少夫人，以及我和妻子。他们的孩子没有在场。"要是孩子看见了，以后可能会受难的，那样的话就很不好了。"千春少爷这样说。等孩子们睡着之后，他才开始的。

四个人轮流窥视模型的里面，我当然也看了。

模型的内部和完成后的日轮馆很相似。室内是长方形的空间，墙壁和地板都被涂成了金色。最里面的墙上，有因蒂的画像和祭坛。

里面还有一些其他的东西，不过都是精心画上去的而已。

模型和实物最大的区别，最多也就是天花板的有无吧。只有模型被装上了天花板。

里面什么东西都没有。在场的每个人都确认过了，绝对不会错的。

千春少爷轻轻地关上了模型正面的对开门。他把右手悬在房顶上面，煞有介事地围着桌子绕了一圈。然后，慢慢地打开了门，向里面望去，不可思议的是，本应该是空荡荡的神殿内部，出现了一把小椅子。椅子坐着一个弯着腰的人偶。

我不禁怀疑自己的双眼。

你们也试着想想。千春少爷在那个时候，一点儿都没有碰到神殿模型。尽管如此，椅子和人偶到底是从哪里又是如何出现的呢？

是一个年轻姑娘的人偶。听说好像是侍奉神殿的巫女，确实，名字叫作"阿克利亚"。她蓝色的衣服上面，有用鸟的羽毛做成的披肩。头上还戴着金冠。

看到我们四人惊愕的表情，千春少爷的样子看起来很满意。那天晚上，与其说他的心情特别好，不如说他是在非常亢奋的状态下，飞沫四溅地向我们显摆他的才能。

虽然我只有一些零碎的记忆……

"'阿克利亚'是太阳贞女的意思。她们一生侍奉神殿，做一些如编织衣物、酿造神酒的工作。是的。太阳神因蒂是人类的造物主，可以支配天上的众星。因蒂的妻子是'大地女神'，她掌管种植与收获，承担赋予动物和人类生命的职责。"

那个女神的名字……嗯？啊，是的，是叫"帕查玛玛[1]"。总感觉他们的职责像是颠倒了一样。说了这么失礼的话，实在是不好意思。

还有，我还记得听他讲过这样的话。

"今晚的奇迹，和我没有任何关系。正如你们看到的一样，是依靠供奉在太阳神殿的全能神——因蒂的力量，奇迹才会发生的。连这个小模型都能做到如此地步，等到实物建成之后，它里面蕴含的秘密力量之强大，绝对是不可估量的。"

那个时候，老爷好像反驳他来着，但是具体的内容我已经记不清了。

魔术还有后续。

把人偶和椅子放回神殿，关上了门之后，千春少爷和之前的动作一样，右手放在屋顶，又围着桌子转了一圈。

整个过程持续不到三十秒。

无论如何也想看破玄机。因为这种想法很强烈，我把眼睛瞪得像盘子一样大。但还是发现，他甚至连手指都没有碰到模型一下。

然后，门又一次被打开了……之前出现的阿克利亚的人偶消失了，椅子上坐着的是一个木乃伊。

你们二位有看过照片吗？被黑乎乎的叫作"木乃伊裹布"的一种布料包裹着的……啊，你们知道啊。对，就是那个。

看到的那一瞬间，我的背后顿时脊骨发凉。当然，那只是一个

1　帕查玛玛（克丘亚语：Pachamama），是安第斯土著人崇敬的女神，也被称为"大地母亲"。——译者注

人偶。不过，椅子上面坐着的骷髅活灵活现，让人觉得害怕。

少夫人他们没有忍住，小声地叫了出来。

"先祖的木乃伊是后人崇拜的对象，它基本上都不会被埋葬，而是安放在自家墙壁的凹槽里。和我们日本人相比，他们对'死'的认识完全不同。每当过节的时候，他们会把木乃伊从家里拿出来，热情地搬运到神殿等地。

"特别是皇帝的木乃伊会被非常小心地保护。除了要给它供奉和生前相同的食物，还会有很多随从精心保养它，而且随从们好像也会时不时地互相访问……"

他没有要结束自己热情演讲的意思。

最后，他用相同的手法让木乃伊人偶消失。魔术也就结束了。

我不知道这是否真的是奇迹……总而言之，他没有用任何一根手指触碰神殿。这实在是让人费解。

我设想过里面可能会有一个类似机械装置的机关，但是箱子也没有那么大……真的能够做得到吗？它现在仍旧是我心中的未解之谜。

3

实在抱歉，开场白有些太长了。

现在我开始说关于千春少爷去世的那起事件。

在最开始的时候，我可以先问你们一件事情吗？

对了，刑警先生。"完美密室杀人"的手法，这世上真的存在吗？

……谢谢。实在抱歉，失礼了。

被唐突地问到这种问题，感到困惑是肯定的。但是，我还是始终无法理解。那起事件，警察居然会把它当作是千春少爷的自杀行为。

我并不是想说那个时候来这里做现场调查的警察们眼瞎。毕竟，现在日本警察的科学搜查能力好像是世界第一。他们判断错误的概率，恐怕还不及万分之一。

尽管如此，那天的事件，对于作为现场目击者之一的我来说，实在是接受不了警察的结论。肯定还存在没有被发现的事实。何况，我比任何人都先踏入过完全密室状态的日轮馆。

那样的自杀绝对是不可能的，不自然的地方太多了。

我平时不怎么读书，连密室杀人有哪几种我都不知道。不过，要是这世上真的有完美密室杀人的话，十年前的那起事件，就是最好的例证。试着回顾了一下我的人生经历，到现在我仍这样认为。

真的是一起可怕的事件。

不仅仅是失去了一个生命。自那天之起，这个家就开始被蒙上了一层阴影。

刚才也提到了，小姐的病情越来越恶化……真是可惜啊，可惜。

不好意思，我又哭了。

虽然这不是我这个做用人的该讲的话，但是，对于我们夫妇来说，她就像我们的亲生女儿一样。毕竟，从她四岁时作为养女来到这个家，就一直是我们在照顾她。也不知道那起事件给愉美和慎二幼小的心灵，造成了多么深的伤害……

啊，真的对不起。

我的话一直在原地兜圈子，说到哪里都停不下来似的。我还是接着说那起事件好了。

平成元年（1989 年）五月三日。这个日期，我一辈子也忘不了。星期三，全国假日。

老爷、少夫人、千春少爷、愉美和慎二，还有我和我妻子。说到这里跟平时没什么区别，但是，那天晚上家里来了一名客人。他今天也在——治郎先生。

治郎先生，当时刚从美术大学毕业，在美术相关的升学预备校做兼职工作。他趁着连休到这里来玩儿了。像这样在别墅这里待几天，他一年之中还会有几次。

啊，对了。一开始我说了七个人的名字。但是，那里面的愉美和慎二可以说是在场，也可以说是不在场。不好意思，我这个说法有些奇怪。虽然现在已经被埋起来了，但是当时在别墅院子的角落里，有一口古井。他们二人上午在院子里玩耍的时候，掉进了井里。注意到这个情况是在下午过了五点的时候，还是警察找遍了家里的角落之后才发现的。

真的是太危险了。好在井里是空的，要是那里面有水的话，估计就要给三个人同时办葬礼了。问了被救出后的二人，他们说上午十一点的时候掉进了井里，使劲呼救了但是没有人来，就一直待在井里没动。

不好意思，我又兜圈子了。

事件发生之前不久，比起正屋，千春少爷一直待在日轮馆里的时间要长很多。只有在晚上睡觉的时候，他才会回到卧室。有几次，他甚至一整晚都在日轮馆里没有出来。我和妻子很担心他，说过他好几次，可是他根本不听。

在那种状态之下，他饭也不好好吃了。所以，就像我之前说的，他后来真的瘦了很多。

他的眼神看起来就像是中了邪似的……我妻子还有其他人见了他都感到很害怕。

比起表演魔术的时候，他情绪的起伏变得更加剧烈了。

事件发生的前一天，他整个人已经处于一种极度躁动的状态了，跟我说了一个小时以上的话。

谈话的内容，果然还是和魔术相关。确实……是的。他说了很多关于"交感巫术"的事情。

他讲的事例，实在是令人毛骨悚然。

在沸腾的大锅里，把玉米、鸟的羽毛、金和银……除此之外，还要把人的脂肪也一起放进去。人肉，要从哪里才能找来呢？问了他之后，我浑身的鸡皮疙瘩都起来了。

总而言之，把那些东西放在锅里一起煮的时候，会听到从锅里传出的恶魔的声音。向那个恶魔祈求的话，无论是什么愿望，一定都能实现。

之后，把玉米粉和人骨粉混在一起，吹一口气……用针缝好蟾蜍的嘴巴和眼睛，把它的脚绑起来之后，埋进洞里。坐在那个洞上的人，不久就会死亡。他也给我讲了诸如此类的话。

他两眼放光，看起来很高兴地向我说着这些。没办法，我只好强装笑颜地听他讲。其实心里想的是哪怕早一秒，我都想赶快逃掉。

……不好意思，我又把话扯远了。

年纪大了，就喜欢把以前的事情讲个没完没了。无关的内容我就此打住，还请你们多多包涵。

我想说一下千春少爷的遗体被发现的经过。

那天，受老爷的吩咐，我去了日轮馆。后来，福岛县的刑警多次来找我问话。趁我还没有忘记，把它讲给你们听。

我在修整庭院里的树木的时候，老爷出现了。

"你现在快去日轮馆，确认一下里面的情况！"

理由到现在我还不得而知，不过一向冷静的老爷，那时简直像变了一个人似的。

"别跟我说什么上着锁进不去的这种理由，没进到里面就不许回来！就算是把门踹开也得给我进去！确认里面的状况后，马上回来向我报告！"

老爷看起来相当生气。

我的真实想法是不想去。毕竟那个时候，我还没有进过日轮馆一次。并不是有禁令不让进入，而是我不想去招惹是非，害怕因触怒神灵而招致灾祸。

但是，这才是用人的悲哀啊。只要是主人的命令，就不能抗拒。

我从正屋里不情愿地出来，是在下午三点左右。

千春少爷除了在前一天傍晚回来过一次之后，就没在正屋出现过了。

正值春意甚浓，新绿上枝头的季节。很不凑巧，那天的天空阴沉沉的，有种很压抑的感觉。

通往日轮馆的坡道上，出于冬季的安全考虑，路的右边每隔两米装上了支柱，用链子连了起来。我一边抓着链子，一边往上爬。

不一会儿，就到了日轮馆。

周围非常安静，可能是因为被杉树环绕的原因吧，尽管还是白天，看起来却像傍晚一样昏暗。

走到中央的……或者说是真正的门那里，我先试着敲了两下门。敲圆木做成的门，看起来有些奇怪。但是，关于那扇门的构造，他在表演魔术的时候就已经向我们说明了，所以我是知道的。

两次、三次、四次……

没有人答应。

没办法，我试着准备叫他。

深吸了一口气。

"千春少爷，您在里面吗？老爷找您有事！请您让我进去！千春少爷！拜托了！请把门打开！"

我一边敲门，一边大声叫喊。里面还是没有人回应。我集中注意力，调动全身的神经来窥探里面的状况，但还是感觉不到里面有任何动静。

我试着推了一下门，发现它并没有合页卡扣。感觉稍微用力推一下的话，那扇门就会倒向馆内。我慎重地一点点加力，丝毫没有使劲推拉。它好像从里面被锁住了。

这可难住我了。

通常情况下，我就会原路返回了。但是这次不行。毕竟老爷已经给我下了死命令。

嗯，后来想想，"就算是把门踹开也得进去"只是一句要威风的气话，老爷应该不是认真的。但是那时的我，没办法冷静地做出判断。

假如那是一扇铁门的话，肯定从一开始就没办法了，我也会夹着尾巴撤退的。但是，不凑巧的是……那扇门是木头做的。这样的话，"把它踹开"就不再是办不到的事情了。如果我就那样回去的话，实在是没脸见老爷。这种想法变得异常强烈。

和现在的老态龙钟不同，十年前的我还是相当有精神的。也就是说，我会按照老爷的吩咐去做的。

想用肩膀或者身子去撞门，但是我没有那个技艺。于是我开始在周围寻找，看看有没有什么可以利用的道具。

在日轮馆左侧房檐的下面，立着许多工具。

除了好几种不同的铲子，还有劈柴用的斧头和铁锤。

它们的出现，使得我所面对的状况大有改观。既然已经有了量身定做的工具，就不能再回去了。用尽全力破门而入，确认一下里面情况吧。我做好了这样的准备。

我选择的工具，当然是斧头。它是一把相当大的斧头，双手握住斧柄的时候，感觉到了它的重量，相信用它一定可以把圆木门劈开。

"千春少爷，您不会是睡着了吧?"

为了之后给自己的行为留出辩解的余地，我最后喊了他一次。

"老爷命令我，无论如何也要把门打开才行。我也没有别的办法，才决定破门而入的。如果我的动静吵醒您了，还请您告诉我。我马上就停手。没问题吧！"

我又试着等了十秒左右，果然还是没有回应。于是，我挥起了斧头。

我瞄准的是门的右下方。按照圆木的位置来说，是从右侧数的第二、三根圆木的正中间的偏下方。击打此处的话，应该可以避开那根固定用的纵向圆木，从而较为容易地破门。我是这样想的。

如果击打位置靠近最上方的话，自然可以避开那根横向的圆木。但是，开口位置过高的话，钻进去就又是个难题了。自然而然地，瞄准的范围也就缩小了。

我鼓足干劲，挥起斧头。

强大的冲击感传递到我的手腕，斧头的刀刃嵌进了圆木。看起来像是打磨过的斧头。

这种事可没有什么诀窍。在我一次又一次胡乱地挥动斧头的过程中，圆木渐渐地被削出了缺口，终于劈出了一个小洞。

我激动地通过小洞往里面看，但是一片漆黑，根本看不见里面的样子。没办法，我又开始继续干活。

最终，到劈出一个能让我钻进去的洞为止，我花了近三十分钟的时间。中途换上铁锤开始敲打，手到后来都被震得失去了知觉。锤柄甚至贴在了手掌上，费了好大的力气才把它取了下来。

终于可以穿过洞口进入内部了，我第一次感到了害怕。

我之前一直想着老爷下达的命令，非常投入地破门，根本没有害怕的空闲时间。但是，这毕竟是我第一次进到日轮馆的内部。

从之前听说的内容来推断，千春少爷应该是在里面做着什么相当可疑的事情。这样一想，突然间我更觉得害怕了。

再次袭来的恐怖的寂静感之中，只有自己喘着粗气的声音，能够传进耳朵。

我一时之间无法移动，凝视着漆黑的洞口。

但是，也不能那样一直站着不动。我下定决心，鼓起勇气，试着往馆的深处走去。

"千春少爷……失礼了。我现在要往里面走了啊。"

我又喊了一声，然后把头伸进了暗黑的洞口。

4

我费了好大的力气才穿了过去。我本以为已经把洞口开得足够大了，但是下方圆木的尖还是刺到了我的肚子。我使劲把肚子往回收，这才得以进去。

里面真的很昏暗。

由于被杉树林所遮蔽，日轮馆平时很难被阳光照射到，加上那天又正好是阴天。通过在入口处打开的直径不到一米的洞，光线能到达的范围非常有限。

里面没有一扇窗户，深处完全被黑暗包围。

"千……千春少爷，您在吗？"

我又大声地喊了一次，但是只能听到自己的回声。

我不知道该怎么办了。

原本应该是准备好手电筒再过来的，但是我想着大白天的应该用不太上，就没带上。我想着要不回去取一下，但是又觉得太麻烦了。还有，如果就这样回去的话，肯定会挨老爷的骂。

做好思想准备，我把颤抖的双脚慢慢地向前伸。

因为地板是用水泥浇筑而成的，我便没有脱掉长靴。

里面凉飕飕的。刚一进去，一股恶臭就扑鼻而来。

是有强烈刺激性的石油的气味。但是，还不止如此。

好像……大概是动物的味道，一种不知道是从哪里散发出来的腥臭味混在空气之中。我之前好像在哪里闻到过这种气味，但是想不起来了。

我没有感觉到里面有人的存在。空荡荡的，也不像是平时有人在这里起居的样子。

在束手无策之时，我突然意识到了，以前施工人员给这里面装过电线，应该在哪里会有一个照明的开关吧。但是，就连这种理应知道的事情，在那个情景下我都没办法仔细考虑。那时我的脑子已经是一片混乱了。

如果有照明开关的话，最有可能在入口附近。我一边这样想着，一边开始在门的周围寻找。果然，不到三十秒，就在右手边的墙壁上发现了。

室内空间很大，电灯的数量似乎也很多。墙上竖着排列着四个开关。我毫不犹豫，把所有的开关都调成了"ON"的状态。

片刻延迟之后，一瞬间荧光灯全都被点亮了。日轮馆里面也变得明亮起来，被白色的灯光填满。之后，我慢慢地把头扭了过去。

我被吓了一大跳。

日轮馆的内部。很难用言语表述，简直是不可思议的空间。

我不是很有自信能把它里面的样子说清楚……

总而言之，让我感到吃惊的是，它的四周都闪耀着金色的光芒。听说真正的太阳神殿的墙壁，是被金色的板子覆盖的。实际上，日轮馆看起来就是那个样子。接下来映入我的眼帘的是，在最深处的那面墙壁上画着的巨大的太阳图案。啊……我已经快不行了。

我还是之后才知道那是一幅画。也就是说，当时我以为"墙上挂着一个分量很重的黄金制成的雕像"，而且看起来也确实如此。

比起"太阳"这个叫法，称它为"太阳神"才是正确的。就是我之前说过的"因蒂"。闪着金色光芒的太阳中间是一张人面，向四面八方喷射出金色火焰。它的前面摆放着一个祭坛。

接下来让我感到吃惊的是天花板。不对，应该叫它"房顶"才对。没有天花板，从里面直接可以看到房顶。在房顶的内侧，画着密密麻麻的绿色的芦苇叶，画工相当精美，感觉用手就可以将它们一片一片地摘下。

当然，墙上也画满了视觉陷阱画。

看清楚之后，我松了一口气。

点亮了灯光之后，我下意识地先往上面看了。最重要的千春少爷，我却忘记找了。总算是想起这件事了。

不知不觉中，就疏忽了。

伴随着巨大的惊恐，我下移了视线。

接下来的瞬间，我被猛烈的恐惧所袭，不禁小声地叫出了声。

我看到千春少爷倒在了靠近深处的地面上。

他并不是睡着了，是倒在了那里。看了一眼，我就马上判断出来了。

他横着趴在地上，只有半边脸扭向了我这边。虽然没有看清他的表情，但是那个姿势明显很不自然。再加上地面上渗出的大片的红色血迹，也说明了事态的严重性。

我听见自己身体关节发出的"咔嗒咔嗒"的颤抖声。不论是在那之前还是从那之后，我都没有再经历过那种程度的恐惧了。

但是，即便在那种情形之下，我大脑的一部分还是处在正常工作的状态。我在向他走近的时候，仔细地环顾了四周，瞪大眼睛，每一个角落都不放过。

谁……谁都没有。

关于这一点，我之后也被警察多次确认过。但是每次我都是这样自信地回答。

"那时，室内没有别人。也不可能有谁躲了起来。"

也就是说，在我破门而入的时候，日轮馆里只有千春少爷的遗体。毫无犯人的踪影。

绝对不会错的。

如果最初昏暗的环境一直持续的话，一不留神看漏了的可能性倒也存在。但是，房顶的荧光灯非常多，照明相当充足。

而且，那里面本来就没有能够躲起来的地方。要是有家具的话，倒可以躲在里面。但是里面一件家具也没有。

那时，我还在门口附近站着，没有往前走，就像是"木头人"游戏里被定住了那样。在打开照明开关之前，四周一片昏暗。要是有人从我的旁边穿过的话，我不可能没发现。就算是个普通的门也会被发现的吧，何况我破开的不过是一个仅能让身体勉强钻过去的小洞而已。

确认室内无人之后，我开始向前走。但我还不是很放心，所以一边窥视着周围，一边慎重地迈步前进。

心脏跳动的声音立刻传到了我的耳边，我感觉自己的心脏快要破裂了。

走到千春少爷倒下的地方，我停下了脚步。

上下牙不受控制地打战。我慢慢弯下腰，仔细地看他的脸。

他的脸如同白蜡，根本不是还活着的样子。充满怨恨地张开着的双眼，歪斜的嘴唇。不管怎么看，他都像是在临终前经历了强烈的痛苦。

果然是死了。不论是谁，都能看出来。

他的死因也很清楚。

脖子的右侧，有一道开裂的被锋利刀刃割开的伤口。从那里喷出的血液，把头后部和脸，还有他穿着的灰色外套的背部都染红了。此外，头周围的地板上也有一大片血迹。虽然当时已是春天，但是由于这一带晚上还比较凉，所以千春少爷穿着灰色的厚外套。

血是鲜红色的。也就是说，血迹还没有变得发黑。很明显，距离惨剧发生的时间，并没有过太久。

我又一次环顾了室内的四周，当然，还是没有发现任何人的身影。

这可真是个大事件啊，我必须赶紧回去报告给老爷才行。

我急忙转身向外跑……突然，我屏住呼吸，停下了脚步。

我意识到了某个事实。

刑警先生，你知道我意识到什么了吗？

是凶器啊。

夺走千春少爷生命的凶器——那把尖锐的刀子还是没有看到。

我又一次重新回过身去，把室内的各个角落都找了个遍。

……没有。

哪里都没有找到凶器。

遗体的周围，有像是装着油漆或者是溶剂的罐子、滚轮和托盘，还有好几种刷子、画笔以及调色板。这些物品散落在地上。以防万一，我把一些大的物件挪到了边上，但它们下面并没有压着任何物品。

我简直无法相信自己的眼睛。

因为，谁都会这样啊。

在我进入之前，整个屋子是密闭的状态哦。和普通的门不同，那里装着的门比较特殊，是无法从里面进行开闭的。里面没有窗户，所以只能从那里出入。警察后来在现场进行了细致的调查，但是地板和墙壁都是用一整块水泥板做成的，当然也没有找到什么隐藏通道。

自杀这种可能性也是没有的。现场没有留下凶器，肯定不会是自杀，也不可能是意外事故。

密室杀人——在我的脑海中，浮现了这个词语。

密室杀人……

真的假的啊。这种事应该只会发生在小说或者电视剧的情节里，不可能在现实中出现。不过，我确实是亲眼见到了啊……

我拼命地在脑中想要否定这种想法。在完美的密室里，杀人犯是如何做到像烟雾一样，平白无故地消失了呢？我实在是百思不得其解。

最后，我又重新把日轮馆的内部检查了一遍。

犯人当然不在，凶器也没有。有的只是尸体。真的是只有尸体。

不过，仔细看的话，在右侧靠里的墙壁上，画着令人感到无以言表的恐怖的画。

第二章　受邀的客人们

1

前方信号灯的颜色由黄色变成了红色，桐野义太慢慢地踩下刹车。确认车子停下来之后，手握挂挡器的他哼起了小曲儿。

那个旋律，是小泉今日子的《沙滩上的摩登人鱼》。他一边把挡位调到空挡，一边苦笑。

"我怎么开始哼唱起来了……已经很久没有像这样自然而然地哼歌了。"

两只手在方向盘的顶部，嘭嘭地敲打着节奏。

"不是上班时间，真的太好了啊。要是被石桥课长听见可就完了，估计他的唾沫星子都能把我溅飞：'没个刑警的样子，工作时间哼歌，成什么体统？'"

上司的那张就像正在嘴里嚼着臭虫的表情的脸，浮现在了他的脑海。但是这种小事，好像并没有影响桐野的好心情。

是的，今天的桐野是幸运的。和自己喜欢长达十年以上的"女性"，开启了三天两夜的旅行，他尽力克制自己内心的激动。

不，"女性"这个说法好像不太合适，可能会招致误解。旅伴是一位女高中生。所以，当然不只有他们两个人，他们之间也不是那种不可告人的关系。总之，她是一位非常漂亮的美少女，也是一位很罕见的美少女。

他又下意识地哼唱了起来。趁着没人在听，他把曲子换成了《完美小姐进化论》，看了一下仪表盘上面的时间，数字是"12：41"。

桐野正在南北贯穿仙台市中心的四号国道上一路向北，这会儿正在十字路口等待信号灯。向右一转，就是JR仙台站了。

约好的时间是下午一点钟。从这里过去已经没多远了，而且路上也不堵车，应该可以按时赶到。

晴空万里无云，是个适合出远门的好天气。桐野看着天空一片湛蓝，情绪也变得高涨了。

前方的信号灯变成了绿色。

哼唱声停了下来，紧接着前面的车子启动前进。桐野的爱车是一辆丰田牌金属银色的陆地巡洋舰。两个月前才刚买的，发动机的状态很好。

"这次的车子应该没问题了吧。"桐野在心里小声念叨着。

之前的那辆车可真是把自己害惨了。那种悲惨的回忆，绝对不想再来一次了。

临近与青叶大道相交的十字路口。

仙台被誉为"森林之都"，它的象征是街道上的榉树。包括中间的绿化隔离带在内，青叶大道上有三列巨大的榉树。

北国的春天来得有些晚，离新绿上枝头的日子也不远了。再有一个月，这里就会变成新绿的"隧道"了。

"不过，说到 Kyonkyon[1] 啊。"

桐野又开始苦笑。真的，自己已经有很多年没哼唱过她的歌了。

小泉今日子比桐野小三岁，算是跟他同处一个时代的偶像。在上大学时，桐野有一阵子是她的狂热歌迷。

那时，他把她的所有歌词都背了下来。但是，他现在岁数都三十过半了，即便想要在卡拉 OK 上展示一下，也忘得差不多了。

这么一说，类型虽然有些不同，但是感觉小爱还是和她有很多相似之处啊。向往自由、有主见，最重要的是，她们都是极为标致的美少女。

三月二十六日，星期五。

震撼全日本的"僵尸杀人事件"的解决，已经整整过去了三个月。

2

陆地巡洋舰从青叶区驶进了泉区。

仙台车站往北，仙山线穿过的地区，气氛慢慢发生了变化。虽说还在市内，不过这里更像是仙台市的住宅区。

这是仙台市为了能够成为日本东北地区的首个政令指定都市，不断合并周边的街道和城镇的结果。总之，仙台市的太白区邻接着山形县的山形市。

泉区也在进行大规模的住宅区改造。在区内，有好几处开拓丘

1　Kyonkyon是小泉今日子的昵称之一。小泉今日子（1966—），日本知名歌手、演员。——译者注

陵地带的南斜坡而建的新住宅区。

从市营地铁的终点站泉中央开始，稍微再往前一些，就是八乙女了。

在住宅区的一角，桐野把车停了下来。

窄小的二层小洋楼、象牙白色的墙壁、带天窗的青色的板岩屋顶，给人一种很别致的感觉。

屋子前面的庭院里，种着瑞香花。这种花开花很早，虽然已经过了盛开的时节，但浓密的香甜气味还飘荡在空气中。

玄关门的右上方，挂着一个写的是"根津"的小木牌。

桐野看了一眼手表，离约定的时间过了两分钟，并按下了门铃。

"来——了——"

屋里传来的拖鞋走动的声音越来越近。"啪嗒"一声，门锁被解除了，门开了。

"啊，欢迎，长颈鹿先生。"

"你……你怎么了？小爱！怎么这副打扮？"

看到了在玄关现身的小爱，桐野吓得差点把腰给闪了。

平时她穿得都很随意，今天不太一样。上一次令桐野如此震惊，还是在合气道中，被她宝冢风格的女扮男装迷得神魂颠倒……这次的冲击感，远比上次还要强。

袖口和领口带着蕾丝花边的白衬衫，粉色的百褶裙，还有白色围裙和蕾丝发带！

这是出现在电影《美国派》里的那个外国甜品店的，又一款超有名气的制服。在咖啡厅和餐厅并设的店铺里，据说有不少人光顾是专门为了去看女服务员的制服。在网络上，粉丝专用的网站都有好几个。

虽然知道去年在仙台站的大楼里开设了分店，但是穿着那家店制服的小爱突然出现在自己面前，简直连做梦都没有想到。

"那……那件衣服，你……你是怎么搞到手的？"

"啊，你说这个啊，这段时间放春假，我的朋友在那里打工。不过前几天她感冒病倒了，所以到昨天为止，我代替她去打了三天的工。"

"啊，这样啊。"

不只是侦探的业务，她平时也会代理这种事情。桐野觉得她好像隐瞒了什么。而且，如果那样的话，又会涌现出新的疑问了。

"那……小爱，你是直接穿着这身制服，坐地铁去打工，然后又这样回来的？"

"怎么可能，没人会这样做的吧？我肯定是换了衣服的啊，只是在我这里稍微保管一段时间而已。一会儿我就准备去朋友家里，把衣服还给她。"

换了自己的衣服，那就太好了。她要是现在这身打扮去坐地铁的话，肯定会被车厢里的男乘客死死盯住的。如果只是这样倒也没什么，但是万一遇上坏人，在出站的时候被拐跑的可能性也不是没有。

不过，不管怎么说，爱也是有合气道经验的人，应该不会那么容易被绑架吧。

身材娇小，通透白皙的肌肤，忽闪忽闪的水灵灵的大眼睛，还有一头及腰长发。放到现在，她已经可以算是濒临灭绝的正统美少女了。爱今天这种 Cosplay 风格的打扮，让桐野神经反射般地想从钱包掏钱给她。

"但是，要是那样的话，为什么你又偏偏要在家里穿成这样？"

"欸？"

桐野觉得这是很普通的问题，但是爱却不可思议地眨着眼睛。

"难道不是必须穿成这样吗？毕竟，是长颈鹿先生来我家里啊。"

"啊？"

桐野慢半拍才懂了她的意思，惊慌得说不出话来。

"因为，穿着这种衣服的女性的写真集什么的，长颈鹿先生，估计你应该有吧？"

"这个……"

桐野实在是没办法否认。公寓的壁橱里，至少放着五六本。每当事件搜查遇到危险时，他都会认真思考："只有那个壁橱，需要趁早收拾处理。要是死了之后被谁看到了，自己的名誉可就会毁于一旦，成为大家的笑料了。"

真不愧是侦探啊，能够完美解读人物的性格。

桐野在心里长叹了一口气。

只是这一点，估计小爱再怎么了解我，以后也永远不会知道的吧。我明明真的是这么想的……啊，实在是太凄凉了。

虽说如此，被爱果断地当成是个"变态"而受到的心灵创伤，与能看到 Cosplay 的喜悦相比，如果在心里放一个天平的话，绝对是后者更重一些。

桐野义太对这样的自己，真的只是感到有点儿喜欢。

3

桐野义太，三十五岁，宫城县警黑岩署刑事课搜查一班所属。黑岩町位于仙台市西南部，其地形东西狭长。以果树栽培业、林业，再加上近几年新兴的精密仪器制造业闻名。

他身高一百八十五厘米，体重六十四千克。最近好像在减肥，越来越不像个刑警了，看起来有些寒酸。

薄嘴唇、尖鼻子、深眼窝、双眼皮，不管在外面再怎么跑，也从来不会被晒黑的白皮肤，不过，他与"风度翩翩"这个词，应该是无缘了。

而根津爱在今年的三月一日刚满十七岁。在仙台市内的女子高校上学，四月终于成了高三的学生。但是，她看起来比实际年龄要稍小一些。不过，要是真说出来的话，她会很生气。

关于二人的关系，还是有必要说明一下的。

爱的爸爸——根津信三，今年五十二岁。在七年前离职之前，他被认为是宫城县数一数二的能干的刑警，在全国范围内都很有名。

根津警官解决的案件数不胜数。在某女性被杀害的犯罪现场，他只尝了一口公寓厨房的锅里剩下的咖喱，就一针见血地指出犯人是谁了——也就是有名的"咖喱饭杀人事件"，此后，他声名鹊起，确立了在警察组织中不可撼动的地位。

桐野在初出茅庐之时，和这位传说中的名刑警一起共过事，被他传授了很多搜查的经验与知识。在同一间办公室里，还有现任黑岩署搜查课长的石桥彻，以及退休之后在福岛县悠然自得的时任课长一职的大隈泰治。

七年前，根津信三在搜查中右脚受了重伤，这也成了他离开了职场的原因。周围的人都替他的才能感到惋惜，极力想挽留他。但是，认为脚踏实地的现场搜查才是刑警正道的信三，没有听他们的劝阻，最终选择了离开。

辞去警察工作之后的信三，完成了华丽的转身，成为仙台市内一所料理专门学校的讲师。在爱三岁时失去妻子的他，一手把爱带大，因此也成了料理领域的高手。

即使不再是同事了，但是桐野每个月也会去根津家拜访几次。被这位前辈刑警的人品所吸引是一方面的原因。另一方面，他如此频繁地拜访根津家，还有别的原因。

关于自己负责的案件的搜查，桐野还是希望能够参考信三的意见。虽然已不是现役，但是信三的洞察力却丝毫没有衰退。桐野一直对上司石桥保密，事实上，多亏了根津的建议，桐野还曾三次获得署长赏。

不过，从去年年初开始，情况发生了明显的异变。偏偏在桐野义太的搜查陷入困境以及快要哭了的时候，为什么根津信三不在呢？代替的是，他的女儿爱帮忙解决案件的情况开始多了起来。知道此事的宫城县警的相关人员，在私底下把爱称为"美少女代理侦探"。

美少女代理侦探——根津爱最初解决的事件，是前年的大晦日发生在黑岩町某处公寓里的一位三十九岁的女性被绞杀的事件。

接下来是去年十月，在北海道小樽市市内运河中浮着的一艘小船上，发现了一具被缝合的新娘打扮的尸体。以此为发端，造成全日本陷入恐慌深渊的"堕天使杀人事件"出现之时，爱单枪匹马奔赴神户，在兵库县警本部开始解说事件真相……但是，在快要迫近谜底之时，堕天使使出惊人奸计，爱不得不选择撤退。

最后，"堕天使杀人事件"被头脑清晰且知识丰富的名侦探——律师森江春策划上了圆满的句号。对于爱来说，这起案件是她目前为止的人生中受到的最大的屈辱，深深地伤害了她的自尊心。在神户的观光名胜北野异人馆前，桐野想要安慰她，但是爱却愤慨地说："我没有任何一处错误！"这件事，桐野仍还记忆犹新。

后来，等待返回仙台的桐野和爱的案件是——"僵尸杀人事件"。

在变为密室的黑岩町的某处收费道路上，被掐死的死者用自己的脚踩了油门，从悬崖飞出坠落。这起奇怪的事件，也因其状况的不可解，使得全日本上下哗然。

作为"堕天使事件"的雪耻，向这起难关事件发起挑战的根津爱，用完美的推理解决了谜团，从而确立起了自己名侦探的地位。关于这起事件的经过，在《夜宴》[1]一书中有详细的记载。

4

招待的晚餐，和平时一样。一开始被问"吃过午饭没有"，回

---

1 《夜宴》是爱川晶1999年创作的美少女代理侦探系列小说。——译者注

答的是"吃过了"。

桐野两膝并拢，端坐在椅子上，暂时调整一下呼吸。

"让你久等啦！"

爱端着一个银色的盆，出现在神色慌张的桐野面前，开始向桌子上摆放盘子。

"这是美国曲奇和热咖啡，咖啡可以续杯。您还需要再点些别的吗？请您慢慢享用。"

爱说得像员工手册里写的一样，露出了最棒的商业式的微笑，还深深地鞠了一躬。

之前她说过代替朋友打了三天的工。

桐野看着她的脸想。

为什么不告诉我呢？要是知道了的话……我肯定每天早晚各去两次。

感到遗憾的同时，桐野把目光移到了盘子上面。爱还在他的旁边像服务员一样地站着。

美国曲奇这个点心还是第一次吃，看起来很普通，和普通的曲奇没什么两样。但是比起市面上卖的，它的圆形面积要大上一圈。有可能这就是它叫"美国"曲奇的原因吧。用料相当足，有可能是爱自己做的吧。是她的父亲亲自教授的吗？这倒也不好说，不过爱的做饭手艺也相当了得。

在横放着五枚曲奇的盘子边上，堆着两种不同颜色的鲜奶油——白色和茶色，应该让是按照个人口味选择吧。

桐野拿起一枚，首先什么都不蘸，送到嘴里。

"嗯……这个，真好吃。"

口感松脆，甜度适中。

在品尝味道的同时，桐野的舌尖感到了一丝辣味。他将第二枚和第三枚蘸着鲜奶油尝了一下，微微的辣味，遇到带着咖啡香味的香醇微苦的鲜奶油，在口中酝酿出了复杂的味觉世界。桐野也被这种新鲜的味道震惊了。

曲奇的面团本身就有着不可思议的味道，和小麦粉不一样，它有种独特的香味。桐野又喝了一口浓香的咖啡。

"这个曲奇……好吃是好吃，只是味道有种说不出来的怪。喂，小爱。莫非，你在里面加了荞麦粉？"

"嗯哼。"爱笑望着一脸困惑的桐野摇了摇头，"你的思路很好，但是错了呀。"

"思路很好？那是稗子或者小米吗？"

"非常遗憾，材料是藜麦[1]。"

"藜麦？这是什么？"

"啊，你不知道吗？最近可流行了呢。前不久，NASA 还预测'藜麦会在二十一世纪成为全世界的主食'。"

NASA 不用过多介绍，指的是美国航空航天局。被那里强烈推荐了，想必藜麦是相当优秀的食物吧。

"做法和普通的曲奇是一样的。买来粗磨藜麦粉，把酥油和砂糖放在面粉里搅拌，然后用烤箱烤制。为了让风味更佳，稍微放了

1　藜麦，又称印第安麦、昆诺阿藜或小小米，原产于安第斯山脉，是一种南美洲高地特有的一年生谷类植物，种子可食。——译者注

一些辣椒粉。"

辣味原来是这样来的啊。经常会有一些点心里放生姜的，放辣椒粉的还真是少见。

"藜麦的食物纤维含量是糙米的十一倍，大米的三十九倍。铁和钙的含量是糙米的四倍。它所含的人体必需的氨基酸的平衡度也是顶级的，皂苷的含量很多。还有促进胆固醇和脂肪代谢的效果。从它的历史来看，因为只在一小部分地域被种植，所以即使是过敏症状的患者也可以安心食用。"

"哦。那可真是健康的食材。而且，味道也很好呢，特别是和咖啡鲜奶油非常搭。"

这不是恭维的话。桐野发自内心夸赞的同时，拿了第四枚。

"合你的口味就真的太好了。"

"啊，顺便问一下，根津先生呢？"

"他早上还在家的，应该是去哪里了。可能是书店吧。"

"啊，这样啊，那又见不到他了呢。"

"真是不可思议，平时他都在家里待着，最近只有长颈鹿先生来的时候，他好像才会出门。"

"啊，不过也没关系，这次不是来找他谈事情的。而且，最近也没什么大事件发生，我可以暂时悠哉一段时间。能当上小爱的司机也是多亏了辖区的平安无事，真的是太值得感激了啊。"

"你也帮了我的大忙呀。朋友邀请我去别墅虽然很开心，不过那里是个坐电车或者巴士很难到达的地方。"

旅行的目的地是福岛县的奥会津地区。和已是春天模样的仙台不同，那边还有残雪未消。去那个地方的话，桐野四轮驱动、马力强劲的爱车，是再合适不过的交通工具了。

"那我去换个衣服。行李全都收拾好了，我马上就回来。"

"啊，小爱，那个制服是要送去朋友家的吧？她家在哪里？"

"嗯，没关系的。我刚才想着说马上还给她，后来想想，明天早上之前她拿到了就行。我一会儿打电话告诉她，让她今晚来我家里取衣服，给爸爸写个纸条就行，他会帮我还给朋友的。"

"这样啊。那咱们在途中，接上你的另一个朋友就可以了吧？"

桐野事先听说过，还有一个同行者"里沙"。

"嗯，是的。她家在长町站附近，正好去高速公路的入口时会路过她家。"

爱说了那个朋友的全名——樋口里沙。

"嗯，小里沙是个什么样的姑娘？毕竟是要一起去旅行，要是她不是那种很容易就感到疲劳的人就好了。"

"啊，完全不用担心。她就是个普通的女孩子，很开朗，性格特别好，长得也很可爱。不过，嗯，也不能说她一点儿奇怪的地方都没有。"

"有点儿奇怪？"

"不是什么大事啦，小里沙是个'身体改造'迷。"

"身体改造……指的是去健身房锻炼吗？"

"精神方面和那种比较相像，但是方向有些不同。不过，等会儿见了你就知道了。"

爱解掉蕾丝发带的同时，在嘴角露出了迷之微笑。

5

　　换上法兰绒格子衬衫、蓝色牛仔裤和茶色夹克的爱，坐到了车后排的座椅上。这次是要从北到南纵贯仙台市。虽然她很想坐在副驾驶的位置，但是由于朋友要来搭车，她也只好含泪断了这个念头。

　　爱的行李很少，和平时带的东西差不多，只是这次多了一台笔记本电脑。爱开始用电脑还是在几个月之前。和机器白痴桐野不一样，她在短时间内就已经可以熟练操作了，当然也连上了网。瞒着周围人给她的邮箱地址发邮件，成了桐野坐在办公室里的一大乐趣。

　　从 JR 仙台站乘坐出城方向的东北本线列车，仙台的下一站就是长町。

　　仙台南警察署在长町站的南侧，桐野每周都会来这里一趟。爱的朋友樋口里沙的家，就在那儿附近。

　　"今天能见到桐野先生您，我真的特别开心。我之前从小LOVE 那里听了好多关于您的事情。"站在路旁等待，之后坐到驾驶员席正后方的里沙，在初次见面的打招呼时这样说道。

　　"小 LOVE"是代理侦探在学校的爱称。

　　"我爸妈十多年前就离婚了，我没有爸爸。所以，我是个'爸爸控'。我对同年龄阶段的人都没有什么兴趣，一直喜欢年纪稍微大一些的。桐野先生的年龄正好完美落在我的'防守范围'之内，还请多多指教！"

　　"不，就算你这么说，我也……"

才刚第一回合，桐野就被压倒了。

"刑警的工作，肯定特别好吧？"在桐野还没想好怎么回复的时候，里沙接着说道，"男人要是轻浮的话，是绝对不行的。在实力才是硬道理的世界工作的人，果然才是有魅力的啊。因为总是说这种话，大家对我感到很吃惊，常被说'小里沙可真是个老派的人呢'。"

桐野开始张嘴，但还是放弃说话了，他长叹一口气之后，看了一眼后视镜。

一头染着红色的螺旋烫发，油光发亮的玫瑰粉色的嘴唇，涂着浓浓的睫毛膏，向上卷起很高的睫毛……

她的身高比爱高十厘米左右，身形也略微要宽一些。圆圆的脸蛋上，笑起来连眼角都散发着可爱之气。纯色的红毛衣，黑色束腰小皮裙，上身还披着一件淡紫色的骑士夹克。

如果这种打扮都算老派的话，时髦的女子到底要打扮成什么样子啊。

桐野不禁觉得有些可怕。

本来觉得自己还很年轻，但是，代际鸿沟看来是即使想填也根本无法填上的啊。

和女高中生一起旅行固然很高兴……但现在看来，前途未卜啊。

桐野决定还是先暂时专心开车吧。陆地巡洋舰沿着国道二八六号线向西行驶，朝着东北自动车道的仙台南高速公路出入口前进。

两位女高中生，开始兴奋地聊着电子游戏的话题。

从以前开始，爱就很喜欢玩世嘉出品的格斗游戏《VR 战士》，并以此为契机，开始学习合气道。里沙和她一样，是这个游戏的爱好者。类似"连环上膝踢""短脚身后袭"这种难懂的专门术语在车里此起彼伏。

里沙昨晚好像住在了爱的家里。今天早上十点之前，也就是在她们二人通宵打游戏之后，里沙先回到了自己家里，准备旅行用的物品。她这可真是有毫不逊色于刑警的精神头和好身体啊。

后排座椅的话题转到了学校的社团活动。二人都加入了美术部，特别是爱，去年秋天才刚入部，不知什么时候已经成为副部长了。

"毫无疑问，因为小 LOVE 很有才能啊。"里沙的声音传来，"我觉得你应该去美术大学才对。油画专业可能得需要复读一年才行，但是其他专业，你一定能一次就考上的。"

她们谈论的是关于小爱考大学的事啊。

下个月，她们二人就要成为高三的学生了，自然会谈论这个话题。但是，桐野还是觉得有些困惑。

他们最初相遇，是在爱上小学一年级的时候。那之后，他一直默默看着爱变成中学生和高中生。但是，爱成为大学生和职业女性之后的样子，桐野还是想象不出来。不过，这只是时间问题吧。这样想来，真是觉得不可思议，他不由得感慨万千。

"我不行的，就是画一些自己喜欢的东西罢了。我觉得小愉美才是真的可惜啊，拥有那么出色的才能，明明可以走专业画家的道路啊，不过她本人好像一点儿都没有这个想法。"

对话中出现了新的名字。

"话说，还没告诉过长颈鹿先生呢。我们今天要去的目的地，就是刚才说到的小愉美家的别墅。"

"欸？这样啊。那个姑娘也是美术部的？"

"嗯。"

"你们的班级不一样？"

"小里沙和小愉美是一个班的，我在另一个班。"

桐野一直以为奥会津的别墅是爱同班同学家里的房子，看来是同属一个社团的朋友啊。

"樫村"这个姓，桐野是知道的。警察在去其他县的时候，即使是私事，也必须要向署长提出申请。所以在填写申请书的时候，他问过爱。桐野本以为她的名字是"由美"或者"裕美"，问了爱之后，才发现是不太常见的汉字。她的全名是——樫村愉美。

樫村家在仙台市内的房子，位于宫城野区的五轮，在仙石线的宫城野原站的西侧，周围有很多学校和医院。有关她家的目击情报，可是在学校轰动一时的大新闻。听说是一座相当气派的豪宅。

"哎？除了那么大的自家房，她家里还有别墅啊。明明现在经济不景气，他们家还这么有钱啊。她爸妈到底是做什么的？"

"她其实已经没有爸爸了。"爱回答道，"在小愉美上小学的时候，她爸爸就去世了。"

"这样啊……"

桐野对自己的轻率发言感到很羞愧。爱和里沙都没有完整的家庭，他应该好好考虑一下说话方式的。

"她妈妈好像也没有工作。不过，听说她爷爷以前是大学教授。"

"哦，那她家肯定是从祖上好几代就很有钱了吧。"

车子正好快要到架在名取川上的那座大桥了。已经出了仙台市，进入名取市了。

"那……估计这也是小愉美拥有卓越的美术才能的原因吧。"

"是的。不只是画画，她还会做人偶呢。"

"人偶？"

"全部手工制作，和真的一样。特别是表情，简直和真人没有区别。关节部分是可动的，能够摆出任何姿势。她的才能可能是受父亲的遗传吧，听说她爸爸是个相当有名的画家呢。"

"原来如此，真有才华啊。"

"她的爸爸不只是画普通的画，也擅长视觉陷阱画。"

"视觉陷阱画？"桐野望着被甩到后方的桥栏杆，歪了一下脑袋，"视觉陷阱画……是埃舍尔画的那种类型吗？"

埃舍尔是十九世纪末出生于荷兰的画家，他为世人留下了许多杰作。比如通过用在空中交错而过的白鸟群和黑鸟群，把整幅画分成了白天和黑夜的《昼与夜》；向下倾泻的瀑布，在不知不觉中又回到了顶端的《瀑布》等。

"还是有些不一样的。埃舍尔的画在严格意义上，是不能被称为视觉陷阱画的。非要说的话，也是'仿视觉陷阱画'。"

"欸？这样啊。"

桐野吓了一跳。直到刚才，他还坚信只有埃舍尔才是视觉陷阱画的王者。

"还是有区别的。逼真性和真实性，这两个词才是理解视觉陷阱画的关键。"

"也就是说……看到的人会真的误以为是实物，还原度很高的画？"

"嗯，可以这样说。"

作为博闻强识的代表——爱都这样说了，应该不会错的。

"小愉美爸爸的画，在别墅好像也有。等到时候看了，长颈鹿先生就能理解啦。"

6

从仙台南高速公路入口驶入东北自动车道。

今天的目的地，是福岛县南会津郡坂岩村。

去会津若松市附近，要从郡山高速公路出口下高速。但是，去奥会津地区，往南驶入栃木县之后，再向西北方向行进的话，会更省时间。当然，桐野也是这么想的。

给车子用了无钉防滑轮胎，车内很安静。桐野没有换上冬季轮胎的理由，只是嫌麻烦而已，这次赶上好运气了。毕竟，这次的目的地，是日本为数不多的降雪量大的地域。无论行驶速度有多慢，在这个季节行车不装防滑链，都相当于是自杀。

"那个小愉美，性格怎么样？"桐野问道。快要见面了，他想多搜集一些相关情报。

"嗯，是个特别好的孩子。只是……"爱很罕见地中途停顿了一下，又过了一会儿才说，"总之，她不怎么来学校。"

"啊，不去学校啊。应该有什么原因吧？"

"我不知道啊。刚上高一时，五月连休回来之后，她就差不多一个月没来学校。那之后就经常缺勤、迟到了。要只是这样也倒还好，她的'分离性神游症（Dissociative fugue）'会常常发作。"

"欸？赋格（Fugue）是巴赫的作品吗？"

"和音乐里的那个赋格（Fugue）是一个单词，但是作为心理学术语，它的发音稍有不同。在这种症状下，患者的意识发生了某种变化，在别人看来，他明明就像普通人一样说话行动，但是事后他本人却没有与之相关的记忆。"

"和梦游症不一样吗？"

"有些相似，但是不一样。梦游是晚上睡觉的时候突然间醒来，到处走动。但是神游症是在醒着的状态下，突然陷入那种状态。"

"是双重人格吗？"

"这种可能性也不能说没有。神游症和多重人格障碍症的发病元相同，神游症发作时的小愉美，简直就像换了一个人似的。我跟她不在同一个班，她发作的时候我也没有在场过。"

桐野像是受到了强烈的精神冲击，对这个叫作樫村愉美的小姑娘，开始感到同情。

总不去学校，朋友应该也很少吧。大概是妈妈担心她，才把和她同属于美术部的爱和里沙邀请到别墅的吧。桐野这样想道。

"但是，长颈鹿先生，听了我说的这些，你可别先入为主啊。小愉美，虽说有点儿认生吧，但是她可是个很温柔的人呢。"

"啊，我知道了。你放心吧。"

"她有一个比她小两岁的弟弟慎二，他好像要比小愉美严重得多，初中时代就不怎么去上学。虽然顺利毕业了，但没有去考高中。"

在说话的过程中，车子通过了与山形自动车道的分歧点——村田交叉点。

陆地巡洋舰引擎的状态越来越好了。路上车也不多，真是一次轻松的旅行。

这时，从后排座椅递来了考拉小饼干。以示感激，桐野把四枚一起塞进了嘴里。饼干是草莓味的，桐野咔嚓咔嚓地咀嚼着。

"桐野先生。有件事想拜托你。"是里沙的声音。

"啊，什么？别客气，你尽管说吧！"

"初次见面问这个好像有点儿厚脸皮，但是，我也想喊你'长颈鹿先生'，可以吗？"

"哎呀，我还以为是什么事呢。叫吧，没事的。"

桐野伸出左手，把后视镜向左侧调整了一下。四目相对之后，爱一边嚼着草莓味的百奇饼干，一边摆出 V 字的手势。

桐野想说些什么的时候，"喂，喂，长颈鹿先生！"红头发圆滚滚的脑袋，从镜子的右侧出现了，"暂时定在下周，咱们开车出去兜风吧！我知道你很忙，我不会任性的。等长颈鹿先生一天的工作结束了，咱们去哪里吃个饭，然后一起去看夜景。我听说国见观音像附近的夜景特别漂亮呢！"

里沙完全不顾桐野的困惑，自作主张地安排起来了。

仙山线国见站的西北方向，在去"仙台大观音"像的途中，有一个夜景很美的地方。在副驾驶载着女高中生，开车兜风去那里赏夜景当然是很幸福的一件事。但是，被如此露骨地邀请，难免会让人感到畏缩。

桐野不知道该怎么回话，陷入了沉默。

"长颈鹿先生，请你想一想。现在是能很轻易地和小 LOVE 约会，不过，要是你以为一直可以这样的话，那可就大错特错了。等小 LOVE 结婚了，你就很难再见到她了吧。但是，如果你和我结婚了，就能和小 LOVE 做一辈子的朋友了啊。是这样吧？对不对？"

桐野大吃一惊。原来如此，还有这么劝人的啊。

虽然逻辑很奇怪，但是又有让人难以抗拒的说服力。樋口里沙这小姑娘，是有些不太正常，但是脑子好像一点儿都不笨。

"小里沙，真的是个很主动的人啊。"桐野不知道该作何反应，似是而非地回答道："和我们那个年代真的很不一样啊，现在这么看重外貌了啊。"

"不过啊，长颈鹿先生。"爱插话说道，"实际上，就在不久之前，小里沙可比谁都老实呢。是不是不敢相信呀？"

"咦？真的吗？"

"高一的时候我和她在同一个班，对她的第一印象是'很阴郁的人'。因为，她连看都不看我一眼。跟我说话尚且如此，和男同学说话的时候，她就更不敢看对方的眼睛了。只是被别人搭一下话，感觉都快要哭了。"

"这……还真是，有点儿难以置信啊。"

"我在上小学的时候，受过同学的欺负，之后就有了对人恐惧症。初中三年里基本上没有跟任何人说过话。上了高中之后，一开始我也还是那个样子。"

"那为什么性格发生了这么大的变化呢？"

"比如说我有小 LOVE 了，理由其实有好几个……但是，排在第一的理由还要数一年前开始的——我的身体改造成果。"

"身体改造，我听小爱说过，具体指的是什么啊？"

"啊，比如说，穿洞什么的。"

"是这个意思啊。"

桐野终于理解了爱的话的意思。与之同时，疑问也涌上了心头。他的视线瞄向后视镜。

"但是，小里沙现在并没有戴耳钉吧？"

"耳朵上暂时还没有戴。我们高中管得很严，每个月都要检查一次仪容仪表。要是被老师发现，然后又打电话通知家长的话，也太麻烦了。我可是很认真地在上学哦。这个头发的颜色，也只是春假期间的特别款式。"

"耳朵上没有……那，是在别的地方有环吗？"

"长颈鹿先生，你想看吗？但是，看了之后，还请你保持安全驾驶哦。"

镜子里映着的，是里沙恶作剧般的笑脸。

说完，里沙开始把身体向上挪动。在后视镜的世界里，她的眼睛和鼻子消失不见了。

她这是想要做什么？

嘴巴也消失了，映现的是她的下巴和喉咙的下方。

"啊，还是不行啊。再往上伸的话，头就要撞上车的天花板了。长颈鹿先生，不好意思，你能把后视镜往下调一调吗？"

"咦？啊，好的……"

桐野按照指示，调整了后视镜。接下来的瞬间，他小声地叫了出来。

"什……什么！这……"

里沙把脖子附近的毛衣往下拉，左右的锁骨中间，有两个闪着银色光的小球。

"这就是个很常见的麦迪逊环啊。"她的腔调，就像是在说"为什么如此震惊呢"。

"麦迪逊？"

"你不知道吗？"

"当……当然不知道。"

"锁骨中间放一个'小杠铃'。"

"杠铃？是举重用的那种……"

"因为形状差不多，所以就被那么叫了。怎么样？很酷吧！"

"我……我知道了。耳钉也是身体穿洞的一种啊，不只是耳朵上可以穿，身体上也可以。小里沙，你是这方面的爱好者吗？"

"嗯，是的。但是，你好像对我有点儿误解，容我订正一下哦。身体穿洞，指的是轴的直径为十四 Ga，也就是一点六毫米以上的穿洞。比这个再粗的话，即使是戴在耳朵上的，也都叫'体环'。比如说，戴在软骨上的。"

"软……软骨？"

"看，耳朵的上部不是有软骨吗？如果环的直径不够粗的话，会很难从那里穿过去。"

为什么会有人喜欢，而且非要在那些地方开洞呢？对于采血时被针刺一下耳垂都很害怕的桐野，实在是理解不了这个爱好。

"那种东西戴在身上，对身体会不会不好啊？"

"没事的，它的材质可是医疗用的不锈钢呢，不用担心生锈的问题。"

"学校的同学们，也都知道吗？"

"我班上的朋友是知道的，对老师当然是保密了。"

"那比如说进游泳池的时候，怎么办？"

"我在小的时候做过心脏手术，游泳课一直站在旁边看大家游。要不然，我也不会戴麦迪逊环了。"

"那个，小里沙。你只在身体的那一处开了洞吗？"桐野小心再小心地问道。

"怎么会？才不是呢，穿洞可是会上瘾的呢。"听起来毫无顾虑的声音。

"啊？那其他部位……"

"除了这里，首先就是神阙穴上的了。"

"神……神阙穴，这是哪个部位啊？"

"也叫作'脐环'。"

"脐环？啊！难道是……"

"在肚脐眼的上面开一个小洞。"

桐野的冷汗从腋下就像是要喷出来一样。

"除了麦迪逊环和脐环，还有一个部位也有环。它可是坐在驾驶席也能轻易看到的呢，请看！"

从背后传来了指令。桐野就像是被蛊惑了一样，移动了视线。

啊啊啊啊啊！

桐野这次是在心里默默地尖叫。人类在真正惊恐的时候，是无法大声喊叫的。

后视镜里，樋口里沙张大了嘴巴。镜子里映出的是红色的舌头，在舌头的中间，有一个银色的球状物！

"这……这也是穿洞吗？"

"当然。舌头的正中间，有个小杠铃。"

舌头的神经是人体中最敏感的。要是不小心咬到舌头的话，都会疼得跳起来。在那里开洞，然后用金属小棒穿过去，这……

"疼……疼吗？"桐野试着问了一个很质朴的问题。

"当然疼啊！特别疼！"里沙格外开朗地答道，"当然，我自己是弄不来的。去身体穿洞的店里，让店员帮我做的。针穿过去的时候，还不是特别疼。店员都很专业，用的也是专业的穿孔器。但是，离开店里之后，就变得特别疼了。脑袋也疼得一直嗡嗡响。觉得嘴里的伤口差不多应该愈合了，但是唾液却一个劲儿地往下流，吃了止痛药之后，总算是能睡着了。但是，第二天早上把我给吓到了！嘴巴已经肿得不成样子了。看着镜子里的自己，真的好像鳕鱼子啊。于是，我拼命地用消毒水漱口，过了三天左右，肿胀消退了。但是，在那之后的几天里，如果吃辣的东西，还是会很疼的。我就是一不小心吃了放有芥末的寿司，那感觉简直想死。实在是太疼了啊。"

桐野又觉得眩晕了，真是强烈的体验啊。

既然有专门穿洞的店，看来爱好者的数量还是相当多啊。

"即便这样……既然知道要受如此强烈的痛苦，为什么还非要去做身体穿洞呢？真是无法理解啊。"

"每个人的理由都不一样。我是想要给自己增加自信。有了自信的话，就可以平等地和他人对话了。"

"啊……原来是这个原因啊。"

"所以，我最开始做的就是舌环，去年春假的时候去东京做的。店员问了我好几遍'你想好了吗'。果然是很罕见啊，第一次来就要做舌环。回到仙台之后，我没有想跟大家炫耀的意思，但是马上就被同桌发现了，后来我做了舌环的消息在学校就被传开了。在那之后，同学们看我的眼神都跟以前不一样了，都带着一丝尊敬或者害怕，跟我搭话的人也越来越多。之后我就得意忘形了，变成这样的姑娘啦。啊哈哈哈哈哈哈！"

"小里沙，也太极端了吧。"

之前一直默默聆听的爱，第一次发表了评论。

"只是碰巧赶上个好结果，也不一定都会这么顺利啊。这种做法首先很危险，要是细菌进到舌头上开的洞里化脓了的话，后果不堪设想啊。"

"确实如此，必须相当慎重才行。我也听过不少令人毛骨悚然的例子。"

继续追问的勇气，涌上了桐野心头。

"所以，小里沙的例子没有普遍性。但是啊，我经常听说'身体艺术是让自己重新找回身份认同的行为'。"爱说道。

"身份认同啊。"

"通过加工自己的身体，从而确认日常生活中那个容易被忽视的自我，好像是这个意思吧。"

也就是说，为了寻求"治愈"所做的行为吧。时下也很流行"治愈"这个词。

"所以，高中毕业之后，我要在身体更多的部位穿洞，为了重新找回身份认同。"

她到底要做到什么程度才肯罢休啊。

7

桐野本来觉得已经习惯了爱的过激言论，但是没想到，今天遇见的樋口里沙是另一种过激类型，真的是已经跟不上她的思维了。死心了的桐野，对后排座席的人兴奋地聊着的各种话题，极力保持沉默，专心开车。

东北自动车道的车流顺畅。

平时的桐野由于警察工作的缘故，可以不遵守限速。但是，今天可不能那样，必须保证安全驾驶。下午三点半刚过，已经到了西那须野盐原的立体交叉道出口了。

从这里下高速，进入普通公路。沿着国道四〇〇号线向西北方向行驶。

车子出了收费站，向左侧绕一个大圈之后，就在距离信号灯只有一百米左右的地方，突然，车里响起了美国电影《超人高校》的前奏的电子音。

桐野被吓了一跳，把车子停在了马路边。

"啊，稍微等一下。"

爱从化妆包里找出了手机。

在这之前，她手机的来电铃声一直是安东尼奥·猪木的入场主题曲。这次换成了米尔·玛斯卡瑞斯[1]，不过这也是她一贯的选曲风格。

"我是根津，请问是……啊，老师！你好。"

听见"老师"这个词，桐野把头扭了过来。是学校的老师吗？但是，会有直接给学生打电话的老师？桐野感到有些不解。

"现在吗？刚从西那须野出口下了高速。赶得正好，刚才手机一直没信号。啊？哦，这样啊。那真是太糟糕了啊。嗯，没关系的。正好副驾驶的位子是空着的。"爱这样说道，瞥了一眼映在镜子里的桐野，"好的，我知道了。那我们现在就朝您那边去。没事，不会的……那我挂了。"

通话结束。

"治郎吗？"

桐野发问之前，里沙先张口了。

"嗯，是的。"

"小 LOVE，你把手机号告诉给那个家伙了？"

"怎么会呢，我为什么非得告诉他啊。是他打电话给部长，说有急事找我，部长这才告诉给他的。"

"哎呀！怎么会有这么厚脸皮的人。这是滥用职权啊，没把美

---

1 安东尼奥·猪木、米尔·玛斯卡瑞斯，都曾是职业摔角选手。

纪的号码告诉他就好了。话说，到底有什么急事啊？"

"他的车子坏在半路了，想让我们接他去。"

"啊，他还是老样子，又把事情搞砸了啊。那家伙一点儿生活技能都没有，不可能会修车的。"

"说的也是。"

"那个，我说你们啊，别这么随便就答应啊。好歹也得让我知道一下吧，是谁要坐上来？"

"啊，抱歉。刚才的电话，是学校美术部的顾问打来的。他叫治郎，今天也要去小愉美家里的，但是车子坏在半路上了。然后，就打电话来向我求助了。"

"顾问……也就是老师吧？跑到这么远的地方，来家访吗？"

"不，不是的。我也是最近才知道的，治郎是小愉美的亲戚，很早以前就一直去她家玩儿。"

"啊，原来如此。"

桐野总算明白了，新的旅伴是爱她们学校的美术教师，名叫藤井治郎，年龄四十二岁。

"他是个什么样的老师？"

"外表长得有点儿帅，但是内心是个变态。"里沙立刻给出了结论，"艺大油画专业毕业之后，一直以成为职业画家为目标。但是中途受到了挫折，做了高中老师。所以一把年纪了，刚来我们学校工作。他四十多岁了，但还是单身。有学生说他'不像个老师，很有趣'，但是我可不这样觉得。治郎才不是什么有趣呢，他只是没有作为教师的自觉罢了。显而易见，他根本不想来学校工作啊，说的话也没什么内涵。"

"这么评价他，感觉他有些可怜啊。"桐野说道。

爱罕见地接了话："比起那种奇怪的干劲十足的人，我觉得他这个样子挺好的啊。对于美术部的运营，也从不多说什么让人厌烦的话。只是，从美术的才能来看，他确实是艺大毕业生里很一般的那种。我觉得他以前也一定画出过更好的作品，只是由于在补习班里当了十多年的讲师，净给别人指导了，自己的创造力就下降了吧。仔细想想的话，真让人觉得可惜啊。"

"而且，治郎不过只是一个地方公务员而已，却住在仙台站附近的高级公寓，开着保时捷的豪车。这么喜欢装面子，听说他欠了别人好多钱呢。学校的事务室经常会接到催他还钱的电话。但是，半路上车子出故障的话……他那辆保时捷看来是二手车吧，估计还是很老的那种款式。毕竟，那家伙太好面子了啊……"里沙吐槽道。

桐野被她们二人谈话的气势压倒了，他叹了一口气，换到了 D 档前进。

车子在信号灯处向右转，向着国道四〇〇号线前进。

序号有整有零的这条国道，在地图上看的话，它实现了连接南北走向的一二一号线和二九四号线这两条国道的功能。

桐野又开了不到五分钟，进入了盐原町。在之前的电话里，藤井治郎指定的位置，是国道沿线的汽车修理工厂。

能不能找得到啊？桐野不安地继续往前开着，看到道路的左侧有一个很大的"阿部汽车工业"的广告牌。应该是那里吧，桐野打了左转向灯，驶入停车场。

"嗯……啊，在那里！老师，这里，这里！"

爱打开窗户，使劲地挥着右手。桐野沿着她的视线望去，一个身高很高的男人，慢慢地向车的方向走来。看了那人的样子，他不禁眉头紧皱。

这个人……真的是老师吗？

藤井治郎的打扮有些奇特。长发在头部的后上方被绑成了丁髻样式，和古代日本武士的发型一样，还戴了一副镜面的太阳眼镜。身材纤瘦，但是和桐野不一样，皮肤呈浅黑色，歪嘴笑着。从长相上来看，会让人觉得他是一个无所畏惧的人。他穿着黑色的羽绒夹克和蓝色牛仔裤，夹克的前面是敞开的，可以窥见里面的橘色毛衣和金色项链。

桐野要不是事先听说了他的年龄的话，从他的样子根本判断不出来。

"啊，不好意思。真的是很抱歉，麻烦你们了。"

肩膀上挂着包的藤井，双手合十，向爱和里沙道歉。

"也不知怎么搞的，突然间车子引擎的声音就变得不对劲了，好在是还开到了这里啊。我感觉像是车子的燃油泵出了问题吧。没办法，零件还得订购才行，谁让这是台外国产的车呢。打电话给厂家，电话那边说再快也得后天傍晚才能送到，唉，真是没辙。还好有你们在，我这也算是绝处逢生了呀。"

他的音调比普通男性要高，说话的语气显得有些轻率。

爱简单地向他介绍了一下桐野。

"啊，这样啊。刑警先生，感觉更靠谱了呢。初次见面就给您添麻烦，真的是很不好意思啊。"

藤井点头示意之后，把太阳眼镜摘了下来。后视镜里出现的，是和浅黑色肌肤特别不相称的，如女性一般的温柔的眼睛，双眼皮以及让人吃惊的长长的眼睫毛。

"外表长得有点儿帅。"桐野想起了刚才樋口里沙的话。评分严格的里沙都能这样说，想必是一个长得还不错的男性吧。见到真人之后，远远超乎了桐野的想象。他看起来比实际年龄要小十岁左右，也许是单身的原因吧。

"副驾驶的位子是空的，别客气。啊，对了，先把行李放进后备厢吧。"

打开后备厢之后，桐野忽然感到有些不安。

小爱刚才没怎么说这家伙的坏话。对这个比我还要年长的男人如此在意，难道……不是吗？

8

藤井治郎坐上陆地巡洋舰的时候，发生了一点儿小问题。

里沙说她想坐在副驾驶席。

"坐在后面，看不见长颈鹿先生的脸，太没劲了。喂，是吧？我肯定会好好听话，不会打扰你开车的，绝对不会的。"

虽然是好意，但是却给人添麻烦——指的就是这种行为吧。

桐野让里沙坐在副驾驶席，也不是不行，问题是那之后的事情。他和里沙坐在前面的话，后排座席必然就会是爱和藤井治郎了，这才是最让人头疼的地方。

刚刚才见面，桐野还没有好好地思考过藤井这个人。比自己还要好的男人，真是让人窝火。而且，他还是爱的高中美术部的顾问，应该每天都和她见面。

桐野觉得他比自己还要大七岁，感觉应该不会有什么问题，但又不能完全放心。如果可以的话，还是不想让他离爱太近。但是，里沙非常执拗。最后，爱也表示赞成朋友的建议，这下桐野也没办法抵抗了。

"哇！太好啦！小LOVE，谢谢啦！"

里沙刚坐在副驾驶的位置系上安全带，就迫不及待地向着桐野的方向依偎过去。

她头发上护发素的香气，伴着古龙水隐约的暗香飘进了桐野鼻腔。但是，桐野很在意后视镜里的情况，没工夫在心里感到高兴。

总之，车子向着奥会津，一路前进。刚驶出不远，就能看到箒川了。这是一条沿着溪谷的美丽的路。一路都是上坡，海拔也逐渐升高。途中，有一座大吊桥。

根据主动承担导游角色的藤井的解说，它名字叫"回顾吊桥"。因为在桥上能望到的溪谷风景实在是太美了，来访的人们都流连忘返，在返回的途中还会忍不住回头再多看它一眼，这座桥也因此得名。原来如此。春日新绿和秋天红叶的时候，这里一定是会让人赞叹的美景吧。

只是，三月末的季节，北侧斜坡残雪犹存，别有一番韵味。里沙和爱也对这番景色惊叹连连。

不久，过了盐原温泉，周围的景色开始变得单调。

最初还一直说个不停的里沙，怎么突然安静了，桐野有些疑惑。原来，不知是什么时候，她面朝着桐野的方向已经进入梦乡了。

桐野瞄了一眼后视镜，坐在驾驶席正后方的爱，也靠着车门睡着了。

也难怪。毕竟，到早上十点之前，她俩都一直在玩《VR 战士》的电动游戏。她俩能精神到这会儿已经是很不可思议了，估计一开始就打算在车上补觉呢吧。

"真是，她俩都像小婴儿似的。"车里安静下来的时候，藤井治郎搭话道，"刚才还大喊大叫的，这会儿已经睡着了啊，真是天真可爱呢。"

"嗯，可爱固然是好事，但是和岁数不相称，还跟个小孩子一样的学生，现在真的是越来越多了啊。老师这个工作也不好干啊。"也不能无视他的话。桐野附和了一句。

"确实如此啊。不知道是因为他们缺乏社会常识还是什么，目中无人的学生可是不少呢。"

"但是，您是在女子高中工作吧。在我们外人看来，每天被年轻小姑娘包围着多好啊。真是只有羡慕您的份儿啊。"

这个部分，是桐野发自心底的真心话。

"虽然经常被这么说。但是作为职业的话，真的也挺郁闷的。"

"郁闷？是吗？"

"嗯，先不管别人怎么看。女子学校听起来好听，真正走进去之后才能体会到它的可怕。学生们自由散漫，而且行为也不注意。

走廊和教室里全是垃圾。更衣室里，过去十年里用过的创可贴，都快把地板粘满了。"

桐野瞬间愣住了。

"什……什么？更衣室的地板为什么会那样啊？"

"啊，不好意思。我表达得有些奇怪。说是更衣室，其实就是一个平时不怎么用的在游泳池旁边的老旧建筑。去年夏天，我第一次进到里面。结果看到的就是刚才说的那种状况。"

"游泳池的更衣室的地板上，全是创可贴？"

"是的。"

"真是搞不懂啊，是手或者脚破了吗？"

"不是的。我一开始也有些疑惑，不过立刻就懂了。学生们穿泳衣时候，为了把乳头遮起来，才贴的创可贴。等游泳课结束之后，就直接扔在更衣室的地板上了。"

"噫！"

桐野大惊，差点儿踩下刹车。太厉害了，是自己无法想象的场面。

啊，小爱，也那样做过吗？桐野心想。

"好像让你的幻想破灭了一样，真是抱歉。"

"没……没有，我才不会那么想呢。不过，吓了一跳倒是真的。那个，老师——"

"别，请别叫我'老师'。平时上班没办法，私下里还是想尽量不被这样叫。拜托你了，叫我'先生'就可以了。"

这句话，让桐野对藤井治郎增加了不少好感。虽然对他的第一印象不是很好，但是他看起来也不像是个坏人。桐野想试着和他拉近关系。

"那，藤井先生。小爱，在学校里是个什么样的学生？"这是桐野最关心的地方。

"她是我们教员都害怕的对象。"

"害怕的对象？是因为她平时故意把老师们问得哑口无言吗？"

"不是的，她没做过这种没有素质的事情。尤其是在语文和社会课上，恐怕她懂的比老师还多呢，也就没有必要问老师问题了。但是，这也正是她的可怕之处。上课时，只要她突然窃笑起来，我就感觉后背一阵寒战，总能听见她的这种笑声。这种情况下，我们老师肯定会先想是不是自己哪里讲错了。所以，在讲台上疑神疑鬼的老师，还有好几个呢。"

这，确实是让人受不了啊。

桐野不禁同情起来。只要爱在的话，每时每刻都得把授课内容研究透彻才行。

"啊，对了，我还想问您一件事。今天一会儿要去的那户人家的小姐，也是藤井先生在学校里的学生吗？"

"嗯，是的。"

"刚才在车里，她们俩告诉我来着，说那个姑娘不怎么去学校上课。"

"啊，你已经听说过了啊。实际上，嗯……"

藤井说了一半，稍微沉默了一会儿。

"那个，我可以抽根烟吗？"他面带难色地问道。

“啊？哦。您请，您请。”

“不好意思，我尽可能地想不给你多添麻烦。抱歉。”

升降车窗的马达声传来。过了一小会儿，桐野听见了转动打火机滚轮的声音。桐野瞄了一眼后视镜，看到了藤井紧闭双唇，正在吞云吐雾的侧颜。

“不去上学确实也是个问题。但是，她性格的两面性，才是更大的问题。”

“性格的两面性？”

“嗯。以前她很老实，好像有点儿对人恐惧症。但是平常跟她搭话的时候，她也会回话。不过，她有时候会突然变得心情很差，别说回答问题了，连看都不看老师一眼。那种时候，她和朋友们也不说话，上课的时候也一直低着头。班主任觉得她有可能是心病吧，给代课老师还有同学们作了说明，希望大家注意不要再让她的病情恶化……但是，不可思议的是，就在那天放学后她待在美术教室，劲头很足地在画着什么。”

“莫非，她是双重人格？”

“嗯，不好说啊。最初我就怀疑她患上了多重人格障碍或者解离性同一障碍。如果真是那样的话，我觉得她应该还不算是病得太重。她并没有形成新的人格，而是处在这之前的阶段，也就是‘解离性健忘’或者是‘解离性遁走’吧。”

“解离性健忘……我感觉还能听懂。但是，‘遁走’是什么意思？”

“它的定义是‘失去记忆，收获新的同一性’。意识发生变化，在他人的眼里看来，形成了新的人格，但是本人在这一期间内没有记忆，也被叫作'解离性神游症'。"

"啊，我懂了。是'赋格'啊，我知道的。"不过是刚刚才知道这个词，桐野露出了像是十年前就知道了的表情，还点了点头，"樫村愉美这个姑娘，会频繁地陷入那种状态吗？"

"大概每个月两三次吧。初中的时候还没什么问题，但上了高中之后就马上成那个样子了。总而言之，记忆一下子就消失了确实很让人困扰啊，联络和约定也都忘得一干二净。"

"她有没有可能是在演戏？"

"我觉得不会，她不是只会忘记对自己不利的事情。看到回归正常状态后，她本人一脸困惑的表情，我是怎么也不会相信她是演出来的。而且，她的弟弟也是差不多同时开始不去上学的。从前年春天开始，他们不去学校的原因也许是家里发生了什么变故吧。"

"家里发生变故，指的是……"

"嗯，虽然我和她家是亲戚关系，但是别人的家务事我也不方便多问。而且她也没有想说的意思。"

"这样啊。"

"还有一次，她应该是陷入了神游的状态，那时变得特别有攻击性。性格也相当粗暴，因为同学碰了她做的人偶而气愤不已，拽着那个同学的头发甩来甩去，之后从学校逃走了。第二天老师来找她，她本人一点儿都记不得了，只是一个劲儿地流泪。我也不知道该怎么办了。后来，也只是对受害者道歉了而已。"

"原来如此，居然发生过这种事啊。话说，樫村愉美这个姑娘和藤井先生是什么亲戚关系啊？"

"按辈分来讲，她是我的外甥女。"

"什么叫按辈分？"

桐野继续发问的同时，看到前方的隧道口张着黑色"大嘴"。藤井也注意到了，急忙关上了车窗，车内的对话也一时中断了。

不一会儿，车子驶入隧道。车内沐浴着隧道内的橘色照明，就在氛围有些许变化之时。

"那给你说说我和樫村家的关系好了。"藤井用冷静的语气开始讲述了，"我也是有些企图的，还请让我详细说明。要是你在途中感到困惑的话，请一定及时告诉我。"

有企图？

虽然觉得这话听起来有些别扭，总之，桐野决定先听他讲。

"我和樫村愉美的母亲有希，是同一个父亲生的。'有希'的汉字是'有'字加上'希望'的'希'字。我的父亲，愉美的妈妈的爸爸，也就是她的祖父，可是个个性很强的人……"

桐野总结了一下他说的内容，具体如下：

愉美的祖父，名叫樫村龙造，今年七十三岁。现在退休了，每天都过着悠然自得的生活。但是直到三年前，他都还是东京都内某私立美术大学的教授。

"他的脾气特别暴躁，对孙辈二人，根本不是百般呵护，而是从小时候开始，就对他们异常严厉。只要惹他不高兴了，就动手打他们。放到现在的话，虐待幼童是很严重的犯罪，但是在他那个时代，不如说体罚才是理所当然。所以，孙辈二人都很害怕见他。"

为什么对着初次见面的自己，能够把家族的内情全都说出来呢？桐野虽然觉得有些困惑，还是被他讲的内容吸引了。

陆地巡洋舰穿过了隧道，这次开始缓缓下坡了。也许是从山的北面斜坡走出来的原因吧，周围变成了雪白的世界。

藤井继续说明：

"龙造在二十九岁的时候，和比他小两岁的藤井多美结婚了。樫村家从祖上开始，就在仙台市内做木材批发的生意，龙造是木材店的独生子，他的婚姻也是由父母操办的。

"两年后，长男治郎出生了。性格奔放的龙造讨厌家里的祖业，一心投入到喜爱的美术事业，抛下妻儿，如同离家出走一般只身一人去了东京。

"几经波折之后，龙造在三十四岁的时候，和妻子协议离婚了。也正是在这时，他的父亲病逝。因为继承了巨额遗产，所以他没有生计方面的担忧。而且有值得信赖的掌柜在，木材店里也就全交给那人打理了。"

"这样的话，也就是说，有希女士是樫村龙造的后妻的孩子吧。"

"不，不是的。"

"啊？但是刚才，你说跟她是同一个父亲所生……"

"很容易被当成同父异母的兄妹，是我的表达不准确……其他的我没什么要补充的了。实际上，有希是龙造的养女。"

"养女？啊，原来如此。"桐野点头道。樫村家还真是个复杂的家庭啊。

"迎来养女有希，是在龙造四十岁的时候，也就是昭和四十一年（1966年）。龙造出生于大正十五年（1926年），他的年龄再加一的话，就是昭和的年号了。"

大正十五年和昭和元年（1926年）是同一年。因为大正天皇在年末驾崩，所以昭和元年出生的人非常少见。桐野也知道此事。

"樫村家的远房亲戚里，有一户人家因为苦于欠债，全家自杀了，是从悬崖上跳海的。那家有两个女儿，名叫真由的妹妹死了，只有姐姐在海岸边被人找到，捡回了一条命。她就是有希。亲戚们互相推卸，侠肝义胆的龙造收留了这个没有去处的孩子……如果是这样的话，那他可真是太伟大了。但是，内情其实可不是这么美好的。只是因为他家里最有钱，被一众亲戚强加的结果罢了，这才是真相。"

藤井话音中断了，又是打火机的声音。不知不觉，他好像已经吸完了一支烟。

"不过，一个单身男人要收养一个岁数那么小的姑娘，应该也很辛苦吧。"

"才不是呢，龙造本人什么都没做。他在家里也从不做家务，有可能喝茶也是让别人倒好的吧。是管家饭冈祐吉和志乃夫妇二人，把有希养大的。"

"原来如此。那愉美的父亲是谁呢？听说他已经去世了，是个很有名的画家吧？"

对于这个问题，藤井没有急着回答。

莫名的沉默在空气中游荡。桐野瞥了一眼后视镜，看到他嘴里含着烟卷，双臂交叉放在了胸前。

"桐野先生。"

"啊，怎么了？"桐野突然被叫到名字，吓了一跳。

"副驾驶席的里沙，是真的睡着了吗？麻烦你帮我确认一下，好吗？"

9

桐野被这个突然的指示搞得一头雾水。

为什么在说愉美父亲的事情时，他突然会说出这样的话？啊，他一开始好像说过有自己的目的来着……

要是猛地停下的话，可能会把她惊醒。桐野选在笔直的道路上，把车速降了下来，试着确认里沙的状态。

可能是因为熬夜后的疲惫，桐野轻轻碰了她一下，看她也完全没有要醒的意思，应该是睡得很沉。

"没事的，她睡得正香。"

"小爱也睡得很沉。这样的话，就不用担心了。"

"接下来您说的内容，是不想让她们听到吗？"

"现在倒是还没有。不过接着往下说的内容，就不太想让她们听到了。因为，不得不提到樫村千春画师死亡时的状况。"

死亡时的状况？桐野总算知道"企图"的意思了。愉美的父亲好像叫"千春"，恐怕他的死并不普通吧。是事故，还是……总之，关于这件事，藤井好像打算跟作为刑警的桐野好好谈谈。

在现在的状况下，桐井很难用"工作时间之外，管辖范围之外"的这种理由拒绝。而且，桐野也对他究竟要说什么，开始感到好奇。

"关于樫村千春画师的为人……"藤井语气变得沉重，再次开始了讲述，"首先是性格方面，他很少说话，看起来很老实。不过，这也只是我的印象罢了。他在十年前就去世。当时他才三十六岁，有可能是为了像个艺术家，把胡子留得太长了的原因吧，他看起来要比实际年龄老不少。他原来还是龙造的学生呢。"

"学生？啊，上大学的时候。他上的是美术大学？"

"嗯。说得更准确一些，他读研的时候，龙造教过他。二十八岁时，他成了樫村家的养子。他的旧姓是'大贯'。有希在十九岁零几个月的时候，和他举行了结婚仪式。"

九岁已经算是很大的年龄差了。不过，比他们岁数差得更多的夫妻也不少。

"除了愉美，他们还有一个儿子吧？"

"你知道啊。结婚之后，樫村千春因为留学离开了日本，但是只要是放假的时候都会回国。第二年，愉美出生了。又过了两年，慎二出生了。那是昭和五十九年（1984 年）的事了。又过了一年，樫村千春从留学地秘鲁回国。两年之后，他在'米兰双年展'获奖。"

"啊，'米兰双年展'是什么？"

"双年展（Biennale）指的是展览会。两年举办一次的时候叫双年展，三年举办一次的，叫三年展(Triennale)。昭和六十一年(1986 年），樫村千春在意大利米兰举办的国际性双年展上获奖之后，一跃成为备受瞩目的艺术家。不过，他作为画家活跃的时间非常短，所以也经常有好事者对他指指点点的。总之，到三年后突然去世为止的这段时间里，根据不同的统计方法，他大约画了有一百八九十幅作品。"

"三年时间，画了一百八九十幅画？"

桐野简单计算了一下，平均一年也得画六十幅了，每六天就得画完一幅。也许他只是画规模比较小的作品吧，但是，这个速度也实在是很快了。

"他在双年展获奖之前画的作品，放到现在也不会被认可的。和教科书的风景画相类似的作品有很多，他本人好像也对这些画也不是很满意，之后扔掉、销毁了不少。"

"他好像很擅长画视觉陷阱画吧？那近两百幅的作品都是这种风格吗？"

"这你都知道啊，应该是爱和你说的吧。"藤井在一瞬间好像露出了一丝微笑，"千春画师的视觉陷阱画，确实获得了很高的评价。但是，实际上，在那三年的时间里，他有两种风格迥然不同的画风——细致入微的视觉陷阱画和构图大胆的抽象画。前一种风格不过只有二十几幅，剩下的画全是后一种风格，获奖的画也属于后一种风格。有了名气之后，他的视觉陷阱画也跟着升值了。"

"那个视觉陷阱画到底是个什么东西？我这个外行是一点儿都不懂。我以为是埃舍尔画的那种呢，但是小爱说不是那样的……"

"确实容易搞混。埃舍尔的画，主要是基于视觉心理学的视觉艺术。至少在狭义的概念下，它和视觉陷阱画有着明显的区别。换一个艺术家的作品——视觉陷阱画的典型《鲁宾的面孔》，应该更好理解一些吧。"

"鲁宾的面孔？"

"我觉得你肯定会在哪里见过的。如果看黑色的部分，看到的就是一个花瓶；如果看白色的部分，看到的就是两张相望的侧脸。"

"啊，我明白了。原来它就是《鲁宾的面孔》啊。"

"这类型的画确实很有趣，但是看画的时候，应该没有人会把画里的花瓶和人脸误以为是实物吧？倒不如说，舍弃掉的日常生活中的真实性，才是它的价值所在吧。"

"这话也是从小爱那里听来的，我现学现卖一下。她告诉我，理解视觉陷阱画的两个关键词是逼真性和真实性。"

"这样啊，确实像她的风格，一下子就解释了要点。'视觉陷阱'这个词，译自法语的'Trompe-l'œil'一词。这个词的直译，是'欺骗眼睛'。意译的话就是'和实物很像'了。但是，就算是逼真性和真实性两者兼备，也并不能被称为视觉陷阱画。为什么呢？因为绘画是在二维空间上表现三维的艺术手法，如果从欺骗眼睛这个角度来看的话，只要是绘画，或多或少都包含了视觉陷阱这个要素。单纯地罗列概念也不是很好懂，我再举一个典型的例子好了。在十七世纪的荷兰，有一位相当活跃的画家叫吉斯布瑞兹（Gysbrechts）。他被称为'视觉陷阱画之王'，创作了一系列虚空派 (vanitas) 风格的作品。"

"虚空派是？"

"虚空派 (vanitas) 在拉丁语里，是'虚荣'的意思。世界上拥有繁华、美丽、年轻等美好状态的事物，都会面临衰退甚至是死亡。表达这种宗教意义的静物画，被称为'虚空'画。具体来说，就是画里有一个骷髅头被放在台子或者桌子上，它的周围摆满了钟表、乐器、花瓶、植物等杂物。在吉斯布瑞兹创作的众多虚空派里，有一幅作品的画布右上角斜着翻卷了下来，露出了画布的背面以及它背后的木制画框的一个角。

"画布翻卷吗……应该不是真的翻了过来吧？"

"当然不是。"

"那也就是说，那个部分是视觉陷阱画了。"

"不愧是桐野警官，一下子就明白了。总之，作为否定绘画真实性的补偿，木框和画布的实物特性就需要被强调突出。因此，这个非常大胆的尝试，并非是完全欺骗观众的眼睛，而是让'假装欺骗，但实际上没有骗'这种微妙的状况出现。存在于创作者和鉴赏者之间的、细节做到极致的游戏，就是视觉陷阱画。"

这像是结论。

当然，这个结论还不是那么清晰，不过感觉能更懂一些了。而且，藤井不愧是专业出身，讲解得非常简洁明了。

"那个，桐野先生。"

"啊，在。怎么了？"

"其实，我有个谜题，想让你这个现役刑警解解看。"

终于来了啊。桐野正了正身子，尽力用平静的声音问道："哦。是什么谜题？"

"是密室哦。"

"密……密室？"

桐野怔住了。没想到在普通的谈话中，突然出现这种令人吃惊的词语。

"其实，现在咱们要去的樫村家的别墅，正好十年前，发生了不可解的密室杀人事件。而且，还不仅仅是密室，而是完美密室杀人事件。只能这样称呼它了，真的实属罕见。"

10

车子刚好过了国道四○○号线和一二一号线的交叉地点，在信号灯处右拐，沿着这条路向北行驶的话，不久就会进入福岛县。穿过会津若松市之后，最终可以抵达山形县的米泽市。

道路的左侧与野岩铁道会津鬼怒川线的线路并行。不知从什么时候开始，他们进入了放眼望去满是银色的世界。左右是高高的雪墙，路面还有残雪未消。一瞬间感觉仿佛又回到了冬天。

桐野一边开车，一边反刍着刚才听到的令他震惊不已的内容。

密室，杀人……

不同寻常般的事物扑面而来，桐野的大脑瞬间一片空白。

而且，好像还是"完美密室杀人"。这么说的根据是什么呢？

藤井像是在窥视他的反应，也没有说话，沉默持续着。

桐野实在忍受不了如此沉重的气氛，开口了："那个……刚才，你确实有提到'杀人'这两个字了吧？"

"是的，确实提到了。"

"被杀的到底是谁？"

"画家樫村千春。"

"果然……"

从话题的展开来看，这一点当然是可以预料到的，但是，那毕竟是爱的朋友的亲生父亲啊，桐野的紧张感越发强烈了。

"您刚才对我说的是'解谜'，看来，那起事件的犯人还没有被抓到吧？"

"嗯，还没。公开的说法是那起事件不存在。"

"哦，这又是为什么？"

"警察判断他是自杀而死。太过完美的密室，把警察的双眼也给迷惑了吧。"

藤井又说了"完美密室"这个词，这次又加上了"太过完美"来形容。

"福岛县警应该全面搜查过了的，我觉得应该不是他们上面领导的判断失误。"桐野对警察同行还是很在意的，"嗯……莫非藤井先生，你实际看过案发现场？"

"是的，看过。所以，我才更觉得它不可解了。不过，遗憾的是我并非第一目击者。"

"那第一目击者是？"

"刚才也提到过是管理别墅的管家，一个叫饭冈祐吉的男性。他是在事发后最先进入日轮馆的。"

"日轮馆？"

"发生惨剧的现场，它是别墅附近的一个房屋。不过，那个房屋，其实是个相当出人意料的建筑。"真是个引人入胜的说法。

"那后来，藤井先生，成为案发现场的'日轮馆'——"

"呜哇！太厉害了吧。什么时候到这里了呀？"

盖住桐野声音的，是刚醒来的樋口里沙。

"这附近都是白色的啊！喂，喂，长颈鹿先生。现在是哪里啊？是不是快要到小愉美的家啦？"

看来关于事件的话题已经没办法再谈了。桐野在口腔深处，用舌头弹了一下上颚。

唉，真是没辙。到了之后，找机会和藤井单独谈谈吧。等到了那时，再慢慢听他讲就是了。

桐野在说服自己的同时，心中也突然浮现了疑问。

恐怕，十年前的那起杀人事件，小爱早就打听好了吧？

◇ "软盘（*Floppy Disk*）Ⅱ"

双脚一直在不间断活动的利蒂，总算可以休息一会儿了。她不慌不忙地环顾着四周。

在最下面的是阿帕桑卡河。河的两岸只有些许的平地，零星地散落着几户人家。以这一带为起点，梯田向四面八方延伸，直到天边。像是巨人挥动菜刀，把大地切分成了小块一般。

目光所见之处，草木皆已枯黄。

利蒂家的土地，在从拉姆兰的山谷开始，爬坡近一个小时的地方。

在平缓的山坡上，地里种着土豆和藜麦。但是，前几天刚收完的藜麦，他们家人一口都没吃上。藜麦，是为了给印加帝国的皇帝交税才种的。

去年，他们被命令增加藜麦的纳贡量，所以不得不开垦新的梯田。还是继父阿马鲁在家的时候，用石头在斜坡上垒起了护土墙，这个工程对于男人来说也是非常困难的事情。而且，施工现场有印加帝国派来的官员负责监工，一直指指点点个不停。

帮着往梯田里运土的利蒂，已经想了好多次。为什么印加帝国，要让本来就贫困的我们一家，变得更加痛苦呢？

已近黄昏时分。

枯黄的草地上，映着利蒂和母亲长长的影子。之前一直追逐蜻蜓的妹妹也玩累了，趴在母亲的后背上熟睡着。

　　一家子，正处在制作冻干土豆的最繁忙的时候。一年里这个时期空气最干燥、早晚温差最大，为了延长作为主食的土豆的保存时间，这是在旱季里必须要做的重要工作。

　　制作冻干土豆的步骤，先是把收获的土豆在地里铺开、晒干。这样一来，土豆在夜间会冻结，伴随着翌日中午的气温上升而解冻。反复数次之后，只用手指轻轻按压，土豆表面就会有水喷出，土豆也会变得软塌塌的。然后，把铺开的土豆堆成小山，用脚踩踏来使它脱去水分。

　　再放置几日，土豆就会变得完全干燥，像极了软木塞的状态。这就是传统的长保质期食物——冻干土豆。吃的时候，用水浸泡数小时后，再煮制食用即可。

　　做成冻干土豆，除了能够长期保存，还有去腥的目的。比如说，"鲁基"这个品种的土豆，腥味很重，通过直接烧制或者煮制，是无法食用的。在制作冻干土豆的过程中，通过反复的脱水和浸水这两种过程，才变得能够食用。

　　"累了吗？"母亲的声音传来。

　　"没，还可以。"利蒂急忙摇头，接着开始干活儿。

　　"你还记得去年的事情吗？"

　　"去年的，事情？"

　　"去年的这个时候……咱们一家四口人，一起在干这个活儿。"

　　母亲像是无意中说的话，但是利蒂感觉到了她内心深处流露的苦闷。

　　"真是抱歉啊，让还是个孩子的你，也跟着受苦干这种活儿……"母亲的话尾夹杂着叹息声，说着停下了脚，"靠咱们两个女人的力气，这种农活就根本干不完的。真是恨死劳役这个制度了啊，劳役把你们的爸爸也从咱们家里夺去了。"

"别……别说了，妈妈！"利蒂小声地叫着，慌乱地看着周围。之后，才松了一口气说，"不行的啊，怎么能说那种话呢，搞不好哪个监工的官员就在竖着耳朵听着呢。即使是这里，也不是能掉以轻心的地方。要是被发现说坏话，不知道要受到什么样的惩罚呢。平时一直这么训斥我的，难道不正是妈妈您吗？"

利蒂又想起了大约两个月前，母亲和邻居谈论的那个可怕的传言。有个村子拒绝向印加帝国纳贡和交出孩子，结果不知什么时候，那个村子的人就全被替换了。

印加帝国的军队大举进犯，杀死了大部分村民。没有抵抗能力的老幼病残，被发配到很远的地方去了。在那之后，村子里被送来了口音完全不同的新村民。

"是啊……我也不知道自己怎么了。"母亲小声地叹气，"你爸爸不在的日子久了，我也变得不安起来了。但是，我不会再发牢骚了。只要你们在我的身边，我就要好好守护这个家。"

母亲从挂在腰间的那个叫作"丘斯帕"的大羊驼形状的小皮包里，取出了"艾塔"。

束好的六片顺次重叠的绿色古柯叶，对于拉姆兰村的村民们来说，是非常贵重的物品。母亲一直随身带着它，在去地里干活之前，每隔两三天都会先到庙里，拿它去祭拜大地女神"帕查玛玛"。

母亲把其中的两片叶子在掌心摊开，揉成圆球，放进嘴里夹在牙齿中间，把它与唾液混合而成的精华一起吸进喉咙，有时还会与少量草木灰一起下咽。利蒂还是个孩子，不知道这是种什么味道。但是，她听说吃了这个之后，疲劳感会消失，身体也会恢复，还会让人有饱腹感，心情也会变得愉悦。这是贫穷的村民们，为了能够忍受艰苦劳作而创造出的生活的智慧。

"今天，就先干到这里吧。"母亲说，天色不知何时已经暗下来了，"明天或者是后天，冻干土豆大概就能做好了。要是那样的话，就可以休息一下了，再坚持两天。"

"嗯，我知道了。不过，我一点儿都不觉得累，没事的。"

因为长时间连续劳作，利蒂的脚底已经被从土豆里渗出的水给泡涨了。她用周围的枯草擦了擦，穿上了大羊驼皮制成的拖鞋。

风很冷。中午还比较暖和，但是太阳落山之后，气温急剧下降。到了夜里就更冷了，要是不烧火的话，很难扛过晚上。

突然，母亲停下了脚步。

"哎呀……"她嘟囔了一声。

"怎么了？妈妈。"

"好像有人从下面上来了。都这么晚了，来干什么？"

"嗯？"

利蒂定睛一看，在昏暗的夜色中，一个黑色的人影朝着这里走来。

不止一人，两个人……不对，好像有三个人。一片昏暗当中，虽然没办法看清楚他们，但是，明显他们和普通村民的打扮不一样。

"那是……啊，是官员来了。不过，他们应该不是卡鲁帕首领的手下，像是印加帝国的官员。"母亲的声音在颤抖，"难……难道，他们是要让你当太阳贞女，把你带走吗？要是这样的话，就一辈子都见不到你了。你爸爸也不在家……怎么会有这么过分的事情……"

没错，是三个人。他们慢慢地走近了。

利蒂不知如何是好，躲在了母亲的身后。

人影越来越大了。三个人里，走在最前面的人手里拿着长棍，头上戴着鸟羽的装饰。

"是巡察使啊……"

利蒂听到这个词的一瞬间，恐惧立刻涌上了心头。

"巡察使"是印加帝国的皇帝向地方派遣的官员，主要负责当地的人口调查。同时，他们也承担着在地方的村子里找到符合条件的少女的职责。要是被巡察使盯上，从而被选为太阳贞女的话，就要离开故乡拉姆兰村，去完全不同的地方生活。这样一来，不论是母亲还是妹妹，一辈子都无法再见到了。

绝不想变成那样——利蒂内心的想法非常强烈。

即使再憧憬外面的世界，前提也是有朝一日可以返回故乡。

"妈妈，救……救我！"

利蒂拼命地叫着，紧紧地抱着母亲。

◇ "硬盘（*Hard Disk*）Ⅱ"

终于，今天可以放入关节球了。

球形关节人偶最大的特色是各个关节都可以活动，可以自由地摆出各种姿势。但是，与此同时，也称不上是缺点吧，它也有一个弱点，即如果不能出色地处理关节部分，就无法"自立"了。

因为只是个人偶而已，不用非得让它保持站立，保持坐姿靠墙放着也没什么不好。想开了自然能觉得心情舒畅，但是，果然还是不能那么放。越是在制作过程中倾注灵魂，越会想让它和正常人一样，可以双脚站立。

开始进入最重要的膝关节的制作，先是右脚。

最初的步骤是，用美工刀一点点地切削附近的上下部分以及膝盖正后方的部分。自不必说，这是为了让放进去的球更加稳定。

接着，把关节球的下部切平，用砂纸磨掉棱角。在下部分用黏土把球粘好，用液体黏土填满缝隙，之后放在一旁让它干燥。

虽然在制作过程中多次确认，慎重操作，但是即便这样，想要做到完全熟练还是非常困难。总是在这个步骤遇到难题，不过幸好有网络这个信息宝库，找到了划时代性的方法。最大程度地精密制作之后，作为最后的加工步骤，在上下部分的内侧涂上黏土，使其和关节球粘牢。但是，这个时候，要在黏土和球之间放一层保鲜膜。等干燥之后，拿掉保鲜膜即可。

用这个方法，两者便可以完美地黏合在一起。确实有人想出了好方法，发自内心地感到佩服。

按照从右膝到左膝，到左右手腕的根部，再到手肘的顺序进行着。每个部分都很难，但最困难的还是手肘。它非常小，而且因为是经常活动的部分，如果不把它做得自然一些，最终的成品就没办法让人看了。

手和脚已经准备好了。

最初用黏土大概做出手掌和脚的形状，干燥过后，在每个部件上各开五个孔，加入黏着剂，再向其中插入铝针。之后是做肉的部分，因为需要非常细致的操作，所以基本上很难一两次就成型。经过一点点地添加黏土，用砂纸打磨，放入筋线，总算看起来有点儿像人的手和脚了。

一开始是打算做身高三十厘米的人偶，犹豫之后，最终决定做四十厘米的。

这是个英明的决定。虽然身高只差十厘米，但是制作上的差距可就大了。如果按照最初的计划来做的话，光是给手和脚加上指头这个步骤，就会变得困难好多倍。

装好全部的关节球之后，感到十分疲劳。没有力气再去做脸的部分了。

这次，只有将做脸的工程延迟了。现在只是用黏土做出了脸的轮廓，切削了眼睛和嘴唇的周围，还有用雕刻刀开好了眼睛的洞。

没有耳朵，眼球也还没做。身体和脸的进展相差这么多，还是第一次。

做脸被推迟的原因有很多，其中最大的原因是，脸的草稿的绘制进展缓慢。之前一直没有想过，制作有参考模特的人偶居然这么难。

先在白纸上打草稿，用印有小方格的透明塑料板，调整上下间距和左右对称，但是改了好几次还是不满意。有实物在自不必说，但是，参考在学校美术室里偷偷照的这张照片做出来的脸，和模特一点儿都不像。

在绘制阶段就已经偏离了，想在添加黏土的过程中修正，无疑是难上加难。凭借自己的技术，终究是做不到的。所以，画草稿的时候就更不能疏忽大意了。

感到困难的，还有别的事情。

比如说，头发。

之前一直用的是从市面上买来的，化学纤维制成的洋娃娃头发。不过由于缺乏弹性，不能把它用在人偶上。所以，这次特意准备了蚕丝制品，结果发现它的弹性又太强了，只是摸了摸，就觉得很难会用上了。

头发很重要。

左右两个眼球和头上长着的头发，能够让人偶更近乎真人。要是没有的话，人形就跟手办没什么区别了。

为了做出活灵活现的人偶……果然，除了用人的毛发之外，别无他法了。

但是，这种情况下，也不是用谁的都行。如果可能的话，想要得到模特自身的毛发。但是，这种事情究竟能做到吗？

第三章　太阳贞女

a c l l a h u a s i

1

"喂，长颈鹿先生，小愉美家还很远吗？"里沙说道。她像是坐车坐累了，很焦急的样子。

"坂岩村还得一会儿才到呢。从这里过去，不到二十公里就是了。再过三十分钟就能到的。"

"啊？还要三十分钟啊。我，已经，累得不行了。还能再快点儿吗？"

"不行的哦，里沙同学。这么任性可不好呀。"坐在后排的藤井，罕见地用教师的语气提醒了她，"这和在普通的路上开车是不一样的。要是在这样的雪道上加速的话，就算桐野先生开车技术再好，也可能会发生打滑事故的。"

正如他所说的，雪已经在路面上结冰了。多亏开的是四轮驱动车，雪量比想象的要多。

"我知道了啦。但是，没想到这种地方居然会有事故车辆。光是等着就已经累到不行了啊。"

桐野也不是不能理解里沙发牢骚的心情。现在的时间是下午六时十五分，本来这个时间应该早就到目的地了。

沿着和会津鬼怒川线并行的国道一二一号线一路北上，畅通无阻。但是，在线路分岔之后，有两辆货车发生了交通事故，正好把国道塞得严严实实。没办法，他们只好干等着，到警察来到现场处理完事故为止，足足等了有一个半小时以上。

在这期间，附近的景色完全变暗了，周围就像是水墨画的世界。

车子接近山顶，穿过短隧道，这里是枥木县和福岛县的县境。进到福岛县一侧，车辙立刻变深了。道路两侧的雪墙也一下子变高了好多，终于有了来到奥会津的实感了。

现在还能看到蓝天，不过开始起风了。细雪的颗粒被风吹起，粘在了前挡风玻璃上。目前还没什么太大的关系，但是如果再严重一些的话，通常就需要把雨刷器打开了。

"嗯，我知道了。老师。"里沙回头说道，"我会听话的。但作为对等的条件，请你给我们做一个不那么无聊的观光介绍。比如，坂岩村是个什么样的地方？"

"啊，我其实，也不太了解。"

藤井先说了句客气话，接着便开始解说了。

"福岛县南会津郡坂岩村的范围，东西、南北都是最长约十五公里，人口有两千多。往好听了说，也很难把它说成是一个大的村子。特别是坂岩村也没什么有名的观光地和土特产。估计你们两个都是第一次听说这个地方吧。不过，它的自然环境很好，是个美丽的地方呢。

"不用特地跑去尾濑，在坂岩村的西南部，有大片的土地上都长着水芭蕉，还有东方胡麻花、丛生龙胆、日光黄萱等。周围的群山是高山植物的宝库，从春天到秋天，来登山和徒步的游客络绎不绝。秋天的红叶也是值得大书特书的。当然，还有村营的滑雪场，它可是被关东圈的滑雪爱好者们熟知的人少景美的好地方。"

"我讨厌滑雪。只去滑过一次，实在是太冷了，快被冻死了。"里沙说，"大概，我的前世，是在夏威夷或者法属新喀里多尼亚出生的吧。去那么冷的地方有什么意思，真是不能理解。"

明明没人说要去滑雪，里沙却突然情绪激动了起来。里沙从小接受父亲指导，滑雪的水平相当不错。但是，她好像不想过多谈论这个事情。

"对了，比起这个，我更想知道的是，为什么小愉美要特地在这么僻静的地方建别墅呢？这里可是连手机都没有信号的乡下啊。"

"手机暂时还不行。根据全国电信工程的施工进度，再过两三年的话，坂岩村一带就能够有手机信号了吧。但是，估计樫村家那里还是接收不到信号。毕竟那里真的离村子有些远。为什么要在那么偏僻的地方建别墅？只能说，这是愉美的祖父樫村龙造的兴趣吧。那里本来是接待疗养客人的温泉旅馆，大约二十年前，在温泉旅馆经营不善之际，作为常客的龙造把它买了下来，改建成了自家的别墅。"

"温泉旅馆……"这句话，桐野绝对不可能听漏，"今天要去的那里，院子里会有温泉涌出来吗？"

"嗯，在院子的角落里有泉源。浴室和厨房可以用温泉水。"

"哦。那真是……"

这个情况，之前也没听爱说过。

在喜欢温泉这一点上，桐野有不甘于人后的自信。

2

向北行驶七公里，车子在国道一二一号线左拐，进入国道三五二号线。沿着这条路一直向西走的话，通过尾濑沼的玄关口桧枝岐村，不久之后就能到达新潟县的小出町。再继续走，就能看到"坂岩村五公里"的标识。桐野高兴地拐过弯，进入县道，发现车辙变得比之前更深了。

当远光灯照亮前方路上的三条车辙之时，桐野发出了低沉的吼声。对于住在雪国之外的人有可能感觉不出什么，但是，把左右两个车轮嵌在车辙里往前走的话，绝对是会和相向而来的车子撞上的。

为了避免碰撞，对面来车子的时候，就必须暂时避让车辙。虽然四驱车能办得到，但是和新下的雪不一样，这里的雪经过反复的融解和冻结之后，已经变得非常硬了，具体的道路状况也不得而知。桐野向神明祈祷，希望对面不会有大货车过来。

可不能小看这个国内屈指可数的暴雪地带。根据藤井的话，降雪量多的时候，五月初连休结束之后，路面还会被白雪覆盖。

道路虽然平坦，但是和国道不同，拐弯非常多。每拐过一个弯，桐野就觉得向深山处更近了一些。前方真的会有村子吗？桐野多少有些担心，樋口里沙一直没有说话。这时，爱开口了：

"长颈鹿先生，奥会津地区有个'大胆坊'的巨人传说，你听说过吗？"

"大胆，坊？"

想来应是"胆子很大的和尚"的意思吧。

"那大太法师[1]的故事，应该知道的吧？嗯，和它很类似。"

"啊，那个我知道，应该是近畿地方的民间传说吧。"

"发源地是三重县。很久以前，独眼单脚的巨人——大太法师在村子里作乱的时候，村民们合力做出了有一张榻榻米大小的大草鞋，威胁它说'我们的村子里也有巨人'，结果成功地把大太法师赶走了。在这一带流传的民间故事也与之很相似，名叫'大胆坊'的巨人，对着巨石用力一踢，一脚踢飞了巨石的尖端部分。被踢飞了的巨石插进地面的地点，被人们称作'逆岩'，后来被误传为成了'坂岩'，村子也就以它命名了。所以，隔壁村子叫'馆岩村[2]'。它也是以'立着岩石的地方'而得名的，也就是'被踢飞了一部分之后，剩下的巨石所在之地'的意思。"

"啊，原来如此。真不愧是小爱啊。"藤井拍手说道，"我听过大胆坊的故事，但是两个村子名字的由来还真的不知道。真是难不倒我们的小爱同学。佩服，佩服。"

"能受到您的赞赏，我倍感荣幸。"

车子继续往前行驶，路越来越窄。前方道路的两侧满是杉树，附近不像是有人家的样子。桐野心里感到慌乱之时，看到下半部分

1　大太法师，日本传说中的巨人。据传大太法师挖掘甲州之土造出富士山，是故现在的甲州变成了盆地。——译者注

2　在日语里，"馆"和"立"的读音有相似之处，意思也有些许相通。——译者注

被埋在雪里的标识。他切换成近光灯之后，勉强可以看到"坂岩村一公里"的文字。

不知是从什么时候开始，道路变成了下坡路。

这真是帮了大忙了。

桐野刚松一口气，紧接着负责指路的藤井说道："啊，不好意思。桐野先生，前面有条往左去的岔路，请在那里左拐。"

"向……向左拐？刚才看到指示牌了啊。坂岩村的话，难道不是朝这边走吗？"

"村公所一带，确实是直走就到了。但是，樫村家离村子的中心比较远，从这里左拐的话，再走五公里左右吧。"

"还……还有这么远啊？"

桐野简直快要哭了，点亮了左转向灯。和他担心的一样，进入岔路之后，路变得更加狭窄，车辙也只剩两条了。

车内猛烈地摇晃。为了防止车子偏离路线，桐野两只手死死地握住了方向盘，掌心里满是冷汗。

道路就像是把杉树之间的空隙缝起来似的，一直向前延伸着。恐怕，这里白天也很昏暗吧。

"藤井先生，这条路到底通向哪里啊？"

"不，它哪里都不通。"

"不通？"

"是的。樫村家的别墅再往前一公里左右，就是这条路的尽头了。"

"那这条路为什么……"

"以前，在这深处有一座铜矿山。但是，大约二十年前，因为盈亏的问题，矿山就被关闭了。"

"二十年前的话，樫村龙造买下独栋温泉旅馆之后改建别墅，也正好是那个时候。"

"没错。以前在矿山工作的工作人员，经常会去那个旅馆。主力顾客没有了，赚不到钱，温泉旅馆也只好被卖掉了。"

桐野了解到由来了。这样一来，在这条路上走的就只有去樫村家的人了。

"但是，春天尚且是这样，冬天的话，应该更严重了吧。不会不方便吗？"

"还真的没关系。仙台市内突然下大雪的话，交通瘫痪，人群惊慌。但是，这一带的大雪，实在是太常见了。除雪的费用，也是走村子的预算支出。下雪的话，夜里就会有除雪车出动。刚才走的国道二五二号线，是坂岩村的主干道路，村子负责把它清理干净。之后，再请专业除雪的人来，把国道到家门口的雪清除干净就好了。所以，倒不如说，春天这里的路反而不好走。只要忍几天，总是能通行的，就不会再特地请专业人员过来除雪了。"

"啊，这样啊。"

与大人身高相仿的雪墙，立在道路的两侧。这是专业人员清扫过的痕迹。

"啊，长颈鹿先生，快看！"

突然，副驾驶席的里沙叫了起来。

桐野把视线猛地定向前方，发现在苍郁的杉树林的空隙之间，隐约可以看到淡淡的亮光。

"啊，到了。那个就是樫村家的别墅。"

桐野之前一直不知道，原来家里的灯光，会让人感到如此的温馨。这个时候，他的心总算是踏实下来了。

3

灯光越来越近，数量也在增加。现在的距离，已经可以区分每个房间照明的不同了。

不久，路面上的雪突然减少，车辙也消失了。只有家门口附近，是靠人力来完成扫雪工作的。

车子到达别墅的正前方。怎么看，这条路都像是死胡同。左右两边是可以迂回的路，雪化了的话，它应该一直通向深处的废弃铜矿山吧。

最后，再上一个短坡，就是停车场了。

有一辆吉普房车已经停在了那里，陆地巡洋舰停在了它的旁边。

桐野拉上手刹，确认时间。晚上七时三分。他长舒了一口气，环顾四周。

这里是把杉树林伐倒之后建成的，只有面积不大的一小块土地。

地势还算平坦，不过后面就是山。虽然对于居住来说，这里绝对算不上什么便利的地点，但是作为温泉旅馆的话，这种旅馆被包围在杉树林之中的神秘氛围，一定会有客人喜欢的吧。

两层楼的宅邸，要是它也能被称为别墅的话，仙台市内不知道要有多少"别墅"了呢。对于一辈子都打算租房住的桐野来说，根本无法想象。他看到旁边停的那辆车，又是一惊。奔驰七座商务车，最低配的款型大概要八百万日元，标配的话，肯定要超过一千万日元了。桐野瞪大了眼睛。

"总算到了，真的很远啊。"

里沙皱着眉头，左右摇着脖子，发出"嘎巴嘎巴"的响声。

"那，我先进去了，先打个招呼。"

藤井正要打开左后侧的车门时，从房子的右边走出来一个人。车子的引擎声还在响着。

那个矮小的人影快步走来，藤井从车上下来了。

"呀，祐吉，好久不见啊。"

"好久不见，治郎少爷。您看起来精神不错，真是太好了。"

别墅管理人的名字是饭冈祐吉。桐野在车里听说过了，作为主人前妻的儿子，藤井治郎对他不加尊称，也是理所当然的。

祐吉说的话，基本上是标准语，只是音调和词尾有些像仙台附近的方言，能在这里听到这个口音，真是令人感到亲切。

"听说您的车子在途中坏了，我一直很担心。"

"确实，那个时候真是没办法了。好在运气好，被他们的车给接上了。看，愉美的朋友今天来了。她们两个都是我的学生，而且都是美术部的成员。给她们打了电话之后，她们就让我搭车了。"

"原来是这样啊，真的是太感谢你们了。"

"这位是桐野义太先生，你也要好好谢谢他才是。"

桐野打开驾驶席旁边的车门，从车里出来了。

“您就是桐野先生吗？初次见面，我叫饭冈。这次，多亏您帮助治郎少爷，真是非常感谢。”

饭冈祐吉像是要把腰折断一样，深深地鞠了一躬。桐野带着诚惶诚恐的心情，打完了初次见面的招呼。

饭冈祐吉，在男性里算是矮小身材，穿着黑色夹克和长靴。因为周围昏暗，桐野看不清他的脸。不过，他的秃头确实能够看出来。

这位就是十年前密室杀人案的第一目击者？

如果可以的话，桐野之后想跟他好好谈谈。毕竟，那不是普通的密室杀人，而是“完美密室杀人”。像是猜到了桐野的心思似的，藤井开口道：

“别看桐野先生这个样子，他可是宫城县里很能干的刑警呢。”

“刑警……哦，那真是了不得啊，怪不得身材这么好。”

听到“刑警”两个字，态度骤变的人不在少数。不过，饭冈祐吉的反应却很自然。

爱和里沙慢悠悠地从车里下来了，祐吉对她们也毕恭毕敬。

“总算把您们给盼来了，愉美小小姐一直在等您们的光临。”

“喂，祐吉，在这种地方打招呼这么久，会给客人们添麻烦的吧，快把客人们带进家里。”

“啊，好的。确实如您所说，是我不够细心，真的很抱歉。那我来拿行李，各位快请进到玄关那里吧。”

虽然老人家如此说道，但是他一人也拿不了这么多行李。最后，由三位男性运行李，爱和里沙先去玄关了。

桐野把手放在车的后舱门。突然陷入了沉思。

根据藤井的交代，一手把养女樫村有希从四岁养大的，是饭冈祐吉和他的妻子。但是，这两位现在是别墅的管理人。在他们仙台的家里，当然会有别的管理人。这样的话，变成别墅管理人的饭冈夫妇，应该是被降职了。这难道会有什么特殊的意义吗？

4

桐野双臂抱着行李，急忙赶向玄关。路面的情况非常糟糕，很容易滑倒，所以也跑不起来，充其量就是快步走而已。

停车场的边上有四级台阶，再往前就是门廊了。

房子前面的路灯，照亮了石头地面。好像是花岗岩，现在上面盖着长长的橡胶垫。应该是以防冬季客人来的时候不小心会滑倒吧。桐野踩上垫子，拉开了木门。

玄关的敲土也是石头做的。颜色是褐色，果然是红花岗岩。打磨得像镜子一样，闪着晶莹的光泽。一瞬间，桐野差点儿没敢把脚放上去。

爱和里沙还站在那里，之后藤井治郎也到了。空间很有富余，不用担心几个人的肩膀会撞到一起。

玄关大厅也很宽敞，没有任何多余的装饰，装修得非常简洁。这时从里面传来脚步声，一位老太太出现了。圆脸、细眼、小嘴，看起来很面善。她的眼睛周围和脸颊上满是皱纹，头发像是被染过，乌黑乌黑的。米黄色的开襟毛衣、灰色的裙子，还有白色的围裙，看起来像是六十五六岁的人。恐怕，她就是刚才见过的饭冈祐吉的妻子志乃吧。

"从那么远的地方过来，真是不容易。欢迎你们来啊。是不是很冷呀？快里面请。老爷和小姐一直盼着你们来呢。"

她的细眼变得更细了，向着四人招手。

在脱鞋的时候，祐吉也进来了。从他们二人的对话来看，果然这位老太太就是他的妻子。

桐野第一次在明亮的地方看到了饭冈祐吉的脸。他的头顶完全秃了，只有双耳上面的部分夹杂着些许白发，发质看起来很软，头发像是自然卷。通红的脸蛋上，连鼻头也是红色的。他的表情看起来很讨人喜欢。

"我把行李送到各位的房间去。"祐吉说道。

桐野想着这里又不是酒店，让别人帮忙送行李不太好。但是，即使申请自己搬运行李也会被拒绝，就只好恭敬不如从命了。

他们一行人跟着饭冈志乃，一起从玄关大厅左侧的楼梯下楼。

桐野有一瞬间觉得自己要被带去地下室，后来证实感觉是错了的。进门的楼层是二层。晚上没能看清楚，一层的部分好像被雪埋住了。当然，一层也有玄关，那里正对着的房间是会客室。

十五叠大小的木地板上，放着沙发和桌子。这里也没有什么过多的装饰，但是，不论是茶色的皮沙发，还是红花岗岩板的木桌子，看起来都像是很昂贵的家具。

刚进入房间，爱和藤井就坐在了三人沙发上。里沙和桐野没有立刻坐下，像是进行室内探险一样，在宽敞的屋子里来回走着。

就在这时。在屋子的右侧最里面，桐野停下了脚步。

"哎呀？这是什么？"

樫村家的会客室的右侧和最里面，各有一扇窗户，它们都被绿色的窗帘遮住了。但是，右侧窗户的窗帘要短一些，前面放着一个三十厘米宽的书柜，书柜的最边上摆着一个玻璃柜。

玻璃柜里，有一个看起来很奇特的陶器。梯形圆台的上面，有一个圆筒形的注入口，形状很像一个壶。不过，奇妙的是，它的底部是尖的，无法单独立住。因此，它被放在了一个用粗铁丝做成的圆环形的台子上。

壶的左右各一个半圆形的把手。颜色是茶色的，但是表面有红、黑和白色的几何图案。不论是形状还是样式，都充满着浓浓的异域风情。它是在哪里被制作出来的呢？桐野丝毫没有头绪。不过，那个壶的正中间有修补过的痕迹。或者说发现的时候它就是碎片，可能是研究者用手把它接合起来的。

"这里……有这种东西啊。"

耳边传来了爱的嘟囔声。桐野吃惊地回头一看，不知道什么时候，爱从沙发上起身，来到了自己身边。

"真是有趣，太有趣了啊。"爱再三钦佩地点头。

"哇，太厉害了吧！外面的雪，都堆到我眼睛的位置了。"这次是里沙的声音。

她把里面的窗帘拉开了一半，脸贴近窗户，向外眺望。

"一楼被雪埋住了，住在那里，岂不是会被冻死啊。"

"因为风进不来，反而会暖和呢，和雪洞的原理是一样的。"

正当两位女高中生进行着对话时，有人敲响了会客室的门。声音很微弱，大概有两次。

"请进。"回答的是藤井。

他瘫倒在沙发上，又开始抽烟了。

"是小愉美吧。在自己家里，不用这么客气。"

又过了一小会儿，门被静静地打开了。走进来的，是一位弥漫着独特气质的少女。

简直就像日本人偶一样，这种比喻也许是最贴近的了。矮小的身材，看起来像是得病了一样的透白肌肤，偏长的波波头，黑色刘海几乎把两只眼睛全都遮住。两颊微微下沉，整个人看起来病恹恹的，鼻子直挺，嘴巴紧闭。

她的眼睛给人留下的印象最深。长长的柳叶眉，眼神里透着几分不安，像是在诉说着什么。和爱完全不是一种类型，是一个散发着虚幻般的危险气息的美少女，穿着灰白色的毛衣两件套和焦茶色的喇叭裙。

"哇！小愉美，好久不见呀！"里沙从床边跑了过去，"真是个漂亮的别墅啊，我太感动了。"

"谢谢你邀请我们，我和小里沙立刻就过来了。"爱也走了过去。

"小里沙，小爱。这么不方便的地方，多亏你们能找到呀。"少女说道。如同外表一样清澈的声音里，又带着几分可靠。"能见到你们，我太开心了。很抱歉没有欢迎仪式，你们怎么舒服怎么待着就行。"

樫村愉美拉着两个小伙伴的手，露出了微笑。她笑的时候，端庄的脸蛋变得天真烂漫，散发出别样的魅力。

爱向愉美介绍了桐野。之后，愉美的表情立刻变得很生硬，她用若有若无的声音，打了招呼。

就在此时，饭冈志乃拿着一个黑色的托盘进来了，茶杯的上面冒着热气。站着的四个人也坐下了，桌子上并排摆着的红茶杯子里，各放有一片柠檬。

"本来想着拿些点心或者水果来的，但是马上就要吃晚饭了，请先允许我只把茶端上来了。"看来志乃是一个非常细心的人。

桐野喝了一口放了砂糖的柠檬红茶，感觉长时间驾驶的疲劳一下子就消解了。

三位女高中生，就像大坝泄洪一样，一直说个不停。

全都是关于学校的话题。美术部的活动状况和朋友们的流言，中间还混杂着老师的坏话。藤井治郎若无其事地抽着烟。

桐野仔细听了一下，提出新话题的基本上都是里沙，爱接着她的话，把话题炒热。愉美则可以说是专门听她们讲，有时虽然会附和几句，但是大多时候不怎么发言。

这种状态，持续了十五分钟左右。这时敲门声响起，这次的声音带着些许的粗暴。进来的是一位老人。虽然有些瘦，但是个子不低。看上去有一百七十厘米以上。两只瞪得很大的眼睛，卧蚕很大，让眼睛看起来更加突出了。鹰钩鼻和大耳，看起来很像西方人。全白的头发被整齐地梳成了油头，穿着是葛伦格纹的纯棉衬衫。

"呀，欢迎你们。我是愉美的爷爷。"低沉带有回声的嗓音传来，他对着大家点头示意。

这个家的主人樫村龙造。虽然脸上没什么皱纹，但是可以看到脸颊和额头上浮现着的老年斑，和七十三岁这个年龄相符。

"愉美受你们照顾了。实际上，在孙子孙女不愿意去上学这件事上，我也正在发愁。借此机会，希望能够让他们继续去学校上学。"

不可思议的初次见面的寒暄。先不说内容，他的语气非常冷漠，能看出来愉美和弟弟慎二不去学校的事，让他也感到很为难。愉美低着头缄口不言的样子，更加证明了桐野的感觉。

沙发上坐满了人，藤井见状赶忙起身让座。樫村龙造表情很自然地坐了下去。

藤井介绍了来访的三人，老人连头都没点一下。与其说是不欢迎，不如说他原本就是这种狂傲的性格，没有在嘴上表现出热情的这种习惯。

话音间断的时候，愉美一下子在站了起来。

"啊……房间里，有我做的人偶。小爱和里沙，如果可以的话，在等晚饭做好的这段时间里，跟我一起去看看？"

明显是想从房间里出去的借口。里沙听到人偶，马上做出了反应。

"哇，去，去！小爱也会去的吧？"

爱好像并没有要起身的意思。

"我当然也想去看，再等一会儿吧。"

"啊？为什么呀？"

"小愉美，我有一些问题想向爷爷请教一下。"

樫村愉美对爱说的话感到很意外，不安地睁大了双眼。

"也没什么大事，我对爷爷的专业也很感兴趣，所以，想咨询一些问题。"

"这样啊……那，我们先过去了啊。"

愉美领着里沙，走出了会客室。她的眼神里充满着不安。以此为契机，藤井也出去了。莫非，他也害怕见父亲？

现在屋子里只剩下的三个人。

樫村龙造坐在一人沙发上，对面是爱和桐野。

"你可真是个少见的姑娘啊。"龙造跷起二郎腿，说道。

"是吗？我觉得自己非常普通。"

"至少不会是非常普通。你是怎么知道我的专业的？是愉美告诉你的吗？"

"不是，是通过您的著作得知的。"

"你读过我写的书？"

"是的。我拜读了您几乎所有的著作。虽然是从图书馆借来读的，不好意思。"

"没有关系。啊，你真的让我很吃惊啊。我不记得自己有写过面向一般读者的解说书，读的时候相当费劲吧？"

"没有。不管是哪一本书，文章都很简练，特别好读。是吧，长颈鹿先生。"

代理侦探突然面朝着桐野。

"啊？什、什么啊？"

"这位樫村老师，是'塔万廷苏尤（Tawantinsuyu）'历史研究的日本第一人哦。"

5

"塔……塔万廷苏尤？"

桐野歪着脑袋。根据谈话内容，他感觉应该是地名或者是国名，但是印象中好像又从没听说过这个词语。

"那是什么地方？"

"它又被叫作印加帝国。"

"印加帝国？我听说这个词。不过，小爱，刚才你说的是，塔万廷什么来着？"

"塔万廷苏尤帝国是它的真正的国名。最近印第安人和非洲南部的布须曼人，不是也把之前叫错了的族名给订正了吗？塔万廷苏尤也是这种情况。本来，'印加'一词，在克丘亚语里是表示'皇帝'的意思，西方人错把它当成了国名。"

"原来是这样啊。"

"类似的例子还有几个。'康格如（kangaroo）'一词，在当地方言里，原本是'我不知道你说的是什么'的意思，之后成了'袋鼠'的意思，这个例子就很典型。被定为动物的名字后，不用非得改正过来。但是，国名可是个大问题。'皇帝帝国'这个名字听起来很奇怪，所以不能继续被这么叫了。"

"那'塔万廷苏尤'是什么意思？"

"这是他们对自己国家的叫法，意思是'四个州'。实际上，帝国是由四个州组成的，它们分别是钦察苏尤、安蒂苏尤、科利亚苏尤和孔蒂苏尤。

"啊，这真是了不起。"樫村龙造淡淡地笑道，"现在能说出日本四国的四个县名的年轻人都很少见了，我根本没有想到，居然会有高中生，能说出塔万廷苏尤的四个州的名字。"

桐野连四国的县名都记不清。他试着想了一下，最后还是放弃了。

"还真是呢，"桐野鼓起勇气问道，"老师，您是研究印加……不，塔万廷苏尤的美术吗？"

"我也不是只研究美术，有关中南美洲的各方面历史我都研究。虽然我之前是在美术大学工作，但里面也不是只有美术方面的专家。"

樫村龙造说完之后，将目光移到了爱身上。

"那，让我听听你的问题吧，你好像是有什么问题要问我的吧？"

"是的。谢谢您。"爱满怀敬意地点点头，"不过，在进入正题之前，我在进到这个屋子之后产生的疑问，可以先向您请教一下吗？"

"进到这里？嗯，好啊，你说吧。"

"是关于那个玻璃柜里面的东西。"

爱所指的玻璃柜里的东西，就是那个形状不可思议的陶器。

"那个壶怎么了吗？它叫彩色尖底陶器，是塔万廷苏尤的独特制品。作为皇帝的赏赐品，立下战功的武将或者是成为地方首长的人才能得到它，是个非常有价值的物件。"

"是的，老师您在书里也写过，我记得很清楚。也就是说，这是真的了？"

"当然，这是货真价实的塔万廷苏尤帝国的制品。我在当地调查的时候，偶然间挖掘到的。我在书中也多次写道，帝国时代的东西是非常珍贵的。黄金制品和陶器，在更古老的时代里更加丰富，可惜后来被西班牙人掠夺，毁坏殆尽了。"

"那个陶器应该很贵重吧？"

"当然了，你不会是想去告发我把秘鲁的重要文化财产非法带到国外了吧？要是这样的话，那还真是不好意思。进行挖掘已经是二十年前的事情了，相关手续也早就结清了。

"怎……怎么会呢？"爱的两只手在面前使劲地摇着，"我丝毫没有那种意思。冒犯您了，抱歉。"

"那，你为什么……"

"老师，您的书里有那个彩色尖底陶器的图片。在我的印象中，有三本书都用的是同一幅照片。请容我确认一下，老师著作里的照片，就是玻璃柜里的那个陶器吗？"

"啊，是的……"龙造被爱问得一脸困惑，"那个，又怎么了吗？"

"在照片里，那个壶看起来并没有破损。"

"什么？"

龙造瞬间愣住了。之后他表情放松了下来，鼻子发出"哼哼"的气声，笑道："我还以为你要说什么呢？原来是这样啊。跟你说的一样，拍摄照片的时候，壶还是完整的。拍摄完毕之后虽然它碎了，但是之前的照片留了下来，就被我放在书里了。这没什么问题吧？"

"从一开始，我其实就没什么问题。只是稍微有些在意，所以想问问您。也就是说，壶是在带回日本之后碎的呢。"

"啊，挖掘出来的时候还是完好的。这件事本身就算得上是一个奇迹了。"

"壶是在您家里碎了的吗？"

"啊，是的……"

"谁把它弄碎的？"

提问的一方咄咄逼人，回答的一方神色紧张，沉默不语。

樫村龙造最后也没有回答爱的问题，只是抱着胳膊坐在那里，微微地仰起下巴。

"有点儿扯远了啊，能让我听听你的问题吗？我虽然退休了，但是多少还做着专业方面的事情。"

"我知道了，那请允许我问您一些专业上的问题。"

爱也没想再继续追究壶的事情。到最后，桐野也没有理解他们二人之间的对话。

"我想知道的是，为什么塔万廷苏尤文明有着异常的极度不平衡性？只有这一个问题。"

异常的，不平衡？

爱又说了不可思议的话。对于没有任何储备知识的桐野来说，他完全理解不了爱的意图。

龙造也没有立刻作答。他似乎已经看出了这个女高中生非同一般，明显已经有了戒备心理。

"长颈鹿先生，可能会有些强加于人的感觉，不过，能让我解说一下吗？”

“啊？好的，请，请。我当然非常欢迎。”

爱大概不是说给自己，其实是想说给龙造听吧。桐野这样想着，使劲地点了点头。

“塔万廷苏尤文明有一大未解之谜。就是刚才您所说的，它的发展很不平衡。有很多例子可以证明。比如说，它们有被后人赞叹的优秀的石造建筑技术，也有精细的金属制品手工技艺，但是居然不知道铁这种金属的存在，而且也没有车轮。他们建设了里程很长的国道，创建了名为‘查斯基’的邮差制度，用近代地方行政制度把庞大的帝国统治得井然有序，但是到最后都没有发明出自己的货币和文字。

“啊，对了。确实，他们有文字的替代品，用绳结来表示意思。

“以绳结的颜色和大小为判断标准，从人口、家畜的数量，到农业生产量和纳税额，都有被详细地记录下来。而且，还有叫作‘奇普卡玛约克’的专门负责记录的人员。”

“啊，是的，我想起来了。”

“在那么短的时间内，是如何扩张并建设成面积多达数百万平方公里的大帝国的？这个问题的关键点目前还是未解之谜。总而言之，几乎都无法用常识去认知。在塔万廷苏尤历史研究的权威者——樫村老师的面前，说这样的话虽然很是失礼，但是，我把老师您写的书从头读到尾之后，也没有发现任何关于它发展不平衡的理由和论述。”

“不，不会的。我应该是写了的。”龙造摇头，慎重地选择了措辞，"确实，还没有任何一位学者能阐明这个问题。把它称为是世界历史上屈指可数的谜团也不为过吧。但是，也不是一点儿都不能说明。最大的原因，果然还是地理环境啊。不管怎么说，塔万廷苏尤是被其他的文明圈完全孤立了的。"

"这种说法，是没有意义的。"爱果断地无视了大学者的说明，"如果这种说法正确的话，那么居住在北美的美洲原住民、因纽特人、澳大利亚原住民，同样的也都必须建立起不平衡的文明。即使地理环境是其中的一个因素的话，它也绝对不是问题的核心所在，一定会有别的更大的理由存在的。"

樫村龙造又陷入了沉默。眯起的眼睛里，有着异样的光。

两个人四目相对地瞪着，视线交织在了一起。这种状态持续了有两三分钟。

"怎么样？要不要去我的书斋？"龙造突然提议说道，"如果你愿意的话，我可以让你看看我的收藏。"

"啊，真的吗？"爱的眼睛里放着光，立刻站了起来，"我去，我去！请务必让我拜见一下老师您的收藏。哇，太激动了，真是很荣幸啊。"

爱和刚才相比，简直像是两个人，现在倒是在满面笑容地献殷勤。这是真心话。不，作为代理侦探的真心话。

桐野略微苦笑着，也站了起来。

6

龙造先去了走廊。书斋就在会客室的隔壁。

桐野对这个预想之外的展开，感到很困惑。

印加帝国……不，塔万廷苏尤的历史研究第一人。爱居然知道此事。不对，不仅是知道而已。她已经提前通读了他的所有著作，连预习都做得如此充分。这样一来，爱不可能只是到同一个社团的朋友家的别墅来游玩这么简单，她一定在来之前就已经有了什么企图。这种可能性非常大。她到底想要做什么？一会儿必须问问她才行。

门开了，三人走进到书斋。

书斋里的景象大煞风景，非常普通。桐野原本还期待，里面可能会有原住民用过的毒箭和诅咒人偶等物件，现在就像扑空了一样很是失落。

与之代替的，是浩瀚的书海。毕竟是原大学教授的书斋，当然会有很多书。但是，数量还是多到惊人。

除去最里面的窗户，占领其余三面墙壁的，都是伸到房顶的书架。书架上密密麻麻地摆放着书籍，没有一点儿空隙。书封面上的字，过半数是横着写的。其中年代久远的书也有很多。

代理侦探发出了感叹。

"这些，都是与中南美相关的书籍吗？"

"基本上都是。一般藏书都在仙台的家里放着，这里放着的都是论文写作需要的资料。总之，先这边请。"

龙造指着的方向，是屋子的里面。

窗边摆着一张巨大的木制书桌，上面放着笔记本电脑和带传真功能的电话座机。激光打印机、复印机、扫描机，也一应俱全，当然也有连接互联网用的终端适配器。只要有这些东西，即使在这个偏僻的地方，收集论文资料也不会不方便了。对于年过七十的老人来说，使用的这些东西算是非常先进了。

房间的角落里放着一张床，这里也可以当作寝室来用。

桌子的左侧，还有一个用来放资料的文件柜。在抽屉上的悬挂式透明文件夹里放着资料。

"你是，桐野先生吧？"

"啊？是的。"

桐野一直认为自己处在对话之外，突然被叫到名字时，感到一阵惊慌。

"虽然对于初次见面的人问这样的问题有些失礼，但是我还是很好奇，你对塔万廷苏尤帝国的事情，了解到了什么程度？"简直就像是大学入学考试的面试问题一样。

好歹是从大学的文学部毕业的，不能这样无条件认输。桐野左思右想，把自己对于印加帝国的知识和记忆全都说了出来。

印加帝国是十三世纪初期，在安第斯地方成立的帝国，首都是库斯科。在十五世纪后期，建成了范围从现在的厄瓜多尔，到秘鲁、智利一带的大一统的国家。但是，在一五三三年，被西班牙的侵略者皮萨罗所征服，随即宣告灭亡。

　　大学入学考试时记住的年号，还没有忘记，桐野心里感到有些骄傲。

　　"啊，真是了不起。你的知识储备量之深，完全可以给当代大学生做榜样了。"大概是恭维的话罢了，龙造这样夸奖道，"可能没什么太大的用处，但是，关于在刚才的谈话中提到的内容，我还是举个例子来说明一下吧。虽然我和她能明白，但是你一直在旁边听我们说话，如果没有明白的话，想必我也是很失礼了。"

　　"啊，谢谢您。"

　　桐野一边低头，一边感到震惊。从他的语气来看，这位日本第一的权威人士，明确承认了爱的知识的正确性。

　　樫村龙造就微微点头，把手伸进文件柜，几分钟之内就取出了十张以上的资料。

　　资料都是照片，而且是尺寸很大的那种。龙造整理了一下照片的顺序，整齐地放在了桌子上。

　　"那么，先请看这些照片吧。"

　　最上面的一张是石墙的照片。和日本城郭的石墙不同，被加工成正方形或者说是长方形的石头，整齐地堆在了一起。

　　"这是在库斯科的罗列特大街上留下的，塔万廷苏尤帝国时代的'阿克利亚瓦西'的石墙。"

　　"阿克利亚瓦西？"

　　"啊，突然提到这个词，真是抱歉。翻译过来的话，就是'巫女馆（太阳贞女馆）'。'阿克利亚'原本是'被选中之人'的意思，在全国各地挑选最美的少女，把她们放在各地的太阳贞女馆里。

这些少女们从十二岁开始接受三年的修行，经过特别的仪式之后，成为正式的阿克利亚。然后再从这些阿克利亚里选人，送到首都库斯科之后，她们就在这张照片的建筑里生活。"

"啊，我在书里读到过这个事情。没记错的话，这些女性应该是被叫作'太阳贞女'……"

"确实也有那种译名。在成为阿克利亚的仪式中，从神官到众少女，都会被问到'是成为世俗之妻，还是为太阳献身'这个问题。当然，大家都会选择后者，因此，她们一生都被禁止和男性交往，如果破戒了的话，会受到非常残酷的惩罚。

"如果违背誓言失去处女之身的话，本人和对方都会被吊在树上处以绞刑。还不只是这样，二人的家族，包括故乡村子里的所有村民和牲畜，一律处死。村子的人被迫害殆尽以外，为了不让植物再次在那里生长，居然会在所有的土地上撒盐。这种惨无人道的做法，真是让人瞠目结舌。"

"如果说错了很抱歉，我隐约记得，好像确实有阿克利亚后来成了印加帝国皇帝的侧室还是什么来着……"

"嗯，你说的没错。"

"啊？但是这样的话，就和老师您刚才说的话矛盾了呀？"

"不矛盾啊。"爱插话道，"在塔万廷苏尤，皇帝被当作是'太阳之子'，受到民众敬仰。所以，成为他的妻子，并不算是违背誓言。"

桐野听了解释之后，大概也能接受这种说法。但是，这未免也太自私了吧。就算是作为大奥之主的德川将军，也没有这么不讲理吧。

"真是条理清晰的说明啊。"龙造夸奖了爱，并以此为契机，继续说道，"但是，基本上所有的阿克利亚一辈子都守着处女身，在阿克利亚瓦西里为皇帝和贵族编织衣物，酿造奇恰酒，过着这样的生活。"

"奇恰？"

"以玉米为原材料酿造的酒。现在也还在被制作，我曾经也喝过。白色的浑浊液体，酒精度数很低。在战争时期，它是给战士鼓舞士气的不可或缺的物品……啊，我又扯远了。还是继续回到正题。关于塔万廷苏尤的石结构建筑技术，看了这张照片，应该就能充分理解当时的石墙制造工艺之精细。石墙的水平线都是完全的直线，没有丝毫的弯曲与歪斜。"

之后，樫村龙造又让他们看了在桌子上放着的几张相似的照片。

与阿克利亚瓦西之间夹着一条小路的正对面是太阳神殿。像是方糖一样平整的石块，被堆积到了六米的高度。

同样是库斯科市内的宫殿外壁留下的"十二角形石"。传说，把巨石做成十二角的形状，象征着帝国内有十二个民族。那种不自然的形状的石头，和周围的石头紧密地结合在了一起。

"听说石头和石头之间，连刀子都插不进去，这是真的吗？"

"太阳神殿和阿克利亚瓦西的外壁，别说是刀子了，就连剃须用的刀片也插不进去。"

"啊？真的吗……"

"我亲手试过，绝对不会错的。特别是神殿的建筑，石结构建筑技术的精髓全都用在它的上面了。不用水泥砂浆，做到如此精密地堆积，即使是现代的技术也做不到。"

桐野听到"不用水泥砂浆"，又不禁卷起了舌头，很是吃惊。

作为最后一击，龙造又拿出了一张照片。建在库斯科北部的萨克塞华曼要塞的外壁。据他说明，塔万廷苏尤帝国的首都是仿照美洲狮的形状建造的，萨克塞华曼要塞正好就处在头部的地方。

蜿蜒的三层防御墙，都是用巨大的石块垒起来的。墙壁所使用的石块之大，足以让人感到惊叹。

"最大的石块，高四点九米。在实地站着看的话，真的非常壮观。"

"四点九米？石头的种类是？"

"不是轻的石头。主要是花岗岩，还含有一部分的安山岩。"

花岗岩又叫作御影石，就是这个别墅的石梯所用的石头种类。

"那这块大岩石有多重呢？"

"大概一百二十吨。"

"一百二十吨？！"

桐野没多想，就跟着附和了一句。

"但是，这个国家不是没有车轮吗？如此巨大的石头，而且还是这么多块，到底是怎么运过去的啊？"

"这也是我想问的问题呢。"龙造没有正面回答，自己也笑了，"特别是萨克塞华曼这个例子，真的是太不可思议了。要知道，这座要塞是建在山上的。印加帝国没有车轮，当然也就更没有滑轮，同样也没有能够搬运的牛马之类的大型家畜。在几乎是什么都没有的状态下，到底是用什么办法把巨石运到山上的？

"学界目前的定论认为，这是人海战术的成果。比如说这座要塞，通常都会有七万人在那里进行劳役。动员数量众多的劳力从事建筑的，历史上还有中国的万里长城。"

"从太阳神殿到萨克塞华曼要塞，据说有一条地下通道。"爱突然插嘴说道。

"什么？"老学者一时语塞。数秒之后，他松开了嘴角，笑着说道："我也听说过，在太阳神殿后方建立的圣多明我修道院的祭坛的正下方，有通往地下的入口。确实有这种说法，在市内的重要场所和萨克塞华曼要塞，甚至是远到马丘比丘，都有地下通道相连。"

马丘比丘是二十世纪初期，被美国探险家海勒姆·宾厄姆发现的遗址。最初，这里被认为是西班牙在征服此地后，由皇帝的后裔建造的都城。现在已经否定了这种说法，有很多学者认为它是一个有着特殊宗教意义的神殿。

"从库斯科到马丘比丘，火车转乘巴士，单程就要花四个小时以上。认为它们之间有隧道相连的，只不过是没有根据的瞎说罢了。"

"感谢您的高见。只是，我个人认为马丘比丘先暂且不论，地下通道修到了萨克塞华曼的可能性还是有的。"

"总觉得，我之前是对你的评价过高了啊。"

二人的对话又擦出了火星。

"算了，接着往后说吧。为了展示塔万廷苏尤文明的先进性，我接下来要举的例子，应该就是它完备的行政组织了。"

龙造满是皱纹的手，交换了放在桌子上的照片。

第一张是断崖。左侧耸立着一座高大的石山，右侧是崖壁。在那样的地方有一条被石头堆成的路。更不可思议的是，在石堆的断裂处，一座木桥被架在了那里。

"这是……"

"马丘比丘遗址附近的'卡帕库娘（QhapaqÑan）'。"

"娘（Ñan）？"

这应该不是猫的叫声吧？

"翻译过来是'皇家大道'的意思，一般又被称为'印加路网'。"代理侦探解说道，"纵贯帝国南北三万公里的道路，全都被彻底地清扫干净，路两边还栽种着街树。山岳地带的道路则被铺上了石头，有些地方还设有台阶。在这条皇家大道上，被叫作'查斯基'的邮差们拿着命令书来去匆匆。在当时，查斯基留下了一天总计行走两百八十公里的记录。"

"讲得实在是太精彩了，我都没有出场的机会了啊。"龙造苦笑道，"那我就讲一下桥的事情吧。塔万廷苏尤的桥也非常有名，虽然用柳木编织的绳子做成的吊桥有很多，但是这张照片里的桥是用石头堆起来的。实地看过之后，发现它是被造在了让人惊叹的陡峭崖壁上。中间断开的地方，是为了在遭受攻击时，以便把桥放下来阻挡敌人入侵。恐怕那时帝国的科技相当发达，可以进行精密的物理学计算。如果不是这样的话，这座桥是绝对架不起来的。"

"说到科学的发达，医学的技术也相当先进。比如说脑外科手术什么的。"

"嗯，确实如你所说的。"

"那个，不好意思。"桐野插话道，"别只是你们二人理解，也请把知识分享给我一些啊。要不然，我根本不知道你们在讲什么……"

"啊，失礼了。在塔万廷苏尤帝国，当时已经可以进行脑外科手术了。用黑曜石或者青铜做成的叫作'图米'的刀子在头盖骨上打洞之后，进行治疗。毕竟，欧洲进行脑外科手术，还是在进入十九世纪之后才开始的，这样就能知道塔万廷苏尤的医学技术是多么先进了。"

"脑外科手术……这也不会是很普便的事情吧？"

"不是，才不是你想的这样呢。"

"以首都库斯科为例，在发现的头盖骨里，有百分之二十的人都做过脑外科手术。在地方都市，还有接近半数的人接受过手术的例子。对于塔万廷苏尤的人们来说，这就是非常普通的事情。"

"啊，这可真是让人大吃一惊啊。"

桐野深刻地感受到了历史的深奥。

樫村龙造取出了下一张照片。这张很好懂，是奇普[1]的照片。

一条略粗的绳子上系着上了色的细绳，上面有许多绳结。根据他的说明，打结的方法可以表示数字一到九，绳子的颜色代表被记录的物品的种类。比如说，黄色是金子，红色是士兵的人数。

塔万廷苏尤的人口估计超过一千万，统计专家'奇普卡玛约克'可以使用这个道具进行十进制的运算，比起现如今的我们，据说他

1　奇普（Quipu或Khipu）是古代印加人的一种结绳记事的方法，用来计数或者记录历史。它是由许多颜色的绳结编成的，不同的绳结有不同的含义。——译者注

们更能准确地把握人口的流动。

印加帝国的行政组织也很发达。对于安第斯的人们来说，最基本的生活单位是被叫作"阿伊鲁"的共同体。几个"阿伊鲁"统合在一起称为"萨雅"，接着是"瓦努恩"，再者是"苏尤"。四个"苏尤"集合在一起，就是塔万廷苏尤帝国了。住民被分为十人组、百人组、千人组、万人组，就算是再偏僻的"阿伊鲁"，命令也能够准确传达。这种彻底且完备的等级制度得到了落实。

"那他们不用交税吗？"桐野问道。

"不，他们要交税的。"

"但是，他们没有货币这种东西吧？"

"嗯。所以，税金都是用劳役来代替的。比如说，强制民众开地种藜麦之类的。"

桐野一边点头，一边扭头看了下爱。只见她一脸冷漠，聚精会神地看着紫茎藜麦田的照片。

"虽然无法和现代民主主义相提并论，但是，在塔万廷苏尤，服役的劳动者会被给予食料和衣料作为报酬，统治者和被统治者之间存在互惠关系。如此巨大的国家，能通过异常简洁的组织进行管理，而且，在承认地方的自治性的同时，地方行政也得到有效运行的这般景象，真的是很让人感动啊。作为征服者的一方，也曾给过它'远胜于西班牙'这样的评价。在当时贫穷和犯罪蔓延的欧洲人看来，没有乞讨者和饥荒者、社会正义得到保障的塔万廷苏尤，应该会让人感到相当震惊的吧。"

"看了老师的书之后，我也这样认为。"爱说道，"不过，话又说回来……有那样先进的科学知识，在政治方面也发挥了卓越才能的塔万廷苏尤的人们，为什么却造不出铁、车轮、滑轮、文字和货币这些东西呢？或者说，为什么他们不做出这些东西来呢？他们脑中的那种过激的不平衡性，到底是从哪里产生的？您可以告诉我了吗？"

樫村龙造面对爱再度的提问，暂时没做出反应，只是注视着她的脸。之后，长舒了一口气。

"我反倒是想问你了……对于这个问题，你有没有自己的假说？"

"当然有。"爱立刻回答道。

桐野大吃一惊，被称为世界历史上屈指可数的谜团，爱真的能够解开吗？

接下来是一段相当长时间的沉默。

"我知道了……总之，先跟我来。有东西想让你看一下。"樫村龙造平静地说，然后邀请二人来到书斋最里面右手边的那扇门前。

7

樫村龙造打开门，点亮照明。

这是个十叠大的屋子，看起来像是研究室。

这里也有书架，收纳了相当多的书。旁边是铝制的储物柜和整理资料用的抽屉。房间的最里面并排摆着两张桌子，上面放着电脑和打印机，还有带影碟机的电视，照相机和镜头的套装。这里给人的整体印象，也是空荡荡的感觉。

樫村龙造不知是什么时候，手里拿了一串拴在黑绳上的钥匙。

"好不容易过来这里，让你们看看稀罕的物件吧。"他说着，便把钥匙插进了身边的储物柜的钥匙孔里。然后打开储物柜的左右两扇门，从里面取出来一个扁平的箱子。

龙造走到房间的深处，把箱子放在了桌上。桐野和爱也跟着他到了那里。他取下盖子向里面窥探，铺好的白棉花上面，放着许多金属制品。每一个物件都附着发掘的地点和时间的标签。

"哇，太棒了。能看到实物，真的太感动了。"爱探着身子看向箱子的里面，"啊，这个，这个！这应该是托普吧。"

"哦？你可真厉害啊，居然知道这个。请吧，拿在手上好好看看。"

"啊，可以吗？那我就不客气了。"

代理侦探最先感兴趣的是一根看起来没什么特别之处的金属棒。从颜色来看，它是用青铜做的。长度大概有十五厘米吧。一端尖细，另一端则略粗。

"这是什么？"桐野小声地问爱。

"这个叫'托普'，是女性用的首饰。不对，应该说它是实用品吧。当地的女性们，平时会披一个很大的披肩，用它来将披肩的尾端固定在胸前。"

用现代的物品打比方的话，它跟别针很相似。

"之前提到过的阿克利亚，她们也会随身带这个东西。在我看过的画里，有一个刻着因蒂的脸的黄金托普，固定在用鸟的羽毛做成的披肩上。"

"因蒂？"

"太阳神的名字哦。还有，她们穿着镶着金边的蓝色连衣裙，头戴纯金的花冠，特别漂亮。"

"哦，原来是这样啊。"

物件当中还有不少其他的青铜制品。各种刀子、锄头的刀刃等农具，令人颇感意外的是，黄金制品的数量有些少。在桐野的印象里，印加帝国是出现在安第斯高地的黄金之乡。

十几种的物品当中，只有两个闪着金黄色光芒的。那两个物品都是直径都约为五厘米左右的圆盘，其中一个带把，另一则有几何图形的浮雕。

"长颈鹿先生，你知道它是什么吗？"桐野突然被爱问道。

"嗯？这个啊，应该是……陀螺吧？"

"错啦，这个是耳钉。"

"耳钉？但是，它的针也太粗了吧？直径都超过五毫米了。"

经过龙造的同意，爱把它拿了起来。

"看，它是这么戴的。"

爱白皙的双手把两个金属制品合在了一起。其中一个圆盘的背面有凹槽，正好可以让另一个带把的圆盘插进去。

"啊，原来是这样弄的啊。不过……可真是不可思议啊。这个看起来真的很像玩具车的轮子和车轴。能做出这种东西，为什么没有做出车子和滑轮呢。"

"所以，才说他们的文明存在不平衡性呀。"

桐野亲眼所见，果然是这样。

"塔万廷苏尤的贵族阶级们都会在耳朵上打洞，戴着用黄金或者是宝石做成的耳钉，进而把耳洞撑大。所以，他们才会被称为奥莱霍。'奥莱霍'有'大耳朵'的意思。"

要是被作为身体改造狂热者的里沙听到了，一定会激动到跳起来吧。

"对于塔万廷苏尤来说，令人感到特别惋惜的是，黄金制品基本上没有被留下来。"龙造皱着眉头说道。

"啊？真的吗？"

"他们虽然储存了大量的黄金，造出了许多精美的艺术品，但是后来都被西班牙人回炉重炼了。对了，有个非常有名的轶事。帝国最后的皇帝阿塔瓦尔帕在被抓住之后，许诺给皮萨罗一屋子的黄金，让他放了自己。"

"嗯，是的。我也听说过。"

"他被囚禁的那个屋子，我也进去过，是个相当宽敞的房间。有的学者推测说，当时的塔万廷苏尤从全国各地搜集的黄金大概有十吨之多。"

"十……十吨？"

普通承载量四吨的卡车，两辆半才能装得下，真是个天文数字。

"在塔万廷苏尤，黄金是最容易得到的金属之一。"爱接着说道，"阿塔瓦尔帕看到西班牙人特别珍惜黄金，都被惊到了。特别是太阳神殿里到处都堆满了黄金。神殿的内壁贴着金箔，最里面的墙壁上有用金板做成的巨大的因蒂像。这也只是刚刚开始而已，在院子里，还有用黄金建造的庭园。"

"黄金之庭？"

"金粒被当作土撒在地上，黄金做成了树木和玉米。树枝上停着的鸟、地面上爬行的蛇、二十头大羊驼、牧童、果树园劳作的少女像，全都是黄金制品。"

真的太厉害了，桐野已经说不出话来了。一般来讲，他会觉得这只是个传说而已，不足为信。但是，如果全国没有那么多黄金的话，也不可收集到如此庞大的数目。

"无法理解艺术的西班牙人，把它们全都熔化了，重新做成了金板。"龙造表情悲痛地说道，"这简直是让人无法相信的暴行，实在是太愚昧无知了。正因如此，塔万廷苏尤时代的黄金制品才几乎没有被留下什么。所以，在书里也没有办法，只好记载比它时间更早的莫切文化和兰巴耶克文化的物品了。这个耳饰是真正的帝国时代的制品，也是非常贵重的史料。"

征服者们犯下了罪过。桐野隐约记得在哪本书里看到过，皮萨罗一行，应该只有一百五六十人。与之相对，迎击的帝国军有两三万人。帝国军的兵力虽然远胜于对方，但还是被敌人从中央突破，大败于西班牙军。帝国皇帝阿塔瓦尔帕被活捉，不久之后就被处死了。溃败的原因众说纷纭。桐野觉得，最终的原因，应该还是爱说的不平衡性吧。

"这是'图米'吧。"

爱又发现了感兴趣的物件。

"这个，我也可以拿起来看看吗？"

"当然，没关系的。"

这是一把青铜材质的刀。刀刃是峨眉月形的，刀柄很短。

"这个刀子的形状可真有趣。"

"它本来是在仪式典礼上使用的刀，也被用在做手术上。"

"这就是手术刀吗？总觉得看起来很钝，而且也不是铁质的。"

"才不会呢，做脑外科手术时也用它。"

"这样啊……"

刚才听到过这样的内容。只是，危险系数如此高的手术，用眼前的这把青铜小刀作为刀具，总让人感觉有几分不太靠谱。

"樫村老师，您是怎样认为的？这把小刀，真的能用在脑外科手术中吗？"

"可能性非常大。"

令人感到意外的是，权威者也如此断定。

"那是距今五十年前的事了，有两位秘鲁的医生做了实验之后，发表了报告。"

"啊？真的能做那种实验吗？"

"只用塔万廷苏尤时代的道具，实施头盖穿孔手术。具体做法，是用图米在头盖骨上切井字。"

"但是，一定会很疼吧。那个时候，应该还没有麻醉可以用呢。"

"开什么玩笑呢，长颈鹿先生。当然要用麻醉了啊。"

"啊？"

"因为，有古柯叶啊。"

"哦。"

当地人现在还经常随身携带古柯叶，放进嘴里之后，咽下它的汁水，有缓解疲劳和空腹感的作用。古柯叶同时也可以起到麻醉的作用。

"你可真是博识啊，完全被你抢了风头呢。"龙造微笑着说，"那我说一些之前的事情吧。西欧的历史学家们最初知道这个事实的时候，都被塔万廷苏尤人居然可以进行脑外科手术给惊住了，他们做梦也没有想到，所以对此做了大量研究，提出了不同的说法。比如切除头顶部，会不会是为了做成头盖杯的样子等。但是，确认了骨头的再生事实之后，才认为塔万廷苏尤人是实施了脑外科手术。"

"骨头再生？"

"是的。这样的话，在接受手术之后，可以确保患者能活得更久。"

"实际上，头盖穿孔这个做法，比起塔万廷苏尤帝国时代，更早的时候就已经有被实施过了。"爱又说出了令人震惊的事实，"德国学者在以欧洲人为例进行调查之后，在报告中指出，公元前二千年至公元前一千年之间实施的头盖穿孔手术，有百分之八十八的成功率。这个比例，远高于现在脑外科手术的成功率。"

"比现在还要……"

桐野虽然难以置信，但是也认为爱不会瞎说。

"话说，为什么要如此频繁且广泛地进行脑外科手术呢？"

"关于这个疑问，你看了这个的话，就能立刻明白了。"

樫村龙造打开了放在桌子左边的储物柜。和其他的柜子相比，这个明显要深一倍左右。

他从里面取出了一个不可思议的物体。长约二十厘米，青铜材质，外形和橄榄球很像，四周有像鳄鱼背上的刺一样的突起。

"是'利维'吧？"

"啊，这又是什么？水果吗？"

"不是，要在这里穿绳子，然后挥动。"

桐野一看，金属球的下面有个很短的把手，在把手的底部有开好的洞。

"塔万廷苏尤帝国时代，主要使用的武器，是青铜制成的星形棍棒以及这个利维。也就是说，他们主要采用的是近身战斗。在战斗中，被瞄准的是士兵的头部。如果击打得准确的话，一击即可致命。"

"啊，原来是这样。"

桐野总算觉得明白一些了。

"因此，万一打仗了，头部被钝器击中的重伤患者会层出不穷。用现代的说法就是'急性硬膜外血肿'多发的情况。"

"硬膜外血肿……"

"大脑和头盖骨之间的膜是硬膜，它的外侧出血的话，头盖内压就会升高。如果不及时治疗的话，大脑就会受到无法恢复的损伤。所以，出现这种情况时，实施头盖穿孔，把积聚的血液排出体外，降低头盖内压。以现代医学的基准来看，这种做法也是有合理性的。只是，和现代的做法不同，对于切下的骨头，他们并不会放回去，而且也不会缝合患者的头皮。"

"不缝合头皮吗？"

"可能会用绳子绑起来吧。"

"这也有不合理的地方呀，要是被细菌感染，伤口化脓了的话，生命可就危在旦夕了啊。"

"安第斯是干燥地带，气候也比较凉爽，不用太担心被细菌感染。所以，只要勤消毒的话，我认为那种状态也是可以生活的。"

"虽然这种说法也有些道理，但是，不把切下来的头盖骨的部分放回去，不会显得非常不自然吗？"爱反驳龙造说道，"我认为'头盖穿孔手术说'，和'头盖杯'等说法相比，陷入了另外一种偏见之中。"

"你到底是想说什么啊。别绕弯子了，把你的主张清楚地说出来吧。"

二人又开始议论上了。

喂，喂，不是吧。别逗我了……桐野已经觉得有点儿不耐烦了。

毕竟是博闻强识的两个人凑在一起了。要是让他们尽情讨论的话，估计就要持续到明天早上了。

桐野心里发着牢骚，向左移动了两三步，下意识地离开了还在激烈讨论着的两人。他正好来到了刚才龙造取出'利维'的储物柜的前面，对开门的右侧是半开着的。

还有什么东西被放在里面了啊。

桐野的好奇心涌上心头。他确认过龙造还在一个劲儿地说着，便伸长了脖子，向储物柜里窥探。

接下来的瞬间，桐野的身体变得像棍子一样僵硬。

这……这，难道是？

桐野全身上下都在颤抖着，用两只手捂住嘴巴。但是，他根本忍不住。实在是太恐怖了，桐野小声地叫了出来。

8

"长颈鹿先生，怎么啦？"背后是爱的声音。

"储……储物柜的里面……"桐野的上牙和下牙打着架，好不容易才说出话来，"有……有人！"铝制的储物柜里一片昏暗，有一个小人坐在里面，抬头看着自己。

"怎么可能。在那种地方，怎么可能有人？"

爱从旁边看了一眼，也倒吸了一口凉气，身体僵住了。

"你们是在看那个东西啊。"只有樫村龙造保持着冷静，"我本来没想着让你们看的，不过既然被看到了，也没办法了。那么，请吧。"

对开门被完全打开了。

"呜啊啊啊啊！"桐野又叫了起来。

储物柜的内部，从中间处被竖着分隔开来。左边有五层，放着陶器、木雕、编织物和石像等物品。

问题是右边的部分，它没有被分层。

他，在里面。

不对，不知道是"他"还是"她"，看不出男女来。

从只剩骨头的脸上，很难想象它生前的长相。如枯木一般的淡茶色的骨头表面，零零散散地剩着一些牙齿。不可思议的是，头发、鼻子和眼睛几乎还保留着原样。嘴巴的大幅度歪斜，也许是因为对临终的痛苦，或者是对死亡的恐惧吧。浑浊的瞳孔向左右斜视，只有右眼满含怨恨地盯着桐野。

"这……这是木乃伊吧？！"

事态已经清晰了。别墅的一个屋子里，放着木乃伊。

骷髅的头部裹着橘色的头巾，黄绿色丝线交织而成的布盖满了上半身。从后背到腰和腿，则是被黑色的厚布包裹着。

盘腿坐着的姿势，也许是后背弯曲的原因吧，它的整个身躯显得非常扁平，所以需要一个很深的柜子来存放。

"这是真的东西。"

和桐野不同，代理侦探已经冷静了下来。

"啊，这是十五世纪后期的女性，推算年龄是十六岁。"

"这也是老师您带回来的吗？"

"不，这个不是。木乃伊是被禁止带到国外的。"

"那它为什么会在这里呢？"

"这就有些说来话长了……"

被爱追着询问，龙造也罕见地语塞了。他一边叹气，一边说道：

"它是被某人偷偷带回日本的。几经转手，现在到了我的手上。本来，我是想尽快把它还给秘鲁的，但是因为有许多事情有待处理，所以到现在还没行动。"

"啊，也就是说，"桐野迟钝片刻之后，也加入了会话，"印……不是，塔万廷苏尤帝国也和古埃及一样，有把人的遗体做成木乃伊保存的习惯吧。"

"你这可不行啊，长颈鹿先生。拿这么低级的问题问老师。"突然，桐野就被爱斥责了。

"低级问题啊，唉，果然。"

"对啊，这可是一九九五年的大新闻呢。你忘了吗？就是那个'胡安妮塔'啊。"

"啊，我想起来了！原来是这样啊。"

"胡安妮塔是在秘鲁的山岳地带发现的少女的木乃伊。她的推定年龄是十四岁。具体地点是秘鲁南部海拔六千三百米的安姆帕托山的山顶附近。"

爱开始说明了：

"安姆帕托山，被安第斯人称为'高地的圣域'。在它的附近，后来还又发现了好几具木乃伊。在发现胡安妮塔的几个月之前，旁边的萨班卡亚火山大喷发，大量的火山灰喷涌而出，使得安姆帕托山山顶的万年冰也融化了。正巧那个时候，调查队刚行进到山顶的附近。

"因为是在冰块中被发现的，不仅是衣服，头发、指甲和皮肤，都保留了生前的样子。作为副葬品的披肩、腰带、托普、拖鞋、盘子、壶也都保存完好。后来还发现了一尊和她非常像的黄金雕像。死因是脑损伤。使用的凶器是尖端有突起的钝器，可能是棍棒或者利维吧。

"胡安妮塔，很有可能是塔万廷苏尤帝国时代的一名'阿克利亚'。十五世纪后期，安姆帕托山周围的火山群持续大量喷发。为了平息火山之怒，胡安妮塔从'阿克利亚'中被选出，祭祀给了天神。

"虽然西班牙征服者在书中写道'塔万廷苏尤没有供奉人身的习惯'，但这是错误的说法。另有记录记载，在帝国的新皇帝即位之时，有二百个孩童被用来活祭了。不过，和玛雅文明相比，它活祭人数算是很少的了。顺便说一句，'胡安妮塔'这个名字，是'小法娜'的爱称，在发现之后才被命名为此的，她的真名可不是这个。"

"不过，她现在确实被人们习惯称为'胡安妮塔'和'木乃伊'。"在爱的长篇解说词讲完之后，龙造开口了，"她是在冰里自然成那个样子的，不是人为刻意造成的。安第斯地方开始人工制作木乃伊，是从塔万廷苏尤帝国才开始的。先把死者的内脏全部取出，在体内填满焦油，再置于户外几日。白天的阳光和夜晚的寒冷，可以让它脱水干燥。和制作能够长期保存的冻干土豆的方法很类似。"

"印加的木乃伊，特别受人崇拜。"爱说道。"印加"当然指的是"皇帝"的意思。

"你说的没错。印加原本就不是人类，它被看作是'太阳的化身'和'太阳之子'，因此会被特别对待。出行的时候总是被轿子抬着，如果他的脚直接接触地面，会被认为将会发生巨大灾难。他的兄弟姐妹被当作一般人，也是为了突出他的神圣和特殊，使他的神圣之血显得更加高贵与稀有。

"对印加的崇拜，不论是其生前或是死后。成为木乃伊的皇帝，会被认为是天地之间的媒介，在祭祀的时候，它会被放在黄金的宝座上，抬至广场。印加的财产，其子孙是无法继承的，由叫作'帕纳卡'的亲族团体来统一保管。所以，皇帝的木乃伊保有大量的财富，有众多随从，过着和生前一样的生活。还不止如此，它还会参与现实世界的事务，有时还会由它来做出重大决策。因为有如此特殊习惯作为背景，塔万廷苏尤的人们的生死观也很独特。正如通过眼前这尊木乃伊所了解的那样，他们认为生或死其实并没有什么太大的区别。"

生或死……没什么区别？

樫村龙造的话，给桐野留下了很深的印象。

"也就是说，并没有把死看得有多么特别。人死之后，也是和生前一样生活。他们坚信这一点。所以一般的木乃伊也不会被埋葬，而是会被放在家里的壁龛中。"

"壁龛？"

"就是在墙上挖一个凹槽。"

桐野刚歪过脑袋，爱就开始补充说明了。

"啊，一不留神就聊得入迷了。不好意思。桐野先生，现在几点了？"

"啊？哦。请稍等一下。"

桐野看了一眼手表，时间是晚上七点五十一分。

"晚饭应该准备好了，一起去餐厅吧。"

桐野刚听到"晚饭"这个词，马上就感到肚子很饿了，他从小就是个大胃王。

龙造拿起了桌子上的利维。

"只是，在那之前，我还想聆听一下你的高见。塔万廷苏尤文明所拥有的——无可救药的不平衡性的原因，到底是什么。你是怎么想的？"

樫村龙造突然间又提到了那个问题。

桐野变得兴奋起来了。世界史上屈指可数的谜团，代理侦探到底会如何解答呢？他咽了一下吐沫，默默地等待。

"马上就要开饭了，那我就简单说一下重点部分吧。"爱表情严肃地目视着龙造，"塔万廷苏尤文明发展不平衡的原因是它的指导者是孩子。"

啊？

桐野在一瞬间，陷入了迷失自我的状态。不知道她说的是什么意思。

国家决策层太过幼稚，从而导致发展不平衡。她是想表达这个意思吗？

不论是哪个时代的哪个国家，引领国家方向的，都是少数精英的政治家、企业家或者科学家们。如果他们没有做出正确判断的能力，确实会对某些方面产生消极作用。但是，这种一般论的说法，是无法说明塔万廷苏尤那种程度的矛盾产生的原因的。

这个说辞太不像小爱的风格了。还是说，她想以此作为铺垫，进而得出令人震惊的结论吗？

桐野满怀期待地望着爱。但是，她好像并没有那个意思，看起来像是泄了气一样。

另一方面，樫村龙造的态度，也让人捉摸不透。面对可以说是幼稚的发言，他既没有笑也没有生气。没有任何反应，只是，一直在保持沉默。

到底怎么了啊。

桐野正在这样想着的时候，突然被吓了一跳。

龙造抱着青铜球体的双手，开始轻微颤抖。之后，颤抖的幅度逐渐变大。

这……是怎么回事？

桐野回想爱刚才说过的话，但是，没觉得她有隐藏什么特别的含义。

实在是太困惑了。

"樫村老师，去餐厅吧？"爱一脸无忧无虑的表情说道，"可能，大家一直都在等我们呢吧。"

"啊，我知道了，走吧。"龙造马上回答道。

但他的声音明显变得有些嘶哑了。他把拿在手里的利维放在了储物柜左侧最上面的架子上。就在关柜门的时候。

"啊，请稍等一下！"爱用手压住了右侧的门，"我想把木乃伊的头卸下来看一下，可以吗？"

什……什么？！

桐野感到惊愕。

过于不合常理的要求。她是怎么了，说出这种话。

当然，龙造也没有立刻回绝她。只是没有任何表情，陷入了沉默。

爱自作主张地把龙造的反应当成了默许，两只手伸进了储物柜里。

"啊，小爱。不行的啊，别那样做！"桐野忍不住叫道。

但是，接下来的瞬间，爱真的从储物柜里拿出了木乃伊的头部。

啊哇哇哇！

桐野被吓破了胆，当场瘫坐在了那里。他将两只胳膊绕到身后，勉强在地板上撑住了身体。出现在眼前的这一幕，实在是太不同寻常了。绝世美少女抱着骷髅头，威风凛凛地站在那里。

"小……小爱，你……你为什么？"桐野带着哭腔责备她。

"唉，长颈鹿先生，你的胆子也太小了吧。"

突然，骷髅头出现在了桐野的眼前。桐野根本不敢直视它，把眼睛闭上了。

"啊——！快别弄了，求你了！"

"别叫得那么大声啊。看，你快看。它只是人造的而已。"

啊？

桐野虽然害怕，但还是慢慢睁开了眼。他冷静下来看过之后，发现确实如爱所言，它和真正的人骨骷髅头还是有区别的。淡茶色粗糙的表面像是木头的质地，还能看到有细木纹。仔细看鼻子和眼睛，也能发现人工的痕迹。

"这……不是人的骨头啊。"

"所以我刚才说它哪里有点儿不对劲呀，它是用木头做的。为了能让真的木乃伊身体看起来更加逼真，才把它放在上面的。鼻子是三角形的木片，眼睛是贝壳，头发是大羊驼的毛。它又不是胡安妮塔，要不是这样的话，眼睛未被腐蚀且保留至今的可能性几乎为零。"

"啊，原来是这样。还有这种方法啊。"

桐野听过说明之后，立刻就懂了。也怪自己刚才只顾着害怕了，丝毫没有察觉。他长叹了一口气，从地上站了起来。真是太丢脸了。

爱把骷髅头放回了木乃伊的身体上，头巾的那块布也照原样盖了回去。在它的下面，也就是用黑布卷起来的那部分，那里应该藏着木乃伊真正的头吧。

樫村龙造关上了柜门，锁上了储物柜。

"你……胆子可真够大的啊。"龙造低声说道，"或许用'无礼'一词更为贴近吧，你对谁都是这种态度吗？"

"不是的，您言重了。"爱的嘴角浮现了一丝微笑，摇头说道，"我只是在樫村老师的面前，才这样做的。"

"只在我的面前？这话是什么意思？"

"我可以讲一下理由吗？"

樫村龙造先是瞪着爱，随后移开了视线，像是逃跑一样，从屋子里出去了。

9

也不能一直待在这里，爱和桐野也走出了书斋。

在走廊上，桐野感到了强烈的困惑。明明应该是很轻松愉快的旅行，却不知道从什么时候开始，事情的发展方向开始变得有些奇怪了。为什么会变成这样，桐野完全一头雾水。

餐厅也在一层。

今晚入住的客房在二层。在走廊上桐野和爱碰到了饭冈志乃，她说："如果要换衣服的话，我带你们去那边。"他俩都觉得没有换衣服的必要，决定直接前往餐厅。

志乃在带路的同时，还简单介绍了别墅的整体情况。据她所说，一层除了有龙造的书斋和研究室，还有厨房、客厅、餐厅、饭冈夫妇的房间。二层是愉美的房间、弟弟慎二的房间以及三间客房。顺便说一下，桐野住的房间，是上楼之后右手边的三间客房里的中间那个，靠外的房间住的是爱和里沙，藤井住在最里面的房间。

餐厅是和厨房完全独立开来的。

它的面积有十二叠大，内装很简洁，但是一眼就能看出，餐桌和椅子都用的是高级橡木制成的。屋子的里面还有暖炉，伴随木柴开裂的声音，亮着赤红的火光。

"喂，喂，小 LOVE 和长颈鹿先生，为什么你们一直没去小愉美的房间啊？"

踏进餐厅的一瞬间，传来了里沙的声音。

"一直等着你们呢，小愉美做的人偶可厉害了。以前她在美术室也经常做，不过我还是第一次见到完成品。真的太感动了，感动得我都要哭了。"和愉美一起站在暖炉旁边的里沙，挥舞着拳头，激动地说道。

"对不起你们，是我不好。"爱一本正经地低头道歉，"在听樫村老师说话的时候，一不留神就忘了时间了。等吃过晚饭，我马上就去小愉美的房间。还能让我看一下人偶吗？我是不是惹你生气了……"

"没有，没关系的。"愉美摇头说道，眼神里充满了淘气，"你放心好了，生气的只有小里沙而已。"

"太过分了吧！小愉美！才不是这样的，好吗？我可是在替你感到义愤填膺啊。"

桐野露出了苦笑。真没想到"义愤填膺"这么文雅的词，也会从里沙的嘴里说出来。

龙造和藤井出现在餐厅之后，大家各自就座了。

细长的餐桌，一头是圆形，另一头是方形。这样一来，客人多的时候，也能坐得下。女高中生三人坐在圆形的一端，方形的那一端则坐着三位男士。

饭冈祐吉没有现身，可能是在厨房帮着妻子打下手，上菜的也只有志乃一人。

家里应该还有愉美的母亲和弟弟慎二，但是他们好像并没有要来的迹象，桌子上也没有富余的餐具。不过，他们也有可能在了仙台的家里。

晚饭开始了。每一道菜品都是饭冈志乃亲手制作的，而且菜谱实在有些不可思议。会津地方的乡土料理和秘鲁料理混在了一起。

用糯米和酒曲做的腌鲱鱼干，以鱿鱼和蜂斗菜为食材的天妇罗，含有鳕鱼干的乱炖煮菜，大豆油味噌，放入多种时令野菜的什锦寿司。

以上是会津料理。与之相对的秘鲁料理，有用玉米叶包起来的玉米粉和鸡蛋作为内馅的"玉米粽"，给整只鸡撒足香辛料烤制而成的"秘鲁烤鸡"，还有罕见的冻干土豆羔羊肉汤。

"我不是很擅长做饭，这种奇怪的组合搭配，恐怕不是很合你们的胃口吧。"

志乃总是很拘谨的样子，谦虚地说道，但是每一道料理其实都很好吃。用水泡发的鱿鱼干炸成天妇罗之后，味道鲜美又有嚼劲。自家制的味噌也是让人感到幸福的味道。

秘鲁料理的玉米粽和煲汤，味道也特别好。

汤里的食材，在秘鲁当地好像用的是一种叫作"库伊"的鼠肉。他们没能弄到这种肉真是太好了。此外桌子上还有丰富的酒类。虽然没有奇恰酒，但是有会津当地的日本酒、葡萄酒和苏格兰陈年威士忌。

本来就很美味的菜肴，加上又有上等的美酒，估计是想慰劳一下辛苦的驾驶员吧。三位女高中生轮番上前敬酒，这样一来，酒就不可能不喝多了。最初还是有些客气的桐野，从中途开始就醉得一塌糊涂了。

围着餐桌的六人，大家很自然地分成了两组，不久之后就各聊各的了。

女高中生三人热聊的话题，桐野一点儿也听不懂。里沙还是那么情绪高涨，爱也还是那么嘴上不饶人。愉美则是专心地听她们讲，看起来也很开心。

因为之前在车里听到的那些话，桐野先入为主地认为愉美是个性格很阴暗的人。就像被爱批评的那样，但这不过是自己的偏见罢了。至少现在，她看起来就是个普通的高中生。

阴暗的人，倒不如说是樫村龙造。

和之前在讲解塔万廷苏尤时那滔滔不绝的样子完全不同，坐在饭桌前的龙造非常沉默寡言。除了偶尔附和一两句之外，他一直在默默地吃东西。

果然，可能跟小爱说话太耗费精力了吧。

尽管桐野这样认为，但是因为不知道他这样做的原因，所以也没敢轻易搭话了。

反而，藤井治郎则是说个不停，美术品的价格、入选展览会的自豪、对职场的不满等。爱冷酷地评价藤井"到现在还是活在以前的成绩和世界里"，真是一语中的啊。

酒的度数不是很高。只是，有一人先醉了，开始说着胡话。桐野也开始觉得有些疲倦了。

第一个站起来的是愉美。

"不好意思啊，我先回房间了。"她略带失落地说道，"之后应该还有甜点，你们慢慢吃，一会儿记得来我的房间呀。"点头示意之后，愉美皱着眉头离开了餐厅。

她像是烟进到鼻子里了。

龙造和桐野不抽烟。但藤井是个重度烟民，他的房间里总是烟雾缭绕的。愉美可能呼吸道比较脆弱，大概是受不了他抽烟才走的吧。

没过多久，饭冈志乃端来了甜点，红糖味油炸点心"秘鲁甜甜圈"和会津柿饼。最后用秘鲁和会津的两道料理来收尾，实在是有趣。

藤井治郎小口吸着红茶的时候，最终还是抵抗不了醉意，趴在桌上打起了呼噜。

那之后，樫村龙造离开了餐厅，没跟任何人打招呼。

在桐野看来，这位老人离开的时候肩膀下沉，像是泄了气一样。

10

龙造走了之后，爱和里沙就去樫村愉美的房间了。虽然被里沙邀请一起去，但是桐野还是婉拒了，他不想打扰三位女高中生聊天。

里沙用略带遗憾的表情，对桐野说了好几次"那你记得明天一定要去看啊"之后，才离开了餐厅。

最后留在餐厅的只有桐野和喝醉了的藤井。

墙上挂着一个年代久远的挂钟，指针显示九点四十七分。

晚饭开始的时候，已经过了八点，到现在为止，看来持续了相当长一段时间。不过，离睡觉的时间倒是还早。

端上甜点的时候，饭冈志乃撤下了其他料理的容器，但是没有拿走酒瓶。一个人继续再喝一会儿吧。

桐野拿起了装着浊酒的四合瓶。趁着还没有成为清酒的状态上市，由于没有经过热处理，现在正是喝它的季节。桐野从以前开始就特别爱喝这种酒。

瓶子里还剩一多半。他给杯子倒满之后，立刻把嘴凑了上去。乍看上去和女儿节的白酒很像，但不是特别甜，略微有些水果的味道。

桐野喝着喝着，用左手托住了腮帮。

真是完全搞不懂啊，小爱为什么要用那样的态度？

代理侦探对樫村龙造抱有反感，这一点肯定不会错。她把木乃伊的头摘下来的这个举动，就已经很失礼了。后来还又毫不留情地给了老师一记"本垒打"。

但是，他们二人应该是初次见面吧。还是说，她事先从小愉美那里打听到了关于这个家的内情吗？同为女孩子，又是好伙伴，这个可能性还是有的……

桐野的思考被刺耳的呼噜声打断了。

是藤井治郎。他整张脸趴在桌子上，半张着嘴睡着了。

啊，对了。在来的时候，莫非是小爱在车上听到了自己和藤井的对话？也就是说……她是装睡。

十年前，在这个别墅发生的密室杀人事件，被害者是愉美的父亲樫村千春。到目前为止，桐野只知道这些。

难道和那起事件有什么关联吗？

情报提供者就在自己眼前。但是现在这个样子，就算把他叫醒，也无法正常对话吧。

不过，真是奇怪啊。今天小爱的心情一直不错。在车里的时候，和小里沙一起吵闹，笑得很大声。是什么时候开始变了的呢？

果然，是装睡之后开始的吧。

但是，就算爱听到了桐野和藤井之间的对话，也很难认为这是使她态度骤变的原因。因为，藤井那时讲述的不过是事件的开端而已，几乎还没有涉及任何实质性内容。

不对，等一下。说不定，小爱理解到的是完全不一样的内容。总而言之，小爱事先得到了一些情报，但还不懂其中的真实意思。可是，在车上听到我们的对话之后，她第一次理解了那些情报的意思……嗯，如果这样想的话，就能说得通了。

也就是说，从小爱的态度来看，十年前的杀人事件的真凶，应该是樫村龙造……不对，不能这样想。不管怎么说，做这种判断都为时过早了。

桐野这样劝自己。在还不清楚事实的情况下，抱有这种奇怪的偏见实在是太不严谨了。等明天问了爱，应该就会明白的。

桐野漫无边际地思考着。当瓶子里的酒空了的时候，他一瞬间回到了现实世界。

他看了一眼挂钟，已经十一点十分了。

不知不觉已是深夜。剩下的课题明天再解决吧，桐野起身准备走。

藤井还在睡着。虽然屋子里有暖气，但是感觉让他在这里过夜好像又不太好。桐野试着把他摇醒，但烂醉如泥的藤井根本没有要睁开眼睛的意思。

桐野打开门，准备出去。虽然厨房还亮着灯，但是好像没有人。三更半夜的，也不方便大声喊叫。

嗯，算了。厨房亮着灯，志乃应该还会回来的吧。喝醉了的那位，就交给她来处理吧。

桐野得出结论，离开了餐厅。

走廊里放着好几个电暖器，即使深夜也很暖和，不愧是有钱人家。

桐野来到楼梯口，刚上了两三级台阶，突然觉得醉了，像是踩在云上一样，摇摆不定。他扶着把手，勉强爬到了二楼。

上了楼之后，往右手边走。最靠外的房间是小爱的，我住在她再往里的那一间。

桐野仔细听了一下，什么动静都没有。他不禁感到有些意外。

愉美学习的房间应该也在二层，女高中生三人没在里面玩闹吗？还是说，爱和里沙昨晚因为通宵熬夜，今天已经早早睡了？

桐野轻轻地在走廊走着。他路过了爱和里沙的房间，果然，里面没有传来任何声音。

到了隔壁的房间。桐野想着把门打开，却又收回了放在门把上的右手。

里面传来了奇怪的声响。

啪、啪、啪、啪……

每隔数秒循环一次的声音。

这是什么声音？

桐野感觉好像在哪里听到过这个声音，但或许是因为喝醉了的缘故，他想不起来了。

在二层走廊的三间客房的深处，有一个直角转弯处。可疑的声音，好像是从那里传出来的。

桐野开始慢慢往前走，越靠近这种感觉就越为强烈。右转之后，走廊一下子变得很窄。天花板的照明也没有了，非常昏暗。

桐野用手摸着左右的墙壁，小心地向前行进着。

手向前什么也摸不到，好像没有门。这难道是通往另一个楼的走廊吗？如果真的是这样的话，那么在二层的最边上，有一个单独的房屋。

单独的房屋，难道说……

桐野心里一紧，停下了脚步。

他想起了从藤井治郎那里听到的话。发生在十年前的那起惨剧的舞台，正是这个别墅旁边的单独的屋子，它的名字是"日轮馆"。

这难道是通往日轮馆的走廊吗？也就是说，前面就是……

桐野全身起了鸡皮疙瘩。在昏暗的前方，他可以隐约看到微弱的光线，应该是从门缝里漏出来的。之前听到的声音还在持续，一定是有谁在那里面。

该……该怎么办？

桐野的耳朵都能听到自己心脏跳动的声音。他站在原地，一时不知所措。

就在这时。

"喂，你在干什么？"

突然从背后传来了呵斥声。桐野吓得差点儿叫出声来。他转过身，看到在走廊的拐角处有个矮小的身影。

"你在那里做什么？"

一个男人用质问般粗暴的语气说道。桐野一开始还以为是樫村龙造，看来好像不是。之前也没听过这个人的声音。

"为什么不说话？快点儿回答。你要是不说，我可叫警察了啊！"

对方越来越激动。

看来不能再沉默下去了。桐野想要随便编个理由搪塞过去的时候，走廊的灯亮了。

在一片光亮中，声音本人现身了。桐野看到那人的样子，感到有些吃惊。

是个少年。初中生的样子，穿着工装连衣裤。

眼睛细长，鼻梁高挺，嘴巴紧致，五官非常端正。最初的几秒，桐野没有注意到这个事实。也许是他眼睛上面的部分太有视觉冲击力了吧。

那个少年没有眉毛，也没有头发，样子有些可怕。身高在一百六十厘米左右。与洪亮的声音相比，他的身材意外地瘦小。

"我再问你一遍，你是谁？到别人家里来，你想干什么？"

听到"别人家里"的时候，桐野总算是想起来了。

"啊……你就是慎二君吧？"

桐野亲切地问道。对方没有回答，只是一直盯着桐野。

"初次见面，我是桐野。是到你姐姐这里找她玩儿的朋友的……也就是说，我是司机，并不是什么可疑人物。要是你姐姐现在过来的话，你就能明白了。"

"有客人要来这件事，我倒是听说过。"

樫村慎二的措辞，一下子变得客气了起来。不过，他的语气还是很强硬，表情也很严肃。

"但是，客房不在这里。你到底是想去哪里？"

桐野被继续追问，一时哑口无言。

这种时候，他也多少可以冷静地观察对方。头发和眉毛，不像是被剃掉的，皮肤也很光滑。可能是先天性无毛症。

桐野其实也可以撒谎逃走，但道歉还是上策。

"实在抱歉，第一次来你们家里就到处乱走，是我失礼了。不过，我一点儿恶意都没有。只是听到了个奇怪的声音，一不小心就走到这里了。"

"声音？"

"你听，就是那个声音呀。欸？怎么回事？"

不知道从什么时候开始，那个声音消失了。

"真是太奇怪了啊，刚才还一直能听到的。啪啪的响声……"

"你是想知道那是什么声音，对吧？"慎二的语气总算是平稳下来了，"客人，你听到的，应该是织布机的声音。"

"织布机？这样啊。"桐野点头道，"我好像确实听到了。"

"明白了的话，请不要再来这边的走廊了。拜托了。"

"啊，好的。我保证。"

"晚安。"

樫村慎二点头示意之后，便转身往回走了。在拐弯的时候，他关掉了狭长走廊的灯。在昏暗中，桐野摸索着走向自己的房间。

啊……慎二，果然在别墅里啊。

桐野一开始以为他只不过是个傲慢的小子，没想到在谈话的后半段，看到了他礼貌的一面。

不过，这确实也怪自己做错了事，有必要改掉对他的坏印象。

话说回来，美少女小愉美居然有个这样的弟弟啊，跟她一点儿都不像，为什么会这样呢？

突然，刚才的响声又复活了。

啪、啪、啪、啪……

桐野又转身看了一眼。

狭长的走廊的尽头，再次出现了细长的白色光束。

◇ "软盘（*Floppy Disk*）Ⅲ"

大锅里冒着热气。

宽敞的伙房，一扇窗户都没有。水蒸气堆积在天花板，像是不断上升的漩涡。

灶台连成一排，屋子里被热气笼罩。

利蒂拿木棒搅拌着锅里的液体，用右手手背轻轻擦拭额头的汗珠。

她承担的是制作奇恰酒的工作。这种代表塔万廷苏尤的酒，除了在日常生活中饮用，它也是节日和仪式上的必需品。

制作奇恰酒的原材料，采用的是含糖量最高的砂糖玉米。它和其他的玉米不同，形状接近于球形。

说到制作步骤，先是把茶色的玉米粒浸泡在水中使其发芽，等待长成豆芽。豆芽拿去干燥之后，就是"豪拉"了。把"豪拉"碾成粉之后，在大锅中加水长时间煮制即可。利蒂负责的正是最后这一道步骤。

伙房里，有大约五十位女性在制作奇恰酒。有转动着巨大的石臼，把豪拉磨成粉末的人；也有和利蒂一样，对着大锅不停搅拌的人。当然，这些女性都是太阳贞女。

突然间，利蒂回想起了拉姆兰村的节日。

在一年之中最大的节日——太阳节的时候，会在村子里的广场放几个大瓮，供大家免费饮用。村民们喝着美酒，彻夜跳舞狂欢。

马上就又要到太阳节了。

利蒂离开故乡，已经整整五年了。

被巡察使强行从父母身边带走的利蒂，最初先是被带到了距离拉姆兰村徒步要走上三日的堪恰镇的太阳贞女宫。

在塔万廷苏尤，直接归属皇帝的从事农业、畜牧业和其他杂务的人，被称为"从属者"。侍奉太阳神的阿克利亚，在被迫从原先的社会关系脱离这一点上，和一般的劳役者是相同的。

到达堪恰的阿克利亚瓦西最初的那几天，利蒂因为想家，每天都从早到晚哭个不停。但是，毕竟身边也都是和她有着相同境遇的女孩，在慢慢适应了阿克利亚瓦西的生活之后，利蒂也恢复了活力。

工作内容除了制作奇恰酒，还有为了太阳神而纺丝、织布、制鞋等。

最先分配给利蒂的工作，是纺木棉丝。利蒂左手拿着生棉，从里面抽出一根完整的丝，用右手的大拇指和食指把它捻紧，卷在木制的纺锤车上。手巧的她学得很快，不到两个月就已经可以独当一面了。

工作一点儿也不枯燥，不如说反而很愉快。待遇也不能说是不好。和以前穿的粗糙的布料相比，配发的衣服的质地明显好了很多。而且，在村子里属于奢侈品的玉米面包、藜麦汤、羊驼肉和天竺鼠肉也频繁地出现在餐桌上。

利蒂也没有受到过暴力和虐待。不过，在阿克利亚瓦西里有一些被称为"妈妈考那"的老妇人，她们严格监控着年轻的阿克利亚们的一举一动。所以，即便是想要逃跑，也几乎逃不掉的。

手巧的利蒂，不到一年的工夫，就被提拔成了织布机的操作员。不再只是木棉的加工，她开始负责更加高档的织物。

虽然没有一天不在想家，但是，利蒂开始冷静地接受了自己的命运。利蒂觉得，只要做阿克利亚也能做得开心的话，那么也算是很幸福了。

但是，就在某天，她被命令前往塔万廷苏尤的首都库斯科报到。

经过不停搅拌和长时间煮制，锅里的液体终于变得黏稠了。从火上取下晾凉之后，倒入盛酒专用的素陶瓮中。再放置数日，等它完成自然发酵，奇恰酒就算做好了。

利蒂不知道还有这个方法。在她的故乡，是由女性把煮熟的玉米粒咬碎，通过唾液发酵。负责咀嚼的女性，不是年轻的女孩，而是岁数很大的老奶奶。

这样做成的奇恰酒颜色发白，酒精度数也不是很高。所以，它可以代替茶水，女性和孩子也能喝。

利蒂把今天的工作收尾，准备离开伙房。

到了户外，西边的天空被染成了红色。

只有夕阳的颜色和拉姆兰村是一样的。利蒂这样想着，不禁伤感起来。

她来到库斯科，今天刚好满一周了。虽然奇恰酒的制作过程大概是明白了，但是她还没有习惯这里的生活。没什么朋友，让她感到很不安。

没能交到朋友的原因之一，是语言的问题。在堪恰的阿克利亚瓦西，基本上都是附近村子的姑娘，所以交流起来没什么问题。但是，这次碰上的是从全国各地来的阿克利亚。能听懂利蒂说话的人，真的很少。

"为什么要从全国各地聚集到这里呢？"

利蒂返回宿舍的路上，在心里嘟囔着。

从分布在塔万廷苏尤全国各地的阿克利亚瓦西，挑选容貌姣好、技能突出的姑娘，聚集到首都。虽然她以前就知道有这个制度，但是自己能成为其中的一员……

像自己这样的乡下人，不适合这么光鲜亮丽的地方。而且也不适应都会的生活。

利蒂迈着沉重的步伐想道。

即便是再也回不去拉姆兰村了，她至少想在堪恰度过余生。

因为身份的关系，无法自由出入，对于她来说，首都的样子完全是个谜。被允许外出的时间只有到达的当天和翌日，而且也被严格监视。

首都就是不一样，很是别致。

即使是凭借仅有的些许印象，利蒂也能真实地感受到这座城市超乎想象的巨大。

库斯科是整齐且规划合理的都市。

街道上都是铺好的马路，十字交叉路口也很平整。路面中央有被石头覆盖着的地方，还通有自来水管。

道路的两侧，历代太阳神自不必说，管理地方的首长的石像也巍然矗立着。在阿乌卡伊帕塔市场，路上不同方向的行人和家畜熙熙攘攘，热闹非凡。

库斯科的市区，西北方向起于萨克塞华曼要塞，止于南面两条河流的交汇点，版图像一只美洲狮。利蒂虽然之前有所耳闻，但是毕竟它的范围太大，想要在脑中想象出来几乎是不可能的。

阿克利亚瓦西位于市中心，紧邻雄伟壮观的太阳神殿。

祭祀因蒂的太阳神殿，被装饰着黄金的高大石墙包围，是一座巨大的建筑物。与之相隔一条小路的阿克利亚瓦西，里面住着数百名女性。

库斯科的阿克利亚们从事的工作，基本上和在堪恰的时候是一样的。制作奇恰酒和织物。只是酿造的奇恰酒的数量截然不同，织物所使用的面料也变成了大羊驼毛，而且时不时还会用小羊驼的毛，做成工序复杂的各色丝线混织而成的高级品"昆比"。

利蒂的手艺虽然在乡下被认可，但是她被认为一开始无法制作高级品，所以就先把她派去了伙房。

"怎么啦，发什么呆呢？"

突然间被拍了一下肩膀，利蒂猛地定住了。

"干吗……是由拉库啊，吓死我了。"

"你这反应也太没礼貌了吧，我看你无精打采的，特地想鼓励你一下的。"

说着，由拉库鼓起了腮帮，一副气呼呼的模样。

由拉库是利蒂来的一周之内，结识的少数朋友之一。她出生在距离拉姆兰村可以当天步行往返的村子，所以和利蒂有共通的语言。

她比利蒂早来一年，熟知内情，对于连方向都分不清的利蒂来说，她就是自己的老师。

顺便说一句，由拉库是"白"的意思。利蒂觉得因为自己名字的意思是"雪"，和她有着相通之处，所以二人的关系才变得亲密起来。

"对不起，我不是故意的。"

"你别当真道歉呀，我跟你开玩笑呢。这个地方很特殊，一周之内能适应得了才奇怪呢。总之，先别着急。而且你看，马上就是太阳节了啊。库斯科的节日才是真的热闹，乡下的根本没法儿比。到那时，应该还能看到皇帝陛下的真人呢。"

印加是"太阳之子"，也是神。为了让其他人和神的血缘关系变浅，在皇室中，通常是兄妹、姐弟之间互相结婚。

"啊，比起这个，你先赶紧换衣服吧。快来不及了。"由拉库拍了一下利蒂的后背，"你我今晚都得去太阳神殿，快别磨蹭啦。"

阿克利亚们每人每月都会轮流去太阳神殿站岗几次，负责守卫神殿里的圣火。今晚是利蒂第一次值勤。

二人急忙赶回宿舍，开始换衣服。

她们脱掉伙房的工作服，穿上把纯金的珠子镶在边缘的蓝色连裤装——"卡其拉"，披上装饰有鸟的羽毛的披肩，把被称作"图普"的金色大卡子别在胸前。额前挂上印有因蒂的脸的特别"图普"，最后再戴上黄金制成的花冠。

"特别适合你。真的，我都有点儿嫉妒你了呢。"由拉库穿好阿克利亚的衣服之后说道，"你的容貌也算是相当出色了，要是被皇帝陛下看到了，说不定会让你去他身边呢。"

"这也……快别拿我开玩笑了。根本不可能的，好吗？"

两年前，利蒂在堪恰的阿克利亚瓦西的时候，经历过宣誓仪式。

即使进入了阿克利亚瓦西，三年之内还是成不了正式的阿克利亚。三年之后，经过神圣仪式的洗礼，才能成为独当一面的阿克利亚。神官会当场询问阿克利亚，"是想和普通人结婚，还是想侍奉太阳一生"。

那个时候，当然没有人会选择前者，因此，阿克利亚一生之中都不会结婚。但是，也有例外，阿克利亚被允许成为太阳之子印加的妻子。

不过，利蒂做梦也没有想过，这种重大的使命能落在自己身上。

大约十五名阿克利亚，在白发的"妈妈考那"面前集合完毕。"妈妈考那"是年长的阿克利亚才可以做的职位。

她们排成一列纵队，向太阳神殿走去。

阿克利亚瓦西的出入口有两位门卫。虽然是男性，但是他们看起来有些违和感。当然，他们都被去势了。告诉利蒂这件事的，也是由拉库。

在石壁的正中间有一个梯形的出入口，从那里钻出去之后，就是外面的马路了。

这是阿克利亚们唯一的外出机会。不仅是利蒂，其他的阿克利亚也很开心。

太阳虽已落山，但是到处都有燃烧着的火堆，几乎和白天一样明亮。

道路上，行人如织。

有传言说，太阳神殿的下面有地下通道的入口。这个通道不仅连接市内各地，甚至连通遥远的北部要塞萨克塞华曼。光听着都觉得不可思议。

这一带的建筑物和道路所使用的石材及其加工的精细度，已经到了令人瞠目结舌的地步。石块几乎都被完美地切割成了正方形，它们之间的缝隙也非常小。

正当利蒂正看得入迷之时，"利蒂，是利蒂吧！"传来了男性的声音。

一位高个子的男性穿梭在人群之中，踏着石板路飞奔了过来。利蒂看到他的脸惊呆了。

那个人是继父阿马鲁，今年五十三岁。

作为母亲的再婚对象，利蒂以前一直不怎么喜欢他。但是，这个时候不一样。无法抑制的亲切感涌上了她的心头。

因为这个意外事件，阿克利亚的队伍停下了脚步。阿马鲁这个时候来到了利蒂的面前。

五年不见，他的胡子已经明显变白了。尖鼻子、大眼睛、大耳朵还有长相倒是没有什么变化。他身穿被称为"温库"的短袖贯头衣，系着红色的腰带。衣服的布料是木棉，头上裹着一块白色头巾。

"果……果然是，我没有看错。"阿马鲁喘着粗气说道。

像是看到宝物一样，他两眼放光般地从上到下审视着利蒂。

"这身打扮啊……已经正式成为阿克利亚了啊。"

"阿马鲁，你为什么在这里？"

利蒂还是不敢相信自己的眼睛。

"还是劳役啊。我负责往首都这里运送藜麦，刚刚才到的。"

原来是这样。为了塔万廷苏尤而种植的藜麦，收获之后，也是由村民负责送去首都。今年正好是阿马鲁被选中负责此事。

"好不容易见面，我跟你好好说说咱们村子里的事情吧！家里的妈妈和妹妹也……"

"请不要这样！"带领阿克利亚们的"妈妈考那"呵斥了还想继续说话的阿马鲁，"不管你们再怎么认识，这个姑娘，现在已经不是普通人了，她是因蒂的侍者。和普通男人说话，是在玷污她。请离她远一点！如果你还不退下的话，我可要喊人了！"

"好……我知道了。真的，对不起。"

一介农夫，也着实不敢违抗阿克利亚瓦西的神圣权威。阿马鲁沉着肩膀，回头看了两三次后，最后消失在了人群之中。

阿克利亚的队伍，像是什么都没发生一样，继续前进。

"那个大叔，叫阿马鲁啊。"由拉库一边走着，一边在利蒂的耳边悄声说道，"好奇怪的名字。因为，阿马鲁是'蛇'的意思啊。而且他的眼神也很凶，感觉有些可怕。"

朋友的这番话，没有进到利蒂的耳朵里。此刻她在想别的事情。

如果不是被妈妈考那拦了下来，阿马鲁还会再说些什么呢？

"家里的妈妈和妹妹也"之后的内容，到底是什么……

妈妈和妹妹还好吗？五年间音信全无，没有任何有关家人的消息。

利蒂的脑中浮现了妈妈和妹妹的脸。她的心中，涌现出了强烈的愿望。

　　不管怎么样，她还想见阿马鲁一面。她真的想知道家人们的消息！

◇ "硬盘（*Hard Disk*）Ⅲ"

昨天身体不舒服，没有进展。

也许是天冷了的缘故吧，肠胃坏了，浑身没劲。开了暖气，但是这里果然还是很冷啊。没办法一边和腹泻作战，一边制作人偶。想要继续推进，但是进度不得不暂缓。

不过，到昨天为止，关节处的洞已经全都开好了。

用三十度角的美工刀和刻刀，在关节球的中央切出一条细长的沟，用砂纸打磨，浸入水中，最后再用干布擦拭干净。

这样一来，除了面部，其他部位基本上都完成了。为了能够让橡皮筋穿过，还要把不锈钢线埋进手腕和脚腕。不过，等到涂上胡粉之后再做这一步也没关系。

这次制作的人偶，脚的部分做得很成功。只有此处稍微削弱了一些真实性，试着把脚后跟做得更大了一些。这下，应该可以站稳了。

想了很多关于手指的形状，但是最后也没能整理好思路。最终还是把左右手的手指都轻轻掰弯，摆成了和以前一样的姿势。

但是，如果还是不满意手指的话，也可以把它取下来重新做，修正的可能性很高。这次的手，指骨看起来非常自然，应该可以说是相当满意了。

比起它来，问题出在了脸上。面部的制作还是没有进展，无法进入组装的阶段。

最感到苦恼的，果然还是眼睛。买了好几种陶瓷娃娃用的眼睛，试了很多次，但是发现根本不能用。

和模特的照片比对时，不禁一声叹息。

天神的性格实在是有些难以捉摸，把本应该是天使才有的高贵的瞳孔，授予了凡间的少女。一定是这样。

如果无法表现她眼睛之美的话，也就没有了制作这个人偶的意义。

实在是没办法，在不知道能做成什么样的情况下，从零开始手工制作眼球。

把用黏土制成的球体一分为二。在半球体的中心，用钻头开孔，将放入瞳仁部分的小坑处理平整。瞳仁用的是布偶的玻璃眼珠。在下面放入彩纸，选择让自己满意的颜色。在玻璃眼珠里埋入铁丝，用黏着剂把它固定在黏土上。

最后，给眼白的部分上色即可。

当然，这并非挑战一次就成功了的。

布偶用的玻璃眼珠有很多种颜色，彩纸的颜色就更是数不胜数了。光是这项工程，就持续了将近一个星期。一直在不断试错。

感觉怎么样都不行，没办法做出和真人一样的眼睛。就在快要放弃的时候，奇迹发生了。

现在回过头来看，还是不敢相信自己是如何想到这一点的。用铝箔纸代替彩纸。玻璃眼珠的颜色，选用了接近黑色的深灰。

把眼球放进半球黏土的凹陷里，在对着光看的时候，不禁叫了出来。

浮现出了清纯高贵又有些调皮的感觉……这，就是她的眼睛。

突破了这个难关，之后就没什么困难了。

和实物一样的椭圆形的脸。从脸的后面埋入眼睛，用刮铲填上黏土。在制作人偶的过程中，这是最愉快的一个步骤了。因为这次有参考模特，所以把她的照片放在边上，从额头和脸颊的样子，到鼻梁和鼻子的大小，都尽可能地去真实还原。

嘴巴是表情的关键。在感到困惑之后，还是采用了最稳妥的画线的方法。为了让她看起来是在微笑，特地把嘴唇的线条做得柔软了一些。

耳朵另外用黏土制作，再粘上去。

和手腕脚腕类似，为了能固定橡皮筋，在头部埋入了挂钩。把折弯的不锈钢线放进去之后，再和后头部的部分接起来。

现在做完了以上这些步骤。虽然之后还需要微调和用砂纸打磨，但是在涂装前的阶段，已经很接近理想的效果了。放在手掌上看的时候，自然而然地露出了笑容。

所以，之后的步骤更不能马虎大意。要是到最后功亏一篑的话，可就欲哭无泪了。

服装已经做好了。自己做不出衣服，所以是定做的。网上有很多卖衣服的网站，在里面发现了一家可以订做人偶服装的店。

因为不是普通的衣服，确定尺寸长短真的很费劲。还好送来的衣服基本上满足了要求。花费的费用也相当的高，不过，这也是没办法的事。

纯金的珠子镶在边缘的蓝色连裤装，缝着鸟的羽毛的披肩。至于黄金花冠和固定披肩用的纯金卡子，之后自己动手制作。这是阿克利亚的正装。

接下来的问题就是头发了。对于球形关节人偶来说，在头顶的附近也就是脑旋处开洞，从那里开始将头发呈放射状贴附。这项工作还没有做。虽然现在马上就可以开钻，但是总还有些不太情愿。等到必要的时候再做也可以的吧。

如此奇迹般完美的眼睛和脸，实在是和布偶假发还有生丝不相称。不管怎么样，还是想用人的头发，想用模特本人的头发。这样一来，世界上就会有"活着的"人偶了。

真实的、活着的人偶。

如果自己的愿望都实现了的话，一定是这个人偶在行动。

不，不对。这个时候已经不能再叫她人偶了。虽然它的身高只有四十厘米，但是，毋庸置疑，它就是人。

必须把她的头发弄到手，不管是用什么方法……

第四章　太阳神殿的密室

1

房间里很暗。

但是，只有桐野站着的地方，不知道为什么却很亮。就像是被聚光灯照着一样。

桐野站在白色的光轮之中。

他的脚下有一个物体。

这个物体，以前是个人。

是木乃伊，上下半身分别被橘色和黑色的布裹着。多出来的橘色布，在木乃伊上部放着的假头上缠绕了好几圈。

是的。骷髅头看起来很逼真，实际上是木制的。它是塔万廷苏尤的人们绘制出的视觉陷阱画。

鼻子是三角形的木片，眼睛是贝壳。但是，明显能看到剧烈的苦闷浮现在它的脸上。

明明是仿造品，为什么……

桐野想了想还是不明白。他一直盯着下面看，觉得木乃伊的身体好像突然抖动了一下。

桐野吓了一跳。

怎……怎么会，死体应该不会动才对。刚才的抖动，一定是地震的缘故……

在桐野的理性就快要战胜感性的那一瞬间，木乃伊开始左右大幅摇晃。但是，桐野站着的地面却没有丝毫的晃动。

果……果然，它是自己在动啊。

桐野在看着的同时，发现它摇晃的幅度越来越大了。它像不倒翁一样摇动，把自己的假头都摇掉了。

这，到底，到底是怎么一回事啊！

猛烈的恐惧向着桐野张牙舞爪而来。桐野想逃，却发现自己的身体已经无法动弹了。

自己的视线也无法从它身上离开。他一边浑身抖动着，一边把眼睛睁到最大，观看恶魔之舞。

包着木乃伊的黑布纵横开裂，五百年前的少女的遗体从里面……

"啊哇哇哇哇！"

被自己的声音吓到，桐野睁开了眼睛。

眼前有一个发红的东西。桐野以为是包裹木乃伊的布，仔细一看，发现是床单。在铺着粉色床单的床上，桐野横着趴在上面。

他抬起头，看看四周。

象牙白的墙壁，茶色的木地板。旁边还有一张床，窗边放着茶几和椅子。这里是樫村家的别墅的客房。

窗外有许多鸟在叫，现在已经是早上了。窗帘虽然遮光，但是从底部漏出来的那部分光来看，就已经可以知道今天是个好天气了。

桐野虽然带了睡衣过来，不过昨晚没换衣服就睡了。手表也没摘下，他赶紧看了一眼时间。

早上八点四十分。

桐野虽然平时有些大大咧咧，但却有些认床。平时换个枕头都难以入睡的他，昨晚却睡得很熟。可能是那个浊酒的缘故吧。

他从床上下来，扭着脖子走向窗边，拉开印着植物图案的窗帘。窗户是双层的，玻璃上一点儿雾气都没有。

早晨的阳光射进了房间。

桐野定睛一看，原来，别墅的后面就是山了啊。相当陡峭的斜坡上，种了一大片杉树。当然，山上被厚厚的白雪覆盖。

他打开了窗户，把头伸了出去，猛烈的冷风吹了进来。阳光再强，山里也还是很冷。正是因为万里无云的好天气，清晨才会发生辐射冷却现象，使得气温降到了零度以下。放眼望去，山峦重叠。真的像是会有一些神秘事物突然出现的深山。

桐野从波士顿包里取出了手机，手机屏幕显示"无服务"。果然藤井说的是对的。

"真是与众不同啊，在这个地方建别墅。啊，对了。这里有温泉啊，那就不难懂了。"

桐野自言自语，说服了自己。

昨晚抵达的时间有些晚，没能泡上温泉。今天一定要去试一下。

桐野关上了窗户，想着至少把内衣换一下，于是从包里拿出了短袖和四角内裤。

他换完衣服的时候，外面传来了敲门声。

"长颈鹿先生，早上好呀。早饭已经准备好了。"

是樋口里沙的声音。

"啊，好的。早上好，我马上就去。"

"能把稍微把门打开一下吗？"

"啊？啊，好的……"

门一开，里沙发出"biu"的声音，一下子钻进了屋里。

今早的里沙，上身穿的是白衬衫和红色的 V 领毛衣，下身是黑色的皮革裙裤。衬衫最上方的纽扣没有扣，胸口敞着，锁骨处的麦迪逊环也露了出来。看来她早早地就化好了妆。

"对了，长颈鹿先生。昨晚深夜的时候，你在走廊里叫来着吧？"

"啊？"

桐野心里咯噔一下。

"那个，小里沙，你是在哪里听到的？"

"就是你这间屋子的隔壁啊。"

"啊？你在隔壁？"

"嗯。直到凌晨三点，我一直都在和小 LOVE 聊天呢。"

"是吗？我感觉你们房间很安静啊……"

"我们是蒙在被子里小声聊的，可开心了呢。"

"原来是这样啊。"

"我以为是长颈鹿先生的叫声我想要出去看一眼，不过被小 LOVE 拦了下来。小 LOVE 说'可能是他又搞错什么了吧，他肯定很不好意思，别出去看了'。"

"啊，这样……嗯。"

总是一个劲儿地失败，她好像已经很能体谅自己了。桐野心里很感激，但也觉得有些难为情，实在是不好意思。

"小愉美没和你们在一起吗？"

"嗯，一开始我们三个在她的房间，小愉美说'头痛，想先睡了'之后，我们才回去的。大概是长颈鹿先生发出叫声的三十分钟前吧。"

"原来如此。她好像从以前开始身体就不是很好，说不定是累着了。"

"嗯。对了，话说你昨晚为什么叫啊？难道是在走廊看见幽灵了？"

"才……才不是。那是因为……脚不听使唤，被自己绊倒了。昨晚喝得太多了啊，就是因为这个。"

"什么啊，原来是这样。真没劲。"

桐野勉强找了个借口。没想到里沙竟然如此单纯，这么轻易就相信了。

里沙叫桐野跟她一起去餐厅，爱好像已经在那里了。不过，吃早饭前，桐野至少还想先洗把脸，刮刮胡子。

"真拿你没办法，那我先去了。不过，你得答应我吃完早饭之后，咱们和小 LOVE 三人一起去看小愉美的人偶。我是真的被感动到了，所以也想让长颈鹿先生去看看。"

"啊，我知道了，我答应你。"

"好，那一会儿见啦。"

里沙关上门啪嗒啪嗒地跑下了楼。

直到听不见她的脚步声为止，桐野才长舒了一口气，赶忙去洗漱。

2

桐野去了同一层的洗手间，洗脸、刮胡子。然后下楼，去餐厅。

"长颈鹿先生，早上好。"

"早上好，桐野先生。"

推开餐厅门之后，坐在餐桌旁的爱和愉美打招呼道。爱坐着抬起了右手，愉美则站起来深深地鞠了一躬。

两位美少女的服装形成了鲜明的对比。愉美和昨晚完全不一样，穿的是亮茶色的西服套装。爱则是由格子衬衫变成了细条纹衬衫。

愉美这个姑娘，穿衣的品位实在有些老气。不过很符合她的气质，相当有大家闺秀的感觉。遮到眉毛的刘海，让这种印象更加强烈了。

桐野也跟她们打了招呼，坐在了和昨晚一样的座位上。料理已经摆好了。

菜品有盐烤鲑鱼、半熟温泉蛋、凉拌菠菜、炒莲藕牛蒡丝和清炖时令蔬菜。每一道菜所使用的盘子都很讲究。

"嗯？愉美，你爷爷呢？"

桐野看到自己对面的座位空着，向愉美问道。

"爷爷吃完饭去书斋了。真的抱歉，他的态度总是很冷淡。"

"啊，没事。我就是想起来问一句，你别介意啊。"

她的表情看起来很为难，所以，桐野也觉得有些不好意思了。

"治郎那家伙好像还睡着呢。啊，对了，长颈鹿先生，我爸爸给你发来邮件了呢。"

"啊？根津先生给我？"桐野有些吃惊，"原来根津先生，平时会写电子邮件啊？"

"嗯？你不知道吗？明明已经快两年了。料理菜谱什么的，他都是用数码相机拍照之后，存在硬盘里的。前不久他买了个新的，旧的就归我了。"

"啊，原来是这样。"

爱带来的笔记本电脑，是她爸爸以前一直爱用的那台。

"我借用了这里的电话线拨号上网，收到了邮件。以防万一，我之前把小愉美的邮箱地址告诉他了。不过，现在我的也能用。"

"这么说，小愉美平时也上网吗？"

桐野马上看了眼爱收到的那封邮件。她点开信封图标，是一封A4纸尺寸的信件。

最上面的"发件人"栏里写着"根津信三"的名字和邮箱地址，发送日期是昨天晚上的十一时三十七分。"邮件主题"是"受您照顾了"。

桐野义太先生：

打扰了。

小爱好像又说了不礼貌的话，真的很抱歉。作为父亲，我本应该和她一起去的，但是，料理学校的讲师工作令我无法脱身，特别是我最近又在忙着准备新生入学的事情，手忙脚乱的。最后实在没办法，又麻烦您了。

如果小爱又要小性子，你管不了她的话，请一定别客气，马上给我打电话。我会立刻回电话教训她的。

请允许我在此处结束此封信件。

再次献上最诚挚的感谢和道歉。

根津信三

"哎，真是的！我爸爸又在说我的坏话！"爱鼓起了腮帮，"确实，休息日叫长颈鹿先生出来当我的司机，是给你添麻烦了……但是，这又没什么吧，而且你也愿意来。什么叫'你管不了她的话'，说得我跟个小孩子似的！"

"对……对我发火又没用，是你爸爸说的。"

"嗯，这倒也是。但是被当成小孩子，我就觉得很生气。"

里沙和愉美一边笑着，一边望着他们二人。特别是愉美，她看起来是打心底里开心。

不一会儿，饭冈志乃端着一个圆托盘，出现在了餐厅。托盘上放着相应人数的饭碗和盛着味噌汤的小碗。不管是哪个碗，都冒着热气。

"请多吃点儿，这是坂岩村的村长给的特别好吃的白米。米是他家地里种的，收获之后又通过自然干燥晒干的。"

桐野赶紧拿起筷子开吃。不愧是当地的骄傲，白米饭确实很好吃。

女高中生们的话题，集中在了今天的日程安排上。

"好不容易来到这里了，我特别想吃正宗的喜多方拉面！要是吃不到，我就不回仙台了。"

高声主张的人是里沙。

"是吧，长颈鹿先生，怎么样？一起去吧！"

"喜多方啊……"

虽然都属于会津地方，但是坂岩村到喜多方的路程还是相当遥远的。大概有一百三四十公里。不过，早上出发，途中去观光景点看看，晚上还是回得来的。

桐野以前就吃过好多次喜多方拉面，对于"吃货"的他来说，当然很赞成这个提议。

"嗯，我倒是可以去。"桐野夹起炒牛蒡丝回答道，"只是，小愉美觉得怎么样？喜多方拉面什么的，应该已经吃够了吧？"

"没有，不会的。"愉美摇头道，"虽然我每年都会来这个别墅几次，但是还从来没去过喜多方。会津若松倒是去过两次。"

"哦？真是有些意外啊。"

"祐吉先生虽然有驾照，但是毕竟上了岁数，开不了长途了。特别是冬天，路上也很危险。"

看来那辆斯巴鲁傲虎平时也没什么用武之地，真是太可惜了。

"饭冈先生的年龄是？"

"应该是七十四岁了，志乃比他小七岁。"

"七十四？他这个岁数还能开车，已经是很厉害了。"

"他以前好像很擅长开车。年轻的时候好像做过警察，平时总开警用巡逻车。"

"啊？警察？是宫城县警吗？"

"应该是吧。"

饭冈祐吉是自己的老前辈。桐野虽然不知道他做了多长时间的警察，但是毕竟已经知道他是自己的前辈了，之后应该好好打个招呼才是。

四人的讨论结束了。

出发时间定在了上午十一点。返程的时候去会津若松市，参观"白虎队"遗址和县立博物馆。

"啊，对了。只有咱们四个人去吗？"

"嗯？怎么了？"爱说道。

"还有个慎二弟弟吧，不带他去好吗？"

桐野只是单纯地问一下，没想到樫村愉美听到这话之后，脸色立刻就变了。

"啊……慎二大概不会去的。他最近身体不太好……"

"身体不好？但是，昨晚夜里，我在走廊碰见他了。那个时候，他看起来并没有什么异样啊。"

"啊？你碰见慎……慎二了？"

"嗯，和他站着说了几句话。确实是个有些奇怪的弟弟呀。"

愉美睁大了眼睛，嘴唇微微颤抖着。

啊？是不是说了什么不该说的话啊。

旁边的代理侦探，正用责备的眼神瞪着桐野。

桐野想着赶紧缓和一下尴尬的场面，但是又不知道该说什么好。

就在这时，愉美突然站了起来。

"啊，那个……不好意思。我先出去了。"

愉美点了一下头之后，像逃跑一样离开了餐厅。

爱也默默地站了起来，追着她出去了。

面对这个突发状况，桐野顿时哑然。里沙安慰他道："没事的，别在意。不是长颈鹿先生的错。只是，小愉美和弟弟的关系不是很好，一时不知道该怎么办了。估计她想着慎二又干出什么事情了吧，所以，对于长颈鹿先生说的话感到震惊。仅此而已。"

"这样啊。"

这个解释还算妥当。桐野觉得安心了一些。

"小愉美是个很温柔的好孩子。不过，平时也难免会出现情绪不稳定、感情起伏强烈的状况。"里沙的两条细眉蹙在了额头的中央。

"嗯，我听小爱说过。"

"请绝对替我保密啊。听说她最严重的一次，把其他班的女生给打了。"

"打……打了？小愉美吗？怎么会……"

"你也不相信吧？但是，是真的。在美术室画画的时候，美术部之外的学生进来之后，取笑她的画。突然，小愉美朝着那人的脸上就是一拳！好在是那人没有受伤。总而言之，我会和她好好说说，桐野先生，你不用担心的，交给我就好了。所以说嘛，等会儿吃过饭马上来小愉美的房间。就像昨天说的，她想让别人看她做的人偶。赶快和她和好吧，好不容易开车出来兜风，闹别扭多不好啊。一会儿一定要过来啊，说好了。"

3

里沙出去之后，只剩桐野一个人留在餐厅。桐野陷入了沉思。

自己对樫村愉美，到底是在什么地方失礼了？

她没有吃过喜多方拉面，她的弟弟慎二应该也没有吃过。要是车里坐不下了再另说，但是明明还能再坐一个人，问一句也是出于正常的礼仪。这样的提议，应该没有理由遭到指责吧。

不过，仔细想想，桐野确实也有值得反思的地方。把慎二形容成"有些奇怪"，虽然他并无恶意，但是有可能伤了愉美的心吧。

真是太口无遮拦了。说这种失礼的话，她会接受我的道歉吗？还是应该先去赔个不是才对，吃完饭就去她的房间。

得出结论的桐野，给剩下的温泉蛋淋上酱油之后，盖在米饭上一起吃了。

他刚把饭碗放下，就像是有人在一直看着似的，敲门声来的很是时候。

饭冈志乃走进了餐厅。

"您不再来碗米饭吗？"托盘被递了过来。

桐野在犹豫之后，还是谢绝了她的好意。并不是在客气。因为他们已经决定中午要去吃喜多方拉面了，早饭吃多了可就不好了。

志乃热情地再三相劝，但桐野还是坚持了初心。

"这样啊。那稍等一下，我去给您端茶过来。"

她出去的时候，藤井治郎从开着的门里进来了。

他光脚踩着拖鞋，穿着一身灰色的针织运动套装。没戴那副镜面太阳镜，也没有绑起长发。比起昨天，看起来更加奇怪。他看起来像是刚洗完脸一样，脖子上挂着一条黄色的毛巾。

"啊，桐野先生，早上好！"

睡眼惺忪的藤井点了一下头。

"早上好，昨晚很疲惫吧？看你喝醉之后马上就睡着了。"

"和疲惫没什么关系。治郎少爷呀。"志乃说道，"明明酒量不高，还喝了那么多。总是喝醉了就倒头大睡，真拿他没办法。"

"被志乃阿姨这么说，我的耳朵都开始疼了。"

"早饭，我现在给你端过来吗？"

"不用了，来杯咖啡就行。"

"好的，桐野先生呢？要是咖啡可以的话，我一并给你们端来。"

"那，我也要一杯咖啡，拜托您了。"

藤井目送志乃出去之后，坐在了桐野旁边的椅子上。

"昨天在车里，好不容易谈起的话题，只说了一半。"桐野小声说道，"就是……那起密室杀人事件。"

"不用特意说明，我知道的。"

藤井嘴角微微一笑，从胸前的口袋里掏出了香烟和打火机。

那是一款很厚实的打火机。他点上烟，眯着眼睛吸了一口。接着长长地吐了一口烟，说道："今天，一定让桐野先生去现场看看。"

"去杀人事件的现场吗？"

"肯定是啊。"

"听说是在这个别墅旁边的屋子。"

"嗯。"

"那个屋子，莫非是和二层的走廊连着呢吧？"

"啊？"

对方一脸莫名其妙的表情。

"不……不是啊。不过，你是怎么会想到那里的？"

桐野把昨晚的经历原原本本地告诉了藤井。

"啊，原来如此。"藤井深深地点头说道，"我知道了，你听到那个声音了？"

"深更半夜的，到底会是谁在用织布机啊？"

"这可就说不好了……"

藤井正要说的时候，听见了敲门声。

志乃端来了咖啡，二人的谈话暂时中断。

桌子上放的是镶着金边的咖啡杯。等志乃出去之后，桐野尝了一口。咖啡的香气很浓，味道也无可挑剔。

藤井抽完一支烟后，把烟蒂放在了烟灰缸里。

"用织布机的，是愉美和慎二的妈妈。"

"原来是妈妈啊。"

看来妈妈有希不在仙台的家里，也来到别墅了。

"就算是那样，深更半夜还在织布，也太积极了吧？"

"说是积极，其实她别的什么也不做。自己的事情大概还会办一下，其余的时间，她都会待在那个屋子里织布，看起来失魂落魄的。"

"失魂落魄？"

"精神出问题了。先前有一阵子去专门医院住院来着，现在待在家里疗养。不过她倒也没有什么过激的行为。"

"你刚才说，她'一直待在屋子里'……难道，有希女士全年都住在这个别墅吗？"

"嗯，饭冈夫妇负责照顾她。"

"是这样啊。所以，两个孩子才会趁着学校放假，回来这里看她啊。"

"嗯，本来应该是这样的……不过，实际上，慎二最近一直都待在这里。"

"啊，对了。我昨晚见到慎二了。"

"哦，在哪里见到的？"

"二楼的走廊，是个很有礼貌的孩子……不过，他的样子，倒是把我吓了一跳。"

"是吧，其实他也挺可怜的。那么年轻，头发和眉毛却全都没了。"

"他是从什么时候开始，成了这个样子的？"

"从两年前开始的，突然间就掉头发了。他自己也相当吃惊，戴了一段时间的帽子。去年秋天开始，他也不怎么在乎了，一直光着头出来。"

"你之前说，他患上无毛症的原因是精神压力过大，具体是怎么一回事？"

"啊，这个……"

藤井顿时语塞，一脸的难为情。

"啊，对不起。是我得寸进尺了，问了不该问的。"

桐野反省之后，改变了提问的方向。

"话说，龙造先生在仙台的家里待的时间长吗？"

"嗯，一半一半吧。在仙台的时候，很多时间都被杂事给占用了。但是，他毕竟还是个学者，在这里的话，谁都打扰不到他，他可以专心写论文、搞研究。"

"原来如此。我可以再问一个问题吗？樫村有希女士，是从什么时候开始变得心神不宁的？"

"大概和千春画师在米兰双年展获奖是同一时间。也就是，昭和六十一年（1986 年）。"

"那么早就开始了……看来不是因为受丈夫去世的影响才变成这样的啊。"

"是的。不过，请原谅我不做详细说明，毕竟也有不太方便从我嘴里说出来的事。"

藤井先做了说明，因此，桐野也没办法再细问了。他慢慢地喝了一口已经变温了的咖啡。

"案发现场，在这个别墅的后面。"藤井治郎又点了一根烟，说道。语气听起来很随意。

"现场，在后面……也就是说，是在这个别墅的后山吗？"

"是的。"

"啊。这么说来，日轮馆是建在后山的山顶吧。"

"不……不在山顶，日轮馆建在山坡的斜面上。"

"啊？山坡的斜面上吗？"

这让人感到有些意外。

从客房的窗户向外望的时候，目测后山的坡度大概有四十度。如果是滑雪场的话，这种坡度的地方，肯定会被立上一个"高级道"的牌子。

那么陡峭的斜面上，能建房子吗？桐野歪着脑袋想道。

"带桐野先生去一下那里，还是很简单的……"藤井接着往下说道，"只是，有一个问题。"

"问题？什么问题？"

"要是被女高中生们知道了，可就不妙了。"

"对了，差点忘了大事。今天已经安排好行程了。"

"你是要去哪里吗？"

桐野把开车去喜多方的计划向藤井做了说明。

"哦？这可赶得太巧了，那我来当司机。"

"啊？老师您……不，藤井先生，你要开车？"

"嗯。总之，作战计划就是我把那群麻烦的家伙全都带出去。桐野先生装病就好。"

"装病？但是你走了之后，谁带我去呢？就算你说我一个人也没问题的，我也觉得自己不行的啊。"

"这个你不用担心，我去拜托一下祐吉。"

"拜托饭冈先生？"

"之前不是在车里说过了吗？十年前杀人事件的第一目击者，就是他。所以，即便我在，也打算叫他跟着一起去的，他顺便还能带路。祐吉年轻的时候当过警察，他的证言是值得相信的。"

"话是这样说没错，可是龙造老爷还在这里……"

"我带他一起出去。昨天晚上，他说有事要去会津若松市的书店一趟。正好去程的时候把他放在那里，返程的时候再把他接上。估计他会很开心的。"

"那，慎二呢？"

"慎二完全过着昼夜颠倒的生活，白天的时候和'死人'没什么两样。"

"只是……"

"只是什么？"

"没……没什么。"

桐野当然要这样说。

只是……不把小爱留下的话，有些不太好办啊。

但是，藤井当然没有理由知道，自己教的这个学生，其实被宫城县警们尊称为"美少女代理侦探"。

"这可不好办了啊……"

桐野避开了藤井的视线，在心里嘀咕道。

"密室杀人之谜……这种事仅凭我一个人的力量，根本解决不了。到底，该怎么办才好啊？"

4

自己一个人，去十年前的案发现场……能了解到什么？

在去二楼的楼梯上，桐野如此想道。而且他越想越觉得，自己完全没有作为名侦探的能力。

如果这只是一起很普通的杀人事件，拼命找线索的话，还是有可能发现的。毋庸置疑，毕竟在刑警办公室吃了十年的饭。只是，密室杀人可就另当别论了。真的束手无策……

但是，桐野已经同意了藤井的提议。出于好奇心，他没有拒绝。最后，除了和爱商量一下之外，他没有找到别的更好的办法。

桐野看了一眼手表，时间是上午九点五十一分。

距离出发的时间还有一个小时多一些，桐野很难找到和爱单独说话的机会。要是一不小心被里沙发现，可就全完了。

愉美房间的位置，桐野事先已经知道了。他上到二楼之后，朝着客房的反方向走，三间屋子正中间的那一间就是她的房间。

桐野想要敲门，但是右手却停在了空中。

小愉美不会还在生着气呢吧？虽然知道只能道歉，但还是觉得有些不安。

他轻轻地叹了一口气，在门上敲了两下。

"请进。"

里面立刻传来了回话，是愉美的声音。

门开了。樫村愉美一看到桐野，马上深深鞠了一躬，说道："刚才，是我失礼了。真的很抱歉。肯定让您的心情也变得糟糕了，是我不对，请您原谅。"

桐野感到万分惶恐。

"什么原不原谅的，没关系。做错了的是我，怪我说话太轻率了。我刚才一直在反省。"

"不，不，是我……"

随着固定模式对话的进行，这件事总算是解决了。

桐野被叫进了屋子，站在最里面的里沙用手指摆出了一个"V"字。看来她没少帮桐野说好话，桐野自然地点了一下头。

室内有十叠那么大，铺的是木地板。右手那面墙的地方放着床，窗边是桌子和书架。左侧是衣柜和放着音响的电视柜，旁边是台立式钢琴。

天花板和桌上的照明很有古雅情调，窗帘和床单也是相同的花纹。随处都能看出她的品位高雅和兴趣广泛。但是，桐野没有看见最重要的人偶。环顾室内，也没发现爱的身影。正当他感到疑惑的时候。

"长颈鹿先生，东张西望什么呢？看这里，这里！"

头顶的上方，传来了爱的声音。

什……什么……

桐野抬头向上一看，代理侦探的脸出现在了天花板上。像是在倒立一样，长长的头发垂了下来。

"啊……原来是这样，有阁楼啊。"

只要向前走两三步，就可以明白它的构造。这间屋子的天花板本来是高过阁楼的，只是在入口附近变低了。再往里走，只要回头就能看到爱靠在栏杆处挥动着右手。

不一会儿，折叠式的梯子被放了下来。爱想让桐野感到吃惊，特意把梯子收了上去。

"长颈鹿先生，快上来看看。"

被催促着，桐野把脚放在了木制的梯子上。

他爬到中途时，阁楼的内部尽收眼底。

桐野的身子突然定住了。

简直是意想不到的光景。

横向很长的不到四叠半的空间，中间放着一张矮桌，爱坐在那里。像是工作台一样，上面放着各种各样的工具和绘画用具的瓶罐，以及装着材料的袋子。

里面的墙上有被固定好的架子。上面数量繁多的物品，一齐进入了桐野的视线。

是人偶们。各种大小，年龄、服装和发型也是多种多样。不过，性别是相同的，都是女性。

不对，还有一个共同点。

锐利的眼光。

表情各异的人偶们，为什么目光都如此严厉？没有一个是笑着的。

令人难以置信的是，所有的人偶都在盯着桐野，就像是在驱赶外来的入侵者一样。

桐野感觉后背突然抽搐了一下。无论看向哪里，都会和人偶的视线对上。还有那半开的嘴唇，像是在抱怨着什么。

"不好意思，长颈鹿先生。"

是里沙的声音，桐野回过神来了。

"啊？"

桐野看向下面的时候，里沙也抬头看了看他。

"赶紧爬上去呀。你站在那个地方不动，我们就上不去啦。"

"啊，还真是。抱歉，抱歉。我马上就上去。"

桐野一边辩解着，一边接着往上爬。

"长颈鹿先生，欢迎来到人偶的世界！"

爱对爬上阁楼的桐野表示了热烈欢迎，桐野的心情也变得舒畅了不少。

这里，真不愧是人偶们的世界。

最大的有一米多高，最小的大约有三十厘米。

人偶的姿势各异。有站着的，坐在地上和椅子上的，还有横躺着的。墙上的架子高低各不相同，能看出为了把大小不同的人偶收纳好，愉美确实费了一番功夫。

人偶的数量加起来有几十个。不过，有些是只有头部或者身体的，数量无法准确地统计出来。从两三岁的幼儿到二十多岁的成人都有。

服装也是各式各样。和服和洋服各占一半，不过有三个完成品是全裸着的。在它们的膝盖、肘关节、手腕、脚腕还有腿部的连接处，都有细长的凹槽。脸上的表情和肉感都非常逼真，只有那些凹槽看起来有些显眼，让人觉得浑身疼痛。

里沙和愉美爬上了阁楼。

"怎么样，长颈鹿先生？厉害吧！"

明明不是自己做的，里沙还得意扬扬的。

"嗯，真是了不起的才能啊，完全被震撼到了。"

桐野用低沉的声音赞叹道。听了这话，愉美有些不好意思了。

"没，这算什么才能呀……只要花些时间，谁都能做出来的。"

"太谦虚了吧。对了，这是用什么材料做的？"

"主要是黏土。不过和普通的不太一样，我是把石粉黏土和木黏土混着用的。"

"木黏土？"

"好像是木屑和糨糊的混合物，具体的我也不是很清楚。"

"嗯，我能拿一个出来看看吗？"

"当然，可以的。"

"请吧，长颈鹿先生。"

爱毫不犹豫地把她身旁的人偶递给了桐野。

桐野拿到之后，吓了一大跳。那是一个全裸的人偶。

"看了它，就能明白关节处是怎么连接的了。"

确实是这样。虽然爱应该也没有别的意思，但桐野还是觉得自己的心跳加快了。毕竟，这个人偶的胸部和肚脐做得和真的一样。

他颤颤巍巍地接过人偶，看得入神了。

这个人偶看起来像是十四五岁的样子，全身四十厘米长。在那些人偶里，它算是小个头的。

白皙的瓜子脸，长长的黑发，柳叶细眉。是个古风脸的少女，但又不像普通日本人偶的那种美，散发着独特的魄力。

它的眉心微蹙，双唇紧闭，看起来像是有些生气的表情。特别是眼睛，让人感到很震惊。那锐利的目光盯着桐野，会让人怀疑它是个活生生的人。眼球湿润般的光泽，淡茶色的虹膜和深邃的黑色瞳孔令人印象深刻。眼白的部分，能清晰看到浮着的红色血管。

"喂，长颈鹿先生。是不是很吃惊？感动得老泪纵横了吧？"

"啊？啊……是的。"

里沙在背后捅了一下，桐野才回过神来。

"简直太优秀了，感觉魂都被它给吸走了。"

桐野忍不住称赞起来，还想再提些问题。

"这个人偶，是不是在黏土上还涂了一层什么东西？"

"嗯，涂了胡粉。"

"胡粉？"

"你不知道吗？胡粉是捣成粉末的牡蛎贝壳。把糯糊、水与它拌匀之后，涂在上面即可。"

以前桐野好像听过它是日本画里的白色颜料，透亮的白色和细腻的质感是胡粉的特点。

"想在旁边看小愉美涂胡粉的样子。"爱说道。

"这可是个相当需要耐心的工序，要准备种类和大小不同的胡粉，涂上之后还要进行干燥，这样的过程要反复几次才行。只是看看，都会觉得很无聊的。"

"原来是这样。要是不涂的话，肯定出不来现在这样的效果。对了，小愉美，这个人偶的关节是可以动的啊？"

这一点是拿到手里之后才知道的。

"是的，身体的各部分是用皮筋连起来的。"

"所以才在关节处切开凹槽的吧？皮筋适度的张力，可以固定住人偶的姿势。"

"说得没错。球形关节人偶最大的特点，就是可以自由地摆出任何姿势。"

"球形关节人偶？啊，原来是这样。"

确实，每侧的关节处都有小球。原来全身的关节都是这种构造啊。

"这正是和手办的乐趣不同之处，不过难度也增加了不少。特别是关节球的制作很费力。在石膏模具中填上黏土做成球，再把球连接到身体的各部分组件。在黏土变硬之前，必须做到完美接合才行。如果失败了的话，人偶就站不起来了。这个步骤可以说是特别的难。"

"原来如此。话说，这个眼睛是怎么做的啊？"

"眼睛吗？眼睛倒可以买现成的。不过……"

"现成的？这种东西，哪里有卖的？"

"当然有卖的。现在手工人偶慢慢流行起来了，专门店铺里，有好多种陶瓷娃娃用的眼球呢。不过，很难找到刚好合适的。所以，最后大多情况下还是会选择自己做。"

"自己做，这个？"

"是的，眼白部分涂上胡粉，虹膜和瞳仁的部分用上色的玻璃球。桐野先生现在手上拿着的那个，是今年才开始做的。"

"看来制作者本人可是很引以为傲呢。"

"才没有呢，哪儿有什么'引以为傲'啊。不过，倒是还有一点信心。"

愉美到最后还是很谦虚。

桐野把拿着的人偶还给了爱，仔细地看着架子上的每一个人偶。

不管是哪一个，都做得相当精美。

最吸引桐野的，是放在架子最右边的那个人偶。

脸像是十多岁的样子。面部已经做好了，但是没有手和脚，看起来它还处于制作的途中。没有头发，头顶上被开了一个洞。应该是从那个洞的周围开始接头发吧。

没有双手和双脚的，露出天真笑容的少女。

桐野盯着这个过分美丽而有些不祥感的人偶，开始觉得自己身上的鸡皮疙瘩都起来了。

5

那之后他们又聊了不少。到十点半为止，桐野一直都在樫村愉美的房间。

定好的出发去喜多方的时间是上午十一点。和男生不一样，女高中生们出门之前要收拾打扮，所以各自回房间准备去了。

桐野躺在客厅的床上，陷入了沉思。

装病什么的，真的能行得通吗？

他以前谎称感冒请过几次病假。给警察署打电话的时候，空咳几声就可以了。不过这次可不能用这个方法了。

桐野是识破谎言的专家，但是在撒谎方面还是个新手。

此外，还有别的问题。

桐野最终还是没有向代理侦探说明事情的真相。爱和里沙总是一起行动，没找到机会和她单独说话。倒是可以把爱单独叫出来，不过里沙肯定会起疑心的。所以，他左右为难，不知道如何行动。

这样的话，只能由我独自一人调查十年前发生的密室杀人事件了。这可真是让人头大啊……

恐怕，藤井已经跟饭冈祐吉交代过了。桐野一时脑袋发热接受了这个安排，果然对他一个人来说，这个任务还是过于艰巨了。

小爱如果是福尔摩斯的话，我扮演的角色就是华生医生……说是这么说，其实我不过就是个没什么大用的情报提供者罢了。这次可真是出风头出过了，到底该怎么办啊？

桐野两肘夹住脑袋，深深地叹了口气。

在一筹莫展之际，约定的出发时间到了。

心情忧郁的桐野，走出了客厅，爬上楼梯。集合地点是二层的玄关。

"长颈鹿先生，你干什么呢？已经十一点零六分了啊。"

桐野刚一出现，就被里沙呵斥了。

"抱歉，我稍微有点儿不舒服。"

他想着给后面找借口埋下伏笔，就先这么说了。

"啊……你还好吧？"

"嗯，倒是还行吧。"

里沙虽然关心了一下，但这不是他期待的反应。

过于期待和喜多方拉面的第一次相遇，里沙的心早就不在这里了。汤是什么样的？叉烧是什么味道的？多加水熟成面是什么口感？桐野看着里沙单手拿着旅行指南沉思着，期待和兴奋都写在了脸上，心中的紧张感越来越强烈了。看来必须要马上发挥演技了。

全员集合完毕，再叫上龙造，就该出发了。桐野想装成突然肚子疼，不过对于自己的演技完全没有自信。

龙造来了之后，就更不好演了。别多想了，赶快开始吧！

桐野正想深吸一口气，开始喊"啊，疼疼疼……"的时候，爱冷不丁地回过头来。里沙和愉美还在聊着拉面，只有爱的视线朝向了桐野。

啊……就是现在！只有这个机会了！

桐野这么想着，可还是没办法当着别人的面直接说。于是又是晃身子又是摇手，指着别墅的后面，还用唇语说了三遍"密室"。因为机会来得太突然，桐野只能用这种不太靠谱的方法来传达意思了。

但是，爱却露出了毫无兴趣的表情，把头扭向了另一边。

正是因为怀着一丝期待，所以失望也很大。桐野已经无计可施了。

"呀，人都齐了啊。"

藤井治郎是什么时候来的？他站在桐野的背后。

"一路平安。桐野先生，不用我多说了吧，路上一定要小心啊。"

二人视线相对。藤井一直盯着桐野，微微地点了下头。明显是在催他赶快实施计划。

桐野做好了准备，把两只手放在了肚子上。他的面目开始变得狰狞，准备大叫。可就在这时。

"呜嗯嗯……"

伴着轻微的呻吟声，爱突然坐在了地上。

"嗯？你怎么啦？小 LOVE？"

里沙和愉美马上弯下腰，担心地看着她。

"对……对不起。今天早上，来了……"

爱用手捂着小肚子。

"啊，生理痛的话，我有药的。现在我去给你拿吧？"

"我也有带药。只是，现在这个样子，喝了也不能马上好。不好意思，要不，你们先走吧。"

"先走？先走，是什么意思啊？"

"躺一两个小时就能好的，我一会儿在后面追你们。喜多方或者会津若松的街上，应该是可以用手机的，到时候很容易找到你们。"

"是这样没错……但是，你怎么来呀？就算有两台车，可是司机……"

"我也来当司机吧"

藤井说道。他往前走的同时，微微瞥了一眼桐野，表情带着些许的困惑。"喂，这和之前说好的不一样吧？"他的眼神里透着这句话。

"啊？老师开车？"

里沙拉着脸，露出了不满的表情。

"嗯，我开车没什么问题。不过，我还是想开先出发的这辆。毕竟，我好歹也是老师吧，可不想开长途车只服务一个学生啊。"

"那个，我们也可以等小爱恢复了之后再走……没什么关系的。"里沙又面露难色地说道。

"不想给别人添麻烦，你们先出发吧。"爱说道。

里沙终于放弃了抵抗。这期间，愉美也露出了担心的表情，轻轻地抚摸着爱的后背。

饭冈祐吉夫妇此刻也来到了这里。

听了事情的缘由之后，志乃扶着爱下到一楼。祐吉去喊老爷了。

龙造出现之后，一行人出发了。

桐野目送奔驰车从停车场开走之后，感到有些疑惑。

生理痛啊，来得可真是时候……

桐野回到玄关，踩在橡胶门垫上。把门打开的时候，他瞪大了眼睛。

"啊，小爱！"

代理侦探竟然站在水泥地上。而且，和刚才完全不同，看起来一点儿事都没有。

"你肚子已经不痛了吗？"

"这种事，一开始不就摆明着是在撒谎吗？"

她一副恶作剧之后的眼神，笑得露出了大白牙。

"原来是装病啊，我就说感觉有些奇怪呢。不过，为什么你……明明我还没有跟你做任何说明呢。"

"长颈鹿先生的脸上写着呢。要调查十年前的密室杀人事件，对吧？"

"啊？你……你是怎么知道的？"

"因为，那天你们在车上说来着吧。所以，我就盯着你，大概今天一定会有什么行动。"

"果然，你是装睡啊。不过算了。总之，很感激你啊。只要小爱在，我感觉就拥有了千军万马之力。"

要是被饭冈祐吉怀疑，问起为何要让爱同行参与调查的话，应该有什么方法可以糊弄过去的吧？和独自搜查的不安相比，这都不算什么。

"好。那我现在把事情的经过说给你听啊。"桐野边脱鞋边说道，"实际上，作为杀人事件的舞台的日轮馆，是这个别墅外边的一间房子。藤井老师为了让我能去现场调查，把小里沙她们带出去了。负责带路的是饭冈祐吉先生……"

6

这样的话，剩下的就是和时间赛跑了。

被给予的时间是一个小时，最多两个小时。和别的病不一样，肚子疼的时间要是长了，肯定会被怀疑的。所以，他们一定要在两个小时之内告一段落，之后就必须赶往喜多方市了。

桐野带着爱下到一楼去找饭冈祐吉。

他马上就看到了祐吉。和刚才担心的一样，祐吉看到同行的爱，面露难色。

"确实，我之前听治郎少爷说过，但是……"穿着工作服的祐吉，表情困惑地说道，"之前说的是桐野先生一个人，我才接受的。听说你是刑警，所以我觉得可以和你讲讲。"

桐野也觉得不好办了。代理侦探的光辉履历，也无法逐个摆在这里让他看。

桐野不知道该如何是好，陷入沉默之时。

"刚才，就在他们出发之前，我得到藤井老师的同意了。"爱轻描淡写地说道。

"啊？真的吗？"

"当然是真的。"面对祐吉怀疑的目光，爱回了一个满满的笑容，"实际上，昨天在从仙台来的路上，我和小里沙都睡着了。放心了的藤井老师和桐野先生，开始说十年前的那起事件。但是，我偶然间在那时醒了过来，全都听到了。所以，我威胁了老师。"

"威胁吗？"

祐吉瞪圆了眼睛。

"是的。我想着平时很难碰上真正的密室杀人案，就对老师说了'也让我看看密室杀人的现场嘛，要不然我可就要在学校里传你的闲话了啊'。不好意思，我不是什么好学生。然后，老师就面露难色地同意了。"

"是……这样的吗。"

祐吉还是半信半疑的表情，不过，没有再继续追问下去了。

"我明白了。在去那里之前，我先稍作说明一下。二位请到会客室等候片刻。"

祐吉说完要走，但被爱叫住了。

"嗯？说明什么？那个房子里，有小愉美的父亲画的壁画吧？"

"哦，是的……"

"如果可以的话，我想先看一下她父亲的画。如果这里有的话，能不能拿出来让我们看看？"

饭冈祐吉暂时没有回话，很明显他有所警戒。最后，可能是觉得不能反抗客人吧，还是答应了爱的要求之后，点了下头离开了。

"喂，小爱。你怎么能提那种要求啊，太不合适了吧？"桐野看到祐吉走远，小声说道，"他要是和藤井老师告密的话，可就糟了啊。"

"这又没什么关系。"爱满不在乎地答道，"反正威胁治郎也是早晚的事，只是时间的问题罢了。所以，完全没关系的！"

7

他们在会客室的三人沙发上坐下了。

房间里有暖气。可能是因为有客人要来，饭冈祐吉事先让屋子暖和起来了，他安排得真是周到。

二人暂时没有说话。

旁边放着的玻璃柜里，装饰着塔万廷苏尤帝国的陶器。桐野看着它的同时，脑中浮现了在隔壁的研究室里，代理侦探和老学者唇枪舌剑的场景。

"对了，我想问你一下啊。"

桐野想把那时产生的疑问，向爱请教。

"嗯，什么啊？"

"小爱，你是不是对樫村龙造有些反感啊？昨天，我听你们说话之后感觉到的。"

“啊，那件事啊。”

爱轻轻点头，下嘴唇向上噘了一下。

“嗯，确实有些反感。”

“果然是这样，把理由告诉给我吧。”

“因为收到了邮件。”

“什么？”桐野一瞬间呆住了，“邮件……是电子邮件吧。难道是龙造本人寄出的吗？”

“不是。发件人不明，虽然上面写着网名。”

“那，邮件的内容是什么？”

“没办法一下子全部说完。有四封，而且每封都相当长。”

“啊？四封？”

“你要是感兴趣的话，我一会儿让你看。”

“对了，小爱，你这次来带电脑了啊，那我就能早点读到了。不过，话说对方是怎么知道小爱你的邮箱地址的？”

“我也不知道。平时在网络论坛写帖子的时候，我都是很小心的，贴附的也都是免费邮箱的地址。但是，这四封邮件，都发到了我的正式邮箱。”

“啊！这样啊！”

关于邮箱地址，除了签订付费合同的正规邮箱之外，还有许多网站提供的免费邮箱。这种邮箱地址是谁都可以很简单地注册的。

“对了，长颈鹿先生。”爱愁眉不展地望着桐野，“实际上，在听到治郎说的话之前，我都一直没理解邮件的内容。听了之后，我才恍然大悟。所以，像樫村龙造这样的人，绝对不能被原谅。"

爱说出了不禁令人吃惊的话，而且语气非常激愤。

桐野想要询问她原因的时候，听到了敲门声。

"失礼了。"

饭冈祐吉打开门走进了会客室。他双手拿着油纸包裹着的物品，看起来像是画布。还是大小不同的两张，之后坐在了他们对面的沙发上。

"真的很抱歉，这里没什么千春少爷的画了。在他去世之后，老爷就把那些画卖得差不多了。"

从"卖得差不多了"这个说法，能看出他情感的波动。

"不过倒是还剩下几幅，未经老爷和小姐的允许不能拿到外面去。这两幅画，各自都有着复杂的原因，现在是在我们夫妇二人的手里。"

祐吉打开了第一幅画的包裹，大概长五十厘米，宽四十厘米。画是用普通纸和油纸双重包着的，还打着牢固的结。祐吉将画拿出来之后，把画布放在了桌子上。

桐野看着朝向自己的这幅画，倒吸了一口凉气。

这是一幅非常不可思议的画，画上有一只鸟。茶色和黑色混合着的身体，扁平的喙，像是野鸭。

不过，这只鸭子是死的，在墙角倒吊着。

不对，"墙角"这个说法并不准确，那是一个被黑色木框包围着的白色空间。鸭子的左脚绑着细线，肚子朝向前方，被木框上方的钉子吊着。另一只脚则悬在一旁，左右的翅膀略微张开。看不见它的头，像是在讲述着一只被杀死的鸟的悲哀。

这就是……樫村千春的画啊。

画风很写实。甚至连每根羽毛的尖端，都被细致地描绘了出来。大概他用的是非常细的笔吧，想必一定很费功夫。

桐野在看得入迷的时候。

"画得可真好！"突然，爱说话了，"它是视觉陷阱画吗？"

确实，写实性和逼真性无可挑剔，感觉伸手就可以摸到它那柔软的羽毛。只是，真实性很高的画，也不能就把它说成是视觉陷阱画。

"你没发现吗？注意看它右边的翅膀。"

爱被提醒之后，发现右边翅膀的尖端伸到了木框的外面。也就是说，作为舍弃画作整体价值的补偿，更加突出强调了鸭子的真实性。

"这也是虚空派的一种。长颈鹿先生，你从治郎那里听说过了吧？"

"虚空派？啊，原来如此。"

没想到，爱连这个都偷听到了啊。

把作为基督教教义中的世事无常，通过静物画来表达的，即是虚空派。通常情况下，画面中心会有一个骷髅头，然后在它的周围画上各种杂物。不过，这幅画是通过死去的鸟来表现无常观的。

"而且，这幅画和在神户看到的那幅不是一样的嘛。"

"神户？"

"你不记得了吗？贝恩之家。"

"啊，是啊！我想起来了。"桐野拍着膝盖说道。

北野异人馆建筑群里的"贝恩之家"，是英国猎人贝恩·阿利森的宅邸，内部陈列有巨大的白熊、狮子和大角鹿等的兽皮。在楼梯旁边的墙上，挂着这好几幅和这幅画类似的作品。

"高中美术教科书里，有一幅高桥由一创作的叫作《鲑鱼》的画吧？画的是一只被草绳竖吊着的、一侧身体被切掉了四分之一的盐渍鲑鱼。如果不了解虚空派的概念，就无法理解它真正的含义了。"

"这幅画，是千春少爷在成名之前作的。"饭冈祐吉说道，"实际上，这幅画被扔在了垃圾堆里，是我的妻子偷偷把它捡回来的。"

"哦，这么棒的画居然被扔了啊。"

"我也是这样觉得，大概是他本人不怎么喜欢吧。我对美术完全不了解，不过这一看就是千春少爷的画风。自从留学回国之后，他就开始创作风格完全不一样的画了，这幅就是其中之一。"

饭冈祐吉开始解开另一幅画的包裹。比起刚才的，这一幅的画布很大。长一米，宽七十厘米。号数大小的话，大概是三十号。他解开包裹花了很长的时间。

"让你们久等了，不好意思。请看。"

祐吉没有把那幅画平铺在桌子上，而是竖着立在了自己的双膝前。

接下来的一瞬间，桐野不禁小声呻吟起来。这是一幅带有很强冲击力的作品。

不愧是油画，整幅画都被鲜艳的颜色填满了。红、蓝、黄、绿、紫、茶、黑色，还都是原色，简直就像是颜色大爆炸一样。

弯曲流淌着的线条，令人第一眼看上去觉得像是胡乱涂的，但仔细看的话，会发现它们其实是根据流经方向的不同而分配好的。从左下方蜿蜒到右上方。就像是背上被涂了各种颜色的昆虫，在缓缓扭动前进着一样。

太……太厉害了！

桐野被震撼到了。

感受到了一股很强的能量。能大量创作这种风格的画家，只能说他是超人了。

虽然还不确定出自谁手，但是画家内心喷涌而出的强烈情感，就连外行人桐野也很清晰地感受到了。

"确实，很有魅力啊。"爱用很罕见的兴奋的语气说道，"就像纽约地铁的车厢和车站墙上的油漆涂鸦一样，颜色鲜艳且无规律。我记得纽约地铁的涂鸦好像一直在变化。不好意思，举了个奇怪的例子。不过，确实能感受到这幅作品所蕴含的力量。"

8

爱和桐野看完之后，饭冈祐吉再次把画包上了，看来他平时也在妥善保管。他仔细地用纸包裹，小心地系上绳子。

刚把它们靠墙立在沙发后面，志乃端来了咖啡。

"小爱，有没有觉得身体舒服一些了？"

志乃的表情看起来很担心。

"嗯，吃了药，已经觉得好多了。"爱回答道。

真不愧是出了名的演技高超，只是听她说话的声音，根本感觉不到她是在说谎。

"只是，如果现在立刻坐车的话，还可能会晕车。我想再休息一下，然后就去追小愉美他们。"

"嗯，说的也是。身体不舒服的时候一定不能逞强啊。"

咖啡杯被摆在了桌上。旁边的盘子里是放的是点缀着杏仁片和葡萄干的曲奇点心，看起来是她自己做的。

志乃从会客室出去了。

桐野小口喝着咖啡，昨晚的酒劲好像还没过。咖啡浸热了肚子。

"饭冈先生，您以前当过警察吧？"

桐野为了打探对方的底细，试着转移了话题。

祐吉好像对桐野说的话感到有些意外，瞬间皱了眉头，说道：

"啊……你是听治郎少爷说的吧。哎，那都是很久之前的事情了。"

"您是在宫城县当警察吗？"

"嗯，是的。"

"那可真是失礼了。怪我之前不知道您是前辈，您是哪个部门？"

"我去过好几个部门，但搜查课待的时间最长。"

"刑警吗？那您是我的直系前辈啊。您最后是在哪里工作的？"

"唉，就到这里，放过我吧。"

饭冈露出了笑容，想把话题岔开。

"我是在三十九岁的时候离职的，那之后就一直在樫村家当管家。真的是很久之前的事情了，我已经忘了。"

虽然他的口吻很温和，但是也明显是拒绝回答的意思。桐野不得不改变提问的方向。

"那，饭冈先生在这里工作的契机是什么呢？"

"感觉还是刚才的话题啊。"祐吉苦笑道，"唉，不过也没什么。我离职的原因很普通。当年和杀人犯枪战的时候光荣负伤了，也算是个值得自豪的理由吧。那个时候，我的妻子刚好在樫村家里做保姆。紧接着，有希小姐作为养女进了樫村家……对了，这些事情治郎少爷有没有告诉过你？"

"嗯，有听说过。"

桐野点头道。在祐吉看来，三十七岁的樫村有希还是小姐。

"当时小姐还只有四岁。老爷是在六年前离的婚，开始一个人住。只有一位保姆的话，无法兼顾家务和育儿。所以，我被邀请住到樫村家，和妻子一起工作。家里也正好有需要男性的工作，而且我也会开车。"

"在三十年前，会开车可是相当罕见的技能啊。"

"是的。虽然刑警的工作很有意义，但是渐渐地身体开始吃不消了……我想在四十岁之前开始新的人生，所以，就选了这条路。"

"啊，原来如此，是这样啊。"

这些年来，桐野也觉得工作的压力越来越大了。由于警察的工作不适用《劳动基准法》，只要是辖区内发生了杀人事件，不用说双休日，昼夜工作工作是免不了的。年轻的时候还觉得没关系，他最近开始觉得，到退休之前还有这么多年，过这样一成不变的生活真的好吗？而且烦恼的事情也很多。

"我姑且和您也算是同行，能理解您当时的心情。最开始的时候，您是住在仙台的樫村家的房子里吧？"

"嗯，是的。"

"什么时候成了这个别墅的管理人呢？"

"来到这里，是在昭和五十年（1975年）。"

"有什么原因吗？"

桐野想装作用若无其事的语气来问，不过祐吉的表情还是立刻变得严肃起来。他一定是对桐野这种刨根问底打听别人家事的态度，感到很不愉快。

"没什么特别的理由。" 祐吉过了一阵子，开口说道。表情已经恢复到了之前的温和。

"非要说的话，那就是找到了新的管家，我们这种上了岁数的人更适合在乡下待着吧。老爷应该是这个意思。"

昭和五十五年（1980年），饭冈祐吉五十三岁。这个年纪被叫作老年人未免也太早了。肯定他在隐瞒什么，但是桐野没再继续追问。

那一年，樫村有希十八岁。饭冈夫妇在养女成人之后，就被赶走了吧。如果是这样的话，那就能说得通了。

"之前听说愉美的母亲身体不好，是哪里不好呢？"

"有希小姐的病，和今天要跟你讲的这个事件没有关系。"

祐吉突然拒绝道，狠狠地盯着桐野。

"啊，不好意思。您说的也是，我真的是太失礼了。"

桐野在慌乱之中低下了头。

祐吉涨红的脸，秃了的头顶，很像"好好爷爷"的样子。不愧是当过刑警的人，关键时刻的眼光还是很敏锐的。

桐野缩着脖子往旁边一看，发现爱若无其事地拿起了一片杏仁曲奇。

"那，饭冈先生，能拜托您给我们说明一下十年前愉美父亲的死亡事件吗？"

"好的，我知道了。"

有可能是事先沟通好了的原因，关于杀人事件的说明，祐吉爽快地答应了。

桐野注视着老人的嘴角。完美密室杀人事件的全貌，终于要被公开了。

"关于那起事件，我可以告诉给你们。"

七十四岁的证人用平淡的语气开始讲解。

"但是，我有些担心你们会不会认真听。毕竟那起事件确实太不切实际了……"

9

"尽全力地想要在脑中否认，可是，在完美的密室中，杀人犯是如何消失得无影无踪的呢？不管我怎么想，都想不明白。最后，我又检查了一遍日轮馆的内部。别说是犯人了，就连凶器都没被找到。只有尸体，真的就只有尸体。不过，仔细看的话，发现右手靠里的墙壁上，画着很吓人的画……"

一直在讲述的饭冈祐吉，突然陷入了沉默。

他两眼猛地一睁，像是想到了什么一样，回头看了一眼。桐野看到他的反应，也吓了一跳。沙发的后面没有任何人，什么都没有，只有一面墙壁而已。

过了一会儿，祐吉又看向了爱和桐野。

"饭冈先生，怎……怎么了吗？"

"没什么……不是什么大不了的事。"祐吉不安地眨着眼，"在和你们讲话的时候，我有了新的发现。"

"发现？是和密室之谜有关的吗？"

"不是。没什么，真的不是什么重要的事。只是，刚才你们看到的那两幅画，和日轮馆里那幅令人毛骨悚然的壁画非常相似。我现在才意识到。"

"和刚才的画，非常相似……"

他刚才确实像是在回过头看立在墙边的画。

"您觉得什么地方相似？是因为都是抽象画吗？"

"不是，是鸟的画法。"

"啊，是这样啊。"

祐吉之前说过"馆内全都是视觉陷阱画"，从这里推测的话，也不应是在抽象画的地方类似才对。

"具体是什么样的呢？"

"关于这一点，实际进去看看，应该就会一目了然的。"祐吉又没正面回答问题，"总之，我把事件的大概都说给你们听了。其实一开始我是拒绝的，虽然还记得那件事，但可能是上了年纪的原因吧，脑子转得没有以前快了。如果我有说不清楚的地方，还请你们谅解。"

桐野感到有些困惑。对于到底该如何判断听到的内容，有些不知所措了。

昨天尚且不知今天的事情，更何况事件是发生在距今十年之前。虽然证人自信满满，但毕竟已经是超过七十岁高龄的老人了，不能断言他的记忆没有不准确的地方。

不过，这只是一般的情况。桐野这样想道。

饭冈祐吉在年轻的时候当过警察。毫无疑问，他的眼力应该是强于普通人的。进入案发现场的时候，也是遵循搜查的教科书的内容，逐步确认状况。这样想来，他的证言的可信度还是很高的。

但是，如果刚才的证言全都为真的话，不论怎么想，这都是一起杀人事件。而且就像藤井治郎说的那样，这是一起完美的密室杀人案件。只能这样想了……

看来应该先确认这一点。

"福岛县警认定樫村千春自杀的根据是什么？"桐野向祐吉问道。

"啊，没什么根据。他们一开始就认定是自杀，之后也没有任何怀疑。"

"那，死因是什么呢？"

"右侧颈动脉切断导致的失血死亡。"

颈动脉被完全切断了，大量的血液瞬间喷涌而出。从失血到死亡的时间不会很长。

"虽然有割断颈动脉自杀的例子，但是最重要的凶器却不在现场。在这样的情况下，下结论说是自杀，未免也太……"

"啊，不是，桐野先生，不是这样的。"

桐野正说得起兴时，祐吉用手把他打住了。

"不是这样吗？"

"凶器掉在了地上。所以，警察才断定是自杀的。"

"啊？这……"桐野的脑袋混乱了，"但是，饭冈先生，刚才您说过吧？'哪里都没有找到凶器'。"

"确实说过。不过，我回别墅叫上老爷又去了一次现场。这次，日轮馆的地上有一把沾满血迹的刀子。详细状况等稍后到了日轮馆，我再告诉你。总之，刀子是在距离千春少爷的尸体约十米远的地方。"

"但饭冈先生一开始没在那里看到刀子吗？关于这一点，您在被警察询问的时候没有告诉过他们吗？"

"当然说了。"

"也就是说，警察没有相信您的话，是这个意思吧？"

"嗯，是的。"

"这……到底刀子是从哪里出来的啊？"

"我没有任何头绪。不过，我绝对没有看漏任何地方。从天花板上掉下来的？还是从地底下冒出来的？还是被谁拿进来的？总之，确实是在我离开日轮馆之后，它才被放在那里的。"

"饭冈先生在返回别墅的时候，有堵住日轮馆门上开的洞吗？"

"没有。"

"那也就是说，有人趁机钻进去了吧？不过，这种地方，外人进来的可能性应该很低吧。"

"我也这样觉得，当时的搜查员们一口咬定密室杀人这种事不会发生在现实之中。所以，他们觉得一定是我看错了，我的证言也因此被排除了。"

"但是，没有发现遗书吧？"

"当然没有。但是，不留遗书的自杀也并不少见。"

"这倒也是……"

"动机好像并没有被当成是个问题。毕竟，当时千春少爷的行动很异常。"

"精神错乱导致的冲动自杀，当时是被这样认为的吧。"

"嗯。只是，我并不赞成这种意见。事实上，除了到目前为止的说明，还有一大理由，让我确信这是一起他杀事件。"

"哦？是什么理由？"

"现在在这里说的话，有些……"祐吉面露难色，"关于这一点，到了日轮馆里再说，会更好理解一些。不好意思，请允许我这样做。"

祐吉都这样说了，桐野就没有继续追问了。

"我也想问一些问题。"一直保持沉默的爱，开口说话了。

"嗯……好，反正都已经说了这么多了，那你问吧。"

祐吉可能是想着给藤井一个面子，很不情愿地答应了。

"被发现的凶器，是什么样子的？"

"啊，我忘记说了。是把双刃刀。"

"双刃？那也就是说，是登山刀吧？"

"不，不是的。是一把形状怪异的扁平的刀子……想起来了，名字好像是叫图米。"

"图米啊，感觉好像在哪里听过……"桐野歪着脑袋嘟哝着。

"长颈鹿先生，你忘了吗？在塔万廷苏尤，外科手术中使用的手术刀就叫作'图米'呀。"

"啊，对了！原来是它啊。"

新月形状的刀刃，再次浮现在了桐野的脑中。

"虽说是想起来了……可是，饭冈先生，用那种刀尖是半圆形的刀子，没有办法刺中目标吧？还有，它也不是铁做的，而是青铜材质啊。"

"半圆的两侧有尖的部分啊，用那里刺就行。而且，那把刀并不是从遗迹里挖掘出来的，而是千春少爷找工匠特别定做的一把铁刀。我见过实物，就像新买的剃刀一样，刀刃被打磨得很锋利。"

"啊，原来如此。"

看来那把刀完全可以禁得住使用。

这个事实，可以被当作自杀的根据之一。因为，被害者本人定做的刀子，不太可能会成为杀人事件的凶器。

"我还想确认一件事情。福岛县警推定的死亡时间，是饭冈先生进入日轮馆之前的时候吧？"

桐野忘记确认这一点了。不愧是机敏的爱，在她面前，自己好像就是业余的一样。

"啊，看来是忘了说了。不好意思，漏了这么多重要的信息没有说，那我再稍微补充一下。在通知老爷出事了的时候，我还没有报警。虽然我觉得先报警会比较好，但是老爷说过'想先用自己的眼睛确认'这种话。

"我们二人进入日轮馆之后，老爷命令我去报警。所以我赶紧又回到别墅，打了报警电话。但是，毕竟是这么偏僻的地方，从打电话报警到警察出警赶到现场，要等相当长的时间。特别是，那天坂岩村的驻警因公事不在，等警察赶过来的时候，已经过了下午四点半了。在这种情况下，死亡的推定时间也就会很模糊了，他们姑且认定千春少爷是在下午三点左右死亡的。"

"下午三点？饭冈先生是什么时候进到日轮馆的？"

"大约是下午三点半吧。"

"也就是说，被害者是在饭冈先生用斧头砸门时死亡的吗？"

"不能说没有这种可能性。"

"我知道了。那，再问最后一个问题。我想试着画一下那扇不可思议的门，画好之后能麻烦您看一下吗？"

"啊？你……你为什么会知道？"

"我以前在书上见过塔万廷苏尤帝国时代的房门，觉得可能会和它一样吧。"

"啊，原来如此。美术部的成员，想必画画很棒吧。请，画好之后我一定看。"

爱从登山服的口袋里掏出了记事本和黑色的水性笔。

"哎呀，这可糟了……"爱小声嘟囔着。她眉头微皱，翻着记事本。

桐野以为出了什么问题，结果一看，发现记事本的每一页上都画着各式各样的猫咪的涂鸦。代理侦探最近对这个很感兴趣。

"对不起，我之前没注意到它上面没有空白页了，还这样把它带了过来。让你们见笑了……"

爱在辩解着的同时，选了空白最多的一页，开始画门。不一会儿就画完了。

"这个，怎么样？"

她把从本子上撕下来的那页纸递了过去。

"哇，画得可真快。让我看看……"

祐吉接过爱递来的纸，眯起眼睛仔细地看着。

"啊，太厉害了，真的吓到我了啊，就是这个样子。虽说是通过看书得知的，不过能画得这么完美，才能也是相当突出啊。"

站在旁边看的桐野，也觉得这么高的质量，不像是短时间内画出来的。左下方的那只小猫的背影，还真有些可爱。

"那我就明白了。您能这么详细地告诉我，真的是非常感谢。"爱满怀感激地鞠了一躬，"事件发生之后，饭冈先生应该很不容易吧？"

"啊？不容易指的是……"祐吉黑白混杂的眉毛皱了一下，"啊，作为第一目击者，我被问了好多话，是挺烦的。"

"不，我不是这个意思。"代理侦探端庄的脸上，浮现出了标致的笑容，"按照您说的，警察最初应该会怀疑饭冈先生才是。虽然最后断定是自杀，但是在这之前的过程中，您一定留下了不好的回忆吧。"

桐野不禁屏住了呼吸。

确实是这样。饭冈祐吉说，樫村千春从最初就被判断为自杀。

但是，从现场的实际状况来看，这一点是不太可能的。因为，在发现尸体之后的一段时间里，警察通常都会从他杀和自杀两个角度同时展开调查的。

那个时候，既不是密室杀人也不是自杀的第三种可能性，都应当会被讨论到的。这种可能性，当然就是第一目击者是杀人凶手的情况。

如果饭冈祐吉撒谎了，也就是说，祐吉就是杀人凶手的话，事件的不可解之处就不复存在了。现场的全部状况都能得到合理的解释。

祐吉可能是有意识地回避了关于这部分的内容。爱明显是想继续追问他。

祐吉陷入了沉默，眉毛蹙成了一条线，直直地盯着爱的脸。过了一会儿，他突然站了起来。

"也差不多了，我带你们去现场吧。"说着，他走到了门前。接着用一副很平常的语气，头也没回地说道，"我只想说，刚才告诉你们的话里，没有任何的谎言。"

10

离开会客室，桐野先回到了自己的房间，穿上了夹克，也把手套戴上了。虽说距离不是很远，但总而言之还是要爬山的，装备得完善一些为好。

饭冈祐吉是杀人犯……的确，也不是没有这种可能性。

上楼梯的时候，桐野想道。

如果我是办案的警察，肯定会怀疑他的。打破密室发现尸体的人是真正的凶手，也就是"早业杀人"。不，不对。如果想让"早业杀人"的方法成立，那就必须是和谁一起，或者是在打破密室之后立刻进入才行。只有第一目击者本人的证言作为根据，也未免太立不住脚了。

等一下，如果饭冈祐吉真的是杀人凶手的话，为什么他偏偏又要说对自己不利的谎呢？这样的话，刚才的说明也就无法成立了。而且，他年轻的时候当过刑警，对于自己的证言所能掀起的波澜，应该能做到充分的预判。可明明是这样，他还提起密室杀人的事情。看来，他的证言很可能是真的。

恐怕，福岛县警当时应该也对这一点感到困惑了吧。虽然关于樫村家的内情，尚且还有很多不知道的地方，但是，很难想象只是管家的祐吉，会有杀害千春的动机。从这个层面来说，一开始就不应该对他有过多的怀疑。

只是，现在还不能把祐吉从嫌疑人的候选名单中完全排除。万一他真的是犯人，说不好什么时候会态度骤变，之后也一定不能大意。

爱走到二层的玄关，弯腰伸下了双手，想着重新系鞋带，但是又想了一下，还是换上了橘色的短靴。因为不用系鞋带。她突然站了起来，向着桐野的方向抬起了右脚。

"长颈鹿先生，看，不错吧。"

桐野仔细一看，靴子的前端用草绳绕了两圈。

"这是饭冈先生教我的。"

"啊，是为了防滑吧？"

"现在这个时期，昼夜温差相当大。"站在一旁的祐吉说道，"特别是晴天的时候，白天融化的雪会被黎明前的冷空气冻结。所以，与其说是在走雪路，不如说是在走冰路。桐野先生最好也绑上吧。"

拒绝善意的劝说是很失礼的。因为穿的是鞋底很厚的登山靴，虽然桐野觉得没有必要绑，但还是把草绳绑上了。三人一起出了玄关。

在出去的时候，爱穿上了白色的高领毛衣。下身是蓝色牛仔裤，披着和昨天一样的茶色登山服。为了不妨碍爬山，她把长发绑成两个麻花辫，垂在身后的两侧。

在推理的最关键时刻，把麻花辫在太阳穴附近打上结，是代理侦探的招牌动作。如果不这样做的话，头发的重量会把头皮向下拉，她就无法专心思考问题了。

虽然天气非常好，但是上午气温没怎么上升。爱呼出来的气都是白色的。

正如祐吉所说，地上全都结冰了。在视线范围之内，都是冰冻的大地。昨天晚上还没有冻得这么结实，看来果然是放射冷却现象造成的结果吧。

昨天天色已晚，没有看清楚。没想到樫村家别墅的外墙是淡蓝色的，看起来格外漂亮。桐野抬头向上看，房顶上是堆得高高的白雪。看来整个冬天的雪都堆在那里了，像一座小山一样。

在房檐下面，挂着桐野从没见到过的长长的冰锥，水滴从那上面缓缓地落下。

他们开始向后山走去。

"对了，饭冈先生。"走着最前面的爱回头说道，"日轮馆是建在后山山顶上的吗？"

"不是，是建在半山腰的。"

桐野之前听藤井治郎讲过。

"那也就是说，在上山的途中，会有一块平地？"

"不是的，把斜坡挖开之后，整平了一小块地方。从那里横着开了一个洞，把房子填在了里面。"

"把房子填在了洞窟里？"

桐野站住了，另外的二人也停下了脚步。

"为什么要这么费劲？比起建一个普通的房子，这要多花好几倍的时间啊。"

"我也不知道千春少爷是怀着怎样的心情选了那个地方的。"祐吉表情严肃地说道，"总之，是他自己去和东京的施工方交涉的。这个施工当然很有难度。一开始的时候，先是把杉树砍倒空出斜坡。然后又装了升降机，把材料和机器运了上去。不过，因为是四十度的斜坡，施工方也很不容易。"

"四十度？"

虽然肉眼看起来像是，但桐野有些不敢相信这个数字。

他们继续往前走。从别墅的后面出去之后，山就在眼前。

桐野又望了一眼，果然坡度很陡，确实有四十度左右。山坡被白雪覆盖，杉树枝头的雪，从很高的地方掉了下来。

　　祐吉招呼二人往左边来。这里没有道路，他们只能谨慎小心地在冰上行走。

　　"接着刚才的话，真是没想到在四十度的陡坡上还能建房子啊。"桐野感慨道。

　　"长颈鹿先生，你没听过'六甲集合住宅'吗？"爱说道。

　　"六甲的水好喝我倒是知道，住宅还真没听说过。"

　　"它是非常有名的建筑，是建筑家安藤忠雄在昭和五十八年（1983年）设计的。"

　　"啊，这个名字我听过。他好像是东京大学的教授吧？"

　　"是的。六甲集合住宅建在神户市滩区的山坡上，它背靠六甲山，正面可以俯瞰大海。那里的坡度是六十度。"

　　"六……六十度！真的吗？那种角度，都可以算是悬崖了吧。从悬崖边上向下看的话，看到的应该是个直角。"

　　"嗯，能看到吧。"

　　爱平静地看着桐野惊愕的样子。

　　"施工方本来想在平地上建很普通的房子，但是建筑家却说'在斜坡上建房子会更有趣'。施工方最终被说服了，但实际施工起来果然很困难。安藤采用了挖开斜坡在里面填上房子的做法。所以，听说阶梯状的六甲集合住宅，在法律上被认为是地上两层、地下一层的建筑。"

　　"看来只要有钱，什么都有可能啊。"

　　但是，桐野还是有想不通的地方。

　　安藤忠雄作为建筑家来说，他想要尝试新设计的想法是可以被理解的。但是，樫村千春到底是出于什么原因，才要在斜坡上建房子的呢？

桐野边想边走。地上很滑，不看着走的话，根本无法前进。

他们大概又走了五分钟。

"到了。从这里开始，要爬山了。"

啊？

桐野抬起头，吓了一跳。

跟刚才说的一样，杉树林被伐掉了一片，山坡上露出了一处斜坡。宽度大约能容一辆车通过。两侧是高耸的杉树，角度稍微变换一下的话，斜坡就会被遮住了。所以桐野之前也想到了，它会突然出现的。

被冰覆盖着的长长的白条。

桐野看到这个景象的时候，脑中最先浮现出来的，是藏王滑雪场最高处的"忏悔坂路线"。二十四岁才开始第一次滑雪的桐野，第二次就被带到了藏王。刚从索道的山顶站出来，他就被无情地抛弃了，说是让他"自己滑到山脚去"。

现在那里已经变宽了许多，不再是那么难的路线了。但当时又陡又窄，而且那天还是结冰的路面，简直就是人间地狱。

没想到又和类似的场景相遇了。

"啊，这个，要爬上去吗？"

"嗯，是的。"

祐吉看来已经很习惯了，看不出他有丝毫的害怕。

"嗯，虽然挺滑的，但是只要慢慢爬，还是没关系的。看，旁边还有链子呢。"

斜坡的右侧，每隔两米有一个支柱，连着链子。这和刚才在会客室听到的一样。

"饭冈先生，那个绳子是什么啊？"

"嗯？"

爱看着自己手指的方向。

链子的对面，也就是斜坡的左侧。有一根从坡顶杉树的枝头附近斜吊下来的粗绳，大约离地二点五米高。

桐野定睛一看，在三人站着的地方，左手边恰好就是木桩。这里是起点。

"啊，这是千春少爷让施工方做的。"

"也就是说，准备通索道？"

"嗯，可以这么说，不过不是用来运人的。毕竟，从这个坡上搬运东西，实在太费劲了。建筑公司的升降机是借来的，施工结束后必须返还，所以才建的这个。装在坡顶上的卷扬机带动滑轮，把钢绳上挂着的东西卷上去。千春少爷人高马大的，这种绳子根本吃不住他的。"

原来如此。桐野仔细看了一下，那个绳子也并非很粗，而且已经被用得很旧了。

他们终于开始爬坡了。饭冈祐吉走在前面带队，爱在中间，桐野断后。

在脚踩上坡道的那一瞬间，桐野就感觉到了前方的路会很坎坷。感觉就像是在用冰做成的滑梯上逆着攀爬一样。

鞋子上绑的草绳真的管了大用。要是没有它的话，途中可就进退两难了。

桐野靠在链子上，把身体往上挪动。

令人颇感意外的是祐吉的腿脚很好。他飞快地往上爬着，根本看不出来像是一位年过七旬的老人。爱的身子很轻，一点儿也不吃力地跟在祐吉的身后。只有桐野自己落在了后面。

恶战苦斗。桐野爬到途中的时候，已经全身是汗了。

啊，还没到啊……到底是在什么地方啊。

桐野正在这样想的时候，前面看不到链子了，手抓着的是最后一根支柱。他双手用力拉了一下柱子，总算是来到了平坦的地方。

桐野坐在那里，肩膀上下浮动，喘着粗气。

"桐野先生，你还好吧？"祐吉稍微调整了呼吸，问道，"请看，这就是日轮馆。"

日轮？啊，原来如此。

桐野抬起身子，向前看去。他不禁屏住了呼吸，真是不可思议的场景。

桐野看到真正的日轮馆，首先想到的是著名的云冈、龙门石窟式样的寺院建筑。当然它不是凿开岩壁建成的，只是挖开了一方土而已，不过却和那两个石窟的景观非常相似。

洞窟的开口部分，用石头垒成了墙壁，这是正面的墙。从房顶的顶部到洞窟的天花板，只有很小的空隙。洞窟的两边紧贴着房子的土墙。

桐野刚才还不太理解"把房子填进去"的意思，实际看到之后，真的是一目了然。

不过，和饭冈祐吉之前提到的房子模型相比，实际的房顶看起来要小很多。确实是切妻屋顶，但是倾斜度很小，而且也不怎么高。

日轮馆正前方的土地，面积大概有十五六平方米。这个大小已经是供施工用的机器和材料放置的最低限度的空间了。

正午刚过，而且明明是晴天，周围却很昏暗。不过也难怪，毕竟它是被苍郁的杉树林包围着的。

"怎么样？很奇怪的建筑吧？"饭冈祐吉略带骄傲地说道。

"呀……还真是啊。"桐野站了起来，"之前听说施工难度大，但是没想到居然这样……"

"施工方的人发牢骚都发到我这里来了，没有人员伤亡真的是太幸运了。"

"这么大的视觉陷阱画，也真的是很壮观啊。"爱在一旁说道。

"视觉陷阱画？"

"是呀，因为，这看起来像是石头堆起来的墙，实际上是在混凝土墙壁上画的视觉陷阱画。"

"啊，原来这样，差点儿忘了。"

桐野走到墙壁的跟前。他用手指触摸石块和石块之前的空隙，却发现那里是光滑的。果然是画上去的。在灰色的水泥墙上，画上了灰黑色的线条，一直画到了房顶的下面。

"明明是十年前的壁画，到现在却基本上没怎么褪色啊。"桐野感叹道。

"不，当然会褪色的啊。只是，这里的环境不太一样。杉树林遮住了阳光，洞窟遮住了雨。如果没有这些条件的话，早就褪色了。"

"啊，原来如此。"

樫村千春选择这里的另一个理由，有可能正是这一点。

日轮馆有三个入口。中间的那个是木门，它的把手是铁做的，下面挂着一把锁。这是真正的入口，比普通的门大两圈，看来应该是定做的吧。

与之相对的，左右两边的门制作得很奇怪……不，应该说是"画得很奇怪"，只是并排竖着六根圆木。

"和刚才爱画的画很像。"桐野摸着那里说道，"这个门真的好奇怪啊，开闭的时候会很费时间吧，太不方便了。没想过要装上合叶或者像是在日本常见的拉门吗？这也是应该能成为爱昨天说的不平衡性的例子吧。"

"嗯，倒是可以对此有不同的解释。只是，用这样的门，肯定是有相应的理由的。现在的南美印第安人，大多还是认为'家只不过是睡觉和躲避寒冷的地方'。所以，没有窗户，只有一间屋子的家是很常见的。开闭的次数非常少的话，这样的门也就不会很不方便了吧。"

"啊，这样啊。这种解释倒是比较合理。"

桐野感到很佩服，立刻这样想道。

如此特殊的门，托它的福，密室的完成度又变得更高了。应该也没有备用钥匙，借用丝线、磁铁、冰块上锁的这些小伎俩，应该也起不到什么作用。唯一能想到的是，证人说谎的可能性。

果然还是绕不过这里，桐野陷入了沉思。

"我们进去吧。"祐吉催促道。

"啊，不好意思。那就拜托您了。"

桐野终于踏进了十年前密室杀人事件的案发现场，猛烈的紧张感涌上了心头。

代理侦探看上去一点儿也不紧张，神态自若地用手指摆弄着长长的辫子。

祐吉从口袋里拿出了一串钥匙，从里面选了一个，插进了挂锁的锁孔里。

"哎呀……"祐吉嘟哝道。

"怎么了？"

"啊……没……没什么。"

祐吉脸上露出了不自然地笑容，直接把锁取了下来。

桐野感到有些困惑。

刚才，没有用钥匙吗？也就是说，门没上锁？

"那我开门了啊。"说着，祐吉拉开了门。

11

桐野终于进入了日轮馆。

里面很昏暗。和事件发生后第一目击者进入时的天气不同，今天并不是阴天，而且门还是开着的。不过，阳光也只是照到了门口附近而已。

室内好像很深。虽然面面有壁画，但还不能马上就看见。

桐野的心中开始感到不安。之前饭冈祐吉说的话，时断时续地在他耳边响起。

"脸色如同白蜡、满含愤怒的睁大的双眼、歪扭的嘴唇，临终前的剧烈痛苦。"

桐野的横膈膜开始不规则地跳动。

"脖子的右边，从像是被锐利的刀子挖过的伤口里喷涌而出的血液……地上是一片血泊。"

室内有一股霉味。可是，桐野的鼻子，却闻出了石油味和血味。

冷静下来，事件已经过去十年了……

这种理性的声音还是处于下风。

在昏暗的深处，樫村千春的尸体现在还倒在那里。桐野正在被这种胡思乱想支配着的时候，门突然关上了。

桐野吓得快要叫出声了。太阳光完全被遮住了，室内一片漆黑。

果不其然，莫非饭冈祐吉就是杀人凶手？

如果饭冈祐吉是杀死樫村千春的凶手，那么他就有充分的理由，去封住想要找出真相的爱和桐野的嘴。

怎……怎么会，在这种黑暗的环境中被袭击了的话，根本没办法防御。至少要把小爱保护好。

爱此时应该站在桐野的右边。桐野一伸手，抓到的是一个硬邦邦的细长的物体。感觉像是穿着登山服的爱的左手手腕。

抓紧了！接下来就该我给小爱当盾牌了。

桐野使劲一拽。突然，天花板的灯全都亮了，室内充满了白色的光。

爱站在桐野的面前，不高兴地瞪着他。

"长颈鹿先生，你这又是在模仿什么呢？"

"啊……没什么，那个……"惊慌失措的桐野立刻松开了手，深深地低着头，"我……我这么做肯定是有理由的。请相信我，绝不是痴汉行为。也就是说，万一小爱遇到危险了，我、我一定会挺身而出的。"

桐野一边擦着汗，一边解释。爱的表情变得更加严肃了。这是当然的，毕竟是在漆黑之中被使劲抓住手腕，又被使劲拽了一下。

美少女发怒之后，很可怕，特别可怕！桐野深知这一点。

不过，幸好这次有饭冈祐吉。他在这个时候对二人发话道："哎呀，别吵架啊，快看一下这里面。"

听到这句话，爱转移了视线。桐野也开始环顾室内。

啊啊？！

桐野在心里喊道。日轮馆内部的奇妙感，远超它的外观。简直就像是进到了一个神奇的新世界。

首先映入眼帘的，是里面正面墙壁上挂着的黄金太阳像。明明刚才已经听说过了，但是桐野暂时没看出来那是幅画。因蒂的脸看起来像是位女性，四周放射而出的炽焰像是它的手和脚。在因蒂像的正前方有一座祭坛，上面冒着红色的火焰。

墙壁和地板都被涂成了金黄色。画在屋顶内部的芦苇叶，有着令人惊叹的逼真性。可能是画在了室内的原因，它一点儿也没有褪色。

到此还都是像祐吉之前说的那样。不过，接下来的瞬间，桐野瞪大了眼睛，小声地叫了出来。

"有……有人在那里！"

桐野在本以为不会有人的日轮馆的内部，看到了人影。

最初，桐野认为那是樫村千春的遗体。但是，人影并不是只有一个。左右各三个，合计六个人影。他们不是倒在地上，而是靠坐在左右的墙壁。

桐野忐忑地靠近了其中的一人。

只见那人穿着紫色的衣服，披着大红色的披风，盘腿坐在厚实的黄金圆垫上。他的头顶卷着紫金花纹模样的布，双手在膝盖上方合十，拿着一个小袋子。

这是画……壁画。

桐野终于看出来了。因为它的右侧被画上了阴影，所以看起来像是真的有人在场一样。

视觉陷阱画，这也是木乃伊的视觉陷阱画吗？

如枯枝一般的手和小臂，睁开着的双眼里是金色的眼球。这明显画的不是真人。

"塔万廷苏尤的历代皇帝的木乃伊啊。"

爱不知道是什么时候，走到了桐野的身后说道。

"皇帝的？这样啊。"

塔万廷苏尤帝国的皇帝，也就是印加，死后被民众视为崇拜的对象。印加的木乃伊被许多侍者服侍，生前死后的生活没有任何变化，有时还会参与时政。

"塔万廷苏尤的人们，认为活着与死亡并没有什么不同。"樫村龙造说的这句话，桐野记忆犹新。

"小愉美的父亲以前从事研究工作，所以才会这么忠实于历史啊。"爱用手指着视觉陷阱画，"历代皇帝的木乃伊，都会有黄金质地的眼球，在右手手腕处戴着黄金手环，双手拿着'丘斯帕'。"

"丘斯帕？"

"放着古柯叶的小袋子。数枚叶子绑在一起的叫作'艾塔'，通常被放在随身携带着的丘斯帕里。"

此时，桐野已经能够冷静地观察内部了。

大小也就是两个教室那么大，只是第一印象感觉里面很宽阔，看来是受它奇妙氛围影响所产生的错觉，也可能是因为里面空荡荡的。

"可是……"桐野又环顾了一周，"色彩可真是鲜艳啊，根本不像是十年前画的。"

"用的不是油画颜料，而是油漆。在这样的环境里，不怎么会褪色。还有，室内也没什么灰尘。饭冈先生，你平时打扫这里吗？"

"没有，还真没打扫过这里。"祐吉表情困惑地摇了摇头，"说实话，我也相当吃惊。我已经很多年没来过这里了，像这种完全封闭的空间，应该不会堆积什么灰尘吧。"

可能是这样，但桐野总觉得还有些说不通。

"算了，先别管这个了。"桐野转移了话题。必须要谈论重点内容了，"如此看来，确实是没有一扇窗。福岛县警应该也调查过这里的暗道了吧？"

"当然。里面全都仔细调查过了，没有发现什么暗道。"

看来很难认定之前的调查结果有误，明治时代的话倒还有可能。可即便是在十年之前，现代的警察们应该也不会犯这种低级错误。

"小爱，你怎么看？作为密室杀人事件调查的第一步，可以排除掉有这里有暗道的可能性吧？"

桐野打算向爱确认一下，小声问道。

可是，代理侦探的回答却相当令人吃惊。

"有暗道的可能性非常高。"

"啊？！"

桐野吃惊得说不出话来。

怎么会……犯这样愚蠢的错误。

桐野虽然感到愕然，但在饭冈祐吉的面前，还是忍住没有动摇。他拉着爱的袖口，借一步说话。

"小爱，你开玩笑呢吧？"桐野的表情带着慌张。

"不是，我是认真的。"

看来她真的不是在开玩笑，没有任何笑的样子。

怎么可能，这种地方居然会有暗道……

桐野感到一阵头晕。

福岛县警不至于这么糊涂吧。地板和墙体全都是混凝土浇筑的，应该不会暗藏什么玄机。而且……对了，这个建筑物还是被埋在山坡里。这就是双重密室啊，怎么可能会有暗道……

桐野语塞之时，代理侦探在四处张望。

"如果明白了那个魔术，密室之谜自然也就解开了。"爱突然说道。

又是意味深长的话。

"魔术，指的是樫村千春用日轮馆模型做的那个演示吗？让阿克利亚的人偶出现，后来又用木乃伊把它调包？"

"嗯，是的。"

虽然千春本人将此称为"奇迹"，但是桐野没觉得那种魔术和这起事件会有什么关系，就当作耳旁风了。

"小爱，把那个魔术所使用的诡计告诉我吧。还有，那个魔术和密室杀人案的关系。"

但是，爱没有回答，像是若有所思一样，脸色凝重地朝着另一面。

"喂，小爱！"

"怎么了吗？"

桐野想要继续追问，他也感觉到了事情好像并不是这么简单。这时祐吉走了过来，对话无法再继续。

"啊，没什么，只是有一些别的事情想问一下你。"

桐野找借口掩饰了一番。祐吉眉心紧蹙，露出了怀疑的表情，但是也没再多问什么。

"饭冈先生，尸体当时是倒在什么地方？"

代理侦探问道。这本该是桐野的台词。

"啊，这边请。"

三人向着里面走去。

左右的墙壁上除了画有印加的木乃伊，还在凹槽里画着黄金人像。低个子、脸盘大的裸体像，男女老少各式各样。这个叫作"壁龛"的凹槽，是塔万廷苏尤的建筑所特有的。

“大概，就是这里。”

祐吉在距离最里面的墙面还有四五米远的地方站定了，大概是中间偏右的位置。

“他头朝着入口的方向，倒在了这里。”

“原来如此，我明白了。”爱点头道。

不知道从什么时候开始，由她发问已经变得理所当然了。

“那，凶器呢？”

“凶器掉落的地方在这边。”

祐吉边走边指，位置是在距离尸体约十米远的墙边。这个位置确实不太容易被发现，但是桐野认为，只要仔细确认的话，应该是不会看漏的。

“还有一个问题，你之前说过‘在最里面的墙上画着吓人的画’。但是现在却看不见，它是消失了吗？”

“不，它还在。也不怪你没看到。看，就在那边。”

祐吉用手指着右边的墙。

桐野若无其事地把视线移到那里，被吓了一大跳。

那是一幅相当奇妙的壁画。刚才一直没有发现，因为它是一幅被画在金色墙壁上的灰色线描画，尺寸大约有一人高。

构图是这样的，画面的中央是粗壮的树干，右侧有一人，左侧有两人。站在右侧的男性身穿白衣，头戴饰物，裹着缠头布。他脚下的柱子被绳子捆着。左侧的两个人则被绳子的另一头吊在大树的树枝下方。

也就是说，这是处刑图。

被处刑的二人的身体是全裸的，从生理特征可以看出他们是一男一女。奇妙的是，绳子并不是绑在了他们的脖子，而是头发上。

行刑人右手持刀，拿的是"图米"。看他的姿势，像是正准备割断女人的颈动脉。他的舌头舔着嘴唇，面目狰狞。

画像未完成，还没有被上色。男人和女人的脸也没有被画出来。

"这是什么画啊……"

桐野面对着这幅无法理解的画，小声嘟囔道。

"这是阿克利亚的处刑场景。"爱回答道。

"阿克利亚的……"

"违背了献身太阳的誓言，和男性交往的阿克利亚与她的男伴一同被处刑的场景。"

"啊，这样啊。"

爱指出之后，桐野才想了起来。

被称作太阳贞女的阿克利亚，终其一生不得和男性交往。如果违背誓言丧失处女之身的话，除了她和男伴要被处死之外，他们的家族和故乡的村民甚至牲畜，都要被杀掉。

"头发被绳子捆住，吊在树上，是要用图米割断她的脖子吗？太残忍了吧。饭冈先生，这是千春画师画的吗？"

"嗯，是的。"

"看起来像是还没画完。"

"嗯，他好像直到死前都在画这幅画。警察检查尸体的时候，发现他的手上沾着黑色油漆。"

"这幅画是他的遗作？真是意味深长啊。"桐野歪着脑袋说道。

啊，等一下。根据之前龙造说的话，违背誓言的阿克利亚和她的男伴会被处以绞刑。但是，这幅画里画的是要用图米去割阿克利亚的脖子，到底谁才是对的呢？

"确实，正如饭冈先生所言。"爱突然说道。

"啊，什……什么意思？"

桐野不理解她说的意思。

"所以说啊，这是幅虚空派的画。饭冈先生能看出这一点，真的很厉害。"

"虚空……啊，原来如此！"

桐野终于明白了。樫村千春之前画了一幅野鸭被倒吊着的画，现在眼前的这幅处刑图和它有共同点。

原来这是虚空派啊。

虽然只是线描，但是越看越让人觉得害怕。

"桐野先生，让我确信千春少爷是被别人杀害的另一个理由，就是这幅画。"

"欸？"桐野吃惊地看着祐吉，"啊，我想起来了，刚才你说过的。但是，为什么看了这幅画，就能确信……"

"千春少爷在室内画了这么多精致完美的画，为什么最后偏偏要留下这幅没画完的画，选择自杀了呢？"

"这……"

桐野不知道到该怎么回他的话，慢慢地把视线移到了壁画上。

确实可以这样说，是很有说服力的意见啊。

就算再是冲动自杀，把墙壁、地板和天花板都画满精细的视觉陷阱画的画家，只留下这一幅未完成的画的行为，实在是讲不通。桐野只能这样认为。

如果樫村千春能活得再久一些的话，他到底会在空白部分画上怎样的表情呢？

12

之后，三人又在日轮馆里待了十五分钟左右。

在此期间，桐野一直在找暗道。他又是敲这边又是踢那边的，并没有感觉到声音有什么异样，也没有找到任何隐蔽的入口。

剩下的是天花板，或者说是房顶了。没听过在那种地方会有什么暗道。即使真的有，那么这个屋子的房顶就变成了洞窟的天花板，这在现实当中根本不可能存在。

小爱真的是认真地说的那句话吗？

桐野虽然完全相信代理侦探的推理能力，但是，在此刻他也开始感到了不安。

以小爱的性格来看，她应该不会在这种场合开玩笑的……但是，暗道到底又在哪里呢？

桐野还是想不通，准备往外走。正门快要关上的时候，爱突然小声地问桐野：

"喂，长颈鹿先生，从这里往里面看，你不觉得有什么奇怪的地方吗？"

"嗯？"桐野疑惑不解，"额……全都很奇怪啊。毕竟，墙上的视觉陷阱画，就已经是天下奇观了。"

估计是没答到点子上，爱露出了谜样的微笑，没有做任何评价。

三人一起走出了日轮馆。

"怎么样，桐野先生？有推理的思路了吗？"饭冈祐吉上了锁之后，问道。当然，他深信爱顶多是个助手，真正的侦探是桐野。

"嗯，多少……有点儿明白了。"桐野含糊地回答道，"只是，我还有些事情想问您。"

"什么事？"

"是……"

桐野有些狼狈了。他差点儿忘了，这个老人以前是搜查的专家。如果自己说了奇怪的话，会被他发现破绽的。

"嗯，是……比如，不在场证明。"

"不在场证明？"

"之前听您说过，事件发生的时候小愉美和慎二在古井里。那其他人在哪里呢？您好像还没有说过。"

说完之后，桐野想道，太奇怪了，小爱居然没有问这个问题。相关人员的不在场证明，明明是搜查中最基础的一项啊……

"我知道了。那，先从老爷说起吧。我从日轮馆回去的时候，老爷在研究室里。把日轮馆的情况向他报告之后，我和他一起又去了日轮馆。之后的事，就是我之前跟你说过的了。"

"原来如此。"

"接下来是我的妻子。那天下午，她在自己的房间里弹棉花。"

"弹棉花"，相当有年代感的词语。

"啊，不好意思，龙造老爷和饭冈先生的妻子，在死亡推定时间的三点前后，有人能证明他们没有接近过日轮馆吗？"

"没有。老爷一直待在研究室，我妻子也一直待在房间里。"

"饭冈先生，您当时是在院子里修剪草木吧？"

"是的。所以，包括我在内这三人，要是往坏处想的话，确实也有可能去后山。"

"啊？不是，我没有那个意思……"桐野看到祐吉突然改变的态度，有些慌了神，"我并不是要怀疑所有人。只是，想按照流程来问问而已。实在不好意思，请允许我问完。那，藤井先生呢？"

"治郎少爷不在家。"

"不在？欸？这就怪了，之前他跟我说他去看过案发现场。"

"应该是在警察搜查结束之后吧。"

"这样啊？那他当时是出门了吗？"

"他说出门买绘画用具，开车去会津若松了。上午出发，晚上七点左右回来的。"

"能证明这件事是事实吗？"

"可以。画材店的老板，还有其他几人的证言都能为他证明。在相关人员里，他是唯一可以被排除的一位。"

祐吉态度又转变了。就算藤井治郎之前再怎么打过招呼，突然被年轻人纠问十年前的案件，任谁都会感到不愉快吧。

只是，桐野考虑到之后的进展，即使漏掉一个人没有问，也会很麻烦。

"最后，只剩小愉美的妈妈了。她那天在做什么？"

祐吉露出了警戒的眼神，犹豫沉默了一阵子之后，说道："有希小姐，一直待在自己的屋子里。她几乎不出屋，现在也是这样。"

"几乎不出来？但是洗澡、上厕所的话……"

"她的房间里有浴室和洗手间，这些问题没有必要问吧？"

祐吉的语气越来越严厉了。桐野觉得无法再继续了，于是便停止了追问。他看了一眼手表上的时间，中午十二点三十九分。

距离先行"部队"出发，已经大约过了一个半小时。就爱的生理痛症状的缓解情况来看，目前也是在合理的时间范围内。现在出发的话，应该能在福岛县立博物馆附近碰面。

"小爱，差不多了，咱们出发吧——"

"饭冈先生，那是什么？"

桐野的声音被盖过了，爱伸出食指问道。

桐野也望了过去，冰的上面覆盖着蓝色的塑料布。整体呈突起状，下面看起来像是有什么东西。

"我也不知道。塑料布看起来很新……应该不会有人来这里啊。"

祐吉歪着脑袋，走到那附近。

只见他弯着腰，掀起塑料布的一角。接下来的一瞬间，祐吉发出了低沉的惊叹声。看起好像并不寻常。

他究竟看到了什么？难道是尸体吗？

桐野走近祐吉，蹲在他的旁边，看向蓝色塑料布的下方。

啊，这是……

在塑料布下面是一个木筏，那是用尼龙绳绑好的六根长约两米以上的圆木。另外还有两根单独的圆木，其中一根的一端被削尖。

"这不是塔万廷苏尤的门吗？"

正如之前听说过的那样。混有一根被削尖的圆木，是为了把它插进地下的洞里。如此说来，走进日轮馆的入口之后，地上确实有一个小孔。

"但是，这种东西为什么会在这里？十年前的那扇门，明明已经被饭冈先生劈断了啊……"

桐野正想伸手去摸，就在这时。

"别碰！"

桐野猛地抬起头。出现在树荫下的，是一位个子不高的少年。

长长的眼睛，高挺的鼻梁，白皙的皮肤。他表情严肃地站在那里，没有头发和眉毛，是樫村慎二。在昨晚穿的睡衣的外面，他又披了一件茶色的皮夹克。少年看起来很愤怒，死死地盯着桐野他们三人。

"别碰那个东西。"

"啊，对不起。"

桐野终于知道这扇门出自谁手了。

"别担心，我们只是出于好奇掀开来看看而已。真是太厉害了啊，这是你一个人做的吗？"

对方没有回答，默默地走了过来。

"慎二小少爷。"祐吉开口说道，"莫非你手里有日轮馆的钥匙？备用钥匙在很早之前就不见了，没想到是被小少爷拿去了啊。"

桐野刚才进去的时候，就发现了门并没有上锁。看来这并非是错觉。

　　慎二满含怒气地看向三人，说道："打扫里面来着，有什么不对吗。"

　　打扫？啊，原来如此。

　　难怪壁画上没有灰尘。

　　"这样啊。确实是做了件好事呢，你的父亲应该也会很高兴的。"祐吉说道。

　　"你就是慎二？"爱微笑着走近他，"我叫根津爱。初次见面，请多关照。我和你姐姐是同一所学校的美术部社员，昨天过来这里的。"

　　爱伸出了右手，但是少年选择了无视。

　　"总之，请不要碰那扇门。它还没被做完。"少年扭头低声说道，他避开了爱的视线。

　　"毕竟现在是冬天，要遮住入口也很不容易吧？"

　　慎二对爱的话没有做出反应。他背对着三人，向斜坡走去。

　　桐野定睛一看，下坡起点的右侧，雪被堆了起来。因为现在又被再次冻住，它就像是个冰跳台一样。

　　樫村慎二走到那个台子上，伸出双手。

　　这是要干什么？

　　台子旁边的木柱上装有滑轮，绳索斜着伸向坡底。靠近台子的绳索处吊着一个绳环。

　　慎二双手抓住绳环。接下来的一瞬间，他毫不犹豫地踢了一脚那个台子。

　　"啊……"

祐吉叫了起来。

滑轮快速转动，樫村慎二矮小的身子沿着斜面降了下去。

桐野跑到跟前的时候，慎二已经滑到了山脚。只见他松开绳子，若无其事地走了。

桐野呆望着他的背影。

13

在樫村慎二用忍者般的退场方法离开之后，桐野检查了简易索道的构造。他改良了父亲留下的装置，在绳索的不同地方都装上绳环。当然，把东西运上来的时候也会用到它吧。

之后，三人开始下山。还没走几步，桐野就深刻体会到慎二为什么要装那种东西了。

比起上来说，下"冰滑梯"显然更加危险。实在是太难走了。抓住了链子，即使滑倒也能够重新站起来。可是，如果手滑了的话，就会头朝下地滑下去。很有可能会受重伤，甚至是危及性命。

经过一番恶战苦斗，他们总算是到了山脚。桐野全身被汗水浸湿，暂时无法站起来。

最后，爱和桐野没有去会津若松。因为爱说自己难受，想要休息。

"而且头也疼，可能感冒了。"

确实，她面色苍白，嘴唇也没有血色。

饭冈祐吉把爱的情况告诉了妻子。志乃拿着体温计和药，马上就过去找爱了。测量结果显示，体温是三十七点三度。志乃很着急，说是要去找医生过来。

"不用的，喝药之后睡到下午的话，就会好的。"

装病最后却真的病了，这种情况也是常有的。

总而言之，桐野想要在往返的车上问代理侦探意见的这个计划，完美地落空了。他看到志乃把冰枕拿进了隔壁屋子之后，回到自己房间，拉上窗帘，倒在了床上。

也许是上下冰坡耗尽了体力，桐野觉得身子变得很沉重，有种自己好像要被床吸进去了的错觉。

已经过了中午，小鸟还在叽叽喳喳地叫着。它们摇动着枝头，飞走了，看来不止一两只。

桐野静静地闭上双眼，想着稍微睡上一会儿，但是日轮馆里的场景在脑中挥之不去，使他难以入睡。

桐野想把到目前为止的推理和谜团整理一下。

关于樫村千春之死，小爱在来到这里之前是否已有所耳闻了呢？

首先，这就是一个谜。

爱不像是单纯来朋友家里玩儿，总觉得她有些奇怪。桐野很难不认为她像是有些什么具体的困惑，才会特意来这里的。

根据之一是爱对樫村龙造的出言不逊。就像之前讨论过的那样，在出发时，爱并不像是有什么担忧。关于态度转变的理由，爱的回答是"因为收到了邮件"。但是关于那封邮件的内容，她什么都没说。

至少要向爱确认这两件事。桐野想道。

接下来浮现在桐野脑中的疑问，是关于那个奇妙的密室。但是，现阶段对它根本没有任何头绪，还是先考虑其他的吧。

樫村千春为什么要建造如此不可思议的建筑物呢？

对秘鲁留学时期看到的太阳神殿的憧憬，想要将它再现还原，他的这种心情还是能懂的。画卖得很好，又很有钱，如果单论规模的话，完全可以建造更壮观的建筑。还有，关于壁画，如果从展现画家热情的这个角度来看，也未必就有异常。

先到这里就好。

但是，关于他模仿石窟寺院把建筑物埋在斜坡——特地把日轮馆建在山腹这一点，桐野果然还是无法理解。为什么非要这样做呢？

"没有理由"当然也可以接受，就像爱举的那个六甲集合住宅的例子。总之，是艺术至上主义。

不对，至少这个建筑，对于构想者本人来说，肯定应该有什么理由才对。多少和密室会有什么关系吧。

桐野想起了爱说过的话，"有暗道的可能性很大。"

这么说来，果然，应该会有类似机械装置的把戏吧？

爱之前说过"只要懂了那个魔术的话，密室之谜自然也就能解开了"。她说的这句话桐野也无法理解。

樫村千春表演的魔术，桐野当然没看过。不过他听了祐吉的说明，也大概理解了。

桌上放着太阳神殿的模型，它的门是关着的。不过，并非是塔万廷苏尤特有的那种门，而是对开门。樫村千春做着奇怪的动作，在模型四周绕了一圈之后，里面出现了穿着阿克利亚服装的人偶。

接着，他关上对开门。等再次打开门的时候，这时阿克利亚人偶消失不见了，取而代之的是吓人的木乃伊。

想得简单一点儿的话，这个把戏可能是箱子的底下有个孔，桌子上也有个孔。然后有个人藏在桌子下面……不对，不太可能。

根据祐吉交代的话，表演是在会客室进行的。用的桌子是今天早上放咖啡的那张。桌面还是和十年前一样的大理石板，不可能在那上面动手脚。而且，下面如果藏人的话，肯定会被其他观众识破的。

搞不懂。不过，还有好多搞不懂的事情。从秘鲁回国的樫村千春，为什么会被逼上绝路？获得展览会大奖，画作又卖得正好，可以说他正处在人生得意之时。樫村有希在丈夫去世三年前患上了精神病，这又是什么原因呢？问题越想越多……

桐野在苦思冥想之时，睡魔突然袭来，他进入了香甜的梦乡。

14

桐野醒来的时候，已是下午四点多。

午觉睡了快三个小时，对他来说很是少见。来自刑警工作的长期的压力，让他感到了疲惫。

下楼之后，志乃劝他去泡个温泉。

爱还在睡着，喜多方拉面旅行团也还没有回来。桐野先回到房间，之后就往浴场去了。

一层洗脸台的边上有一条狭窄的过道，穿过那里就是连接两个房子的走廊。浴场在另一间房子里。

温泉旅馆时代的样子被原封不动地保留了下来。确实，在个人别墅里看起来是有些格格不入。那里竟有一个露天的岩石温泉池，池子很宽敞，感觉可以在里面练习水下调头。白色浑浊的热水不间断地涌出，伴着硫黄的特殊气味。

桐野把头沉进水里，伸开双腿。终于泡上了心念已久的温泉，他的心情也一下子好了起来。

那种带着高中女生愉快旅行的轻浮想法早消失得无影无踪了，因为和未解决的杀人事件产生了联系，而且还是密室杀人。

不知道从什么时候开始，桐野已经确信了那是一起谋杀事件。饭冈祐吉证言的不自然之处，反而增加了它的可信度。年轻时候当过刑警的男人，在知道自己被怀疑的前提下，应该不会去说那种荒唐的谎话。祐吉劈开密室大门的时候，地上应该还没有图米。

但是，相信"谋杀说"并不意味着要无视奇妙的密室之谜。只是，十年这么久的时间，已经成了最大的障碍。

这个案子真的太难了啊，我肯定想不出来。如果不借助小爱的力量，解决此事就是痴人说梦。

桐野听着背后岩石表面传来的水流声，静静地闭上了眼睛。

奔驰车是在下午五点半刚过的时候回来的。

"真是的！你们怎么没来呀？长颈鹿先生！"

樋口里沙噘着嘴跑进了玄关。

"好不容易登上天守阁，一直盼着你们来，我玩儿得一点儿都不尽兴。长颈鹿先生，你这个大骗子！"

她的脸色很可怕。

会津若松城又叫"鹤城"，在戊辰战争中受到破坏，于明治初期被拆毁。现在的天守阁是后来重新建造的，它的内部是乡土资料馆。

不过，里沙是个朴实单纯的姑娘，把爱发烧的事情告诉了她之后，她立刻就接受了。一直站在旁边听的愉美神色慌张，说要找医生过来，让桐野很是吃惊。和饭冈志乃的反应一样，她们简直就像是母女。

幸运的是，爱的感冒并无大碍。看到两位朋友的脸，她立刻来了精神。喝的药像是起效了，她的体温也恢复了正常。之前没怎么咳嗽，桐野担心她还会再烧起来。看来是没事了。

晚饭从七点开始。和昨天相同的成员，桌子上的菜品还是非常豪华。

今晚，樫村有希和慎二也没有在餐厅现身。

饭桌的中心人物是樋口里沙。三位大人都没有开口说话，所以必然会成这个样子。

喜多方拉面的初次体验，好像非常愉快。里沙从鸡骨和小鱼干熬制的高汤开始，一直说到面和配菜的讲究。在这期间，爱还会适时地随声附和。

虽然有些吵闹，但是多亏了这对搭档，不用担心会冷场了。桐野对此感到非常欣慰。

愉美还是继续扮演倾听者的角色。不过，今晚她看起来比昨天高兴。里沙讲到高潮的时候，她还大声地笑了几次，不管是忧郁的神情还是笑着的样子都很美。果然是超群的美少女啊。

在沉默的三位大人里，樫村龙造说的话尤其少。他啤酒没怎么喝，筷子也没怎么动。在会津若松市办完事之后，可能已经很累了吧。不过，他看起来像是有什么心事似的。最后，不到三十分钟，他就起身回研究室去了。

以此为契机，藤井治郎开始向桐野搭话。从白虎队的悲剧说到西洋美术的历史，谈论了很多话题。果然，周围人太多了，没办法谈关于事件的内容。

藤井给桐野满上了酒。今天从会津买来的当地特产酒，名字叫"奥会津鬼杀"。和浊酒一样，它也是只有这个季节才能喝到的新鲜储存酒，辛辣又香醇，非常美味。

被劝酒的桐野在一口干掉之后，立刻就醉了。

15

正餐之后又上了甜点和红茶，宴会还没有结束。

解散之时，已经过了晚上十点。女高中生三人在愉美的房间进行二次聚会。桐野也被邀请了，但他觉得不太合适，就给推辞了。

桐野回到自己的房间，坐在床上。应该不会是酒的问题，桐野觉得左半边的额头痛，而且还很口渴。他想去洗手间喝口水，站起身来的时候，发现枕头旁边有一瓶运动饮料。

应该是饭冈志乃准备的吧。这么一说，床单和被罩也都换了。像是在晚饭期间被收拾过了，简直和宾馆的服务一样。

桐野带着感激的心情，拿起瓶子，一口气喝掉了三分之二。他稍微缓了一下，把五百毫升全都喝完了。

他长长地舒了一口气。

明天就要回仙台了啊。

桐野强行让自己觉得心安。

虽说是密室杀人，也并非最近发生的事。离时效终止明明还有一段时间，警察却早就停止搜查了。即使现在不能立刻解决它，好像也没什么太大的关系。

明天中午离开别墅，桐野准备沿着来时的路返程。途中有可能会去别的地方，不过这要看爱和里沙的心情了。

不过，还是会受这个谜题的影响啊。那样的密室到底是——

桐野正在想的时候，听见了敲门声。

"啊，请进。"

桐野期待着敲门的人是爱。不过，他透过门的缝隙，看到的是藤井的脸。

"可以占用你一点儿时间吗？"

"啊……没关系的，可以啊。"

桐野又想了想，他要是不来的话，才是真的奇怪。

藤井特地去喜多方，正是为了支持桐野的调查。因此，他来确认一下成果也是理所当然的。

藤井进屋之后，坐在椅子上。桐野也从床上坐了起来。

"今天真是辛苦你了。"

藤井先低头打招呼道。他像是刚洗过澡，长发还湿漉漉的。不过，桐野对男人的长发没什么感觉。

"没有，也辛苦藤井老师您了。让您陪吵闹的女高中生出去，真是抱歉。"

"不会，我都习惯了。"藤井苦笑道，"对了，你的进展如何？密室杀人事件的真相，有没有什么新发现？"

"嗯……"

桐野回答不出来。因为没有得到代理侦探的协助，他现在还是雾里看花的状态。

"嗯，确实是很不可思议的事件啊……"

桐野的开场白一如既往，可是却不知道该接着说些什么了。

沉默之中，藤井说道："那我可以说说自己的看法吗？在搜查专家面前，难免有些班门弄斧之嫌。"

他话音刚落，桐野心里就松了一口气。

"没关系。您请，您请。"

"我认为，能在那种情况下杀死被害者的，只有一个人。"

"欸？"

桐野对于藤井治郎如此唐突的断定，很是吃惊。

"嚯，那您认为嫌疑人是谁呢？"

"不用多说，就是饭冈祐吉。"

"祐吉先生吗？"

饭冈祐吉那可爱的红脸蛋浮现在了桐野脑中。与此同时，他那与面容不相称的锐利眼神也一闪而过。

"原来如此。也就是说，第一目击者是真正的凶手吧？"

"是的，除此以外，不会有其他的可能了。我从最开始就明白了，没想到那帮警察却瞎了眼。"

藤井一边不屑地批评着当时的警察，一边从口袋里掏烟。他拔出一根烟衔在嘴里，察觉到了房间里没有烟灰缸，便开始用手指摆弄烟卷。

"埋在地里，没有窗户，用混凝土制成的像箱子一样的建筑。而且，唯一可出入的正门，还是用圆木组成的特殊构造，几乎不可能做手脚。看起来会让人觉得是个完美的密室，可是却能被打开一个大洞。我想指出的正是这一点。"

对于让现役刑警桐野调查日轮馆的意图，藤井含糊其词。他想做的，像是要告发饭冈祐吉的"杀人"行为。

"总而言之，藤井先生。"桐野慎重地重新开口说道，"你是想说，十年前的杀人事件所使用的手法是'早业杀人'吧？"

"早业杀人"是指在密室被破坏的时间节点被害者还活着，之后才被杀害的手法。所以，在很多情况下，第一目击者就是真凶。

"与其说是早业杀人，不如说是'迟业杀人'。"

"迟业，杀人？"

"因为，祐吉在用斧头劈开门进去的时候，只有他一个人啊，他根本没有必要着急。慢慢地把人杀掉不就可以了吗？之后只要一直说谎就好了。"

"但是，如果是你说的那样，那被害者也太听他的话了吧？看到门被打开，只是默不作声地看着，然后毫无反抗乖乖地被杀掉？"

"不，我有充分思考过。你应该也听饭冈祐吉说过吧？被杀之前，千春画师一直在画画。"

"啊，这个我倒是听说了。"

"我看到过好几次，他在画画的时候，注意力非常集中。即使是突然掉下炸弹来，他也有可能察觉不到。他就是这么沉迷画画。"

"真的吗？那看来就有可能了。这起事件中密室的成立，一直以饭冈先生的证言全都为真作为前提。如果这个前提站不住脚了的话，事件的情况可就完全不一样了。"

"就是这样。果然不愧是专业人士，理解得就是快。"

藤井喜笑颜开，看起来很想让人认为凶手是祐吉。

"不过，如果真的是这样的话，那福岛县警没能看穿他的谎言这件事，实在是让人无法理解。"

"警察不管是哪个时代，都喜欢包庇自己人。"藤井嘲讽道。

"啊，实在抱歉。现在的宫城县警一万个人里都很难有这么一个人。我认为饭冈以前当过刑警，很大程度上决定了他是最终的嫌疑人。"

虽然桐野心里多少有些抵触，但是继续议论这一点的话，明显是白费功夫。桐野决定把话题拉回正轨。

"如果饭冈先生是凶手的话，他的动机是什么呢？"

"当然是钱啊。"

藤井直截了当地说道。

"当然是钱？"

"桐野先生，你可要听好。这起事件，其实还有一个很大的谜团，那就是千春画师持有的大量现金无故消失不见了。获奖之后，他在美术界声名鹊起，就像昨天我跟你说的，他创作的作品很多。除去日轮馆的建设费用，他手头上还剩两三千万日元也不足为奇。他当时对谁都不相信，甚至觉得银行也不可信，所以手头上有大量的现金。"

"两三千万日元？在我这样的穷人看来，这简直就是做梦才会梦到的数字啊。"

"请不要说这样胆小的话。和现在的经济不景气大不相同，当时正处于泡沫经济的最顶峰，每个日本人都有当亿万富翁的幻想，手头有三千万日元现金的人，多如牛毛。如果这都让你觉得吃惊，那么我要是告诉你龙造现在的资产总额的话，你肯定就会被吓得瘫坐在地上了。"

"樫村龙造这么有钱吗？"

"他的总资产应该不少于二十亿日元吧。"

"二……二十亿？"

桐野又重复了一遍。

"祖辈代代都是地主，在仙台市内的黄金地段有很多房产，而且大都租出去了。这种大户人家，根本不会受到地价跌落的影响。

"回到正题。事件发生之后，我就一直在想，为了夺取财产，饭冈祐吉杀掉千春画师的可能性很高。那人看着老实，其实是个赌鬼。他被警局开除的原因，好像就和赌博有关。"

"啊？真的吗？他跟我说的可不是这样……"

"肯定是啊，谁会傻到说这种真话啊？"

"嗯，倒也是……那就是饭冈先生伪装成密室杀人，把千春杀害之后，拿走了日轮馆里的数千万日元现金。藤井先生，您是这样认为的吗？"

"嗯，是的。"

桐野暂时没有回话。

藤井说的也有道理。制造出那个密室的手法，听起来像是早业杀人……不对，如果藤井主张是迟业杀人手法的话，也很难反驳他了。不过，有一点桐野始终无法理解。想要被害者看起来像是自杀的话，应该可以有更好的方法吧？虽然最终警方认定是自杀，但是，就算他以前当过警察，应该还是免不了要接受很严格的调查讯问才对。为何他偏偏要冒这种风险呢？

桐野试着把疑问讲给藤井听。

"当然，我也想过这个问题，所以才觉得他的犯罪行为并不是有计划性的。"

"这话是什么意思？"

"也就是说，那天，樫村龙造命令饭冈去日轮馆，不论饭冈怎么叫，里面都没有回应。没办法，饭冈只好用斧头破门而入。在里面，饭冈看到了完全沉浸于自我世界、全神贯注作画的千春画师。饭冈想把千春画师摇醒，在慢慢走近的时候，他看到放在枕边的装着现金的纸袋，突然心生歹意，想要拿着钱逃跑。可是，就在这时千春画师突然看向了他。然后，饭冈就……"

"就用旁边的图米刺向了千春的脖子。把他杀掉了，对吗？"

"是的。被害者是大富豪，凭自己一人的力量是瞒不过去的。所以，为了给搜查制造混乱，他才会制造密室，主张在最初踏进日轮馆的时候没有看到凶器。在回到别墅之前，他应该是把钱埋在了树林里。"

"可是，如果是这样的话，就和死亡推定时间的三点矛盾了啊？"

"那起事件的时间经过相当模糊，门说不定也是早就被打破了的。死亡推定时间，也并不是指事件就是刚好在三点发生的吧？要是有十五分钟或者二十分钟的误差呢……"

"确实，这种说法倒不是没有根据。"

这个假设相当合理。但是，桐野还是没有点头。他还是很在意爱之前说的话，关于日轮馆有暗道的可能性。不过，这话还不能跟藤井说。

"怎么样，桐野先生？"藤井继续说道。桐野正想着怎么回话的时候，听到了三下敲门声。

16

"请问是谁？"

"是我呀，长颈鹿先生。"

这次肯定没错，是爱的声音。

桐野赶忙下床去开门。

"啊……抱歉。你们正在聊天呢吧？"

桐野本以为是三个人一起来的，但是只有爱一人。她像是刚从愉美的房间出来。

"我倒也没什么急事，明天再来找你说吧。"

"没关系啊，我们已经说完了。"藤井站了起来，"如果有必要的话，回到仙台之后也能说的。是吧，桐野先生。"

"嗯，当然。"

桐野不得不这样回答。看样子藤井无论如何也要告发饭冈，把钱重新拿回来。之后也要利用桐野。

藤井简单打过招呼之后，就离开了。爱坐在了他之前坐的那个椅子上。

"喂，你跟他聊什么呢？"爱翻着白眼问道。

"就是那起杀人事件啊。对了，小爱，明天我跟你就都要离开这里了，你还有什么想调查的吗？毕竟这么远，以后就算是有必要，再来一趟也不容易啊。"

"没什么了，我已经明白事件的核心了。"

"啊？"

爱轻松的语气，让现役刑警听了之后陷入了恍惚。他半张着嘴，看着若无其事的爱。

"难……难道，真的……"桐野微微摇头，"那样的调查就能明白了？我是不信。"

桐野虽然嘴上不承认，但是心里想着恐怕爱是真的懂了。对爱来说，如果不是在非常确信的情况下，她是不会说这种话的。桐野之前有过这种体验。

"懂了就是懂了啊。因为，能合理解释那种状况的假说，只有一种。"

只有一种假说。果然，是饭冈祐吉作为凶手的迟业杀人说吧。桐野已经忍不住了。

"拜……拜托你了！小爱。"桐野双手合十，拜向代理侦探，"告诉我吧，到底用的是什么手法？还有，凶手到底是谁啊？"

"可以告诉你，不过不能只说结论呀。从头开始说的话，会相当花时间的。我这会儿正在和小里沙还有小愉美玩印第安扑克呢。"

"印第安，扑克？"

和美少女的气质不相符的游戏。

"明天，我一定跟你说。可以吗？和里沙在一起的时候，不方便讲。等回到仙台之后，我们找个家庭餐厅边吃边说吧。"

"倒是可以……"

"那就这样定了啊。"话音刚落，爱就站了起来，"我会全部告诉你的，放心好了。啊，对了。"

爱从牛仔裤的口袋里掏出了什么东西，递给了桐野。

"这个，给你，约定好的东西。"

"约定的……"

是四张折好的白纸。上面像是印着什么字，但是桐野完全想不起来有什么"约定的"东西。

"你忘了吗？就是发到我邮箱里的那四封邮件呀。"

"邮件？啊，我想起来了。"

今天早上的事。爱对樫村龙造感到反感，就是因为那几封邮件。她之前确实是说过要给自己看的。

"你还特地把问题邮件打印出来了啊。"

"是的，小愉美让我用了她的打印机。"

桐野拿到的好几张纸，像是相当长的邮件。

"还有照片，我也偷偷借来了。给你看看。"

"照片？什么照片？"

"小愉美的父母的照片，慎二也在照片里。我之前见过他，所以很好认。"

"啊，是的。嗯，谢谢啊。"

不愧是爱，果然很敏锐。

"那，就这样。长颈鹿先生，晚安。"

爱走出了房间，轻轻地挥了挥右手，正要把门关上。

"啊，等一下，小爱。"

桐野从床上坐了起来，叫住了她。

"干啥？"

"因为不是正在进行中的案件，明天倒也来得及……不过，至少告诉我一件事好吗？要不然我睡不着。小爱，你上午说过'日轮馆有暗道的可能性很大'，是吧？"

"嗯，确实说过。"

"这是比喻的意思吗？"

"比喻？"

"也就是没有真正的暗道，换句话说，某人可能有几分钟的时间从那里出入。是这个意思吗？"

"啊，不是的。是真的有暗道，才不是什么比喻呢。"

"咦——？！"

桐野相当吃惊。

"真……真的吗？"

"我骗你干什么。"

"那个洞口……十年前事件发生之时，就已经被开好了吗？"

"当然啦。"

"怎……怎么会……"

"你可真啰嗦，莫非是信不过我？"

桐野被这样回话，只好闭嘴了。

"和太阳神殿还有萨克塞瓦曼要塞的地下通道相比，日轮馆的暗道算不上大，是非常短的通道。"

爱话刚说了一半，就从门口消失了。桐野瘫坐在床上，双手抱头。

真的有暗道吗？

已经被爱这样断定，看来是没有怀疑的余地了。

十年前进行搜查的警察们，到底调查了什么东西？还是说，用了什么以当代警察的搜查能力无法发现的障眼法？总而言之，如果真的有暗道的话，藤井的迟业杀人说就站不住脚了。

如果是仅凭自己去找解决事件的线索，放弃才是比较明智的选择。桐野这样想着，开始看爱给的照片和邮件。

他想先看照片，便把夹在几张纸中间的照片取了出来。

这是一张不可思议的照片。拍摄地点是海边的公园，像是在横滨的山下公园附近。广阔的草坪，可以眺望港口的地方摆着几张长椅。有三个人站在这样的背景之中。

首先是最右侧的男性。身材高大，胡子很长。桐野立刻就能看出他是樫村千春。

桐野之前听说过，他的身材像格斗选手一样。光是胸肌的厚度和手腕的粗壮程度，就已经能让人感到很可怕了。当然，看起来一点儿都不像画家和学者。

不过，与体型形成鲜明对比的，是他那阴暗的眼神，感觉他的胆子似乎很小。他穿的是开襟短袖，季节应该是夏天。

旁边站着的是一位穿着白衬衫、深蓝色白波点短裙的女性。是樫村有希。用一句话概括她的容貌，就是"和愉美很像"。

她的皮肤白皙，面色庄重。令人吃惊的是，母女二人的发型是一样的，都是刘海快要盖住眼睛的波波头。

但是，她的眼睛有些不同。

虽然两眼都看着镜头的方向，不过有种像是在看着更远处的感觉，完全没有定焦。让人感到她的精神状况不太好。

她还抱着一个人，是一个三四岁的孩子。那个孩子穿着蓝色短袖和绿色短裤。

桐野一开始觉得这个孩子肯定是樫村愉美，样子真的很可爱。和父母僵硬的表情相比，孩子的笑容像是发自心底，非常灿烂。但是爱刚才明确说过照片里的孩子是慎二，而且他的衣服也像是男孩子才会穿的。

这可真是让人大吃一惊，看起来分明就是个女孩子啊。果然长相是不断变化的啊，没想到慎二居然变成了现在这个样子。

从慎二的年龄倒推，照片拍摄的时间，应该是在千春去世前一两年左右。那个时候，有希应该已经患上了精神疾病。恐怕这是他们一家为数不多的出游活动吧。愉美不在，估计是幼儿园组织孩子们出去玩儿了吧。

正如爱之前所说，就算已经知道那几个人的长相，看了照片之后还是有收获的。

桐野接着打开了邮件。

首先确认发件人，"shinigamisan"[1]。后面是"@"和免费邮箱的地址。原来如此，用户名是随便起的啊。

下面印有爱的邮箱地址，发送日期是两周之前。邮件名是"软盘（Floppy Disk）Ⅰ"。

（真是个奇怪的邮件名。）

桐野歪着脑袋，开始读了起来。正文没有任何的问候，上来就是以第三人称写的像是小说的文章。

"利蒂做了一个梦——她一步一步地爬上缓缓坡道的梦。周围被白雾笼罩。从山谷底部吹来的风，把如棉花一般的烟霭接连不断地运向空中。时间还是清晨。"

邮件的内容只是在淡淡地讲述着利蒂——一个住在塔万廷苏尤的少女的日常生活。因为出现了昨天刚学到的词汇，所以桐野对部分内容还是有些兴趣的。可是，他完全理解不了作者的意图。到底是谁、出于什么目的写了这个东西，为什么又要发到爱的邮箱呢？

接着是"软盘（Floppy Disk）Ⅱ"，利蒂被官员从故乡的村子带走了。然后是"软盘（Floppy Disk）Ⅲ"，利蒂开始了在首都库斯科当阿克利亚的生活。

1　在日语里，"死神"一词的罗马音标注是"shinigami"。——译者注完全搞不懂。作者到底是想干什么？

桐野继续看"软盘（Floppy Disk）Ⅳ"。从页数上看，这一章像是最终章。故事的舞台和"Ⅲ"一样，还是在库斯科的阿克利亚瓦西，依然从利蒂的生活开始讲起。

但是，在接近章尾的地方，故事的走向开始变得出乎预料。只是抱着随便读读的心态的桐野，也忍不住继续读了下去。

"这……这到底是什么？"

读完这一章，桐野不禁低声嘟哝道。

"这种荒唐的东西，到底是写给谁看的啊？"

◇　"软盘（*Floppy Disk*）Ⅳ"

双手像两个不同的活物一样，各自不停地动着。

向左右迅速挪动梭子的右手，还有握住织具中部的总是用相同力度拉线的左手。

利蒂已经变得不怎么在意主任"妈妈考那"的提醒了。因为使用的是来自小羊驼的高级丝线，工作流程和在堪恰镇的阿克利亚瓦西学的几乎相同。而且，她担任的是最初步的双色线织布工作。对她的悟性之高感到惊讶的只有周围的人，她本人觉得能干好是理所当然的事情。

位于塔万廷苏尤首都库斯科的阿克利亚瓦西的织场，里面有二十人以上的阿克利亚在操作织布机。这个屋子之外，还有几处织场。一共有多少个姑娘在做这个工作？根本估计不出来。

虽说是织布机，倒也不是什么特殊构造的机器。这里使用的，不过是故乡拉姆兰村里利蒂妈妈所使用的织布机的放大版而已。

首先，在两根棒子中间穿过经线，这时，如果不等间距地卷起的话，织出来的布就会不整齐。因为是非常长的丝线，为了贴得准确，需要在天花板附近固定住一根横棒。之后坐在椅子上，用卷着经线的梭子在尖端被削尖的棒子上左右来回挪动，把丝线打进梳齿状的织具就好了。

当然，成品布不只是用平织的方法。越过部分经线和纬线，或者是把两条以上的丝线合并成一条，总之会用很多种不同的织法，像是浮织、绫织和二重织等。把不同的技法组合起来，就能织出塔万廷苏尤独有的几何纹路的布艺品。利蒂基本上已经掌握了所有的技法。

利蒂稍作休息，把织好的布挂在了轴上。

为了让双手始终能保持在方便编织的位置，每织到一定的长度时，她便会把布卷到五根捆在一起的横棒上。她又确认了一遍，折痕统一，表面平整。

利蒂心想：这是只有我才能够做出的高水准。但是，她其实心事重重，根本没有心情去高兴。

她一动不动地看着织好的布。

"利蒂，你可真是够棒的啊！"

旁边传来了赞叹的声音。

"明明咱们是同时到这里来的，我都觉得有点儿不好意思了。跟你比起来，我就像个小孩子一样。你心灵手巧的程度太令人感到吃惊了。"

说话的人是由拉库。她以前也有操作过织布机的经验，所以被提拔了。但是这一个月以来，她一直同织布机恶战苦斗。

"没有你说的那样，我只是运气好而已。因为在之前待过的阿克利亚瓦西里，就被教过类似的方法。"

"你太谦虚了。我每次把经线不小心弄断的时候，都会被怒斥。真是的，我已经厌烦这个工作了。"

话音伴随着叹气声一同落下，由拉库一向乐观，她的这种反应真的很罕见。

　　确实，用小羊驼的毛发制成的丝线，是非常珍贵的物品。这里作为天子脚下虽然有很多，但是对于平民来说它还是高岭之花。为了不让经线断裂，染色之后，会给丝线喷上大羊驼奶的喷雾，等丝线的周围变硬之后，才把它们放进织布机。尽管这样，如果掌握不好力度的话，偶尔还是会断裂的。

　　"也不知道我这种差劲的状态，到底要持续到什么时候。明明是好不容易才被分配到这个工作的……啊，不能再说了。"

　　一位驼背的老妇人朝着她们二人所在的地方走了过来。

　　"妈妈考那要过来了，要是被她看到我和你讲话，肯定又会被骂的。真是的，我受够了……"由拉库长长地叹了一口气，"太讽刺了啊。被皇帝陛下一见钟情的你，将来享尽荣华富贵的你，居然还这么擅长织布。到时候就只留下我这么一个织布织得这么差的人在这里终老。"

　　"喂，别说啦。这种话……"

　　因为负责监督的老妇人越走越近，二人的对话也就中断了。

　　利蒂的双手继续开动。不过，她越来越觉得无精打采了。重压就快要压垮她的身子。

　　这一个月以来，她的处境发生了极大的改变。

　　原因是六月下旬的冬至那天举办的太阳节。

　　作为塔万廷苏尤帝国一年之中最盛大的节日，太阳节既是感谢太阳神令一整年五谷丰登，又是祈求太阳神保佑来年的丰收。

　　库斯科的街上人山人海。除了地方的首领都到首都来谒见印加，穿着豪华服饰的普通民众们也自发上街游行庆祝。

阿克利亚们，为了这一天也是忙得不可开交。她们必须准备大量的"血团子"。血团子是用玉米粉混着大羊驼的血做成的团子。地方来的首领们吃了血团子之后，也就意味着和塔万廷苏尤结下了血的誓盟。

当天，在主会场阿乌卡伊帕塔广场，阿克利亚们也全部盛装出席。然后，平时只在流言中出现的塔万廷苏尤帝国的印加，也会现身。

利蒂一开始就被印加登场的方法吓破了胆。

虽然印加会坐在被金银制品装饰的轿子上过来，但是在他的前面会有喇叭队和地面清扫部队开路。印加是神，任何人都不能碰他。用轿子搬运他，也是因为如果他的身体接触地面的话，传说就会发生灾难。

印加脱掉的衣服和吃剩的食物，都会被放在一个特殊的箱子里严加看管，只在每年的这一天才会把它烧成灰。他连往地面吐口水的行为都是被禁止的。如果是非吐不行的时候，会被要求吐在侍女的手里。听了这些内容以后，利蒂觉得印加真的是在世神，因此对他也多了几分敬畏。

印加坐在有顶棚的轿子里，上半身被布遮着。因此，利蒂能看到的只是穿着黄金靴、戴着装饰有黄金太阳神像护膝的印加的双腿和脚而已。而且，从正面看印加也是大不敬的行为。

太阳节总算告一段落，库斯科的街上又恢复了往日的平静，利蒂也回归了平日的生活。因为一直忙着织布的工作，渐渐地，利蒂也忘了在广场上窥见的印加的样子。

但是，就在十天之前，发生了一起大事件。

利蒂被资历最老的妈妈考那叫了出去，从她的嘴里听到了令人难以置信的话。

"虽然还只是内部消息，但是，派你去宫殿侍奉皇帝这件事情，基本上已经确定了。"

利蒂暂时陷入了茫然的状态。而且还是皇帝陛下亲自下的命令。从轿子上向下看的印加，被站在一众阿克利亚中的利蒂的美貌所吸引，亲自下令让她去宫殿。

"请高兴一些。你就不用多说了，对于你的家族和你故乡的村子来说，没有比这再高的荣誉了。"

即便被这样说，利蒂也没有感到丝毫的高兴。

利蒂知道不能违背上意，在表示感谢之后，就离开了。刚走到走廊，她的全身就开始不停地颤抖。

强烈的不安和恐惧，向她迎面扑来。

印加是太阳之子，也是现人神。自己这么一个农民出身的姑娘，侍奉他定非易事。一定会因为某些无礼的举动触怒他的。

印加的怒火，必然会烧向触怒他的人，那人的结局多半也会是死。利蒂之前听说过：某地方的首长在受到印加召唤之后，因种种原因，好像迟了几日才抵达。对于颤颤巍巍前来觐见的这个首长，印加只是歪了歪脑袋，微微一笑。这个动作是下达处刑命令的意思，那个首长立刻就被拖到广场杀掉了。

自己也一定会是这种下场，绝对是。

利蒂在那之后的一周里，一直哭个不停。

虽然妈妈考那说过，"正式决定之后，宫殿里的负责人会过来教你礼仪和做法的，不用担心"。但是，就算再怎么预习，也不可能做到完美应对所有状况。若有不测，万事休矣。

利蒂越想越觉得心烦，她的精神状态已经处于崩溃的边缘。

今晚是利蒂第二次去太阳神殿值班。

她穿上蓝色连裤装，披上鸟羽披肩，戴上黄金花冠。和往常一样，排成一列纵队，跟在白发妈妈考那身后，向着太阳神殿进发。

利蒂走在路上，望着满天繁星想道：

要是自己能变成鸟儿飞向远方的话，该有多好。只要想想以后的日子，感觉就快要发疯了……不，不是，已经疯了。

大概从前天开始，她就一直想着怎么才能从这里逃出去。

但凡违背一丝印加的命令，就算是支配地方的王，也会立刻丢掉性命。更何况利蒂身份卑微，皇帝想要杀她的话，简直比踩死一只蚂蚁还要简单。

"就算这样也没关系。"

利蒂认真地想道。

总之，只要不停地逃跑，一定会到达故乡拉姆兰村的。我想要再看一眼从小就看惯了的山谷、河川、蓝天……还有妈妈和已经长大了的麻由。就算只能简单说上几句话……也足够了。之后就算受到再残虐的处刑，也绝不后悔。

利蒂这样想着，泪水不禁溢出了眼眶。她走到门口，前方的路被两旁燃烧着的篝火照亮了。她一边低头看着石阶，一边走着。

"喂！利蒂！"

被喊到名字，利蒂立刻抬起了头。她急忙向传来声音的方向望去。

阿马鲁……

正好是一个月之前在这里叫住她的继父，在稍远的地方以同样的姿势再次现身。

但是，为什么？上次见面的时候他说是来库斯科运藜麦，应该早就回去了啊。

"喂，怎么又是你小子！"

带队的妈妈考那生气地说道。她好像也还记得一个月前的事情。

"即使是亲生父母也是禁止和阿克利亚说话的，请你迅速离开！胆敢不听，我可就要叫人了。以反逆罪把你抓起来！"

妈妈考那面色狰狞地威胁道。

但是，阿马鲁没有丝毫的畏惧。何止是毫不畏惧，从他的嘴里说出的话，让利蒂都吃惊得不敢相信自己的耳朵。

"从那以后，我每天都在这里等着。快过来，利蒂！一起回拉姆兰吧！"

利蒂听到这句话的一瞬间，母亲和妹妹的身影立刻就浮现在了眼前。大脑一片空白。反应过来的时候，她已经如脱兔一般飞奔了出去。

"利蒂！不可以！快回来！"

是由拉库的声音，但是利蒂的身体并没有回应她的话。

阿马鲁的大手握住了她的右手，利蒂拼命地逃跑。

建筑外壁的石线飞速地流过，横穿利蒂的视线。

"别挡道！闪开！"

阿马鲁的喊声、周围的人的叫声，还有像是什么东西倒了的声音接连传进了利蒂的耳膜，她喘着粗气一个劲儿地只顾往前跑。接二连三地拐弯，她完全不知道自己跑向哪里。

等回过神的时候，利蒂已经在一间小屋里了。

这是一间狭窄的小屋。墙壁并非石头，是由红砖堆成的。地上铺着芦苇。利蒂坐在上面，肩膀上下浮动，不停地喘着粗气。

"已经没事了，放心吧。"

阿马鲁在她的右边。

"这是哪里呀？"

"库斯科的郊外，这是谁也发现不了的秘密场所。为了把你带出来之后能有暂时藏身之处，我事先找好了这里。"

"库斯科的郊外？"

确实，利蒂听不见外面有人声。如果是真的的话，那可是跑了令人难以置信的长距离啊。

"之后……你是怎么打算的？"

"就和刚才说的一样，一起回拉姆兰。"

"妈妈和麻由，还好吗？"

"她俩好得很。要是你能平安回去，她们不知道得有多高兴呢。"

"这样啊，太好了。"

"你一定很想她们吧，真是让你受苦了。我也很担心你啊。"

阿马鲁温柔地抱住了利蒂的肩膀，利蒂看着他的脸。

黑白交杂的头发，高高的鼻梁，突出的眼睛，大大的耳朵。头上缠着头巾。

在故乡的时候，利蒂很讨厌这个继父。他看自己的时候，眼神总是虎视眈眈的，让人觉得很不自在。但是，现在利蒂知道当时是错怪他了。证据就是他能不顾自身的危险，救出自己。

"爸爸。"

利蒂第一次没有一丝抵抗地叫出了这两个字。

阿马鲁叫着利蒂的名字，肩膀上的双手充满力量。利蒂相信这是他对自己的爱的证据。

但是，数秒之后，利蒂的身子被缓缓地按到了地上。

在利蒂还没反应过来的时候，她的披肩已经被脱下了。

接下来的一瞬间，两只巨大的手隔着衣服，在利蒂的胸口疯狂地揉捏着。

利蒂发出了惊叫声。

"给我安静点！想死啊？"

阿马鲁说道。和刚才相比，他像完全变了个人一样，语气非常粗鲁。

"你……你要干什么？！"

"你应该已经知道了吧？哼哼。"

这次是猥琐的淫笑。他眼睛通红，俯视着利蒂。

"接下来你就是我的了。来，我要让你好好舒服舒服。"

"你……你说什么呢？！"

利蒂拼命地想要挪动身子，但是她已经被阿马鲁压得牢牢的，根本动弹不得。

"我可是你的女儿啊！"

"我当然知道。所以，这就更有意思了啊。哈哈。"阿马鲁不慌不忙地说道，"实话告诉你吧，我啊，从一开始图的就是找乐子，所以才让当时还是小姑娘的你成了我的女儿。想着等你长大之后，姿色应该会很不错。"

"什……什么？！你……"

"没错，就是这样。在我不在家的时候，谁知道你竟然被抓到阿克利亚去了，真是给我肠子都悔青了。所以啊，一个月前见到你的时候，我高兴得都快要升天了。这样一来，我多年以来的夙愿，终于就要实现了啊。"

阿马鲁用双手扯开利蒂胸口的衣服，还未丰满的乳房露了出来。

"住……住手！"

"别出声，给我安静点儿！"

利蒂的右脸被狠狠地扇了一巴掌，然后是左边。实在太痛了，她感觉自己的呼吸都像停止了一样，身子也动不了了。嘴里被一块散发着臭味的布料给塞满了，像是阿马鲁之前缠着的头巾。

她的视线开始变得模糊。过了一会儿，才知道自己已经泪流满面了。

不知道是在什么时候，利蒂的衣服已经被脱光，她全裸着躺在那里。

粗糙的双手在利蒂的身上来回摸着，乳房被疯狂地揉捏着。疼痛和恶心让利蒂不禁低声叫了起来。

　　"哼哼，呵呵。"

　　又是一阵淫笑声。

　　"果然和我想的一样，真是个好身子啊。我会好好地疼你到明天早上的。啊，差不多也该……"

　　利蒂的双腿被掰开，她感到自己身体的正中像是被火热的烙铁烫到一样，疼痛难忍……

◇ "硬盘（*Hard Disk*）Ⅳ"

这个时候，一切开始变得非常有趣。都不知道该怎么办才好了。

该怎样表现呢？喜悦之情从心底涌了上来。

在小学低年级的时候，远足的前一天会激动得睡不着觉。现在就如同那种感觉一样，而且激动的心情可以无限持续下去。

不好，这个比喻有些太老套了。再想个更好的表达方式吧。

下面这样的如何？

春天，四月或是五月之时，新绿迷人眼，入山林深处。听着鸟儿婉转动人的叫声，尽情地吸着氧气，直达心底和全身。这种爽快的感觉——全身都想要大声喊出感谢的畅快感。

现在，就是这种状态。

早上一起床，就忍不住笑出声来。亢奋的情绪持续一整天，直到躺在床上睡觉的时候，还觉得心怦怦乱跳。这是为什么呢？因为每天晚上都会做很美好的梦，而且是四五个连着的好梦。

所以一整天都觉得很幸福。当然，第二天、第三天也是。

明明知道这是最幸福的感觉，不过考虑到自己的处境，还是不能露骨地对外流露。必须表现出无精打采和不幸的样子。这是自己唯一感到不满的地方，不过，倒也可以忍受。

可能是睡眠质量有所改善，最近的睡眠时间变得很短。只要躺三四个小时，就已经觉得很充足了。余下的时间，全都可以按照自己的想法来使用。这也是很令人感激的事。

少女在茁壮地成长着。

用鸟的成长过程做比喻的话，就是蛋壳开始出现细小裂缝的状态。是的，小鸟正在蛋壳里用嘴啄开蛋壳呢。

是的，美少女太想长大了，都快憋不住了。所以，能早一天是一天，必须尽快让她长成普通的身体才行。

现在只剩收尾了。

到昨天为止，一直都在涂胡粉。这可是个不容易的大工程。只有这个步骤，不管重复了多少次，还是没发现什么诀窍。

因为，就算是用水把等量的粉和胶溶开，还是做不出相同黏度的胡粉。到底是为什么呢？都是天然素材，想着会不会和气温还有湿度有关，可是这未免也太麻烦了吧。

但是，对于木纹细腻的少女的肌肤来说，除了胡粉，就没有更合适的材料了。

用灰色粗糙的"吉祥胡粉"打底，再在上面涂一层白色细腻的"中川胡粉"才是最好的办法。最初的时候只会照猫画虎，连这种最基本的事都不知道。

地涂、中涂、上涂。在完成每个步骤时，都要用砂纸打磨，然后用拧干的布把水擦干。这样一开，涂刷的痕迹、小瑕疵还有气泡就都看不见了。这些工序和最终的上色均匀息息相关，所以，经过仔细的确认之后，才能进行下一个步骤。

选好刷子也很重要。对于地涂和中涂，马毛刷最合适。上涂需要更软的刷毛。在开始使用之前，如果不用砂纸揉搓刷毛让毛量减少的话，就涂不好胡粉。

总而言之，这是需要注意力高度集中的步骤。没想到这次居然做得如此出色，自己也被吓了一大跳。皮肤上没有任何的污迹和斑点，之前花时间充分干燥的作用体现出来了。终于，完美的美少女马上就要诞生了。

上色用的是水干颜料。事先被水洗过一遍，作为经过日光干燥的颜料，它也经常被用来给能面上色。价格昂贵且不易保存，但是为了达到理想的效果，不能不用它。

调开水干颜料，慎重地配出肤色。用棉纱沾着它，刷满每个角落。在细小的地方也会用到笔。如果想要做出柔软的感觉，还会用上棉棒。

最后，用面相笔画上眉毛和睫毛，再描出嘴唇，化妆就搞定了。

不过，这之后最少要让它干燥一周才行。越在这种关头，就越不能着急。

仔细确认接下来的步骤，开始涂底色。首先是把胡粉溶开。

用钳子把三千本胶剪成两厘米左右的小段，加入十毫升的水。到胶溶解之前，需要等三十分钟。

这是个很耗时间的工作。

之前一直发愁的头发的事情，现在也有了眉目。材料的提供者，马上就要来了。所以，为了能固定住头发，有必要在头顶开洞。终于到这个时候了。

到时候在学校被大家看到了，我的心里该有多么激动呀。

对于阿克利亚这一角色来说，没有人会比她更合适。

第五章　再次袭来的噩梦

1

……震耳欲聋的喊声。

情绪激动的数名群众，围住了桐野。

夜晚，几处篝火，照亮了周围。手舞足蹈的人们，也在大声地叫喊着。他们看起来非常兴奋。

突然，桐野意识到自己的双手抓住了一根绳子。

为什么，会握着这种东西……

桐野感到困惑。

站着的地方的右侧，是粗壮的树干。树枝从那里向四面八方伸展开来，树荫茂密。

仔细一看，他握住的那根绳子越过了一根树枝，垂向对面。桐野看向那里的时候，倒吸了一口凉气。

人吊在绳子上面。而且不止一人，是两个人。他们的头发被绑在绳子的尖端。

这……这是在干什么？

桐野急忙看了一眼自己的打扮：白色贯头衣，头上还裹着带有装饰的缠头布。

难道……我是行刑人？

因为天色昏暗辨认不清，群众全员貌似也都穿着同样的服装。

叫喊声、呻吟声、哭声混在一起，被处刑的罪人在诉说自己的痛苦。

桐野提心吊胆地把目光移向那两个人。

被吊着的是一男一女。从身材和肤色，还有最直接的——露出的生殖器官，一眼就能看出来了。二人全裸着面向桐野。

桐野看向他们的脸，但是周围太暗了，完全看不清。而且，两个人都低着头。

就在这时，伴随着噼啪作响的声音，开裂的柴火上燃起了火焰。好像是被这景象吓到了似的，女人把脸抬了起来。

"啊！"桐野不禁大声叫了出来，"愉……愉美……"

令人吃惊的是，被火光照亮的面庞，毫无疑问就是樫村愉美。愉美忧郁的双眼，直勾勾地盯着桐野。

"我……我现在就放你下来，稍等一下啊。"

但是，仅凭桐野的力量，根本无法让绳子动弹，再着急也无济于事。与之相对的，是被吊着的二人的表情，变得越来越痛苦。

愉美的脸已经痛得变形了，身子也呈扭曲的状态。

脚来回在空中乱蹬，不停地踢着树干。

"咚咚，咚咚。"

声音越来越大……

桐野突然睁开了双眼。

有人敲门。他刚才听见的声音，是敲门声。

原来是梦啊……心有余悸的噩梦。是梦就好。

桐野回过头来，看到窗帘是开着的。淡淡的光线透过窗子照进了屋里。

天还没亮。桐野拿起枕边的手表，点亮夜光灯。时间是早上五点五十七分。

敲门声还在持续。

这么早，到底会是谁啊？

桐野睡眼惺忪地下了床，向门口走去。

他刚打开房间灯的开关，外面的人已经察觉到了。

"长颈鹿先生，拜托了。请开一下门。"

里沙的声音，确实有些出乎意料。

开门之后，桐野看到里沙穿着睡衣，外边还披了一件毛衣。只见她二话不说，直接冲进了屋里。她看起来非常慌张，眼神里充满了恐惧。

"怎么了？"

"大……大事不好了，小爱不见了。"

"不见了？"

桐野心中有了不祥的预感。但是，他马上就控制住了这种情绪。

"她应该是早上出去散步了吧，虽然天还没亮，但是今天看起来天气还挺好的。"

"才不是，她在夜里就已经不见了。"

"夜里？等……等一下。你最后见到她是在什么时候？啊，把昨晚吃完晚饭之后的经过，简单地给我说一下。"

里沙回答的内容如下。

晚上十点刚过，女高中生三人离开餐厅，去了位于二层的愉美的房间。像修学旅行时一样，打起了扑克，一直玩儿到了零点左右。在这中途，爱把照片和打印好的邮件送到了桐野的房间。估计她是假借上厕所偷溜出来的吧。

后来，里沙和爱回到房间，又聊了一会儿，在快凌晨一点的时候才就寝。

"那个时候，小爱的样子有什么不对劲儿的地方吗？比如说，她看起来有没有很慌张，心神不宁的？"

"没觉得有什么不一样。"

"这样啊。也是，小爱天生长着一张扑克脸。那后来呢？"

"我立刻就睡着了，什么都不知道。大概是凌晨四点半，我睁开眼睛的时候发现旁边的床上是空的。"

"四点半？确实是太早了啊。"

"是呀，我一开始以为她是去厕所了，想着等她回来就好。但是，怎么等也不见她回来，感觉她去厕所的时间也太长了吧……一直担心她，我后来也就没再睡着了。"

"然后，你因为实在是非常担心她，没办法等到天亮，所以才来找我了，是吗？"

里沙没有说话，重重地点了一下头。

门锁也被解除了。这里不是酒店，所以也没有房卡。需要的时候，在屋子里面把门锁上就可以了。

"嗯……这样啊。"

桐野抱着胳膊，咬着下嘴唇。到底该如何解释这件事？他无法立刻做出判断。

迄今为止，爱有过多次突然独自行动的经历。和其他名侦探一样，她的行为也有无法被世间常识所认知的部分。从这个层面来想，她瞒着桐野和里沙，在黎明来临之前突然进行搜查的这一行动也不是绝对不可能的事情。

虽说是杀人事件，但不是现在进行中的事件，也就是说，凶手并没有隐藏在这栋别墅里。而且，这里就算是雪国，可还是和交通全都中断的暴风雪山庄不一样。特别是，事态也并没有很紧迫。不管怎么说，爱是合气道高手。万一被人突袭，她也不是那么轻易就能被制服的。

所以，没有必要担心。桐野虽然得出了这样的结论，但是心里却是不安到了极点。

也许是受刚才的梦的影响，桐野原本还想着至少等饭冈夫妇起床再说，可是，他已经等不了了。

"好，我知道了。总之，咱们先找找看，家里或者是附近的地方。"

桐野终于下了决心。就像是一直在等他的这句话一样，里沙听了之后，表情一下子就变亮了。

"小爱虽然很有可能会冷不丁地回来，但是，与其在这里干着急，不如动起来找她。这样心里还能舒服一点儿。只是，也不能随便乱进别的屋子。毕竟现在还这么早，万一做出些可疑的举动的话，很可能被当成小偷。要是能和饭冈先生说一声就好了……里沙，你知道他们睡在哪个房间吗？"

"嗯，大概是一楼洗脸台旁边的屋子吧。我昨天看到志乃阿姨从那里出来的。"

"啊，这样啊。你可算立功了，咱们快过去吧。他们毕竟上了岁数，有可能已经起来了。就算还在睡着，告诉他们出事了，他们应该也会起来的。里沙，快去换衣服吧。"

"啊，好的，说的也是。那，你等我一下啊。"

里沙带着略微害羞的表情，从房间出去了。

等她走远了之后，桐野才意识到她刚刚是素颜。他还是第一次看到。和初次见面时所想的一样，少了那对像蛾子的触角的眉毛，里沙看起来是个很好很纯朴的孩子。

桐野从地上拿起自己的波士顿包。

对了，手机在这里没有信号。

桐野"啧"了一声，把包又扔到了地上。

借用这里的座机也行……但是，现在联系根津先生，还是早了些吧。而且，状况还不明晰。再有名的名侦探，也不可能马上赶到这里。总之，自己先试着找找线索看吧。

2

里沙没用五分钟就回来了。

黑毛衣配牛仔裤，外面还披了一件浅紫色的皮夹克。她虽然没化妆，不过倒是画了眉毛。少女心说的就是这个吧。

"刚才我忘了问了，小爱的登山服还在房间里吗？"

"不在。"

"这样啊……那，在叫醒饭冈先生他们之前，咱们先去玄关看一下吧。有可能会找到一些线索。"

他们往二层的边上走。

不管是地上还是鞋柜里，都没有爱的靴子。

"长颈鹿先生，小爱果然是去外面了吧？"里沙担心地说道。

"也不一定。"桐野确认了一下大门，说道，"玄关这里上着锁，锁孔和门把手是分着的。这种门，如果没有钥匙的话，从外面上锁是不可能的。"

"这是怎么一回事？难道是有人把鞋子藏了起来，假装出去了吗？"

"这也是一种合理的说明。不过，还可以有别的解释。比如说，小爱出去的时候没有锁门，但是有人在后面跟踪她。而且，这个人还拿着钥匙。"

"这，怎么会……"

里沙露出了恐惧的表情，嘴唇微微颤抖。

桐野虽然不想往这方面想，但是从已知事实来看，爱的人身安全的确可能有很大的危险。

保险起见，桐野打开玄关的门往外走。天还暗着，万里无云，寒风凛冽。他试着向外面走了两步，地面被冻得很结实。找脚印的办法看来是行不通了。

回去之前，桐野又去停车场确认了情况。自己的陆地巡洋舰当然还在，樫村家的奔驰也在那里，没有外人强行入侵的痕迹。目前来看，爱被别人拐到远处的可能性很低。

"总之，在这里发愁也没用。"关上门之后，桐野说道，"把饭冈先生叫起来吧。这样的话，也就可以知道家里备用钥匙的数量了。"

二人急忙下楼。

一层的洗脸台在会客室的斜对面，它旁边狭窄的走廊连着浴场。走廊入口的右边有一扇门，一眼看上去有种仓库的感觉，饭冈夫妇好像就住在那里。

桐野先轻轻敲门。

"啊，在。"

回应之快让人颇感意外。还没过五秒钟，门就被打开了。

饭冈志乃出来了。她穿的并不是睡衣，而是平时穿的正式的服装。

"真是的，这个时间点儿，你跑去哪里了啊……"

志乃用责备的语气说着。突然，她怔住了，来访者的身姿映入了她的眼帘。

"啊，早……早上好。"老妇人一脸尴尬地打着招呼，"请问，你们二位有什么事吗？"

桐野感到很困惑。志乃的态度有些奇怪，她刚才说的那句话也让人在意。

不会是祐吉也消失不见了吧。

"早上好。不好意思，这么早打扰您。实话跟您说吧，住在二层的小爱，晚上不知道跑到哪里去了，到现在也没回来。"

"啊？！"志乃的脸，扭曲到变形，"真……真的吗？但是，为什么……其实，我丈夫昨晚好像也出去了。我不知道他跑去哪里了，真是快被他给愁死了。"

"果然……是这样啊。"

不好的预感似乎是真的。

桐野向她询问昨晚饭冈的情况。

习惯早睡的志乃，在昨晚十一点之前，给丈夫准备好睡前喝的酒之后，就去睡觉了。直到早上五点起床之前，中途都没有醒来过。

平时喝完酒之后，饭冈祐吉在零点到一点之间就会钻进被窝睡觉。但是，昨晚倒未必如此。

"在我们来到这里之后，他从来都没这么干过。毕竟从这里出去，外面什么都没有。我正担心，听到敲门声，以为是他回来了，没想到是你们二位。不好意思，刚才真的是太失礼了。"

"没有，您言重了……可是，连祐吉先生也不见了，这到底是怎么一回事？"

"我也不知道。"志乃用力地摇头道。

桐野和里沙面面相觑，事态越来越严重了。

冷静，冷静下来。作为专业搜查人士，你要是慌了神，局面可就没办法收拾了。

桐野拼命地对自己如是说。

他调整好心情之后，问了志乃几个问题，搞明白了以下的内容。

首先，玄关的备用钥匙并没有被严格管理。除了管理人饭冈夫妇，樫村龙造和他的两个孙辈，还有在去会津若松市时，有时候深夜才返回的藤井治郎，他们每人都有一把大门的备用钥匙。这么多把备用钥匙，看来通过这一点是找不出什么有效的线索了。

桐野问她昨晚祐吉的态度有没有什么变化，回答是"没觉得有什么不一样的"。和爱失踪前的表现一样。

桐野再进一步追问。志乃说她试着问过祐吉和爱还有桐野一起去日轮馆的事，可是祐吉没有回答。祐吉对妻子什么都没有说。

关于玄关鞋子的去向，志乃已经确认过了。她丈夫平时穿的那双雪地靴，果然是不见了。

"这样啊……这可就不好办了啊。"桐野抱着胳膊叹气道，"二人同时不见，绝非寻常之事。最坏的情况是他们可能被卷入了什么事件之中。"

"事件？什么事件……"

"我也还没想清楚。只是，假设万一真的是最坏的情况，我觉得还是先把樫村老师和藤井老师叫起来比较好。还有，虽说鞋子不见了，但也不能断定二人一定是去了外面。把家里的情况确认一下还是很有必要的。"

"嗯，说的倒也是。不过……"

饭冈志乃把目光瞥向地板，看起来像是在叹气。等了一会儿，她还是没说话。

"拜托您了！请快点把大家都叫起来吧！这样一来，也好分头在家里找一下啊。"

里沙的话，打破了苦闷的沉默气氛。泪珠在她的眼眶里打转，这是她发自内心深处的诉求。

"再磨磨蹭蹭的话，要是小爱和祐吉先生发生了什么意外的话，可就无法挽回了啊。所以，请务必快一些，要不然……"

情绪激动的里沙号啕大哭道。

"我知道了。"志乃点头道，"那我去叫老爷起来，能拜托你们去二楼叫醒治郎少爷还有愉美小小姐吗？"

3

集合场所定在了会客室，三人开始行动。

桐野和里沙赶忙冲上二楼。想着要把家里的所有人都叫醒，也就没有顾忌脚踏楼梯时声音的大小了。

小爱到底在哪里？

桐野一开始的时候还是茫然伴着不安而已，现在越发觉得不安了。

十年前，发生在这里的杀人事件。仅仅通过一次现场调查，爱就看穿了连警察都没有发现的真相。如果犯人知道了这个事实的话，把爱绑架了也并非是不可思议的事情。

这个猜测很可怕。因为，和索取钱财的绑架行为不同，实施这种绑架的犯人，从最初开始，他的目的就只有一个——杀人灭口。最坏的情况，爱的人身安全恐怕已经受到了严重的威胁。

不，不对！绝对不可能。可恶！早知道变成这样，昨晚说什么都要阻止她出去，说什么都要把犯人的名字问出来啊。

爬上二楼后，二人互相看了对方一眼，兵分左右两路。里沙负责叫樫村愉美，桐野负责叫藤井治郎。二人分工明确，不必再商量。

桐野来到藤井治郎的门前。

我从早上开始就在来回走动，他应该已经醒了吧。

桐野这样期待着。

他右手握拳敲门，没有什么顾虑，敲得很大声。

"藤井先生，不好意思。是我，桐野。家里出事了，醒醒。喂，藤井先生！"

桐野敲了二十次以上，但是屋里并没有任何反应。

昨晚的酒劲还没散完，莫非他还在睡着？

藤井好像并不是很能喝酒。前天晚上在餐厅的时候，明明没怎么喝，他就醉得趴在桌子上睡着了。

不过，昨晚他好像没怎么喝。虽然他带了土产酒回来，但只是一个劲儿地劝桐野喝，他只是抿了几口而已。后来去桐野房间的时候，他的脸也没有变红，脸色和平常一样。

难道，他是准备要做什么坏事，所以才不停劝酒……

全员都很可疑，桐野已经开始变得疑神疑鬼了。

"藤井老师，大事不好了。你要是不起来，我会很难办的。求求你了……欸？"

桐野试着拧了一下门把手，门居然开了，没被上锁。他进到屋里。

天还没亮。和平原地带不同，山阴面的日出时间要晚一些。桐野用手找到位于墙上的灯的开关，打开了它。

荧光灯的光亮充满了整个屋子。

室内和桐野住的那间很类似，只有一张床。桐野跑到床边，不禁大吃一惊，愣在了原地。

床上是空的，而且还是打扫之后的状态。也就是说，昨晚不像是有人在这上面睡过。

这……这是怎么回事？

桐野暂时呆住了，只是低头看着床。他回过神之后，开始回想昨晚的事情。

藤井治郎去到桐野的房间，是在晚上十点十五分左右。他向桐野询问白天调查日轮馆的情况之后，突然咬定犯人就是饭冈祐吉。

后来，因为爱来了，藤井暂时回到了这个房间。时间大概是在十点三十五分到四十分之间。

再后来他就应该躺在床上睡觉了吧……要是睡不着的话，他到早上为止，会在什么地方？又在干什么呢？

桐野觉得自己的判断可能出错了。根据里沙的说法，爱是在凌晨不见了的。不过，这可能是她无意识随口说的。爱很可能是在更早之前就不见了。

床上放着两本文库本的书。一本是外国画家的随笔，另一本是日本作家写的推理小说。

和我聊完，藤井在回到房间之后，坐在这张床上，读着其中的一本书。

桐野拼命地想着。

没喝醉的话，可能读书来着。里沙说她睡下的时候，大概是临近凌晨一点。在那之前，可以想象藤井一直在看书。问题是，这之后究竟发生了什么？

桐野在房间里看了一整圈。

床的旁边，放着装有行李的双肩包。镜面墨镜在窗边的桌子上放着。但是，他之前穿的那件黑色羽绒服，在哪里都没有找到。鞋子恐怕也不在了吧。

凌晨一点，或者是凌晨一点刚过的时候，小爱偷偷地从隔壁屋子溜走了。虽然现在还不知道她是出于什么理由，先假设她是在这个时间出去的。在这个房间看书的藤井，察觉到了小爱的动静，跟在她的后面一起出去了。或者也可能是他在去上厕所的途中，偶然看到了小爱的背影。然后在二人的身后，饭冈祐吉又追了过去。但是，到底是去了哪里啊？这里是深山里的独一户人家。出去的话，也应该没什么可去的地方呀……

突然，桐野感受到了如雷击般的冲击。

日轮馆！

可是……如果真是这样，小爱为什么要独自前往日轮馆呢？要是想调查什么的话，应该是今天上午去吧。要真的有这么紧急的情况，叫醒我一起不就好了吗！

桐野的脑袋里，浮现出了可怕的画面。

在日轮馆冰冷的水泥地板上，被绳子绑住的全裸着的爱横躺在地上。藤井治郎按住了爱，并在侵犯她。饭冈祐吉站在旁边，一脸淫笑地看着……

不可以，不可以！

桐野用手在自己的头上，来回拍了好几下。

在这个时候，更应该保持冷静。不能被这些胡思乱想所迷惑。

虽然想理性地考虑问题，可桐野一旦想到可能会发生在爱身上的遭遇，他就陷入了狂乱之中，无法自拔。

桐野回到走廊。

他关上门，准备去愉美的房间。就在这一瞬间，桐野停下了脚步，他感觉自己全身都像是被冻住了一样。

那个声音再次传来。

"啪嗒、啪嗒、啪嗒……"

桐野绝对没有听错。

樫村有希在用织布机，是织布机的声音。

居然这么早……

有规律的声音，回荡在安静的二楼走廊。桐野内心的不安，变得更加猛烈了。

4

桐野的双脚，自然地朝着声音的方向走去。

樫村有希精神异常之后，把自己关在屋子，过着十多年如一日的织布生活。她住在走廊尽头的那个房间。

小爱会不会在那个房间里？不对，小爱把自己关在屋子里也……

桐野虽然没有什么根据，但是既然感到怀疑了，就不能不去确认一下。而且，从客观的角度来看，也不是没有可能。在去日轮馆之前，他有必要确认一下这个房间。

桐野刚在狭窄的走廊里走了几步。

"长颈鹿先生，你要去哪里？"

突然被人叫住，他停下了脚步。他回头一看，发现里沙站在走廊的入口。

"嗯。我……"

桐野稍微有些犹豫，觉得还是先不告诉她为好。

"对了，小愉美怎么样？"

"她的房间上着锁，我觉得她应该在里面。但是，不管我怎么敲门她都不起来。也没办法，让小愉美早起实在是太为难她了。"

"倒也是，她都不去上学了，自然也就没了早起的习惯吧。总之，咱们先去一楼和志乃再商量一下吧。她应该有所有房间的备用钥匙的。"

"啊，好的。"

二人回到了一楼，往洗脸台走去，发现志乃站在那里。

但是，她的样子有些奇怪。她面带恐惧，直愣愣地站在那里一动不动。

"志乃阿姨，您那边情况怎么样？"

被桐野问道，志乃不安地向左右来回看。

"老……老爷也不见了。"

"什么？樫村龙造老爷吗？本应住在我隔壁的藤井，也不见了。"

"啊？连治郎少爷也？这到底是怎么回事啊！"

志乃双手掩面，微微摇头。

她的困惑也不是没有道理。

仅仅是爱的失踪，就已经是大事件了。可谁知道，饭冈祐吉、藤井治郎、甚至是樫村龙造也一起消失了……

"志乃阿姨，这绝对不是件小事。我觉得应该报警。"

"报警？不行，不行。没有得到老爷的允许，不能报警……"

就连这位昭和风的古板老太太，也强烈反对把此事公之于众。桐野也觉得最好不要轻易报警。而且，现在并没有发生任何事件，即使报警了，警察也很可能不会出警。

"总而言之，还是先把家里的各个角落都搜查一遍吧。我们什么都不做，只是等别人来帮忙的话，也说不过去吧。"

志乃说得在理，令人无法反驳。桐野最终也同意了。

"小爱最可能在的，应该就是小愉美的房间了。"

里沙得出结论之后，开口说话了。

"房门上着锁，里面的人应该还在睡着。您有那个房间的备用钥匙吗？"

"嗯，有的。她早上总是起不来。用备用钥匙倒也可以，但还是让我再上去叫她一次吧。"

"那个，志乃阿姨……"

桐野制止了马上要行动的志乃。

"嗯，怎么了吗？"

"一会儿你去叫愉美的时候，我可以去樫村老师的书斋和研究室确认一下情况吗？"

如果是别墅内部的话，桐野觉得最可疑的就是这两处了。那里面有很多可以供爱藏身的地方，而且爱好像也很讨厌樫村龙造。更深层次的原因还不得而知，但是，以此为契机，龙造把爱视为眼中钉的情况也是有可能的。

对于桐野的申请，志乃看似有些不快地皱了皱眉头。

"请，那里没有上锁。只是，麻烦你不要随便乱碰就好。"

但她的语气很温和。为了拿备用钥匙，她先回了自己的房间。

5

"喂，长颈鹿先生。"

桐野刚在走廊上走了几步，就被里沙叫住了。

"小 LOVE……为什么不见了啊？"

阴暗低沉的语气。一开始桐野还以为是别人的声音。看来，好朋友的失踪让她受到了不小的打击。

"没事的，别担心。"

桐野只能说些让她安心的话。

"我肯定会尽全力的，只是……"

桐野没有再往下说了，"堕天使杀人事件"的噩梦又复苏了。

就算根津爱的推理能力和洞察力再异于常人，她也只是普通人啊。万一发生了什么紧急情况，说不定她就会陷入危险之中。

小爱掉进了犯人的魔掌……不，不会的！不可能。如果真的出现了这种情况，我一定会把她救出来的。就算拿我的命去换，我也在所不辞！

桐野加快了步伐。二人拖鞋敲击地面的声音，回荡在昏暗的走廊里。时间是早上六点二十五分，天还没亮。

他们走到了樫村龙造的书斋的前面，入口的门是半开着的。饭冈志乃发现主人不在了，她刚才的动作肯定很慌张吧。

二人进入室内，先把灯打开。

室内和昨天桐野进去的时候一样，到处都很整齐，没有被乱翻过的迹象。

靠里的桌子上有一本被打开着的外文书，书上放着圆珠笔和便签。给人的感觉就像是他刚才还在专心研究，只是稍微出去上了一下厕所。

桐野将目光移向床上，床罩和床单都整理得很齐。龙造昨晚没睡在这里。发生异常情况是在半夜，离早上还有不小一段时间。看来，这样想还是比较妥当的。

"这里是小愉美的祖父的房间吗？感觉放着的这些书都好难懂啊。"

第一次进到这里的里沙，好奇地四处观望。

"对了，小里沙。我去隔壁屋子看一下，你在这里等我。"

"啊？为什么呀？"

"樫村龙造是塔万廷苏尤帝国的研究学者，你知道吧？"

"哦，倒是听说过。"

"正因如此，隔壁的研究室放着很多吓人的收藏品。我觉得你还是不要看为好。"

出现在桐野脑海里的，当然就是那个木乃伊。

如果爱被关在了研究室的话，很有可能会被锁在那个储物柜里。所以，他必须要确认一下那里才行。

桐野这样建议是因为担心里沙害怕。

"我没事的！出现什么我都不害怕。"里沙坚决主张道，"倒不如说，把我一个人放在这里才可怕呢。所以，我要和长颈鹿先生一起去。"

再争论下去也是浪费时间，桐野决定带着里沙一起去。

储物柜被上锁的可能性很大，先要把钥匙找出来。

桐野拉开了桌子下面的抽屉。

"欸？长颈鹿先生，你看，这是什么？"

里沙弯着腰，从地上捡起了什么。

系在黑绳子上的钥匙串，桐野感觉之前好像在哪里见过。

"这是掉在地上的？"

"嗯，掉在了桌子的旁边。"

桐野还想着要是找不到钥匙的话，就强行打开储物柜。没想到就这样找到了钥匙，桐野一时还有些不知所措。不过，他还是搞不懂钥匙为什么会掉在地上。樫村龙造平日里难道是这么粗心吗？

桐野向着书斋里面靠右手的门那里走去。他握住门把手，向外一拉。这里没被上锁。桐野笔直地走向最大的储物柜，他回头看了一眼身后的里沙，说道：

"不要看这柜子里面的东西，知道了吧？"

桐野先这样警告了里沙一下。之后会发生什么事情，谁都不知道。

他又把钥匙串拿了起来，一共有十二三把钥匙。根据其大小和形状，桐野把其中的一半作为候补。

他一个接一个地试。第三把钥匙，顺利地插进了钥匙孔的深处。

好，就是这个！

桐野转动钥匙，两手拽着储物柜对开门的左右扭杆。

"欸？怎么这么奇怪？"

扭杆纹丝不动。桐野"哗啦哗啦"地摇了几下，还是不管用。他又把钥匙拿了起来，这次试着朝反方向扭动，然后再次晃动扭杆，这次可以拽开了。

看来，一开始柜子好像就没被上锁。

真奇怪。前天来的时候，樫村龙造后来确实是锁上了啊。估计后来又打开的时候，忘了锁了吧。

桐野终于又要面对木乃伊了。虽然不想再见到第二次，但是情况紧急，他只好咬一咬牙了。

桐野慢慢地拉开储物柜的门。

但是，门在还没有被完全打开的时候，一个圆球状的物体从里面滚了出来。

"啊——！"耳边传来里沙的尖叫，"这……这是什么啊？！"

她这种反应倒也可以理解。

地板上，滚着一颗骷髅头。淡茶色的头骨、交错的牙齿、浑浊的眼珠。头上裹着橘色的头巾。

"小里沙，别害怕。这是人造的。"

"人……人造的？"

"是啊，主要材料是木头，眼睛是用贝壳做的。"

"……啊？那也就是说，这是假的了？"

里沙看起来像是安心了，她哈着腰，仔细地开始观察。让人颇感吃惊的是，她的胆子还真的挺大的。木乃伊的真身其实也被保存在储物柜里。不过，桐野想了想还是没有告诉她这一点。

把门完全打开之后，桐野将头部重新放回了木乃伊的身上。

刚才桐野还以为爱可能被关在了里面，这种想法看来是落空了。储物柜里的样子，和前天看到的一样，并没有什么异样……

嗯？不对，等一下。

桐野把关上的门再一次打开，重新确认里面。

储物柜的内部从中间被竖着分割开来，右半边放的是塔万廷苏尤的木乃伊，左半边放的是陶器和木雕，还有丝织品和石像等。

桐野按着顺序看越看越觉得，刚才的违和感正在变得强烈起来。只是，他还不太清楚违和感的原因所在。不过，感觉越来越接近了。

时间就这样过去了。一分钟、两分钟……桐野感到焦躁不安。

"怎么了吗？长颈鹿先生。"

听到里沙的声音的瞬间，桐野的脑中好像有什么闪过了一样。

"我知道了！"桐野恍然大悟地说道，"刚才就觉得奇怪，原来是'利维'不见了啊。"

"'利维'？是什么东西？"

"塔万廷苏尤的武器，外形和橄榄球很像的青铜球。把绳子穿过把手的底端，来回甩动即可攻击对手。樫村龙造有这个东西。前天晚上来的时候，它还在柜子的最上层放着，今天却不见了。你看，是不是没有？"

架子到处都有空隙，所以可能还有其他的东西也不在了。只是，现在的问题是利维的消失。

"当然，也可能是被放到别的柜子里了。现在开始查，如果还是没有的话……"

"要是没有的话？"

"那就是龙造本人或者是别人，拿着塔万廷苏尤帝国时代的武器出去了。"

6

桐野打开其他的储物柜，但是也没有发现利维。当然，爱也不在那里面。

屋内搜查完毕。桐野和里沙刚回到走廊，就看见饭冈志乃从二楼下来了。她的手上也拿着一串钥匙。

她来到二人的身边，摇头说道：

"愉美小小姐的房间我确认过了，小爱不在那里。"

"小愉美起来了吗？"桐野问道。

"还没……"志乃的表情有些阴郁，"就像刚才我跟你们说的那样，其实，愉美小小姐患有失眠症，主治医生给她开了一些安眠药。现在这个时间药效还没退，估计一个小时之后再叫醒她会比较好。"

"啊，原来如此。这也是没办法的事情。不过，志乃阿姨，其实我刚才在调查樫村老师的研究室的时候，对某个东西稍微有些在意。"

"稍微有些在意，指的是？"

"本应该在储物柜里的利维，消失不见了。"

"利维？"

志乃眉头紧皱，一脸困惑。这也难怪，毕竟她不是历史学家。

"那是在塔万廷苏尤帝国——也被称为称印加帝国时代被使用的武器。它是一个带有把手的青铜球。在把手底端的小孔里穿一根绳子，用甩动绳子的方法来攻击对手。"

"这是从研究室不见的吗？"

"是的。前天晚上，我亲眼看着樫村老师把它锁进了柜子里。虽然也不能否定后来它又被拿出来了。但是不论是书斋还是研究室，都没有发现它的踪影……而且，更让人觉得难以理解的是，储物柜的钥匙居然掉在了桌子旁边的地上。"

"钥匙掉在了地板上？"

"老师平时是这么不在意钥匙的管理吗？"

"不是的。真是出乎意料啊，他平时是个很认真的人。"说完，志乃突然倒吸了一口凉气，"难……难道说，是慎二小少爷……"

对于桐野来说，她嘟囔的这句话绝对是不可不追问的。

"您是说，有可能是慎二把利维拿出去了吗？"

"不，这……"

老妇人的眼里充满了恐惧，紧闭双唇。

"喂，志乃阿姨，现在可不能再磨磨蹭蹭的了啊。小爱还有失踪的一众人等，在这段时间之内，随时都可能会有生命危险。以您所处的立场来看，肯定会有一些难以开口的话。但是，现在情况紧急，您把知道的内容全都说出来吧。请放心，我好歹也算是个靠着搜查吃饭的专业人士。"

志乃还是有些犹豫，又过了一会儿。她终于开口了。

"我知道了，我说。老爷都还不知道，其实在他不在家的时候，慎二小少爷就经常出入他的书斋。"

"樫村老师平时出门的时候，书斋的门也不上锁吗？"

"不是的，他当然每次都锁了门才出去。只是，不知道是什么时候，慎二小少爷跑进我们的房间拿走了备用钥匙，后来他好像另配了一把……"

"配钥匙啊，坂岩村里有这种店吗？"

"没有，估计是去会津若松配的吧。老爷住在仙台的家里的时候，慎二小少爷如果要出门的话，经常让我丈夫开车载他。我丈夫早上送完他之后，晚上再去接的时候有好几次都没接到，结果他只好第二天再返回了。他好像还坐过会津铁道去东京来着。所以，钥匙也有可能是在东京配的。"

看来，樫村慎二虽然讨厌去上学，但是平时还是很喜欢出门的。

饭冈夫妇故意忽略慎二这个举动的理由，桐野多少算是明白了。钥匙从自己的房间被拿出去了，他们肯定不想让龙造知道这件事，不想挨他的骂。因此，是没收新的备用钥匙，还是默许它的存在，只能二选一。很明显，他们选择了后者。

"慎二是从什么时候开始这么做的？"

"拿到配好的钥匙，大概是在半年前吧。他在小时候就很喜欢去那个屋子了。估计是很有趣吧，里面毕竟放了很多罕见的东西。对了，他以前还摔碎过一个很重要的壶，被老爷狠狠地骂了一顿。"

"把壶摔碎了？"

"嗯，现在还在会客室放着呢。"

"啊，是那个啊。"

会客室的玻璃柜里，放着一个彩色尖底的陶器。

樫村龙造写的书里，印有与它相同的壶的照片。爱因为之前看过，前天晚上还专门问龙造是谁把它弄碎的。龙造当时很不高兴，没有回答。这个人原来就是他的孙子慎二。

"这是什么时候的事？"

"已经是十年前了。"

"十年前？是在樫村千春死的那一年吗？"

"不只是同年，还是同月同日。"

"也就是说，在千春死的那天，那个壶碎了？"

"是的。好像是那天上午慎二小少爷在书斋玩耍的时候，不小心把壶摔碎的。老爷是在下午注意到之后才大发雷霆的。不过，因为后来马上传来了发现千春少爷尸体的消息，这件事也就不了了之了。"

"原来如此。总而言之，慎二从四岁开始就已经很调皮了啊。"

"嗯，是这样的。"

"志乃阿姨，能让我看看这个调皮小子的房间吗？"

"啊？这有点儿……"

这个要求有些出乎饭冈志乃的预料，她的样子看起来很狼狈。

"慎二在房间里吗？"

"啊……应该在吧。"

"那，看来不能去那里调查了啊……"

桐野犹豫了一下，说出这个家里最神秘的人的名字时，他还是有些迟疑。

但是，没有踌躇的时间了。必须尽快把别墅内部搜查完，赶去最可疑的地点——日轮馆才行。

桐野终于下定决心，开口了。

"那么，请务必让我调查一下樫村有希的房间。"

7

"你是说想去看有希小姐的房间吗？"

听到桐野的要求之后，饭冈志乃脸色骤变。

"可是，小姐生着病呢啊。"

"生病了？可是，刚刚还又听到织布机的响声啊。"

"那是……"

志乃不说话了。她刚才去二层的时候，也听到了那个声音。她没办法回话了，只是低着头。

桐野很焦急。

时间在一分一秒地流逝。不能再浪费任何一秒了，桐野这样想着，大声说道："志乃阿姨！快些吧！再磨磨蹭蹭的，要是真的产生什么无法挽回的后果的话，你也逃脱不了责任！"

"我知道了。"志乃被桐野的气势吓住了，点头说道，"但作为对等的条件，请答应我一件事。到有希小姐的房间那里，请在门口往里面看，不能进去。虽然现在她的病情还比较稳定，但是如果突然受到什么刺激，她的身体就会不舒服。如果可以的话，我现在带你过去。"

"我知道了，没问题。"

如果是警察提出搜查要求的话，她提出的这种条件肯定是不会被答应的。但是现阶段不得不妥协。

三人上到了二楼。

走在二楼的走廊时，桐野觉得比刚才明亮了。太阳的脸从山的阴面露了出来。

樫村慎二的卧室，在二楼的尽头。

三人走到门前，志乃从钥匙串里选出了一把钥匙，插进了锁孔里。

"啊？不用先敲一下门吗？"

"估计他还睡着呢吧。强行把他叫醒的话，他会很不高兴。要是他乱发脾气的话，可就不好办了。"

"原来如此。"

"隔壁房间的愉美小小姐，也还没醒呢。"

锁开了，志乃轻轻地打开了门。

窗帘紧闭，室内非常昏暗。

"先不要开灯。"志乃小声说道，"我去看一下床上，请稍等。"

志乃用手摸索着，进入了室内。地板吱吱作响，好像有些松动了。

突然传来了一阵异臭。馊味、刺激性气味、锈味……让人感觉很恶心的气味。

不一会儿，吱吱的响声从天花板上传来。桐野先是吃了一惊，不过立刻就明白了。这个屋子里也有阁楼。

志乃大概用了三分钟回到了桐野身边。

"小少爷好像不在里面。"

"不在？这个时间，他会去哪里？难道是去日轮馆了吗？"

桐野觉得他很可能又去打扫日轮馆了。

"可能吧。"

"志乃阿姨，请把灯打开。我们赶紧确认完这里，之后马上去日轮馆。"

"啊，好的。"

志乃在墙上摸索着，找到了开关。荧光灯点亮的时候，桐野不禁瞪大了双眼。

室内堆满了各种杂物，而且数量繁多。

房间的最里面有桌子和音响架。桌子上面放着台式电脑，还有打印机、扫描仪以及收音机。除了散落在地上的漫画、杂志、影碟、CD、磁带、软盘等物品，衣服和内衣也被扔在了地上，堆成了小山包。根本看不见地板。

这也太乱了吧，简直就是个垃圾场。

也难怪会有异臭了。

"太强了，我的房间虽然也乱，不过还是比不上这里。"里沙张大眼睛说道。

桐野站在入口处，虽然想退出去，但是这样一来就没办法搜查了。他用脚拨开地上的垃圾，进入室内。

仔细一看，散落在地上的杂志大多和摩托车还有电脑有关。鬼怪类型的漫画也很引人注目。桌子上放着的工具的种类非常多。有圆规、美工刀、刻刀、砂纸，还有电子元器件、黏土、绘画用具、铁丝等等。

桐野爬梯子上到阁楼，和愉美房间的构造完全一样。

阁楼上面放着床，怎么看都像是只用来睡觉的地方。东西很少，地板上除了饮料瓶和零食的包装袋，还有吃完的泡面碗。这里是恶臭的发源地。此外还有装着餐具的盆，慎二不和家人一起吃饭，看来志乃平时会把饭给他送过来。

床的下面也看了。果然，爱不在这里。

"没错，小爱不在这里。"从阁楼下来之后，桐野说出了结论，"那么，去下一个地方吧。小愉美妈妈的房间。"

志乃像是死心了一样，已经完全放弃了抵抗。她把门锁上之后，三人去到了走廊的另一头。

走到昨天睡的客房那里，三人不约而同地停下了脚步。

果然能听到。

啪嗒、啪嗒、啪嗒……

狭窄的走廊的尽头，亮着一束光。

"请尽量把脚步的声音放得轻一些。"

志乃走在最前面，桐野和里沙跟在她的身后。桐野心中的紧张感愈发强烈，终于到了走廊的尽头，樫村有希的房间就在眼前。

那个声音越来越大了。

志乃这次也没有敲门。她握着门把手，轻轻地推开了门。门没上锁。

室内非常明亮。志乃确认了里面的情况，回过头来对着二人，用眼睛和下巴的动作，催促他们看里面的样子。

桐野抑制住内心的兴奋，从门缝看向里面。

他不禁又是倒吸一口凉气。

这里有十叠那么大，空荡荡的。能算得上家具的，只有放在左手墙边的床。

至于屋子里有没有窗户，还看不出来。因为，墙壁的四周都是挂毯，有数十张或者上百张那么多。在红色、茶色和白色组成的底子上，是用彩线编织的几何图案。除了比较有特色的星形，还有很多其他的形状。不论是哪一张挂毯，都充满了异域风情。

在房间的正中间，有一位女性。她个子不高，黑色长发及肩。背对着这边，所以看不到她的脸。不过，倒是能看出来她的打扮很奇特。镶着金边的蓝色连衣裙，装饰着羽毛的披肩以及头戴着金色花冠。

阿……阿克利亚。

即使相关知识不多，桐野也马上就明白了。她的打扮是塔万廷苏尤帝国的侍奉太阳神的巫女。

她是，樫村有希。

她坐在没有靠背的低椅子上，双手操作着织布机。

那是一台构造很简单的织布机，长长的经线从天花板附近向斜下方吊着。她一只手把缠着纬线的线轴来回投向左右，另一只手则把横棒拉向身前。

墙上挂着的挂毯，难道是用这种费工夫的方法织出来的吗？

桐野有些恍惚了。樫村有希在这个房间里度过的岁月的沉重感，涌上了他的心头。

"可以了吧？"志乃说道。

"啊？哦，好的。好像也不在这里。"

桐野只能这样回答。床的下面和挂毯的后面，也没有能够藏住一个人的地方。

樫村有希的手，还在一直动着。

志乃轻轻地关上了门。

8

餐厅、厨房、浴室和厕所也找过了，里面都没有爱的身影。这样一来，只剩一处可以找的地方了。

"志乃阿姨，我现在去调查日轮馆。"桐野站在餐厅的走廊说道，"如果我一个小时之内没有回来，请一定打报警电话。到那时，要是再碍于面子犹豫不决的话，可就不好办了。怎么样，能答应我吗？"

"我知道了，我答应你。"

"这串钥匙里，有能打开日轮馆入口大门的那个吗？"

"嗯，有的。就是这把……"

志乃用手指抓出一个小的圆形钥匙，从绳子上解了下来。桐野拿着那把钥匙，准备上二楼。

"等一下！"里沙叫住了桐野，"长颈鹿先生，你是打算自己去吗？"

"当然。"

"别这样，你在开玩笑呢吧。"里沙的脸扭曲到变形，"我不想待在这里！我也想和长颈鹿先生一起去。"

这可有些不好办了。里沙没有看过日轮馆，不知道里面的吓人程度。要是带她去的话，肯定是个累赘，而且也会很危险。

桐野试着说服她，但是里沙并不接受。要是放在平时，桐野肯定会耐心地跟她好好说，但是今天的情况不一样。桐野真的非常着急。

"这可不是闹着玩儿的，别再这样任性了！"

桐野大声喝道，里沙立刻哭了起来。

虽然她看起来很可怜，但是在这个紧要关头，桐野必须要舍弃这种不必要的伤感。他向着玄关走去。但是，在爱和里沙住的客房的门前，桐野不由自主地停下了脚步。

他回想起爱拿着电脑的事情了。昨天晚上，爱借了愉美的打印机，把发送到自己邮箱的邮件打印了出来，拿给桐野看。那封难以理解的邮件，描绘了塔万廷苏尤帝国的少女的日常生活。

莫非小爱在夜里又收到什么邮件了？如果有的话，这很可能会成为线索。

不经允许查看她的邮箱，爱回来之后要是发现了，肯定会暴怒的。不过，即便是这样也没关系，毕竟现在情势危急，没时间考虑以后的事情。

桐野进到了房间。

在窗边的桌子上，爱的笔记本电脑并没有合起来。电脑的品牌是东芝的"Dynabook"。

令人吃惊的是，电话线插在电脑上。这个客房里居然还有电话线，果然有钱人家的生活条件就是不一样。桌子上还放着一本绫辻行人写的文库本小说。

桐野打开电源开关。本以为会出现微软的标志，可是和预想的完全不同，突然出现在液晶屏幕上的，是一只张着嘴巴大笑的漫画猫。原来是壁纸啊。画面的左侧，有三列图标。

爱昨晚好像是没有关电脑的电源。因为桐野按下了电源开关，电脑的待机模式也就解除了。爱的身上可能发生了什么——这种感觉变得越发强烈了。

桐野忍住心中的强烈不安，立刻查看邮箱。他用鼠标双击 IE 浏览器，接着把拨号上网的界面打开。好在用户名和密码被保存了。桐野想着应该没什么问题，正要点开"连接"按钮的时候，又想了一下，最终点击了"脱机工作"。因为走的是模拟信号线路，需要等一段时间才能连接上运营商提供的网络。桐野决定先查看已经收到的邮件。

"YAHOO！JAPAN"的主页立刻出现在了桐野眼前。他点击"邮件"图标，"Outlook Express"启动之后，进入了"收件箱"的界面。

（哎……这是，怎么一回事？）

收件箱里，未读邮件居然有七封之多。

系统自动打开了最新的一封未读邮件。这是电脑厂商的广告邮件，点开也没关系。

剩下的六封未读邮件，发件人都是"shinigamisan"

还是这个家伙。

这时桐野才首次确信，接连给爱发送邮件的这个人，就是绑架她的真凶。

邮件名是"硬盘（Hard Disk）Ⅰ""硬盘（Hard Disk）Ⅱ""硬盘（Hard Disk）Ⅲ""硬盘（Hard Disk）Ⅳ""软盘（Floppy Disk）Ⅴ"，最后一封是"硬盘（Hard Disk）Ⅴ"。

桐野感到很困惑。以"软盘（Floppy Disk）"为邮件名的邮件，他昨晚读了"Ⅰ"到"Ⅳ"。"Ⅴ"应该是它的续篇吧。

桐野到这里还能理解。不过，"硬盘（Hard Disk）"到底是什么？

他确认了一下收件时间。六封未读邮件的收件时间，集中在今天凌晨一点四十三分至一点四十五分之间。两分钟发了六封邮件，看来应该是连着一起发的。

至于这些邮件为何是未读状态，桐野也多少算是弄明白了。恐怕电脑应该是被设置成每隔一定时间自动联网查看邮件了吧。因为爱没有关机，所以在她失踪之后发来的邮件，也被下载下来了。

这样的话，就不能不读了。桐野按照收件顺序依次点开了邮件。

首先是第一封。

"台子上放着两条腿——女人的腿。丰腴的大腿，紧实的膝盖，看起来相当柔软的腓肌。它的曲线美感简直无可挑剔。缝匠肌的走向也很自然。刀在手上，暂且再看一会儿。总觉得，就这样切断的话，也太可惜了。"

桐野被文章怪异的开头吓了一跳。但是往下读的时候，发现这篇文章好像是在描写人偶的制作过程。

"人偶"这个词……难道是樫村愉美发的邮件吗？

轻率地下判断是很危险的行为。毕竟世上还有很多人也有制作人偶的兴趣爱好。而且，即便这些文章出自愉美之手，是否是她本人发送的，还是另外的问题。

不直接问一下她本人是无法得知的。说不定愉美早就开设了自己的网站主页，也有可能是她上传到主页的文章，不知被谁复制粘贴到邮件里发送出去了。而且，要是愉美本人给爱发邮件的话，也没有必要发到她的免费邮箱里。

"Ⅱ"和"Ⅲ"也是在讲人偶的制作过程。看到"Ⅲ"的结尾，桐野瞪大了眼睛。文章写道"必须把她的头发弄到手才行，不管是用什么方法……"

"她"难道指的是小爱？莫非是想要得到头发，所以才实施了绑架？

手心里全是冷汗。桐野屏住呼吸，打开了"硬盘（ Hard Disk ）Ⅳ"。

文字的气氛从这里开始，又有了转变。

"这个时候，一切开始变得非常有趣。都不知道该怎么办才好了。该怎样表现呢？喜悦之情从心底涌了上来。在小学低年级的时候，远足的前一天会激动得睡不着觉。现在就如同那种感觉一样，而且激动的心情可以无限持续下去。"

但是，之后的文字又写回了人偶的制作，特别是涂装的步骤。

接下来是"V"，桐野无法理解这个文章的意思。风格一转，变成了开始诉说身体欠佳、探讨生死以及哲学问题等的气氛沉重的文字。最后也说到了给人偶固定头发的方法，不过突然就草草结束了。

桐野的心情无法释然，但是没有时间纠结此处了。

终于到了最后一封邮件。

只有这封邮件，和塔万廷苏尤的少女利蒂有关。是昨晚读过那个故事的续篇。

桐野读了几段之后，皱起了眉头。和"I"还有"II"的内容完全不同，现在的内容很悲惨，字里行间使人心生不快。

他忍住悲愤的心情继续往下读。没想到，利蒂最后被杀害了。

这……到底写的是什么？又想说明什么呢?

桐野抑制住心中越发激烈的苦闷，以防万一，他查看了发件箱。点击"选项一览"里的"发件箱"后，发现这里保存了两百封以上的已发送邮件。他试着找找爱在昨天晚上有没有发送邮件。

啊……有！

最后一封已发送邮件的发送时间，是今天零点五十八分。也就是说，到这个时间为止，爱一定都是待在房间里的。四十七分钟后，她收到了刚才读过的那几封邮件，这绝不是偶然。

确认了收件人之后，桐野又大吃了一惊。"netsushinzou"。原来，这封邮件发送给了爱的父亲啊。

桐野急忙点开了邮件。

爸爸：

　　昨天我出门了，没见到你。怕你担心，我就写了这封邮件。

　　我的好朋友——樫村愉美家的别墅所在的奥会津坂岩村，非常安静，是个特别好的地方。这栋别墅是从温泉旅馆改建的，所以它里面的浴池真的特别大！虽然我今天有些头痛，心情也不是很好，但是一进到温泉，立刻就又有了精神。

　　是的，这真的是一次非常特别的体验。在别墅附近的后山上，有一个在急坡上被挖开的洞窟。洞窟里是一间小屋，十年之前，在那里发生了不可思议的事件。

　　今天下午，我和长颈鹿先生两个人，试着进了那间小屋。没想到，我毫不费力地就解开了谜题。之前的那些人，正是因为拘泥于奇怪的偏见，所以才会搞不明白。其实，只要把握好已知条件，就能看到真相。

　　只不过，从狭义的角度来考虑的话，这可能真的是推理史上首次出现的手法。至少，犯人制造密室的动机是前无古人的。

　　我明天就回仙台。等我回去之后，也想让你试着解一下这个谜题。不知道这次你还能不能轻易地解开呀。

　　那，先晚安啦。听说会津这边的特产是柿子，我会去街上找你最爱吃的柿饼，带回去给你吃的。还请好好期待一下呀。

爱

推理史上首次出现的手法……

这是最有冲击感的内容。

在邮件里，爱一次都没有提到"杀人"这个词。当然，她应该是不想让父亲担心，才没有说的吧。也正因如此，有必要补充完整之后再进行思考。

这样的话……密室杀人，还有从未出现过的作案手法啊。

真的有这种方法吗？"狭义的角度"——看来，爱也算是下过判断了啊。不过就算如此，这也……

还有，小爱断言的——犯人"前无古人的作案动机"，到底是什么意思啊……

桐野在操作鼠标的过程中，发现了爱发送的这封邮件还有后续。

爱的署名之后，还有两行内容。

啊？怎……怎么会……

读到那两行文字时，桐野突然感到一阵头晕。这种感觉，和得知爱失踪的消息时所感受到冲击相比，几乎一样强烈。

爱后面写的内容是，"长颈鹿先生不相信我，但是那里真的有暗道！这种类型的暗道，真的是前所未闻"。

确实，桐野之前向她反复确认的时候，她回答"不是比喻"，所以桐野也只好相信她说的。不过，他在心底里其实还是有所怀疑。但是，给父亲发送的邮件里都这样写了，看来百分之百没有怀疑的余地了。

这种类型的暗道，还是史上首次出现？

桐野还是搞不懂。对于密室杀人来说，暗道可是最被忌讳的东西，不论是什么类型的。也就是说，它的存在没有任何意义。可是，为什么爱还非要这样说呢？

没时间深究了。桐野最后又查看了一次，今天凌晨两点之后爱有没有收到邮件。因为绑架犯很可能会发送恐吓信。

他打开"拨号上网"的界面，点击"连接"按钮。屏幕上立刻出现了"无法连接"的字样。他连续点了三次"重新连接"，还是连不上网。

无法连接……等一下，难道是……

桐野取消了拨号上网，把电话线从电脑上拔了下来，试着插到旁边的电话座机上。

他将听筒贴近了耳朵，但什么声音都没有。电话打不通。

是谁把电话线剪断了吗？

桐野的脊背一阵发凉。这栋别墅的内部，充斥着满满的恶意。

只是，现在还不能声张，否则只会加剧里沙和志乃的恐惧感。

桐野使劲咬着嘴唇，走向了玄关。

9

玄关处的三和土上，还放着昨天桐野穿的那双绑了粗绳的靴子。

桐野将双脚塞了进去，戴上手套。他刚走到室外，就听见了小鸟嘈杂的叫声。

晨光开始照射大地，一半的天空已经变成了淡蓝色。

万里无云的大晴天，地上是厚厚的冰。桐野还不死心，想继续找线索。但是，没有在地上发现任何脚印。

他伴着白色的哈气，来到了停车场。

哎呀？那是什么？

在停车场的角落，有什么东西好像倒在那里。

不对，不是"什么的东西"，而是"谁"。

没错，是人。有人趴倒在那里。

不会是小爱吧？

桐野开始感到紧张，甚至耳朵都能听见心跳的声音。他虽然很着急，但是地上很滑，没办法跑。

越来越接近了，这个人身材很高大。就凭这一点，肯定不是爱了，貌似是个男性。说句不合适的话，桐野的心里算是松了一口气了。

他走到了近处能够俯视这个人的地方。

这是谁啊？

不仅是趴在地上看不见脸，由于他穿了一件戴帽子的大衣，体型和发型也完全分辨不出来。

阳光还很微弱。

总之，桐野想先把他扶起来再说。他用双手抓住他肩膀的时候，从他脑袋的右侧，突然掉下来一个圆筒形的物体。

桐野捡起来一看，是手电筒。

这正是理想的故事展开。这位倒下的男性是昨晚来这里的，所以才会拿着手电筒。

桐野怀着感激的心情，拿起手电筒，滑开了电源开关。冰上浮现出了白色的光轮。桐野把光轮移向那个男性的头部，掀开他大衣的帽子。他不禁"啊"的一声喊了出来。通过光轮，能看到梳着背头的白发。

　　这个人是樫村龙造，他后头部左半边的白发被染成了黑红色。从那里流出的血液，在冰上凝固成了令人感到恶心的红色血块。

　　桐野弯下腰检查伤口，伤口像是被钝器击打的。他试着摸了一下，发现头盖骨的很大一部分已经塌陷了。

　　血早已经干了。桐野摘下右手的手套，摸了摸他的耳根。身体完全冰凉，看来距他的死亡，已经过去相当长的一段时间了。

　　凶器是什么呢？锤子？大石块也有可能。

　　随着手电筒移向他的脚边，这个问题被解开了。

　　樫村龙造穿着灰色的大衣。在他腰的附近，系着一个橄榄球形状的物品。

　　在塔万廷苏尤帝国被用作武器的青铜球——"利维"。

　　白色的尼龙绳两次穿过利维把手底部的洞之后，打了一个结，成了圆环状。

　　握住这里来回甩动，击中了他的头部？这样的话，杀死龙造的真凶是他的孙子慎二。

　　虽然这是个很可怕的猜想，但并不能无视这种可能性。

　　但是，仅凭现有的证据来下判断，还是有些危险的。除了饭冈祐吉，藤井治郎要是想的话，也可以用放在书斋桌子里的那把钥匙取出利维。

　　桐野最后确认了他的脸。他重新戴好手套，抬起了他的下巴。

　　直挺的鹰钩鼻，肿大的眼袋。令人有些意外的是他的表情很安详。

　　以防万一，桐野拨开了他的眼睑，用手电筒照了一下眼珠。瞳孔已经放大了。

这明显是杀人事件，应该马上联系警察才对⋯⋯

桐野不禁感到无奈，在这个手机没有信号的地方，真是可气啊。看来，刚才座机的电话线也确实是被人切断了。调查一下的话，有可能会恢复，但是，他不想放着爱的安危于不顾，而去把时间浪费在这种事情上。

随着尸体被发现，爱的人身安全受到危及的可能性也成倍地增加了。早知道就不在屋里搜查了，应该早些出来看看才对。桐野感到非常后悔。

桐野把手电筒放进兜里，快步走向后山。

到了山脚下，他抓住链子，开始往上爬。锁链像冰一样，寒意穿过手套直逼手心。因为是第二次爬了，多少有了一些心得和经验，桐野爬得比预想的要快。

他咬紧牙关，继续向上。进入杉树林之后，周围也变暗了。桐野一边与向他袭来的不安和恐惧作斗争，一边全神贯注地手脚并用奋力攀爬。

终于爬上来了。桐野喘着粗气，心里踏实了一些。

穿过树林的微弱的阳光，根本起不到什么作用。感觉像是回到了半夜一样，只能看到景物的轮廓。

早上都是这样，夜里岂不更是伸手不见五指了啊。

桐野抬头看见了日轮馆。坐落在洞窟里的神殿，比昨天看起来更加神秘了。

门像是关着的，他从口袋里拿出钥匙。

刚把手电筒对准门的位置，桐野不禁叫出了声。

这……这是怎么回事？

昨天还在的那扇门，今天却不见了。取而代之的是六根整齐排列的粗圆木。

这是塔万廷苏尤特有的门。

10

桐野握着手电筒，茫然失措。

他仿佛在不知不觉之中，坐上时光机回到了十年前的那天。没想到，这种事情居然会发生在现实生活里。

回过神后，桐野看向右边。和昨天一样，冰的上面盖着塑料布。他把手电筒照向那里，发现白色的木板从蓝色塑料布的下面露了出来。

啊？难道说……

桐野走近掀开塑料布。和他想的一样，这是昨天还被放在入口处的木门。

不对，说它是"门的残骸"应该更贴切一些吧。木板的两头都已经烂了，合页的螺丝也不见了，像是被人破坏掉了一样。

是很着急还是觉得麻烦呢？不管是什么情况，做法都相当粗暴。

这样想着，桐野把塑料布全都掀开了。他看到了一把相当大的斧头，应该是被用来破坏门的。

桐野感觉又像是坐上了时光机。这把斧头很新，应该不是十年前饭冈祐吉用的那把，可总觉得和那把斧头一样。

桐野用右手提起斧头，走向入口。但他又觉得斧头没什么太大的用处，便把它放在了地上，用双手去推筏子状的门。

但是，门纹丝不动。它的内侧，一定是被十字形的圆木顶住了。

"完美的密室……"

桐野在心中默念。

这个空间，简直就是用混凝土制成的箱子。没有一扇窗户，而且建筑物本身也几乎全被埋在山坡上挖好的洞窟里。

左右两个看起来像是入口的门，只不过是视觉陷阱画罢了。

正前方中央的门，才是真正的入口。到昨天为止，还是被锁住的这扇门，今天突然被换成了塔万廷苏尤独特的圆木门。在门上做手脚，首先就是不可能的。

要是这里面有尸体的话……

简直就是十年前的噩梦再次来袭，桐野全身的鸡皮疙瘩都起来了。

剩下的行踪不明的人，是藤井治郎和饭冈祐吉。还有……

难道说，小爱已经……不，不会的！绝对不可能。

桐野下意识里锁定了这起事件的真凶。

樫村慎二。

他这样认为的理由是：制作这扇被替换上的门的人，不是别人正是慎二。虽然不能说别人没有利用这扇门的可能性，但是嫌疑最大的就是制作者本人了。

慎二奇特的形象，在桐野的脑中浮现了出来。没有头发和眉毛，像是被雕刻出来的立体的五官以及锐利的目光。

那个孩子居然……不对，即使还是个孩子，也并不意味着他不会犯罪。总而言之，现在必须要马上进去，不能再耽误任何一秒了。

从门的结构来看，里面不像是没人。肯定有谁在里面。

桐野深吸了一口气。

"喂！里面有人在吧！能听见吗？"

他的叫声透过天花板，回荡在洞窟之中。

"我是桐野，想进去确认一下。快开门！要是不开门的话，我可要砸门了啊！"

回音消失之后，周围又陷入了一片沉寂之中。

桐野仔细地听，里面什么动静都没有。已经不能再等了，必须要动真格了。

桐野做好了准备，他关上手电筒，握住斧头的把手。他的双手感觉到了斧头的重量，耳朵里仿佛传来了饭冈祐吉之前说的话。

"我瞄准的是门的右下方。按照圆木的位置来说，是从右侧数的第二、三根圆木的正中间的偏下方。击打此处的话，应该可以避开那根固定用的纵向圆木……"

反应过来的时候，桐野已经把斧头高高举过了头顶。按照祐吉说的，在相同的位置，他使劲地劈了下去。

自己变身成了十年前的饭冈祐吉，桐野产生了这种错觉。

斧刃深深地劈进了圆木，看来这把斧头还是挺锋利的。

桐野来回挥动斧头。早上还很冷，但是桐野的全身已经湿透了。这个体力活比想象的还要重。

祐吉的声音，反复出现在桐野的耳朵里。

"没什么窍门，只是一个劲儿地来回挥动斧头……"

"里面漆黑一片，什么都看不清。没办法，只好……"

"最后手都麻了……费了好大的劲才把手从斧头上移开。"

"饭冈祐吉，应该不是真凶吧？"

桐野这样想道。

刚才差点儿忘记了樫村千春在密室中被杀害的这一事实。能制造出那个密室的，除了第一发现人祐吉没有别人。

祐吉好像很喜欢赌博。为钱杀死了千春，这次又杀了龙造。可以这样认为吗？也有可能是，他之前盗用家里钱财的事情败露了，因此才有必要封住他们的口吧。总之，从藤井治郎说的话来看……不对，等一下。

桐野又发现了新的可能。

藤井告发祐吉的行为，多少有些可疑。作为樫村龙造的亲生儿子，他当然有遗产的继承权。父亲龙造去世了的话……不对，父亲现在已经去世，数额巨大的遗产就到了他的手里。里沙之前说过，藤井治郎平时生活奢侈，好像欠了很多的债。如果这是真的，那么他的作案动机就变得很充分了。

桐野虽然直觉上认为慎二是犯人，不过他还是有些疑惑。这些不过全都是推理罢了。现在举出的这三个人，如果要怀疑的话，那么全员都很可疑。

桐野在思考的同时，手也没有停下来。终于，门上出现了一个小洞。

他停下手，试着往里面看。一片漆黑，什么都看不见。他想把手电筒塞进小洞照亮内部，但是洞太小了，没能成功。

祐吉之前说他是换成锤子才把洞口开大了的。但是桐野手头没有锤子，能用的工具除了斧头没有别的。

又过了一会儿，洞口的大小才成了他想要的。这样应该就可以了吧，桐野再次掏出了手电筒。他向里面窥视，觉得自己快要喘不上气了。

什……什么？！那……那是……

日轮馆的中间靠右——最深处的那面墙之前数米的地方。没错，十年前樫村千春倒在的那个地方，有横躺着的人影。仅凭这一点就足以让人惊愕的了，但是，令人难以置信的是，人影还不止一个。

看起来像是两个人一起倒在了那里。可以确认的是，有四条腿。

到底是谁和谁？

虽然无法辨认，但是从他们穿的衣服来看，二人很可能都是男性。现在看不出来爱是否在里面。

桐野发狂般地挥舞着斧头。

已经开了一个洞，再破坏它的周围就变得容易多了。几分钟之后，洞的大小可以容两肩通过了。

桐野疲惫至极，喘着粗气，肩膀上下浮动，好不容易才调整好了呼吸。

他用手电筒照了一下手表，现在的时间是早上七点四十三分。看来，即使用尽全力，也得半个小时左右才能进到里面。

不能再磨蹭了。

桐野刚想要弯腰把头钻进去，但他犹豫了一下。

等一下，如果就这样进去，里面有人拿着锤子或者别的工具的话，我可就完了。根本没办法防备。

不能这样不做任何防备就进去，桐野越想越觉得可怕。

饭冈祐吉稀里糊涂地进去，是因为他不知道里面发生了杀人事件。这次可不一样。真凶也有可能是为了引诱桐野入内，进而杀他灭口，才又一次制造出了密室。

得想个办法才行。把门全部破坏，或者再把它开得更大一些，有可能会找到保护自己的方法。

但是，时间又很紧迫。把洞开成这样就足足用了二十几分钟，再开大的话，无法估算还要浪费多久的时间。

桐野在门前来回踱步。

对了！这样做不就行了吗？

终于有办法了，他也只能这样做了。

虽然只是让自己稍微安心一些，但好歹也是自我保护的办法。桐野没有选择低头钻进去，而是决定仰着头用手护住脑袋进入。

桐野再次开始行动。他背对着门，向后弯腰。双手抓住洞口的上缘，像下腰那样把屁股向前倾。

一、二、三！

桐野通过反作用力，果断地向内部突入。

头、脖子还有肩膀都顺利通过。但是，后背蹭到洞口的边缘卡住了。他使劲蹬腿，总算是进去了。不过，衣服还是被洞口边缘的木头尖刺给划破了。

后背刚一碰到内部的地面，桐野就下意识地把双臂交叉在了脸的上方，做好防御姿势。紧接着，顺势往右一滚。

他预想到会被犯人攻击……五秒过去了……十秒过去了……什么事都没发生。

日轮馆的内部又回到了可怕的平静之中。

看来是想得太多了啊……

在黑暗之中，桐野仰面朝天，放心地长舒了一口气。

可是，接下来的一瞬间，桐野感觉自己的呼吸快要停止了。

浓烈的铁锈的臭味。和昨天一样，不过里面夹杂着动物的腥味。

是血的气味。

因为工作的关系，桐野已经闻过很多次了。

膝盖以下的部分还在门外，桐野先把两条腿拔了进来。他站起来之后，打开手电筒照亮墙壁，接着打开了室内荧光灯的开关。

在明亮的室内，桐野仔细地环顾四周。

金色的墙壁和地板，绿色芦苇叶覆盖着的屋顶。

黄金因蒂像、祭坛、印加的木乃伊……

并没有什么变化。唯一不同的，是地上横倒着人影。

果然，不止一个人。两个人……不对，好像有三个人。怎、怎么会这样？

桐野放眼望去，室内再也没有其他人了。

也许，是木乃伊的数量……

真人隐藏在视觉陷阱画之中，与之混为一体。桐野第一次觉得这种设想是完全有可能的。如果当年饭冈祐吉忽略这一点了的话，那么十年前的密室之谜也就不再是不可解的了。这确实是一个盲点。

桐野先是惊了一下，平静之后，用指头数了数，木乃伊还是六个，和昨天相比没有变化。看来，至少这次是不会有这种可能了。

桐野回头看。三十厘米之外，就是破开的那扇问题之门。

和先前听说的一样，门被牢牢地固定住了。两根粗圆木呈十字交叉，竖着的那根插在地上的小洞里。横着的那根的两端，被尼龙绳紧密地多层缠绕着。

用了这种固定方法，想要在门上做什么手脚的话，事实上是不可能的。

桐野看着脚下散落的木片，心中默念道。

不对，是绝对不可能。毕竟，我是用斧头把门劈开之后，才进来的啊。

进入之后还没有移动，要是有谁想从他的眼皮底下逃出去的话，也是不可能的。

桐野再一次环顾室内。确认没有人之后，他向前迈出了脚步。一步一步地靠近那里，桐野感到了强烈的苦闷，心里就像是被老虎钳死死地夹住了一样。呼吸变得很不顺畅。

如果那里躺着的是被害人的尸体的话……这到底是怎么一回事？犯人又是从日轮馆里这个完美密室里消失……不对，不一样。这次有些不同。

在之前的案件中，尸体仅有一具。所以福岛县警才得出了自杀的结论。如果尸体是两具以上的话，自杀和他杀的结论可就都有可能了。在密室之中，多人互相杀害，最终全员死亡。这种可能性并非没有。

不一会儿，桐野走到了十年前饭冈祐吉发现樫村千春尸体的那个位置。

这是……

看到地上的惨烈场景，桐野感觉自己全身的骨头都在战栗。

简直是噩梦。

倒在地上的有三人，完全中了自己之前不好的预想。

饭冈祐吉、藤井治郎，还有樫村慎二。金色的地板上，他们三人叠在了一起。

不过，他们的身边并非金色。大量的黑红色的血液，覆盖在他们的周围。

倒在最下面的是穿着黑色羽绒服的藤井治郎。他俯卧在地上，脸扭向右侧。

死因已经很明显了。他的脖子后面，有一个直径约为一厘米的孔。从那里喷涌而出的血液，沾满了他的后头部、肩膀还有后背。

桐野一开始以为那个很深的孔是枪击造成的，不过马上他就明白并非如此了。

距离三人的尸体两米远的墙角处，放着一把电钻。没有看到电源线，恐怕是充电式电钻吧。钻头的尖端，沾着黑红色的血迹。如果这就是凶器的话，伤口的大小也刚好吻合。

在藤井的上面呈九十度角仰着的，是饭冈祐吉的尸体。祐吉怒目圆瞪，嘴还张着。他的死相非常吓人，让人有尖叫的冲动。

他穿着的工作服的外面，是一件灰绿色的夹克。里外衣服的胸前纽扣都被解开了，胸口露在外面。果然，在他的左胸，有一个直径一厘米的孔。

最后是樫村慎二。

他枕在饭冈祐吉的肚子上，身体向右，只是眼睛不自然地看着天花板。在他额头正中间的头盖骨上，有一个孔。可以看到他黑红色的大脑。他的脸，当然也全都是血。眼睛是闭着的，嘴巴歪斜得非常严重，可以窥探出他在临死前所经历的剧痛。

虽然死相各不相同，但是可以推断出杀害他们所使用的凶器都是电钻。

普通情况下，可能是三人互殴，或者是第三人在杀害两人之后自杀。这种推测倒也可以成立，不过……

不对。

桐野使劲地摇头。

绝对不可能是这样的，在这种情况下……

三人的手，都在背后绑着。用的是和固定门相同的绳子，而且还缠了好几圈。

突然，桐野的脚边开始摇晃起来。

在完美的密室里，有三具他杀尸体。犯人不见踪影，这简直就是不可能完成的犯罪。

不可能，这种愚蠢的想法……绝对不可能是真的。

桐野紧握双拳，拼命把自己恍惚的意识往回拉。

◇ "硬盘（*Hard Disk*）V"

"做好觉悟了没有？"处刑人说道。

"救……救我。我不想死。"

利蒂拼命央求处刑人，她的头发被绑住了。此刻的她正吊在树枝的下方。

"放弃吧。"处刑人用冷酷无情的声音说道，"和男人睡过之后，阿克利亚会受到什么后果，你应该是知道的。"

"我……我是……"

"而且，奸夫是你的父亲吧？犯的罪有多重，你自己好好想想！"

"我是被逼的，我并不希望发生那种事情。"

"那你逃跑的事情呢？这不是被逼的吧？"

"这……"

利蒂回答不上来。

"时候差不多了，我送你去那个世界吧。"

处刑人把右手握着的图米，放在了她的颈筋上。

"救救我，求你了。"

"不救。"

图米的刀刃嵌进了利蒂的脖子。

她的颈动脉被切断，大量的血液喷涌而出。

利蒂想叫也叫不出声，意识渐渐模糊。

煎熬。痛苦。

妈妈和麻由的脸浮现在了脑中。

不想死，还不想死。

利蒂扭动着身体。

但是，血还在不停地流着。

"活该！你就要死了！啊哈哈哈！"

她听见了处刑人的欢快叫声。像是狩猎成功一样的，发自内心的喜悦。

处刑人朝着利蒂的背后就是一脚。

利蒂的身体像钟摆一样不停地转晃动。大量的血继续从她的脖子喷涌而出，胡乱地洒向周围。

然后，她死了。

◇ "软盘（*Floppy Disk*）Ⅴ"

今天没有干活。

身体不舒服。

可能是感冒了。全身困倦，不停地流鼻水，真是让人头疼。鼻腔黏膜变得干裂，胃也不舒服，没什么食欲。

还觉得很冷。

比起寒冷，还有一种特殊的皮肤感觉。在皮肤的下面，好像一直有蚂蚁在来回跑动一样。好好睡一觉的话，应该就会好了吧。可是，根本睡不着。

耳鸣也很严重。闭上眼睛，就觉得自己像是在被迄今为止认识的各种人疯狂地喊着。而且，自己好像是犯了什么错，被他们斥责着。

真的，快受不了了。

如果还是这种状态，那么死了说不定会好受一些。今天已经想过这件事了。

生和死并没有什么区别。塔万廷苏尤的印加们，死后也过着和生前一样的生活，也掌握着和生前一样的至高无上的权力。死和睡着了是一样的。把刀刃放在脖筋那里，只需稍稍用力，人就会睡着，陷入深沉而又安详的睡眠。

有不浪费每一秒握笔奋力工作的日子，也有毫无进展的日子。今天明显是后者。

面部已经基本没什么问题了，接下来只要把细节部分好好处理一下即可。就快完成了，没什么好担心的。

　　之后就是看什么时候在头上开孔了。为了这一步，已经事先把头发剃光了。

　　人的一生，不需要什么药物，就能够活得熠熠生辉。必须想起那件事。

　　着急也没有用，再稍微努力一下吧。

第六章　前所未有的结局

1

眼睛瞪着的三具尸体，都死于他杀，横倒在自己的脚边。

意识到这一点的时候，桐野感觉到了强烈的目眩。

其他有嫌疑的人，他根本想不出来。

难道是藏在别墅里的人吗……不对，这里并没有和外界隔绝，罪犯也有可能是从外面来的……

桐野越想越没有头绪。

除了新的杀人事件，还有一大问题尚未解开。日轮馆的内部，并没有发现爱的踪影。

这里也没有的话……再去找找别的地方吧。

桐野感到非常失落。

再回别墅调查一次吧。但是，如果犯人是从外面来的，早就把小爱带走了的可能性也并不能排除。一起事件出现了四名死者，必须要立刻通知警方了，比起搜索小爱的下落，其实，后者原本应该优先考虑的。

即使想要联系警方，方法也还是个问题。

桐野虽然想回去再确认一次，但是别墅的电话线像是已经被谁给剪断了。而且，手机在这一带也没有信号。

也可以开车去警署报告，但是这个方法相当花时间。这里距坂岩村的中心地带有六公里。路很不好走，但是全速前进的话，十五分钟到达也是有可能的，来回三十分钟。可是仅仅是半个小时，也有可能和爱生死两隔，不能就这样离开这里。

桐野咬着牙，在日轮馆里面四处张望。

被混凝土包裹住的巨大石箱……除去各式各样的视觉陷阱画，这里有的只是叠在一起的三具尸体而已。

不管再怎么怀疑，找了多少遍，桐野还是没有发现能供犯人藏身的地方。也没有空间能够禁闭爱。

就在快要绝望的时候，桐野的脑袋里浮现出了两个字。

"暗道"。

他像是听见了爱的声音。

"这里有暗道的可能性非常高。"

"是真的暗道，才不是什么比喻呢。"

这个建筑的什么地方，会有暗道的入口……

桐野的视线，急忙扫向墙壁、地板还有天花板。

他想要用双拳把日轮馆敲个遍，确认声音的差异。但是，理性制止住了桐野的这种冲动。

十年前，福岛县警就已经把这里全都调查过了。如果真的有什么暗道的话，当时就应该被发现了。

关于"暗道是在事件发生后才被造出来的"这一观点，爱之前也明确地否定过。

连县警都没有找到暗道，就凭我这么个半吊子，当然也不可能找出来。罪犯一定是用了非常精密的手法，把入口隐藏起来了。

虽然只好这样想，但是桐野还是觉得无法释然。

密室里的暗道，也太过敷衍了吧。

比如说，按动藏在因蒂像眼睛里的开关，最里面的墙壁就会转动，场景随之发生变化……不过，这简直就像是漫画里的内容。而且，警察如果连这种手法都没看穿的话，比漫画要可笑得多了。

还是觉得很可疑。给这里施工的工作人员，福岛县警应该向他们询问过了。像暗道这样巨大的装置，樫村千春不可能仅凭个人力量就把它造出来。不是怀疑小爱的推理能力，只是觉得对于这次的事件来说，有些不太可能……

桐野思考到这里，忽然想起来了。

爱给她的父亲发送的邮件里有一段文字。

"拘泥于奇怪的偏见，所以才会搞不明白。只要好好地把握住已知的条件，就能看到真相。"

在她看来，我这种想法的人，应该就是被"奇怪的偏见"控制住了吧。

毫无疑问，桐野接受了代理侦探给他的警告。

他想起这一段文字之后，邮件里的其他内容也慢慢在脑海中苏醒。

"从狭义的角度来考虑的话，这可能真的是推理史上首次出现的手法。至少，犯人制造密室的动机是前无古人的。"

还有最后增加的部分。

"长颈鹿先生不相信我，但是那里真的有暗道！这种类型的暗道，真的是前所未闻。"

电脑屏幕上的文字，在桐野的脑中来回跑动。与此同时，那些文字变成了爱的声音，回响在自己的耳边。

不行，搞不明白。

桐野懊恼地双手抱头。

那种高超的手法，我怎么可能看出来啊？虽然做了很久的刑警，不过凭借自己的力量破案的，全都是小事情。和根津先生还有小爱相比，我的大脑就像什么都没装一样……绝对不可能。这个可怕的事件，我解决不了。我也救不出小爱。我只能站在她的旁边，眼睁睁地看她被杀掉！

两行热泪从脸颊滑落。

怎么这么不争气，桐野瘫坐在地上，无力地自责道。

勉强支撑住他的，是作为刑警的职业使命感。如果自己解决不了的话，至少有责任趁早向外请求援助。爱仍旧下落不明，虽然他很不情愿离开这里，但是平白无故浪费时间的行为更不可取。桐野决定采取下一步行动。

他又看了一眼倒下的三人的脸。如此凄惨的杀人现场，自己之前从未见过，简直就是一幅地狱图。

桐野为他们祈求冥福之后，转身走向出口。

荧光灯没有关。让内部有些光亮的话，心里多少踏实一些。

桐野爬到外面之前，又回头看了一眼里面。

欸？怎……怎么回事？

这时，一种奇妙的感觉包围住了桐野。

日轮馆内部的空间，像是倾斜了一样。

长方形的地板，看起来像是菱形。入口那面墙和左右墙壁的角度，本来是直角，但是感觉现在左侧却变成了钝角，右侧变成了锐角。

整个屋子，在他看来，像是往左倾斜了一样。只能这样形容了。

桐野又想到了爱之前说过的一句话。

昨天和饭冈祐吉还有爱来日轮馆，离开之际，爱回过头问身后的桐野：

"喂，长颈鹿先生，从这里往里面看，你不觉得有什么奇怪的地方吗？"

那时，没有领会这个问题的真意，回答得答非所问……难道，小爱想要指出的，就是我现在注意到的这个场景吗？

但是，如果真的是这样的话，这个场景又有什么意义呢？桐野完全摸不着头脑。

可恶！要是我的脑子能转得再快一些就好了……

桐野一边咒骂自己的无能，一边从开好的洞里钻了出去。

2

出到外面之后，桐野确认了时间。八点十六分。

他进去没多久，出来时日轮馆的周围已经迎来了晨光。不用手电筒也没关系了。

阳光从树梢之间照射了进来，在厚厚的冰面上反射出网状的纹路。

还能听到小鸟的鸣叫声。

桐野看到这种和平而又美好的景色，觉得自己刚才的经历简直就是噩梦。

但是，毫无疑问，那是事实。

他不能停下脚步。

桐野抓住锁链，开始从被冰冻住的急坡上往下爬。

习惯真是个可怕的东西。昨天还觉得下坡很令人头疼，今天就不怎么觉得了。一不小心的话，还是会头朝天掉下去的。桐野今天的下坡速度非常快。他下坡之后没有停歇，继续朝着别墅的方向走去。

桐野抬头看了一眼，天空万里无云。把沉重的情绪藏在心底，会发现这里有沐春光般的闪烁着的景色，简直就是仙境之国。

桐野快步走着。

别墅淡蓝色的外墙渐渐变大了。眺望那里的时候，桐野心中的不安越来越强烈。

如果真正的凶手切断了别墅里的电话线的话，他究竟会不会去碰车呢？

刚才出去之前忘记确认了，桐野感到非常后悔。

他到了停车场。出口附近，樫村龙造的遗体和凶器利维的位置，和刚才一致。周围的血块，比起在手电光的照射下，现在显得更加耀眼。

桐野先走到了自己的爱车附近，弯下腰确认有没有什么异常。

完了，被动手脚了。

陆地巡洋舰的轮胎，看一眼就能发现，已经全瘪了。不管是前轮还是后轮，四个轮子都是。就连车后面挂着的备胎，也被放气了。

每个轮胎，都是从侧面被尖锐的刀刃划开的。划痕有近二十厘米长。后备厢里虽然有爆胎修理剂，但也派不上用场了。

奔驰车的状况也是如此。

桐野发出了呻吟声。在别墅的什么地方，应该有奔驰车的备用轮胎。有四个防滑轮胎的可能性很低。给普通轮胎装上防滑链的方法倒也可以用，只是桐野手笨，不太擅长做这个工作。换四个轮子，而且每个轮子还都要装上防滑链，不知道要花多久的时间。与其这样，徒步的方法可能会更快一些。

还有，别墅里可能就没有防滑链。就算再怎么是豪雪地带，四驱车基本上可以在任何地方行驶。

如此一来，果然要走着去了啊。可是……

走到坂岩村的派出所，至少要花一个半小时。考虑到目前道路的状况，可能要花费两个小时以上的时间。这样长时间的离开案发现场，也是个问题。爱仍旧下落不明，杀害四人的凶手很有可能潜藏在附近，情况还很危险。

对于在别墅里害怕而又焦急等待着的樋口里沙和饭冈志乃，到底应该如何向她们开口？丈夫被杀害了的志乃自不必说，里沙知道事实之后一定也会受到不小的惊吓吧。

桐野束手无策。

没办法，还是对她们撒谎吧，说"日轮馆里没有人"。再检查一下电话线，让它恢复正常……要是之后能打通电话就好了，不过，希望貌似非常渺茫。如果电话线修不好的话，接下来也就毫无办法了。真是愁死我了，到底该怎么办啊？

桐野叹着气，漫不经心地看了一眼在房顶上堆得厚厚的雪。接下来的一瞬间，他突然想到。

对了！魔术。

桐野在心中默念着，代理侦探的话又浮现在了他的脑中。

"如果明白了那个魔术，密室之谜自然也就解开了。"

桐野听到这句话还是在日轮馆里。爱先说"暗道的可能性很大"，之后朝向呆住了的桐野，抛出了那句台词。他正要问她这句话是什么意思的时候，被饭冈祐吉给打断了。

这个发现非常重要。

爱在那个时候，直接宣告了"魔术"和"密室之谜"之间的密切关系。按她说话的顺序来看，她很有可能把"暗道"和"魔术"也联系在了一起。不对，倒不如说这么想是非常自然的。

也就是说，如果能识破樫村千春表演的魔术，也就可以找到暗道的入口。

在饭冈祐吉叙述的亲身经历中，虽然有些内容还比较可疑，但是现在祐吉被杀害了，而且案发现场的密室的状况和他的描述几乎分毫不差，如此看来，他的证言有非常高的可信度。

桐野努力回想他说过的魔术的全貌。他闭上双眼，仿佛听见了祐吉的声音。

"千春少爷自称那是'奇迹'。总而言之，确实是让人觉得不可思议的技艺。

"地点……是的，就在这个会客室。他是把模型放在这张桌子上面进行表演的。

"千春少爷先把模型正面的门打开，让大家确认里面是空的。

"位于中央的入口处的门，并不是用圆木做的，而是很普通的对开门。不过，这也情有可原。毕竟模型是要从外面开关门的，没有必要装一个只能从内部开合的门。

"四个人轮流窥视模型的里面，我当然也看了。模型的内部和完成后的日轮馆很相似。室内是长方形的空间，墙壁和地板都被涂成了金色。最里面的墙上，有因蒂的画像和祭坛。里面还有一些其他的东西，不过都是精心画上去的而已。模型和实物最大的区别，最多也就是天花板的有无吧。只有模型被装上了天花板。"

啊，稍等一下。为什么只有模型被装上了天花板？

门不一样的理由，就像祐吉说的那样，为了能从外面把门打开。塔万廷苏尤特色的那扇门，没有在魔术中使用。这个不同，肯定是有原因的。

天花板有无的这个不同点，肯定也是有它存在的意义的。

桐野又想起了观客们看完魔术的反应。

关上对开门，樫村千春用右手罩住模型的房顶，在桌子上绕了一圈。把门打开，里面出现了一个坐在椅子上的阿克利亚人偶。之后又用相同的手法，再打开门时，里面出现的是一个可怕的木乃伊。

识破这个魔术，就能找到暗道的入口吗……啊，好难啊。如果说哪里会被开洞的话，当然是模型的下方最值得怀疑。确实，有不少从箱子里连续拿出不同物品的魔术，但是一经揭秘，手法几乎都是助手藏在桌子下面或者夹层里，给魔术师递东西罢了。魔术的表演地点，是在这个别墅的会客室。要是给桌子开洞的话，肯定马上就会露馅的。前天看到那张桌子的时候，并没有发现它上面有被开过洞的痕迹。但如果是……

就在这时，桐野眼睑内侧的黑暗之中，像是有一道闪电穿过。

他猛地睁开了眼。

周围的景色并没有什么变化，但是桐野看见了和闭眼之前完全不同的场景。

激动又兴奋的心情，桐野的身体都跟着颤抖。桐野确信自己已经拽住了谜题的尾巴，飞快地往回跑。

我……我明白了！

桐野双拳紧握。

魔术的戏法终于解开了。而且，小爱现在被关的地方，也知道了！

3

我知道爱在哪里了，如此确信的桐野，全力地奔跑着。

极度的兴奋和喜悦，让他忘记了自己所在的地方是冰面。

当然，他刚跑了五六步就摔倒了。不过，他又马上站起来继续跑。这次他没有再全速奔跑了，不过他知道现在可不是能够悠闲散步的时候。

身体慌张地运动着的同时，桐野的大脑也在飞速运转着。

谜题的拼图开始有了眉目。

但是，这还只是第一步而已。对于拼图的全貌来说，目前只不过是填上了有特色的几块罢了。不过，幸运的是，其中的一块就是爱的下落。

模型和日轮馆的差别，是接近真相的关键。桐野往前进了一步，这次试着想日轮馆和太阳神殿的不同。

最大的不同，是日轮馆建在山坡的斜面，而太阳神殿的所在位置却非常普通。樫村千春为什么要花费大量金钱，命令施工方建造如此欠考虑的建筑呢？

第二个不同，是入口。

太阳神殿的左右各有一个入口，可是日轮馆的相同位置却被画成了视觉陷阱画，真正的入口在正中央。也就是说，看起来像是有三个入口一样。

之前他还没有觉得这有什么不自然的，但是现在重新想来，不惜时间和劳力，对于再现太阳神殿抱有极度热情的樫村千春来说，他肯定不可能毫无依据地变更入口。在这一点上，他一定有很充分的理由才对。

还有很重要的一点。

随着入口位置的改变，建筑物的整体结构也发生了很大的变化。连接太阳神殿左右入口的，分别是两条狭窄的通道。参观者走到路的尽头，就到达位于最深处的祭坛，从这里可以直接通往神殿内部。与这种结构不同，日轮馆左右的入口都是视觉陷阱画。通道和神殿之间的墙体，一直延伸到最深处的墙壁。

这一点很重要。啊，真是的！如此简单的问题都没有看出来，你还算是现役刑警吗！

桐野喘着粗气自责道。

最后，起决定性作用的，是日轮馆内部空间的"扭曲"。从入口往回看，内部像是整体往左侧倾斜的时候，桐野觉得这一定是自己眼睛的错觉。地板变成菱形的建筑物，从出生到现在就没有见过。

但是，现在桐野知道它的真正意义了。樫村千春怀着特别的意图，建造了这个构造极度特异的建筑。

要是我想得没错的话，小爱应该是在那个地方。

桐野第三次摔倒之后，咬牙想道。

在今后的刑警生涯中，自己的推理都不再正确了也没关系。就这一次，只有这一次，希望真相如自己所想。

桐野怀着祈祷的心情，在被冰覆盖的大地上摇晃着。

4

桐野之后没有摔倒，顺利地到达了坡下。他抓紧锁链，开始往上爬。

这是第三次了，桐野已经很习惯了，他一个接一个地拉住锁链往上爬。步速之快，连自己都感到吃惊。

由于结构和实际的太阳神殿不同，日轮馆里面其实有两个独立的空间。

桐野一边爬坡，一边确认自己的想法。

在建筑物的外壁和被视觉陷阱画涂满了的神殿的墙壁之间，夹着的细长空间。不管是从外部还是内部看，都是被完美隔绝的两个空间。这不可能是偶然出现的，一定是设计者樫村千春的意图。

当然，樫村千春是想认真重现太阳神殿的。这一点从内部的壁画来看，即可一目了然。而且，他还有一个隐藏的目的。那就是制造出可以让自己感到自由的个人空间。一定不会错的。

从常识出发来看，这个想法的确很跳跃。如果假定樫村千春是为了准备实施某种阴谋的话，这种想法的不自然感就会减轻很多。他的某种阴谋是"共感咒术"。自己急促的喘息声在耳边响起，桐野还听见了已经被杀害的饭冈祐吉的声音。

"在沸腾的大锅里，把玉米、鸟的羽毛、金和银……除此之外，还要把人的脂肪也一起放进去……把那些东西放在锅里一起煮的时候，会听到从锅里传出的恶魔的声音。向那个恶魔祈求的话，无论是什么愿望，一定都能实现……用针缝好蟾蜍的嘴巴和眼睛，把它的脚绑起来之后，埋进洞里。坐在那个洞上的人，不久就会死亡。"

樫村千春两眼放光，异常兴奋地把这些吓人的事情讲给了祐吉。他一定是在学习印第安人秘密流传的咒术。因此，他有必要建造出一个谁都进不来的、可以供自己安心钻研的场所。

从话的内容来判断，臭味应该也会非常严重的。所以，他没有在别墅里进行实验。就算是出去租一间屋子做实验的话，也肯定会被邻居投诉。在后山的急坡上挖洞建造出来的与世隔绝的空间，对他来说，正是自己最理想的研究室。只是……

到这里为止，桐野对自己的推理很有信心。但是，他还是有几个想不通的地方。

比如说，樫村千春想通过共感咒术来做什么？用来诅咒别人是再正常不过的想法了。如果真是这样的话，他到底会想诅咒谁呢？理由又是什么呢？

桐野爬完坡了。出现在建筑物前方的他，没有犹豫，绕向了建筑物的左侧。

秘密的隐藏空间，应该在日轮馆的左右各有一个，特别奇怪的是左侧的那个。桐野盯着那个地方，理由当然是菱形的地板。

神殿内部的空间明显向左倾斜。恐怕，洞窟的入口也并不是和斜面呈九十度直角，而是保持了相同的倾斜角度。这样做的结果，日轮馆最深处的因蒂像和祭坛附近的左侧外墙，应该是与山的斜坡相连着的。

那里应该会有入口，绝对没错！这样说的理由是因为，这全都是樫村千春有意图的设计啊。

那里就是爱说的"暗道"。确实，这个案例很罕见。毕竟，暗道虽然存在于发生密室杀人事件的场所，但是那个暗道并不通向案发现场所在的屋子。

代理侦探说的话，一点儿都错。只是作为"华生"角色的桐野，没有理解罢了。

福岛县警没有找到暗道入口这件事，也不应该受到非难。因为之前他们也已经把案发现场——神殿内部搜查了个遍。樫村千春一定是后来自己用铲子挖土，再用丁字镐破坏掉日轮馆的外壁之后，才让暗道完成的吧。所以，就算警察再怎么问施工人员，也绝对不可能获得和隐藏空间有关的证言。

桐野在杉树林中穿行。

这里的地面也全都被冰覆盖。如果是平时的话，走在被冻住的斜坡上肯定很费劲，但是今天一点儿都没觉得。

果然是那样啊，和我想的一样。

冰的上面铺着防滑橡胶。细长的橡胶板被刷成了白色，不仔细看根本看不出来。

这样的话，就和在土地上走路没什么两样了。

桐野开始前进。这次他并没有着急，而是注意着四周小心地前行。

十年前的事件和这次的事件相比，发生的季节不同。

他一边踩着橡胶片，一边想道。

十年前的事件是五月发生的，隐藏秘密入口应该更加容易。立一块板子，或者是用铁锹挖土把它盖上就可以了。但是，现在这个季节可不能那样做，因为雪会再次冻结成冰的。所以，仔细找的话，一定能够找到入口的。

除此之外，桐野还发现了另一大线索。就是他现在踩着的橡胶板。它们时断时续的，非常可疑。不一会儿，往前再也没有白色带状橡胶板了。桐野看了一下，现在走过的距离，与从日轮馆入口走到最深处的距离几乎是一致的。

这下应该不会错了。秘密入口，就在这附近……

沐浴着从树叶的缝隙洒下的阳光，桐野死死地盯着斜面。

啊！找到了，就是那里！

桐野在心中呼喊了起来。

一株大杉树的后面，果然横放着白色的木板。桐野赶忙跑到那里，把木板移开。

出现在他眼前的，是一个直径约一米的横穴式的入口。

5

桐野望向一片漆黑的入口内部，他兴奋得浑身颤抖着。自己的推理是对的，这一事实得到了确认。

小爱就在这里面……

虽然还不明白作为合气道高手的爱为什么要跟着犯人来到这里，但是她被带到这里的事实已经可以百分之百确定了。

桐野蹲在入口的旁边。他从裤兜里掏出了手电筒，一边照向洞的深处，一边向内部窥探。

令人惊讶的是，里面是混凝土墙壁。

樫村千春一定是通过精密的计算，才确定这个入口的位置的。

他关上手电筒，两手扒住洞壁，把头伸进洞里。桐野突然大吃一惊。

如果这里面，有犯人在等着的话……

和刚才一样的强烈的不安，立刻涌上了桐野的心头。这次可没有手抓的地方了，更不可能以仰面的姿势进入。

但是，既然都来到这里了，就不能打退堂鼓。桐野知道会非常危险，但他还是下定决心进入里面。

他把头钻了进去，下面的两侧也是土墙。

但是，土墙也就延续了两米左右。突然，向前方伸出的右手碰到了混凝土的地面。

"因为是很短的暗道。"桐野又想起了爱说过的话。这是个很重要的提示。这种长短的程度，外行人也是可以凭借自己的力量挖成的。

桐野迅速爬进。他用双手护头，赶紧站了起来。这次也没有受到攻击。

他刚缓了口气，鼻腔内就钻进了多种气味。除了有铁锈味，还有不知名的药品的味道。好像还有石油的气味，应该是油漆的味道吧。

里面安静得让人害怕。

桐野用手电筒照亮室内，这是一片只容得下伸开双手的狭窄空间。

后面就是墙壁。墙壁再往前延伸，应该就是画着因蒂像的那里了。

桐野把光照向对面。

嗯？那是什么？

被光轮照亮的，是一张像床单的白布。左右墙壁之间横穿着一根铁丝。白布代替了窗帘，吊在铁丝的下面。

桐野握住手电筒，缓步向前。他变得更加紧张了。

来到了窗帘的跟前，桐野果然有些犹豫了。

它的对面，到底会有什么东西？难道是小爱的……

他来回左右摇头，从大脑中甩去不吉利的想法。

桐野没说出来的词语，是"尸体"。虽然他相信不会有，但是从客观的角度来看，其实并没有足够的证据可以否定最坏结果的出现。

桐野深呼吸，然后咬紧后槽牙，紧闭双唇。

"没问题了吧？听好了，你可是现役的刑警啊！"

桐野义太对自己说道。

万一……真的是万一，如果在这帘子的对面，是爱倒着的尸体的话，绝对不能流泪。一定要找出犯人，亲手给他戴上手铐，把他抓捕归案。绝对！

桐野又一次深呼吸。

这次他没有吐气，猛地用双手拨开帘子，迅速钻了过去。

他一边做出提防的姿势，一边用手电筒前后左右地照着。他看见了很多物品，但就是没见有人的踪影。

桐野再一次确认自己所处的环境。

这里，实在是一个奇妙的空间。

像是专门给鳗鱼住的地方一样，又长又窄的，面积大概有八叠左右。最靠里的纸箱，堆得差不多有桐野那么高，充分利用了墙体。它与墙壁之间的空隙，正好可以让人侧身通过。这前面好像还有房间。

纸箱的跟前，放着一个很有年代感的石油炉。在它的不远处，是一个灯油专用的塑料油箱。这里这么冷，取暖用具自然是必需品。

左侧的墙角，并排摆着四个不锈钢书架。一定是把部件搬进来之后，在这里完成组装的。

桐野借着手电筒的光，确认被满满地堆在书架上的书。

他拿起第一个书架上放着的日语书：《世界魔女全集》《黑魔术研究》《咒术大百科》《印加帝国史》《秘鲁的神话与宗教》《印第安人的咒草》。这些应该是樫村千春的藏书吧，书架的下排被《共感咒术》以及与它类似的书籍摆满了。

第二个书架上放的几乎都是外语书。而且并非英语，大多数是西班牙语的书。一开始桐野还觉得无法理解，但是在对比两个书架之后，他有了一个发现。

与灰尘堆得很厚的外语书相比，日语书上的灰尘并不是那么多。能看出它们有被人翻阅过的迹象。

时间紧迫。剩下的两个书架，桐野只是草草地扫了一眼。

那两个书架上没有书，放着的是一些杂物。大量的玻璃瓶、干草干木、烧杯烧瓶等。桐野有种走进了化学实验室的感觉，还有油漆罐和用来涂它的刷子以及滚筒刷。

粗细各异的铁丝、黏土、石膏的袋子，还有像是人的头发一样的黑色纤维物。

桐野感到很不可思议，或者可以说成是"既视感"吧。他觉得好像在哪里见过类似的场景。

但是，现在可没有想这个事的工夫。桐野急忙将视线移向前方。

看完了书架，剩下的就是铺在地上的两张蓝色塑料布了。两张塑料布都像是有凸起，很明显它们的下面应该是被放了什么。

看到这一幕，桐野内心的平静被打破了。两处凸起，都像是有一个人的大小。

心跳加剧，桐野觉得心脏快被压得喘不上气来了。他向左侧塑料布伸出的手颤持续抖着，没办法镇定下来。

冷静点！别这么不争气。

桐野屏住呼吸，捏住塑料布的一端，一口气掀开。

啊，这是？！

眼前的景物出人意料。

低矮的木制工作台，上面放着的是写着"水干绘具"的箱子、看不出是什么颜色的颜料管、画笔、砂纸、棉棒，还有一个人偶的身体。

它的大小约为十厘米，没有手也没有脚，只有身子。不过，对应的位置都已经被开了孔。

这一定是制作人偶的道具，桐野觉得见过也是理所当然的。仔细看人偶的身体，会发现在它的上面斑驳地涂着几种差异不大的肤色。大概，这个人偶的身体，是被用来测试画笔状况的吧。

为什么这里会有这种东西？

但是，在思考这个问题之前，还有一个不得不考虑的事情：确认另一张塑料布下面的东西。

左手的手电筒还亮着，桐野掀开了塑料布。

"啊！"

桐野这次真的叫出了声。

"啊，小爱！"

桐野没看错，眼前出现的真的是小爱。白色高领毛衣搭配牛仔裤，外面套着一件茶色登山服。和昨天穿的一样。

爱的手脚被绑着，无法动弹。她的嘴里塞着猿辔，身上的衣服并没有乱，不像是有被人动手动脚过的样子。

周围很昏暗，对面应该看不见桐野的脸。爱扭动身子，不停地呻吟着，好像是在求助桐野快些帮她松绑。估计她听出了桐野的叫声吧。在那之前，可能她认为进来的是犯人，一直没敢出声。

太好了！还活着！！

而且，她貌似也没受伤，总算能平安无事地把她救出来了。桐野的眼前浮现出自己的恩人根津信三的面容。

桐野用右臂抱起了爱。

她确实被绑得很紧。手腕、脚腕还有膝盖都被绑在了身子前面，用的是捆包专用的白色塑料绳。

"稍等一下，小爱。我现在就帮你解开！"

但是，绳子被打上了死结，用手很难解开。桐野望向工作台，那上面没有刀具。要是在这个屋子找的话，应该能发现刻刀的，但是没办法立刻找出来。

没办法，桐野只好决定先把猿辔取下来。虽然尾端被打了死结，但是毕竟只是条毛巾而已，感觉还是能取下来的。

他把手电筒放在工作台，调整角度。光刚好能照到爱的后头部。

"小爱，稍微忍耐一下，马上就好。"

桐野嘴上虽然这么说，但是进展并不顺利。他一边呵嘴，一边和死结较劲。一直保持安静的爱，突然发出了很大的呻吟声。

"怎么啦？是不是弄疼你了？"

桐野话音刚落，爱大幅度地摇头。她的视线越过了桐野的肩膀，好像在瞪着谁似的。

欸？

桐野回头看。不禁怔住了。

窗帘的前面出现了一个矮小的身影。不知道是什么时候，有人进到了这个隐藏房屋。

"谁！你是谁？"

桐野急忙拿起手电筒，照向那个人。接下来的一瞬间，桐野叫出了声。

"你是……"

站在那里的人，实在是出人意料。

6

"小……小愉美！"

桐野看清那个身影的一瞬间，不禁高声惊叫道。

进到日轮馆隐藏房屋的，是樫村愉美。

淡淡的光轮之中，能看出她那白皙的肌肤和端正的脸庞，还有紧贴着眼睛的低刘海。

桐野把手电筒向下移，灰白色开领毛衣，焦茶色喇叭裙。他确实见过这身衣服。

"你……你，为什么？"

还没问完，桐野就已经惊到说不出话来了。接下来的一瞬间，他觉得全身像被闪电劈过一样。

知道这个入口的，应该没有几个人。我也是才刚刚发现的。能从那里进来的话……这样啊，原来是这么一回事啊。

桐野觉得自己已经看到了事件的核心，抓住了谜底的尾巴。在不经意之间，最大的谜底也被揭开了。十年前樫村千春被杀害的密室之谜，还有这次吞噬三条生命的密室之谜也……

所有的条件，都已被明白地摆在了面前。只是，他那时还没有理解这些条件的能力。现在，各种杂乱无章的事实与现象，都已经联系在了一起。桐野意识到这一点的时候，与案件相关的内容，就像无数块细小的拼图迅速归位一样，瞬时组成了一幅壮大的完美图画。

他悠闲地站了起来。虽然给爱解绑也很关键，但是现在有更要紧的事要做。

桐野抬起右臂，朝着愉美，伸出了食指。

"你，就是犯人！"

冷静的宣告。

但是，愉美并没有什么反应。她没有任何表情，只是盯着桐野。

"你看起来并不想承认啊，那，我来替你说吧。"

也许是因为谜底一下子就被解开了的原因吧，对于能否有条理地完整讲述整个案件，桐野其实并没有什么信心。但是，一定要克服这个困难才行。为了让犯人心服口服，自己必须尽最大的努力逼近案件真相。

"我首先想指出的，是邮件。你在今天凌晨一点四十三分至一点四十五分之间，一共给爱的免费邮箱地址发送了六封邮件。作为爱的朋友，你当然会知道她的邮箱地址。在'硬盘（Hard Disk）Ⅳ'这封邮件里，有以下的内容：之前一直发愁的头发的事情，现在也有了眉目。材料的提供者，马上就要来了……到时候在学校被大家看到了，我的心里该有多么激动呀。对于阿克利亚这一角色来说，没有人会比她更合适。

"我对自己之前的疏忽大意真的感到很震惊。因为，一眼看上去像是不知所云的文章，其实里面有很多重要的信息。最后写到的'符合阿克利亚角色的少女'，指的就是小爱。因为，'材料的提供者，马上就要来了'。虽然这样说她不好，但是一头大红色烫发的小里沙，肯定不符合阿克利亚人偶的设定。小爱的头发，就没什么问题。从'到时候在学校被大家看到了'这句可以判断，快来的人是同一所学校的学生或老师。也就是说，藤井老师也可能是合适的人选。但是，他现在已被杀害，这种可能性也就不复存在了。

"我就应该在一看到那封邮件的时候，就怀疑你才对。虽然制作人偶的过程被写得很详细，但其实有这种爱好的人大有人在。之前我一直认为不能简单粗暴地把两者直接联系起来，所以在下意识里就把你从嫌疑的人的名单里排除了。我真是太傻了，要是再想得简单一些就好了。

"描述塔万廷苏尤少女日常生活的邮件，也是你发送的吧？虽然我还不懂你为何要发那种文章，不过，我现在有能确信的事情。那就是，小爱作为代理侦探解决过很多起案件的事，你其实早就知道了。所以，你才会写那种莫名其妙的小说风的邮件，向她发起解谜挑战。在顺利绑架小爱之后，你又接着发送了制作人偶的日记，这次是想向作为刑警的我发起挑衅。和小爱不一样，我或许并不能成为你的强劲对手。但是至少对于你所犯下的罪行，我要在这里说个清清楚楚！"

面对桐野的谴责，樫村愉美还是一动不动。她双手放在后背，冷冰冰地盯着桐野。她的手上有可能藏了什么武器，桐野觉得有必要保持警惕。

"看这样子，你还是不想承认啊。"桐野接着说道，"大概，你是没想到我能看穿你的把戏吧？为了能给你增添一些紧张感，那我先说最核心的部分，也就是密室的手法。如果有错的话，还请你给我订正。

"先从十年前你的父亲樫村千春被杀事件开始说吧。福岛县警的各位，不好意思，请允许我用'被杀'这个词。都已经到这里了，只好就先不客气了。

"其实，直到刚才，我都还在怀疑饭冈祐吉的证言。从他那里获得的关于密室状况的情报，总觉得有些过于完美了。埋在地里的混凝土的箱子，没有窗户，入口也是特殊构造，没办法做手脚。在这种空间之内，只有倒着的尸体。不仅是凶手的踪影，就连凶器都莫名其妙地不见了。

"可能之一，是早业杀人说。这是个不论在什么样的密室里，都很容易实施的便利手法。对于十年前的那起事件来说，因为第一目击者独自进入了案发现场，所以藤井老师认为犯人用的是迟业杀人的手法。

　　"另一种可能，是暗道。不过，这可是密室杀人手法中的大忌。持有这种主张的是小爱。我后来越来越相信这种说法，但是最后意识到了自己思考的偏差。日轮馆里确实有暗道，不过它并不通向日轮馆，也和杀人事件没有直接的关系。

　　"铺垫得有些过于长了。从现在开始，我要说最重要的内容——作案手法了。对于这一点，其实小爱给过我两个提示。"

　　桐野瞄了一眼坐在自己脚边的代理侦探。他开始说话之后，爱停止了呻吟，看样子像是认真在听。这一定是在证明自己说的是正确的，桐野是这样理解的。

　　他虽然想要赶快解开绳子和猿辔，让爱早些恢复自由，但是，又不能让樫村愉美看到已经被弄松了的缝隙，所以暂时没能如愿。

　　"我受到的第一个提示是'拘泥于奇怪的偏见'。然后，第二个是'参考魔术的手法'。就是你的父亲表演过的那个魔术。那时你虽然还小，不过我有一个理由可以证明你一定记得那个魔术。魔术的步骤我就先略过了啊。

　　"那个魔术，表演者不用手触碰模型，还想让人偶从模型内部出现的方法，其实只有两种。第一种方法是机械装置，我之前听别人说过，貌似很难实现。那么，采用第二种方法就成为必然了。通过某人的手，实现人偶的出现和交换。最常用的方法，是在放着箱子的台子下面藏一个人。你的父亲，是在别墅的会客室的那张桌子上表演的，所以这种方法也被排除了。

　　"这样一来，只剩下一种可能性了。在屋顶的里面藏人。没办法在下面，所以就只好选择上面了。之前饭冈祐吉说过，当时用的模型‘墙壁的高度大概有三十厘米，屋顶的高度也超过了二十厘米’。有这种大小的空间的话，里面完全可以藏进一个小孩。那时藏在屋顶里的，可能不是你，而是你的弟弟慎二，我觉得这种可能性很高。但是，一直待在慎二身边的你，有可能是听他说过，所以知道了这件事。这就是我刚才说过的‘一个理由’。

"模型的房顶是可以取下来的，慎二趴在里面。如果这只是个普通的房屋模型的话，人的手和脚可能会很碍事，但是，正因为它是日轮馆的模型，所以才没有问题。我们现在所处的这个隐藏房间，左右其实各有一个。把手和脚分别伸进这两个空间的话，应该就不会觉得那么难受了。

"之后就没有解说的必要了。慎二的手上，拿着阿克利亚和木乃伊的人偶，还有椅子。为了方便内部的开合，在模型的内壁上装了合页。凭借他的双手，奇迹就这样发生了。即使是个五岁的孩子，只要稍加练习，也可以很轻松地完成。

"证明我这个假说并非想象的证据，是模型和真正的日轮馆之间的几处区别。比如说，真的日轮馆是没有天花板的，而假的却有。还有，模型的房顶比真的日轮馆大出很多。正是这些不同，才使得魔术的手法能够成立。

"你父亲特地表演那个魔术的理由，是不想让他的养父龙造知道日轮馆里有隐藏房间。作为历史学者，龙造当然对太阳神殿的构造一清二楚。正面左右两个入口是视觉陷阱画，真正的入口在正中间。如果不声不响地把日轮馆给建起来了的话，被怀疑成‘莫非是有什么特别的理由'的危险性是相当高的。所以，为了抢占先机，他才表现了那个魔术。因为，你父亲不想让龙造对中间的那个门起疑心。"

第一阶段的推理结束。不过，还远远没有结束，桐野没有松气。

"多亏看透了魔术的手法，我才发现了这个隐藏房间。在日轮馆的两边的隐藏空间，乍一看什么用都没有，其实却有着相当大的存在意义。因为，我发现了它们之间的共通点。

"不过，小爱的提示，其实还有更深层次的意义。那个魔术的手法，和十年前密室杀人的手法非常相似。她一定是想告诉我这一点的。只是很抱歉，我当时完全没有理解她的意思。就在刚才，我总算是明白了。

"江户川乱步把密室手法分为以下三种类型。'第一，实施犯罪行为时，犯人不在室内。第二，实施犯罪行为时，犯人在室内。第三，实施犯罪行为时，被害者不在室内。'所有的密室手法，肯定是在这三种情况之一的。如果作案手法和那个魔术的手法相似的话，当然就应该是'二'的模式了，这一点是毋庸置疑的。也就是说，实施犯罪行为时，杀人者在室内。换言之，可以认为饭冈祐吉在进入日轮馆的时候，杀害樫村千春的犯人，还藏在室内的某处。

"但是，在这种情况下，又会出现一个大问题。饭冈先生发现尸体之后，非常仔细地检查了现场及其周围。以他的检查结果为参考的话，完全可以断言室内没有地方供杀人凶手躲藏。在排除迟业杀人说和暗道说之后，到底该怎样解释眼前出现的矛盾状况呢？

"把快要走进死胡同的我救了出来的，果然还是小爱的忠告。

'不拘泥于偏见'。我把这句话铭记在心，重新思考案发现场之时，我发现，只有一个地方能够供犯人藏身。"

桐野终于要说到核心中的核心了。

他把手电筒的光，对准了樫村愉美的脸。像是被晃到了眼睛，少女眯起双眼，五官挤在了一起。但是，她的视线并没有转移，还是牢牢地锁定在桐野的身上。

"饭冈先生之前说过：'别说是犯人了，就连凶器都没被找到。只有尸体，真的就只有尸体。'已经，不用我再多说什么了吧。"

桐野调整呼吸。

"如果相信他说的所有证言，那么答案自然也就出来了。犯人唯一能够把自己藏起来的地方，当然，就是尸体的底下！"

7

"凶手藏在了被害者尸体的下面。这种出乎所有人预料的想法，正如小爱所说的那样，这恐怕确实是推理上首次出现的手法吧。"桐野把光轮从对方的眼睛移开，继续说道，"稍微再多说一句，可能有人会觉得，犯人只不过是多了一个藏身地点罢了。但是，这起案件和其他案件相比，有一处最大的不同。那就是，只要满足了一定的条件，不管在什么地方都能实施犯罪。在紧闭的房间里，尸体一定会倒下。如此单纯而并没有什么好意外的密室手法，这么多年了，居然都没有人能够看出来。

"但是比起这个，让我全身汗毛竖起……更觉得不寒而栗的，其实是接下来的事情——犯人制作密室的动机。这是非常关键的。不过，在这之前，我还有必须要补充说明的一点。

"樫村千春的体型比普通人要大不少。而且，被杀害的时候，他穿着的也是厚风衣。所以，他周围的空间应该是很有富余的。但是，犯人能够藏在他的身子底下，也就意味着犯人把自己供了出来。因为，就算身材再怎么矮小，大人是没办法这样躲藏的。也就是说，十年前杀人事件的凶手，是个孩子，必然会得出这种结论。"

樫村愉美的表情，看不出有任何动摇。桐野开始感到有些焦躁了。但是，既然如此，进攻的矛锋就更不能手软。

"小孩能把大人杀死吗？而且杀的还是个体型很壮的大人。任谁肯定都会有这种疑问。凶器是被打磨得如剃刀一般锋利的带尖的刀刃。伤口所在之处，也是皮肤很薄的要害部位。根本不用使出多大的气力，就完全可以置人于死地。

"犯人如果是小孩的话，凶器消失以及再次出现之谜，也就可以被简单说明了。犯人把图米拿在手上，藏在了尸体的下面。饭冈先生离开之后，犯人提心吊胆地从尸体下面爬出来，但是不知道该如何是好，定在了日轮馆里。就在这个时候，犯人突然感觉好像又有人来了，于是赶忙把图米扔在地上，又一次钻到了尸体的下面。

"到目前为止的推理，我应该没有错。只是在这个阶段，还无法确定犯人是当时这个家里的两个小孩之中的哪一个。不过我确信，犯人一定就是你。理由我一会儿再告诉你。

"总而言之，杀人事件发生之时，你和弟弟在古井里的这一说法，绝对是谎话。进入日轮馆的龙造，发现了躲在尸体下面的你。

为了掩盖自己孙女犯罪的真相，他找了个借口——让祐吉回去打报警电话，把祐吉从日轮馆支开之后，龙造把你拉了出来。之后，他抱着你急忙赶回别墅的院子，把你放进了古井。除此之外，他还把你的弟弟慎二也放了进去，这全都是为了骗过警察的眼睛。当然，他也一定嘱咐过你们，不管是谁来问你们什么，你们都一定要回答'上午在院子里玩耍的时候，不小心掉了进去'。

"回到正题——关于作案动机。还只是个小孩子，为什么要杀害自己的父亲？关于这一点，小爱也有给过我提示。'至少，犯人实施密室杀人行为的动机，绝对是前所未闻的。'这句话的意思，我之前也一直没明白。关于密室杀人，推理界基本上已经快写遍了。事到如今，应该不会再出现新的动机了吧。但是，真相真的是让我大吃一惊。现在，我就开始说明。"

这时，樫村愉美稍微有些动摇了。放在身后的双手，慢慢挪到了前面。她的右手提着一个小布袋。

那里面……究竟装的是什么？

桐野再次提高了警戒心。

"让我接近真相的线索，是刚才在日轮馆里发现的那三具尸体。虽然我觉得没什么必要，但是以防万一，我还是先确认一下好了。今天早上，别墅里发生了多人行踪不明的紧急事态，我从别墅出来准备去日轮馆的时候，在停车场的角落里发现了头部流血身亡的樫村龙造。杀害他的凶器是利维。有人从研究室里把利维拿出来之后，拴好绳子，用力击打了龙造的头部。

"日轮馆的入口，和昨天不同，被替换为了圆木捆成的特别的门，内部也完全成了密室。用斧头把门破坏，在进到里面之后，我看到室内有三具男性的尸体摞在了一起。最下面的是藤井治郎的遗体，他像是被人用电钻之类的凶器从后脑勺开洞而亡的。他的尸体之上，是左胸被开了洞的饭冈祐吉的遗体。最上面的，是你的弟弟慎二的遗体。他被电钻在额头的正中间开了洞。三人的手都在背后绑着，没有自杀的可能性。

"犯人为什么要杀害这三个人呢？这个疑问，和小爱说的'前所未有的动机'，真的是可以连得上的。解开谜团的关键，是被害者的人数。同样的地点，同样的门，也就是说，在相同的密室里，十年前尸体是一具，这次是三具。为什么会有这个不同呢？在我看来，这是因为，两起事件的犯人是同一人，杀人动机也是相通的。

"不卖关子了。震惊世人的犯罪动机，其实非常单纯。所以，才会让人感到恐怖。那就是……"

桐野停顿了五秒左右。

能够合理说明一连串的不可解事件的假说，只有这个了。虽然桐野如此认为，不过要从嘴里说出来的时候，果然整个脑袋都还是被不安充斥着。

会不会有些太古怪了……

桐野拼命摆脱胆怯心理，深吸了一口气。

"两次杀人的动机，都是为了藏身。为了能够吓住用斧头劈开门想要进入内部的侵入者，你想藏在内部的某个地方。但是，日轮馆里根本没有可供藏身的地方。迫不得已，你让尸体现身，密室杀人的状况也就随之出现了。

"接下来说尸体的数量为什么是十年前的三倍。十年前你的身材还很矮小，可以藏在一个大人的下面。但是，长成高中生之后，没办法再那样做了。所以你一口气杀死了三人，藏在了三人的下面。这就是前所未闻的动机。怎么样？我说对了吧！"

这时，樫村愉美的态度第一次出现了变化。她突然睁大了眼睛，凝视着桐野。

"事件的前因后果，应该就是我下面说的这样。十年前的五月三日，你来到了日轮馆。那时，你的父亲应该正在绘制那幅未完成的阿克利亚受刑图的壁画。你来访日轮馆的目的我不得而知，但是，估计你是来偷窥爸爸的绘画过程的吧。长大之后，你拥有了出众的人偶制作的才能，所以，你从小就对美术感兴趣这件事，也是非常自然的。

"让你进来之后，千春关上了日轮馆的门。他在门的后面顶上了十字形的圆木，用粗绳捆紧了圆木的两端。这并非什么异常的行动，日轮馆的门本来就是那个样子的。大概千春认为，就算门的开闭会比较费劲，但还是想保留塔万廷苏尤的特色吧。

"那之后，你的父亲继续开始绘制壁画。随着时间的流逝，他也越来越投入，全身心地投入到了绘画之中。因为所有的壁画都出自他一人之手，由此可见他专注力之强，他把所有感官专注于作画之中。就在这时，饭冈祐吉来了。所以就算他再怎么敲门大声喊叫，千春也是听不见的。如果饭冈就此放弃的话，悲剧也就不会发生了。但是，他受龙造之命，不能就此返回别墅，必须要确认日轮馆的内部情况才行。正好旁边有把斧头，实在没办法，祐吉只好用斧头劈门。

"听到外面传来的巨响，你非常震惊。你觉得是可怕的杀人狂魔正在砸门，要进到日轮馆里。你当时一定是这样想的。然后，你哭着央求千春，说：'爸爸，好像有谁要进来了。太吓人了，怎么办啊？这样下去，我们可能要被杀了呀。'但是，不管你怎样哭喊，你的父亲就是无动于衷，顶多是回了你一句'真烦！'而已。你试着找里面有没有藏身之处，但是，日轮馆里根本就没有能躲藏的地方。幼小的你陷入了惊恐与绝望之中。

"但是，这时你的脑中突然闪现了一个想法。那就是，让你的父亲暂时先睡一会儿，你好躲在他的身子底下。

"虽然听起来荒唐可笑，但是这说法有确切的根据，就是你发送的描述人偶制作全过程的邮件。'软盘（Floppy Disk）V'里，有这样一节。'生和死并没有什么区别。塔万廷苏尤的印加们，死后也过着和生前一样的生活，也掌握着和生前一样的至高无上的权力。死和睡着了是一样的。把刀刃放在脖筋那里，只需稍稍用力，人就会睡着，陷入深沉而又安详的睡眠。'

"这应该是你父亲说过的话吧。面对幼小的你，千春多次重复过这句话。所以，你才会捡起地上的图米，想让父亲睡着，就像他告诉你的一样。但是，你的父亲并没有再醒过来了。他的身体不久之后就被火化了，只剩下骨灰。"

愉美又有了反应。她低着头，好像是在有意躲避桐野的目光，身体开始颤抖。看到这一幕，桐野开始兴奋了。

"我能推理出你是案件的真凶，理由其实就在此处。慎二当时只有五岁，虽说这个年龄的孩子已经可以用刀子去切割颈动脉，可是，他那时并不能理解父亲所说的具有哲学意味的话。而已经是小学二年级学生的你，则完全可以理解。所以，有必要把慎二从嫌疑人的名单中排除出去。

"饭冈志乃在确认过你房间的状况之后，告诉我说'你睡得正香'。其实她是在说谎。志乃因为想包庇你，所以才那么说的。假定犯人是你的话，小爱被绑架的这一事实也就没有那么不自然了。对方是她的好朋友，就算她再怎么是名侦探，也会放松警惕的吧。

"十年前的事件发生之后，警察来到了这里，由于樫村龙造的急中生智，你并没有被警方怀疑。但是，你当时应该是在精神上受到了很大的冲击。随着逐渐长大，你认识到了自己罪孽之重，心中的伤口也久久不能自愈。

"听说你所患的解离性遁走，时不时会在学校发作。得这个病的原因，恐怕和你弑父的行为不无关系吧。解离性遁走发作的时候，你会变得行为异常粗暴，和平时相比，简直就像是换了一个人。同学碰你的人偶时，你非常生气，会拽住他们的头发到处走的吧。

"昨天晚上你也发病了。嗯，说不定那就是真相。就算再怎么声讨你，如果没有与之相关的记忆的话，你也完全可以主张自己不记得了。这样一来，在审判之时，你就有可能会被认定为丧失理智或者是精神失常。

"虽然我还不知道为什么那三名男性会同时出现在这里……总而言之，应该是知道了你杀害自己祖父的事实，他们追你追到了日轮馆里。潜藏在你脑中的十年前的恐惧重新浮现，解离性遁走再次发作。那时，你完全回到了十年前的心理状态。可是，再使用相同的手法已经不可能了，因为你的身体已经长大，没办法藏在一个人的身子底下。所以，你才把三人都残忍地杀害了。"

突然，樫村愉美的身体开始剧烈摇动。嘴巴和鼻子剧烈地喘着粗气。桐野一开始以为愉美是哭了。

但是，事实并非如此。

她再次抬起头，脸上露出了无所畏惧的笑容。她用白眼盯着桐野，肩膀奇怪地抖动着。

桐野感到困惑。

在笑？有什么好笑的？为……为什么……

目瞪口呆之时，突然从背后传来了声音。

"长……长颈鹿先生！"

欸？

是爱的声音。桐野定睛一看，她嘴里的猿辔已经掉落，勉强可以说话了。桐野的努力，有了成果。

"长颈鹿先生，小心！那……那个家伙……"爱喘着粗气说道，"那个家伙才不是小愉美！他是假的！"

8

不是小愉美吗？

对于桐野来说，爱的话简直就是晴天霹雳。

这……这是怎么一回事？

桐野屏住呼吸，用手电筒再一次照亮站在自己面前的这位身材矮小的人。虽然她压低了自己的脸，但是不管怎么看，都觉得是樫村愉美本人。

"啊，小爱，你是不是脑袋受什么刺激了？这里站着的，分明就是——"

桐野刚要说的一瞬间，对面的人突然开始狂笑。听见这个声音的时候，桐野觉得自己的心脏就像是被老鹰狠狠地抓了一把。又像又不像愉美的刺耳的声音。

"实……实在是太好笑了！你是在故意逗我吗？"

她的肩膀剧烈地抖着。她说话的语气，变得和平时迥然不同。

"你是不是真的傻啊！想什么呢？"

这位少女，难道是多重人格障碍患者？

有关樫村愉美解离性遁走发作时的状况，桐野有从爱和里沙还有藤井治郎那里听说过。不管是解离性遁走还是多种人格障碍，都是源于儿童时期的精神创伤，诊断也相差无几。愉美的身体之后，很有可能潜伏着另一个人格。

现在和桐野说话的，明显是男性的人格。

总而言之，桐野想着先辨明正体，慎重地开口说道：

"首先，请允许我问一个问题。你……是小愉美身体里的另一个人格吗？"

"什么？另一个人格？啊哈哈哈哈哈哈！"

这次，对方哄笑到弯了腰。

"你还嫌出的洋相不够啊！丑上加丑！简直是笨到令人难以置信，大刑警先生！你还没明白吗？听声音就应该懂了吧。是我啊，是我！”

声音？

这么一说，自己好像确实在哪里听过这个声音。然后是体型。这样小的体型，还是男性。别墅里应该只有一个人符合这个条件。

樫村慎二？不，不可能。绝对不可能。

桐野立刻否定了自己的想法。

慎二已经死了，他被杀了。就在刚才，自己不是也亲眼看见了吗？

桐野一边想着，一边重新目视与他对峙的这个人。他的呼吸开始变得困难。淡淡光轮照着的"愉美的脸"，不知从什么时候开始，已经变成了弟弟慎二的模样。

只是姿势略微倾斜、下巴往外突出了一些，给人的印象就已经截然不同。桐野被吓得都快握不住手电筒了。

原……原来是这样啊。

伴随着意识的动摇，桐野一点点地发现了真相。

初次见到樫村慎二的时候，桐野对他的印象是"和美少女姐姐似像非像"。但是，这只不过是大体上的印象罢了。分析一下的话，体型几乎一样，皮肤都很白皙，都是细长的眼睛、高鼻子，五官端正……几乎每个特征都相同。姐弟长得像无可厚非，而且，从照片上看，慎二小时候长得就很像女孩子。其实，桐野忽略了一个重大的事实。

遮住额头和眉毛的——愉美的刘海，也是一大迷惑要素。只要戴上和姐姐发型相同的假发，慎二就能以假乱真了。

二人明显不同的地方，只有声音。所以到刚才为止，他都没有说话。

到这里为止，桐野已经明白了。

可是，如果是这样的话，就又会出现新的疑问。

"你……你不是已经被杀了吗？在日轮馆里，和饭冈先生还有藤井老师一起。我亲眼看到尸体了啊。"

"地狱之底，死而复生。"

桐野刚一问完，对方淡淡地答道。他的嘴角浮现了可怕的微笑。

"你在说什么？"

桐野感到脊背一阵发凉。跟自己说话的这个人，不是魔鬼就是幽灵。他向后退了两步，站在了爱坐着的那里。

"啊，小爱，这到底是怎么回事？"

"怎么回事？就是你看到的这样啊。"爱态度很轻率地答道，"这可是让我悔恨终生的失败啊。就算他再怎么是坏主意多到不行的天才，被这种家伙绑架，真的是太……"

"为什么会成这个样子？"

"因为——"

"喂！喂！你们两个，一会儿再聊吧，好吗？我可是等了很久了！还有更重要的事要做……"

慎二将右手放进了小布袋里。桐野觉得他像是要从里面取出什么东西一样，做好了防御的架势。

"看！就是这个。给我看仔细了！"

他掏出来的，是一个人偶。

身长约四十厘米的少女的人偶。看到这个人偶的第一眼，桐野立刻想到了邮件里的一段文字。"纯金的珠子镶在边缘的蓝色连裤装，缝着鸟的羽毛的披肩。至于黄金花冠和固定披肩用的纯金卡子，之后自己动手制作。"完全一致的服装，这是"阿克利亚的人偶"的完成品。

只能说做得非常完美。被涂上多层胡粉的皮肤，闪亮着像丝绸一样的光泽。脸上沁人心脾的笑容，让人觉得它仿佛真的就是一位少女。

特别是，它的眼睛活灵活现。制作者本人把这双眼睛做成了"天神下凡般的奇迹"，这种说法并不夸张。视线重合之后，人偶变大……不，是陷入自己变小了的错觉之中。

很像小爱，简直是一模一样。

桐野虽然不想承认，但是真的很像。

与那位名叫利蒂的少女的末路重叠，桐野的心中出现了一种不祥的预感。

"这是你自己做的？"

"啊，是的。"

"但是，制作人偶不是你姐姐的……"

"弟弟就不能和姐姐的爱好相同吗？哪条法律规定的？"

反驳过之后，他又不说话了。

调查慎二屋子的时候，桐野虽然看到了画具、黏土和铁丝等制作人偶用的工具材料，但是那时的他欠缺冷静，根本没有对这些东西上心。

"那，文章也是你写的吗？"

"文章？"

"给小爱的邮箱地址发送的——人偶制作日记。文章的题目几乎都是'Hard Disk'这样的。"

"那个啊，嗯，大部分是我写的。"

"大部分？到底是什么意思？"桐野责问道。

"没什么意思。"

"你为什么要发送那种东西？从时间上来看，你是在绑架了小爱之后发送的吧？"

"当然是为了挑战作为现役刑警的你了，不过……"慎二的嘴角浮现了讽刺的微笑，"不过，我的期待看来是要落空了。问我'是你写的吗'，看来你什么都没明白！"

"你说什么？"

桐野瞪着对方。关于此事，他无法借助爱的智慧，因为她还没有读过那些文章。

他正想着转移话题的时候，邮件里的另一段文字又浮现在了脑海。

"如此奇迹般完美的眼睛和脸，实在是和布偶的假发还有生丝不相称。不管怎样，还是想用人的头发，想用模特本人的头发。"

"必须把她的头发弄到手，不管是用什么方法……"

桐野看了一眼阿克利亚人偶，心头一紧。乌黑的长发直至它的腰间。

"啊，难道说，那个人偶的头发……"

桐野说不出话了。只要绕到爱的身后一看，立刻就能明白，但是他没有鼓起勇气。

"哼哼哼。事到如今你才意识到了吗？果然是脑子不好使啊。"看着桐野狼狈的样子，慎二嘲笑道，"其实，我本来并没有要绑架侦探的计划。"

他称呼爱为"侦探"。

"把她叫来别墅，是为了让她作为完美密室杀人事件的证人。之后，只要再拿到制作人偶所需的头发就足够了，我之前是这样想的。但是，途中发生了让我被迫改变计划的紧急事态。"

"被迫改变计划的紧急事态？"

"就是在日轮馆前见到他的那个时候。"爱说道，"长颈鹿先生，你不记得了吗？就是，我那时说过'要遮住入口也很不容易吧'。他就是听了那句话，才被吓得不轻的。"

桐野想起了那个场景。

走出日轮馆之后，饭冈祐吉、爱还有桐野，发现了蓝色塑料布下面露出的圆木门。祐吉想要伸手去碰的时候，慎二大喝一声"别碰！"，出现在了三人的面前。

小爱和他打了招呼，之后就说出了"毕竟现在是冬天，要遮住入口也很不容易吧"这句话。当时觉得她所说的"入口"，应该指的就是那个圆木做成的门……现在想来，这种说法确实有些奇怪啊。

她是在暗指"隐藏房间的秘密入口"吗？如果不这样解释的话，就和前面说的"毕竟现在是冬天"连接不上了。春天到秋天之间，只需盖上土就可以成功伪装的入口，只有冬天才会变得不好隐藏。

初雪的时候还好，现在肯定特别不好办了……那个时候，小爱就已经看穿这一点了吗？对于她说的那句话，樫村慎二异常敏感。

无心的对话，使得名侦探和坏主意天才之间看不见的火花四处飞溅。

"我可不是因为害怕什么。只是，好不容易计划就差最后一步了，不想让人捣乱罢了。换句话说，我这叫正当防卫。本来觉得绑架会有些不好实施，没想到简直是不费吹灰之力。依我看，逞强的是你们吧？"

爱没有反驳，现在对方明显占上风。

看到代理侦探保持沉默，慎二满意地点头道："那，现在就让你们来解谜吧！"

"什……什么？"桐野问道，"解谜是什么意思？"

"对事件的真相了解到什么程度了？我想确认一下。期待你能得出比刚才那种白痴假说要好的结论。"

"话说……小爱，你也还没问过他话吧？"

"是啊，被他用电击枪电晕之后，醒来时我已经在塑料布下面了。在看到长颈鹿先生的脸之前，我一直以为是犯人来了。"

"电击枪？啊，原来如此。"

随着这个词语的出现，一个大疑问被解开了。确实，如果不用那种卑鄙低劣的手段，是不可能成功绑架得了爱的。

"解谜的话，现在这种状态也不好办吧？先把捆住小爱的绳子解开——"

"不行，先保持这样。"慎二的声音盖过了桐野，"作为交换的条件，如果你们能成功解谜的话，我就放了她。"

"这种约定，根本就不靠谱吧？"

就在争论之时，爱开口说话了："好吧。那，至少请把灯打开。这一点还是能做到的吧？"

桐野明白了爱提出这一要求的意图。灯亮了的话，桐野的双手就可以派上用场了。这样一来，就算樫村慎二手里拿着再多的电击枪，桐野也能制伏他。这样理解一定不会错。

"好，行吧，在黑暗中也难免觉得不自由。"

不知道慎二有没有看穿爱的意图，没想到他竟然这么爽快地就答应了。

他在墙角摸了摸，灯立刻就亮了。

灯光虽然很暗，但是也已经比刚才要好太多了。隐藏房间内的异样氛围，在灯光的照射下，变得更加强烈了。

桐野关上了手电筒。

"那么，开始解谜吧！"

穿着女装的樫村慎二，高声宣告道。

9

"开始推理之前，我有话要说。"

手还被绑着的代理侦探开始说话。面对如此异常的状况，她的表情也丝毫没有畏惧，语气也很轻快。

"首先，我是方才刚知道了饭冈祐吉和藤井老师死亡的事实……说实话，我的内心现在十分不安。对于他们二人的死，我也有一定的责任。但是，现在暂且不提此事。为什么呢？因为事件还没有被解决。但是，我现在想说的是，他们二人的生命的重量，我在自己以后的人生中，一定会——"

大概，爱是要接着说"负重前行"这类的话吧。出现了新的死者，名侦探的自尊被撕得七零八落。作为现役刑警的桐野也有相同的感受。

"还有，我必须要向长颈鹿先生道歉。"

爱对着桐野说道。她像是看破了桐野的心思一样。

"昨天夜里，如果我把自己的想法全告诉你的话，事情应该也就不会发展成现在这个样子了。虽然这只是个借口，我想等你冷静下来之后再告诉你。总而言之，进入十年前杀人事件的解谜环节吧。关于那起事件，长颈鹿先生的推理基本上都是正确的。特别是密室手法的讲解，简直可以说是完美。推理的逻辑性非常强，我真的发自内心地感到佩服。"

被爱夸成这个样子，可能是人生的第一次。桐野心里稍喜，但是面对目前这种状况，他并没有把喜悦之情露在脸上。

桐野把目光移向樫村慎二，他还是一如既往地没有表情。但是，也没有见他立刻否认。

"稍有遗憾的是，因为有一个没被注意到的条件，所以长颈鹿先生的推理才一点点地偏离了方向，真的是非常可惜。"

"没被注意到的条件……到底是什么啊？"

"壶。"

"壶？"

桐野感到非常惊讶。

"哎呀，不是会客室的玻璃柜里摆着的那个，是塔万廷苏尤的彩色尖底陶器。"

"啊，我知道了。是那个东西啊。"

樫村龙造自己在秘鲁挖掘出来的那个陶器。

"那个壶全身都是裂缝，对吧？"

"嗯，是那样没错……"

"壶是什么时候碎的？又是被谁打碎的？"

爱一个接一个地抛出问题，桐野陷入困惑。

"关于这件事，之前听志乃阿姨说起过。嗯，确实，它应该是在十年前事件发生的当天上午被摔碎的。摔碎它的人……啊！是……是这么一回事啊！"

桐野不禁"啊"的一声叫了出来。

根据饭冈祐吉的证言，当天下午三点左右，樫村龙造怒气冲冲地对他说"现在立刻去日轮馆，确认里面的状况！"樫村龙造的愤怒程度远超平时，而且还给他下达了"如果锁着门，就破门进入"的命令。

祐吉说他自己也不知道老爷为什么会这样说。但是，如果假定在那个时间点之前，龙造发现自己的彩色尖底陶器被摔碎了的话，一个完整的故事就出现了。恐怕，龙造平时就知道孙子慎二经常会去他爸爸在的那个日轮馆吧。正是确信这一点，龙造才会那样命令祐吉。

祖父最心爱的壶碎了。藤井治郎说过，龙造对孙辈二人的管教非常严格，还经常会体罚他们。慎二肯定心里非常害怕，想着躲进日轮馆里应该就没事了。但是，他没有想到，祖父竟然派祐吉追到了那里。慎二陷入了极度的恐惧，他觉得祐吉用斧头砸门，分明是要进来把自己抓走。

之后的事情，就和桐野想的一样了。

一直以为樫村慎二已经死了，自己的思维被拘泥于这个"事实"之中。如果不带偏见地思考的话，明明应该是可以注意到壶被摔碎和杀人事件之间的关系的……

因为这么一个细节上的判断失误，结果最后把犯人也给搞错了。

"爸爸以前经常说'死和生是一样的''活着和死了完全没有区别'这类的话，应该是受到了塔万廷苏尤思想的影响。在那之前，他的人生应该过得很绝望吧。"

慎二的语气变得柔软了一些。

"让爸爸睡着，藏在他的身子底下，确实是这样没错。虽然解说当中愚蠢的部分非常多，但是至少这一点，是值得肯定和表扬的。把图米放在他的脖筋处，只要稍微用力一按，他就会立刻进入梦乡，不会有任何的痛苦。我是这样想的没错。因为，他本人在绘制那幅壁画的时候就那样断言过，那不是刀刃，一定有别的什么魔法道具。

"所以，我从背后接近趴在地上用调色盘调制颜料的他，实施了正如你所说的行为。但是，接下来的一瞬间，从他的脖子那里喷出的血就像喷泉一样，我的脸上也被喷得全都是，整个世界都变成了鲜红色……我不知道这是怎么回事。但是，门眼看就要被砸破了，我急忙钻到爸爸的身子下面。之后又过了一会儿，饭冈祐吉才进来。

"唉，如果我没有把龙造老头的壶给摔碎，也就不会发生那天的事件了。也就不会过了一段时间之后，又发生其他的杀人事件了。我第一个杀的人，当然就是那个老头。那个老头，实在是太过分了，对我们没有丝毫感情。平时也是，说打我就打我。我最讨厌的就是他。妈妈被他虐待到了最后一刻，我早就想杀他了。一直以来的心愿总算是实现了，说实话，我今天的心情真的非常好，啊哈哈哈哈哈！"

慎二大声地笑着，那是发自心底的笑声。感觉他和自己不同，像是另外一个物种。

"可是，十年前的那起事件，你应该是被祖父救了才对吧。"

"被救了？没有的事。警察即使知道了真相，也不可能把一个五岁的孩子关进监狱里。说到底，那个老头只是想保住自己的面子罢了。饭冈祐吉从日轮馆出去之后，我暂时还躲在爸爸的身子下面。不过待的时间久了，觉得呼吸有些困难，于是我把头伸了出去。没想到居然看见了那个老头。他把祐吉先支回了别墅，把我藏在他的大衣里，带着我回到了别墅的浴室，给我洗了澡。然后，他把我和姐姐一起藏进了古井，留下一句'在我来接你们之前，不管发生什么事，都别吭声'之后，就走了。那里又暗又湿，是个待着很不舒服的地方。但是，不听他的命令的话，又怕被打，所以我们才被迫待在那里了。"

"这就是樫村千春在密室里被杀害的真相啊。"桐野点头道。

虽然有不少与自己推理吻合的部分，但是与犯人本人的自述相比，那种生动感果然差了很多。

"那之后的十年间到底发生了什么，你们姐弟二人变得开始不去上学，你们的妈妈也开始待在屋子里不出来了……"

"不是的，长颈鹿先生。"爱立刻说道，"早在事件发生之前，有希女士的精神就开始出现异常了。"

"对啊，是这样没错。那，这又是因为什么呢？"

桐野开始在脑中整理从藤井和饭冈祐吉那里听来的话。

昭和三十年（1955 年）樫村龙造结婚。

昭和三十一年（1956 年）长男——治郎出生。

昭和三十五年（1960 年）龙造离婚，治郎从此改姓藤井。

昭和四十一年（1966 年）龙造把无依无靠的远房亲戚的女儿——有希收为养女。雇饭冈祐吉、志乃夫妇二人住进家里，照顾有希。

昭和五十五年（1980 年）饭冈祐吉、志乃夫妇成为别墅的管理人。

昭和五十六年（1981 年）龙造收大贯千春为养子，并让其与有希成婚。大贯千春当时就读于龙造任职大学的研究生院，后留学秘鲁，每年回国数次。

昭和五十七年（1982 年）有希生下愉美。

昭和五十九年（1984 年）有希生下慎二。

昭和六十年（1985 年）樫村千春归国。

昭和六十一年（1986 年）樫村千春的作品获国际大奖，他也一跃成为备受瞩目的艺术家，进入创作高产期。

昭和六十三年（1988 年）樫村千春着手建设日轮馆。

然后，翌年五月事件发生。从这个年表里，能知道些什么吧。

桐野陷入沉思。

"问题的核心非常简单。这么大的事件，其实往回追溯的话，只不过是因为一个错误而已。"

"一个错误？"

"全都是因为，樫村龙造和养女有希的关系。"

"什么？！"

桐野吃惊不已。虽然他一时还难以相信，但是爱的态度看起来非常确信。

"怎么会……你这么说的根据到底是什么？"

"根据就是那个邮件啊。"

"邮件？"

桐野不知道她说的是什么意思。

给爱的邮箱里发送的那些邮件，有两种类型。描述人偶制作步骤的那些邮件，爱还没有看过。

那也就是说，必然是描写塔万廷苏尤少女日常生活的那些邮件了……

可是不管怎么想，桐野都觉得那些邮件与事件无关。

"长颈鹿先生，你还没明白吗？那个故事的一开始，就给了一个重要的提示啊。你仔细想想，主人公少女的名字叫什么？"

"名字是……利蒂。"

"那个名字的意思是什么呢？"

"嗯，'利蒂'的意思是'雪'。欸？"

桐野恍然大悟，日语里"雪"的发音，他突然间明白了。

"和后来成了龙造养女的有希的名字，偶然重合了。[1]"

"才不是什么偶然，当然是故意设计成那样的。在那个故事里，少女利蒂本应该成为一生守住处女之身的阿克利亚，但是不久之后却被养父暴力侵犯了。"

"是的，确实是这样的。"

"少女的名字——利蒂，明显指的就是樫村有希。还有，故事里她妹妹的名字叫'麻由'，这不是和因事故而死的有希的妹妹——'真由'的发音是一样的吗。"

确实，桐野听说过她有一个叫真由的妹妹。

"还有，养父的名字'阿马鲁'的意思是'蛇'，这是在暗示龙造的'龙'。而且，阿马鲁的长相被表述为'尖鼻子、大眼睛、大耳朵'，这全都是樫村龙造的面部特征啊。我马上就反应过来了，那些文字绝对是樫村千春生前写下的内容，为的就是告发恩师兼养父的龙造。"

桐野几乎陷入了魂不守舍的状态。

利蒂是樫村有希，阿马鲁是龙造啊。我之前到底看了什么啊？

直截了当地加入了这样的信息，真是完全出乎预料。也就是说，能读懂的人越看就越知道它在说什么。

对了，阿马鲁好像也说过类似的话。

"实话告诉你吧，我啊，从一开始图的就是找乐子，所以才让当时还是小姑娘的你成了我的女儿。想着等你长大之后，姿色应该会很不错。这原来是龙造的台词啊，我当时为什么没有发现呢？"

1 在日语中，"雪"和"有希"的读音都是"yuki"。——译者注以此为前提的话，几点内容就可以理解了。

出发时看起来很平常的爱，途中突然变得不高兴，特别是对龙造表现出强烈的反感。她的态度发生变化的原因，是因为在去程的车上听到了愉美的母亲和祖父的名字。悟性很好的爱，一定是立刻就懂了收到的那几封邮件的意思了。

饭冈夫妇之所以会从仙台住宅被贬到别墅这里来做管家，也就能明白了。岗位变更发生在有希结婚的前一年。那个时候，龙造应该就已经和自己的养女保持不正当的关系了吧。看着自己亲手拉扯大的有希遭受非礼，饭冈夫妇一定不会高兴的。龙造觉得他们二人很碍事，所以就把他们打发到这种穷乡僻壤的地方来了。

但是，如果真的是这样的话，那么愉美和慎二应该就不是龙造的孙女和孙子，而是他的女儿和儿子吧！也就是说，慎二亲手杀了他的亲生父亲啊……

令人毛骨悚然的命运。

"我在前年的夏天，发现了爸爸的软盘。"

樫村慎二叫樫村千春为"爸爸"，喊龙造为"老头"。对他来说，真相是这样啊。

"好像是在八月初。学校放暑假，我和姐姐待在这里。那天，我们去后山的时候，偶然间发现了隐藏小屋的入口。从那之后，我每天都偷偷去那里。大概是第五天左右，我发现了老旧的打字机和电脑软盘。文字除了复制粘贴到邮件里的以外，还有很多，基本上都是以日记风格写的，内容也很好懂。这些文字，清楚地记录了爸爸在精神层面上被逼上绝路的全过程。

"读的时候，我真的是非常吃惊，叹气了很多次。我本来就很讨厌那个老头，但是从那时起就越发憎恶他了。他好色成痴，不仅把家里搞得乌烟瘴气，更是毁了所有家人的一生啊！"

慎二的眼睛散发着异样的光芒，越说越激动。

"我们的爸爸本来是那个老头的学生，被他的谎话欺骗，娶了妈妈。那个时候，老头撒了一个非常大的谎。'我女儿小时候被心理变态的人给袭击过，因此她没办法再接受任何男人。我希望你在了解这个情况的基础之上，能够和她结婚。作为交换条件，我给你提供充实的研究经费，也让你出去留学。但是，要是你不生个孩子的话，还是有些说不过去的吧。采集你的精液，用人工授精的方法去生个孩子。'真是会说啊，我爸爸是个实在人，他真的相信了这个谎言。要知道，那时妈妈的肚子里已经有姐姐了。所以老头才让爸爸赶紧娶她。"

慎二没有说关于自己出生的事情。根据那件事，他已经暗中断定自己是龙造的儿子。"千春回到国内的时候，有希怀上了孩子"这种说法，也是谎话吧。再想得深一些的话，龙造很有可能是在知道有希怀孕了之后，才急忙把千春从秘鲁叫回来的。

"爸爸回国之后，立刻意识到了事情的真相。应该是看到那个震惊的场面了吧。如果换作是我的话，一定会毫不犹豫地杀了老头的。块头大但是胆子却很小的爸爸，根本没有那种勇气。他的精神受到严重打击之后，就一直药不离手了。"

"药？是毒品吗？"

"是可卡因。"刚才一直没说话的爱，开口说道。

"之后樫村千春就成了可卡因的常用者了吗？"

"最开始的时候就已经知道了啊。"

又一个冲击性的事实真相被揭开了。

"话说，秘鲁是古柯的故乡吧。塔万廷苏尤的人们经常携带古柯叶出门，劳作累了的时候，就吸一口它的汁水。它的叶子所具有的让人变得清醒、有活力的效果也广为人知。千春在回国的时候，也带了精制可卡因回来，应该是出于研究的目的吧。但是，回到家里知道了可怕的事实之后，他成了可卡因的常用者。真是讽刺啊，在可卡因中毒之下创作的画，获得了国际大奖。"

"啊？是这样吗？"

"长颈鹿先生也看过千春的画吧？由大量原色复杂组合而成的抽象画，是可卡因常用者画得最多的类型。比如说，纽约地铁的站台的墙壁上被用喷枪画的那些图案，画它们的人基本上也都是服用可卡因的。但是，千春获奖可不是因为这个，而是因为他出众的才能吧。

"从饭冈祐吉的话里，也能发现千春可卡因中毒的线索。他感情起伏强烈，暴躁和忧郁的落差非常大。本来是很老实内向的人，突然开始变得滔滔不绝，长时间地演说。这就是很典型的症状啊。而且又说他以前患有慢性鼻窦炎，这下肯定就不会错了。服用可卡因的人，几乎都是从鼻孔吸入，所以鼻腔黏膜的损伤在所难免。要是被发现了可就糟了，所以他也一直没去看医生吧。皮肤有异常感，产生了觉得皮肤下面像是有好多蚂蚁在跑的这种幻觉，这在医学上被称为'蚁走感'。好多人以为是寄生虫在作怪，想要找出皮肤下面的寄生虫，结果弄伤了自己的皮肤。千春应该也是这样吧。

"随着中毒加深，除了出现幻觉，还会出现幻听的情况。觉得有人好像在嘲笑自己，或是在威胁自己一样。在那个时候，性格也会大变，整个人变得凶暴残忍、嫉妒心加深，对别人抱有很强烈的怨念等等。"

听了爱的说明，桐野第一次觉得自己充分理解了事件的背景。建设日轮馆的动机，也算是得到了解答。可他还是觉得有一些想不通的地方。

但是，在已经判明樫村千春是可卡因的常用者之后，已经没有什么疑问了。他是在自己的妄想的驱使下，才把那种形状的东西复原了的。

"千春的那个可怕的计划，受药物的影响果然很大吧。"

"可怕的计划？那是什么？"

"不是明摆着的吗？长颈鹿先生，那个未完成的壁画，你之前也是看过的吧？"

"未完成的？啊，我想起来了。所以……"桐野深深地点头道。

那是利蒂和阿马鲁的画。也就是说，那里画着的人物，其实是樫村龙造和有希吧？

"那个建筑物，也是那两个人的墓地。历代印加的木乃伊都会放在那里。樫村千春打算把那两个人引到那里杀掉。只是，在那个地方想把人吊起来有些困难。所以，他才画成了用图米割喉的样子。研究共感咒术，也是出于这个目的。他还做了安眠药和麻醉药，估计也是用来给那两个人喝的吧，这像是可卡因中毒者的想法。"

千春多次对慎二强调"用图米割了脖子，就能安心睡觉"这种说法的理由，桐野总算也能理解了。他是在拼命地向儿子辩解自己想要杀掉妻子的行为。

"你的个人表演，可以告一段落了吗？"慎二冷淡地说道，"爸爸碰可卡因的原因，确实如你所说的没错。但是杀害二人的计划，并不是妄想的产物。爸爸在最初的时候是有非常充足的理由的。在软盘的文件里，记载着令人感动的精密计划。

"读的时候，我就已经想要替他继续执行了。说了你们可能也不信……其实，我在那之前，已经把自己杀害爸爸的行为给忘得一干二净了。"

他的声音带着哭腔，真是罕见。

慎二的告白应该是真心话吧。人这种生物，总是会想忘记痛苦的经验。特别是幼年时期更是明显。

"既然想起来了，就不能再回头。一定替爸爸把计划完成。这也是我在杀掉父亲之后，理应承担的责任……今天，我终于完全按照爸爸所想，把他的计划给实现了。说实话，我现在的心情真的特别好。"

"什么？喂，你等一下。"

桐野用右手制止了还想继续说话的慎二。

"难道不是很奇怪吗？你确实是杀了樫村龙造，但是，并没有杀你的妈妈有希啊。今天早上，我在二楼走廊尽头的屋子里，看到你妈妈了。"

"啊，是的。出于某些原因，我让姐姐替她死了。"

"什……什么？！"

桐野不禁叫了起来。

"你，该……该不会是……"

"哼哼哼哼哼。"

樫村慎二用舌头舔着嘴唇，抿嘴笑了很久。

"你终于注意到了啊。没错，你在日轮馆里看到的'我'的尸体，其实是我的姐姐。我把她的眉毛和头发给剃光了，还给她换了衣服。然后，我藏在了他们三个人的尸体的下面。这就是密室的真相。怎么样？完全被我骗了吧！"

10

听完他的话，桐野全身战栗着。

这……这么可怕的事情……

不可能，桐野不相信会是这样的。

但是，另一个自己，在当下立刻就相信了这是真相。到目前为止，他也许在无意识之中避免看到最坏事态的发生。

在日轮馆里看到的那具"慎二"的尸体。

不，不对。是桐野以为的慎二的尸体。

额头正中间开的孔，怎么看都像是真的。不可能看错的，桐野毕竟是搜查的专家。

他被现场的惨状震惊，本来应该测的脉搏和确认瞳孔状态的检查都没有做。桐野早就不算是新人了，犯这种错误低级错误真是不应该。

那不是慎二，而是被他杀害的——他的姐姐愉美。如果这样假设的话，矛盾就能全部消解，所有的推理也就都合乎逻辑了。

二人的容貌很像，就像会误以为穿着女装的慎二是樫村愉美一样，如果把愉美的头发和眉毛剃掉，再给她换上衣服的话……没错，确实就很像慎二了。

但是，桐野只是想想就已经觉得全身的汗毛都竖起来了。真是一幅活生生的地狱图景。

把亲姐姐用电击枪电晕之后，给她剃头换衣服，再用猛烈旋转的电钻……这可是亲弟弟干出来的事情啊。

当然不愿意相信，但是除了这种可能之外，别无其他。这应该就是真相。

杀人狂魔就站在桐野的面前，而且，他还打扮成了亲手杀掉的姐姐的样子。这样想的一瞬间，桐野胸中的怒火沸腾了。

"喂！你小子！你小子还是人吗？你身上流的真的是血？想想你自己干的好事！对那么温柔的姐姐，你也下得去手——"

"长颈鹿先生，别被他给骗了！"

"啊？"

突然被制止，桐野感到很困惑，他急忙看向爱。

"我被骗了吗？"

"那个家伙在说谎。如果我想的没错的话，小愉美应该还活得好好的。"

"要是还活着那可就太好了……但是，你有什么根据吗？"

"你说你今天早上去到小愉美妈妈的房间了？"

"啊，是的。"

"见到她妈妈了？"

"嗯。不过，只是看见了她的后背而已。"

"是吧，我也是这么想的。对了，长颈鹿先生，那个房间里有马桶和浴缸吗？"

"啊？"

桐野对这个问题完全没有防备，搞不懂爱提问的意图。

"真是让人着急。之前祐吉不是说过嘛，樫村有希把自己关在同一个房间里已经超过十年了。"

"啊，是的。可是，马桶和浴缸什么的……不对，等一下。"

桐野的脑海里，浮现了那个房间的样子。

"真是奇怪啊，我有仔细看过，但是里面不像是还有套间的样子，空荡荡的。重新想一下的话……确实和饭冈先生说的话矛盾了。"

"果然。"

"果然什么？"

"樫村有希，应该已经死了。"

"死了？"桐野怀疑起自己的耳朵，"不……不可能吧。她不是在二楼尽头的那个房间里织着布呢吗？"

"所以说嘛，那个人其实是小愉美。"

"啊？！"

桐野听到了更具冲击性的宣言，他完全说不出话来了。

"你昨天早上对里沙说过，前天晚上的时候，听见小愉美妈妈织布的声音吧？我听她说起这个的时候，觉得很奇怪。因为，刚好就在长颈鹿先生听到那个声音之前，小愉美说'头痛，想先回去睡觉了'之后，就返回房间了。时机赶得也太好了吧。那时我还半信半疑，但是那小子刚才自己不是都已经坦白了吗？所以，我才确信了自己之前的判断。"

"自己坦白了？这个家伙？"

"你不记得了吗？就是他在说龙造坏话的时候，说了一句'妈妈被他虐待到了最后一刻'。"

"啊……这样啊。"

桐野觉得那句话有些别扭，但是当时并没有多想。

"那，究竟是怎么一回事啊？"

"也就是说，操作织布机的人不是他的妈妈，而是陷入解离性遁走的小愉美。"

"是……多重人格的意思吗？"

"我不是医学专家，判断不出来，但是，在多重人格障碍的病症表现里，再现父母人格的例子非常多。与此类似的行为，应该不会错的。而且，对于调包来说，还有一件很重要的事。"

"还有一件，很重要的事？"

"总而言之，就是在小愉美假扮妈妈的时候，弟弟乔装打扮成姐姐去上学。"

"啊！原来如此。"

要是放在之前的话，桐野肯定会觉得非常惊讶。但是，因为他变装之后的样子就展现在自己眼前，所以桐野一瞬间就明白了。

"但是，我既不是解离性遁走，也没有多重人格障碍。只是觉得好玩儿才那样做的。"

桐野想起了藤井之前的说明。"她有时候会突然变得心情很差，别说回答问题了，连我的脸她都根本不带看的。那种时候，她和朋友们也不说话，上课的时候也一直低着头。"这全都是为了不暴露自己真实身份的作战计划。听说"她"会突然变得情绪亢奋、对朋友施加暴力，简直像换了一个人一样。其实，不是"像换了一个人"，因为本来就不是同一个人。

"没注意到人被调包了，我可真是傻啊。"爱自嘲地说，"要是双胞胎的话还能另当别论，可是我居然都没看出来她是弟弟假扮的……"

"不会，我觉得这也是没有办法的事情。"桐野安慰道。

对爱说出这种话的日子会这么快地来临，桐野简直做梦都没有想到。

"因为一句话都没说，也没有脸对脸好好看过吧，又不是神仙，想发现也很难啊。"

"邀请我来别墅的，毫无疑问就是小愉美。她应该是出于单纯的好意邀请我的。只是，对于想要实施诡计的她的弟弟来说，这恰好是一个绝佳的机会。那之后的邮件，我想应该也是小愉美发送的。如果真的是这样的话，她发送满是秘密的邮件，肯定是有什么不能明说的理由吧。不过，我没有向小愉美本人确认过，我真是太疏忽大意了。"

"你是怎么被绑架的？"

"小里沙睡着之后，我躺在床上把书打开，发现里面夹着一张信纸。"

桐野今天早上去她的房间时，看到桌子上放着绫辻行人的小说。应该就是那本书。

"信纸上的字是用打字机打的。'我有重要的话要对你说，直接在屋子里说的话，可能会被隔壁的弟弟听见，我有些不放心。凌晨一点，我在停车场等你。'那个时候，已经是凌晨一点十分了。我急忙跑出了房间。等到了停车场的时候，我发现有个穿着愉美衣服、和愉美体型很像的人站在那里。我几乎没有任何警惕，刚走到她的身边，没想到突然就……"

爱突然停了下来。大概，那个屈辱的场面在她的脑中复苏了。

对于了解爱的人来说，一定会觉得惨不忍睹。为了转移话题，桐野向樫村慎二开口说道：

"小爱的身材确实矮小，但是，也亏你一个人能把她拖到这里啊。"

"这根本算不上是什么难事。地面很光滑，在平坦的地方，把她放在雪橇上拖着，很轻松的。之后再用吊车吊就可以了。"

"吊车？原来如此。"

安装在斜坡旁边的那个索道也派上用场了。用那个东西吊，光是想想如果中途绳子断了的话，不禁就觉得后脊背一阵发凉。

"一开始我只是想要她提供一些头发罢了。不过，听说她之前好像解决过不少杀人事件。"

这次轮到慎二开始说话了，里沙也在学校听说过那个传闻。

"我马上就来了兴趣了。因为，我想让她成为我制作的这个密室表演的见证人。"

"密室表演的见证人？剥夺了三条人命，你还只是觉得这是个表演？"

"啊，你说的没错。我还想杀得更华丽一些的。只是因为中间发生了很多事情，我只好克制一下自己的欲望，杀了三个而已。"

"杀了三个而已？！你……你知道自己在说什么吗？"

"光耍嘴皮子是没有用的，长颈鹿先生。"

桐野想要破口大骂，被爱制止了。

"让他说出真相会更好一些，你跟他是讲不通道理的。毕竟，他还只是个孩子。"

"欸？"

桐野听到爱这么说，一下子就泄气了。

"嗯，说的也是。虽说是初中生，不过说到底还是个孩子啊……"

"不是这个意思。他是个永远的孩子，是个非常优秀的孩子。"

又出现了谜一样的词汇。"永远的孩子""非常优秀的孩子"，爱到底是想说什么？但是，现在这种状况不是让她解释的时候。总而言之，桐野听从爱的意见，努力向他确认事件的真相。

"小愉美，确实还活着呢吧？"

"啊，她现在应该在不停地织着布呢。"

"那，你的妈妈樫村有希到底发生了什么？"

一阵短暂的沉默过后，慎二说道：

"死了。"

"去世了？"

虽然已经猜到大概会是这样，但是桐野还是受到了冲击。利蒂最后的样子浮现在了他的脑中。

"什么时候的事？"

"已经快两年了，发现爸爸软盘那年的五月。"

"去世的原因是什么？"

"她以前心脏就不是很好，不过，最后是被那个老头杀死的。"刚才语气还很冷淡的慎二，突然变得非常激动，"妈妈待在那个房间里面不出来是真的，但是老头住在仙台的时候，她平时也会正常吃饭、洗澡。不过，因为她总是处在梦里的状态，所以即便一起在饭桌吃饭，她也从来不和我们说话。

"但是，老头回来之后，她非常害怕，就又躲进屋子了。那个臭不要脸的老东西，一大把年纪了，在爸爸死后，还一直侵犯妈妈。我妈妈心脏不好，他是知道的！他的行为和杀人是一样的！我妈妈是被那个老东西杀死的！"

原来如此，是这么一回事啊。

桐野终于能看到这个离奇事件的最深处的部分了。

那是在三十三年前，播下的一粒小种子。樫村龙造收了在事故中丧生的远房亲戚的女儿有希为养女。那时，龙造应该还是出于怜悯之情，算是出于好意才那么做的吧。但是，看到逐渐变漂亮的有希，他心里住着的恶魔开始蠢蠢欲动，他成为肉欲的俘虏，和养女发生了关系。

不久之后，有希怀孕的事实得到了确认。为了能够体面收场，龙造骗自己的学生大贯千春入赘，让他与有希成亲。不过，没过多久，龙造就把他打发走了，让他出国到秘鲁留学。又过了五年，回国之后知道了真相的千春精神崩溃，陷入了可卡因中毒的症状。他虽然计划杀掉妻子和养父，可是中途由于偶发事件，最终命丧日轮馆。

但是，那之后，龙造还是继续强迫有希与其发生关系。千春当年怀有的强烈的怨念和杀意，被与他并无血缘关系的儿子慎二所继承……

到这里为止都明白了，这种不禁让人心生厌恶的恐惧……能够理解了。但是，这些能说明的，只是慎二杀害樫村龙造的动机。后来发生的惨剧的意义，还完全没有被提及。

"按照老头的指示，没有给妈妈办葬礼。实在是太过分了，只是提交了死亡证明而已。被关在这种地方，根本没有人会发现。对于那个老头来说，这样才是最好的吧。"

"关于你妈妈的死，没有人通知你和姐姐的学校吗？"

"当然没有了，姐姐接受不了妈妈去世的事实。在无法确认情况的时候，为了能够不前后矛盾，她选择自己代替妈妈。"

"原来是这样。"

这就是她解离性遁走的原因啊。恐怕，慎二外表的变化，也和妈妈的死有关吧。从中能窥探出他受到的精神冲击之大。

"要是和班主任老师说的话，就会变得更麻烦了。所以我才什么都没说。对姐姐的高中隐瞒，对我的初中自然也就更没有理由公开了。"

高中入学的时候虽然要提出住民票，但是樫村有希的死在那之后。只要家庭成员不说，学校是无法得知的。作为亲戚的藤井治郎知道事实真相之后，为了给龙造一个面子，也选择了缄口不言吧。对于这些事，他也向桐野说谎了。

"那，差不多到时候了，能把事件真正的核心告诉我吗？"

"核心，什么核心？"慎二歪着脑袋，看起来像是不太明白桐野说的话，"什么东西？"

"别装傻了。三人……不对，是后来那两个人。你杀害藤井老师和饭冈先生的动机是什么？"

"我还以为是什么呢，原来是这个啊。"慎二歪嘴笑着说道，"刚才我已经说过了啊，想让他们也看看密室表演。"

"啊，这样啊。"

桐野哑然。他下意识判断，慎二应该还有更具常识性的动机才对。

"十年前的事件，我表演了以前谁都没用过的密室手法。"在已经失去语言的桐野面前，慎二开始说道，"但是，遗憾的是，那不过是偶然的产物罢了。所以这次，我才要凭借自己的力量，进行最完美的表演，我想让见证者们都觉得吃惊。虽然见证者和最初设想的不一样，但是，好歹也有个现役的刑警，这就够了。被我骗得团团转，真的是太满足了。"

"那两个人为什么会来到日轮馆？"

"他们在追我呀。"

"追你？为什么？"

"你脑子可真笨，不就是因为发现了老头的尸体吗？"

"发现尸体？"

"应该说是'让他们发现'更准确一些吧。看你好像不是很明白，那我把事情的经过按照顺序讲给你好了。把爱运到这个隐藏房间之后，我把老头引诱到了停车场。那个老家伙，平时睡得早，而且岁数大了，经常凌晨就会起床。每天凌晨两点左右，他房间的灯就会亮。我知道他有这个习惯，就去敲窗户喊他来着。'我从研究室的储物柜里，拿了你好多重要的宝贝。想让我还给你的话，就赶紧出来。要是不来的话，我就把它们全都给毁了。'那个家伙惊慌失措，连拐杖都忘了拿了，真是活该。他叫醒饭冈之后，两个人一起去了停车场。"

饭冈祐吉被卷入事件的过程全都清楚了。

"龙造那个老东西，根本没想到他会被杀掉。他没带任何武器，就和饭冈一起出来了。我没跟他说话，上来直接就用利维打他。漂亮地击中头顶之后，他就应声倒地了。我的心里立刻就舒服了好多。把利维扔在老头的身上之后，我就回到这里来了。"

"那之后，饭冈先生叫醒了藤井老师，二人一起去了日轮馆？可是，为什么只有他们二人呢？"

这一点，桐野还是理解不了。

那个时候，别墅的电话线已经被切断了，可能无法及时联络警察。虽然对方是杀人犯，可他毕竟还是个孩子，而且又是亲戚。有可能他们是想先控制住他，再让他去自首吧。

但是，就算这样，住在同一栋别墅里的还有桐野，叫上他一起来应该会更好一些吧。难道是因为桐野看起来不怎么靠谱吗？

桐野还在思考的时候，慎二看穿了他的心思。

"你是不是在想他们为什么没叫醒你？这是有理由的。因为，他们两个想要杀我。"

"你说什么？怎么会有这种事……"

"虽然你觉得不可能，但这就是真相。事到如今，我也没有必要说谎了吧。"

"话是这么说没错……但是，为什么？"

"当然是为了财产啊。"

"财产吗？"

这确实有可能。

藤井治郎是樫村龙造的亲生儿子，当然有继承权。作为龙造养女的有希的孩子——愉美和慎二也有代位继承权。

"藤井那个家伙之前来的时候，我听见他和饭冈老头说悄悄话来着。先把我干掉，之后再让龙造'病死'，这样一来，他就可以和我姐姐平分龙造的遗产了。但是，因为姐姐有那种病，所以获利的实际上是照顾她的饭冈祐吉。他们商量到底怎么样才能把我杀掉，又能伪装成像是死于非命。他们两个，是真正的恶人。"

听说藤井治郎和饭冈祐吉为金钱所惑，看来这是真的。

"龙造老头一死，他们就立刻继承遗产，一秒都不愿意等。如果我的年龄在二十岁以上的话，肯定免不了长时间待在监狱了。但是，托老天爷的福，我今年还只有十五岁。即使进了少管所，也能很快出来。要是我回来了的话，他们分财产的美梦也就无法成真了。所以他们要在那之前把我干掉，这么想肯定不会错的。大人二人组只需把我抓起来，吊到那边的杉树林的枝头上，就万事大吉了。这样，我的死就可以被说成是承受不住杀害祖父的罪孽之重，于是选择了自行了结。我料想到他们会这样做，就事先在这里设下了埋伏。

"为了让那两个家伙放松警惕，老头死后，我看着他的脸，装作被吓得腿都软了，放声地哭了出来。他们二人什么都不知道，傻呵呵地开始追我。我把他们引到日轮馆，用电击枪电晕他们，最后用电钻在他们身上开了洞，把他们送上了西天。"

在开车来的路上，藤井治郎曾说他认为十年前杀人事件的犯人是饭冈祐吉，现在看来，原来那是一碗迷魂汤。他为的是将来实施计划的时候，自己和饭冈祐吉的共犯关系能够不被怀疑，所以才故意想让桐野抱有他们二人关系不好的印象。

不过，就算他刚才说的这些都是真的，未解之谜还有一个。

"你说的我都明白了，但是我还有一件事想向你确认。杀死二人之后，你从内侧把门关上，制造出了密室。那之后，又发生了什么？"

"我把他们的血涂在脸上，假扮成了尸体。"

他的语气像是在说"这种理所当然的事情就别问了"。

"然后，就是一直在等着你过来。顺便用绳子做个圈将我自己的双手给绑上了。你用斧头开始劈门的时候，我就已经准备好了。不过，你花的时间也太长久吧，我都等得不耐烦了。"

"这么说……那个时候，在日轮馆看到的第三具尸体，其实是你本人。"

"这不是明摆着的吗？"

"原来如此，总之，怪我眼神不好啊。"

没想到是这么平淡无味的结局。

"你额头中间的洞，怎么看都像是真的……是用的特殊化妆技巧吗？"

桐野承认自己失败的话音刚落，对面就——

"哼哼哼哼。"慎二很开心地抿嘴笑着。

"长颈鹿先生，你并没有看错。"

紧接着是令人难以置信的发言，说话的是代理侦探。桐野猛地往旁边看了一眼，只见爱表情严肃地瞪着樫村慎二。

"没看错……是什么意思？"

"就是你看到的那样。"爱生硬地答道，"你好好看看他。"

"哼哼哼……哼哼哼哼哼……啊哈哈哈哈哈！"

窃笑逐渐变成了可怕的大笑。

"还没看出来吗？没想到居然有你这种蠢货刑警！看，就是这个！"

慎二用手慢慢撩开那一头波波头长发。

啊！什……什么？！

桐野眼睛睁得像铜铃一样，猛烈的冲击向他袭来。

樫村慎二的额头的正中央，有一个直径约一厘米的洞。

毫无疑问，这是真的洞。通过那个小洞，能看到里面是黑红黑红的大脑。

怎……怎么会……

听着对方震耳欲聋的笑声，桐野感到全身在不由自主地抖动着。

11

眼前的场景，不禁让人怀疑自己的双眼。

额头的中央开着洞，里面的大脑都能看到。但是樫村慎二却一脸平静地站在那里，而且还在大声笑着。

怪物，桐野只能这样形容他了。他上下牙在嘴里不停地碰撞，发出响声。

"啊，小爱。这……这到底是怎么回事？"

"就是你看到的这样啊。"爱很平静地说道，"长颈鹿先生，你是被常识给欺骗了。如果在心脏和脖子后面开洞的话，人会立刻死掉。但是，在头盖骨上开洞，并不会危及生命，还可以活得好好的。"

"这样啊。"

就是这么回事，桐野掉进了基础常识的陷阱里。

"那，这个家伙是出于兴趣，才给自己的额头开洞的吗？为了能够专心实现前无古人的密室手法？"

"不是，他的目的可不是那个，而是 Trepanation。"

"Trepanation？"

"你不记得了吗？"

"倒也不是，觉得好像在哪里听过。"

"翻译过来的话，就是'开头术'。"

"开头术？难道是'堕天使杀人事件'的那个……"

"所以说，我以前跟你说过啊。"爱用平静而又干脆的语气说道，"'我没有任何错误。'"

桐野的脑中，浮现出了那个场面。根津爱说那句台词的时候，是在僵尸杀人事件发生之前，地点是神户北野异人馆的一处角落。

这样啊……原来如此。

桐野咽了一下唾沫，望着眼前这位风貌奇特的少年。他感觉全身上下受到了和之前完全不同的冲击。

这是堕天使杀人事件的第二种解答啊……

"哼，你们知道开头术啊？"听了二人的对话，慎二说道，"真不愧是侦探啊，表扬你一下。"

"很荣幸受到你的表扬，我也没想到能在这种地方见到开头主义者。"

"对了，小爱，我记得听你说起过有额头开洞的人，但是他们的目的我好像没听你说过。到底，他们为什么要那么做呢？"桐野问道。

"开头术的例子，最有名的要数罗桑·伦巴在一九五六年写的《第三只眼》这本书了。"

"第三只眼？啊，我听过这本书的名字。"

"这本书以自传的风格，讲述了一位出生在西藏的少年经过严格修行成为喇嘛僧的经过。故事的最高潮，当然就是第三只眼的开眼场面。喇嘛僧被一个像锥子的道具在额头上开了洞之后，又在洞里插进了一根银棒。等十七天之后，把棒拔出来，额头上就会出现第三只眼。他本人也就有了千里眼的能力。

"不过没过多久，真相就暴露了——这本书并非由土生土长的西藏人，而是由一位从来没去过西藏的叫作瑟瑞尔·哈斯金的英格兰人写的，这本书也就随之被读者唾弃了。但是，从很早以前开始，开头术就在世界各地被使用了，到现在为止这种潮流依然没有结束。证据是在二十世纪六十年代的荷兰引起巨大轰动的——巴尔特·弗赫斯博士发起的运动。"

在堕天使杀人事件当中，桐野好像听过类似的内容。

"医学博士弗赫斯，在研究如何改善大脑功能多年之后，得出了一个结论。简单来说，大脑功能的发挥，很大程度上取决于流向大脑的血量。比如说，通过瑜伽的倒立修行或者是 LSD[1] 的使用，可以在一定时间内起到意识觉醒的效果。这是因为这两种行动都会使大量的血液流向大脑。同理，动物的感官和本能比人类更加优秀，也是因为它们通过四足行走的姿势保持身体和脑袋的水平，从而使更多的血液流向了大脑。也就是说，两足行走的人类在拥有可以自由活动的双手的同时，也付出了大脑血量被迫减少的代价。

"但是，在现实生活中，倒立一整天或者保持爬行的姿态也是不现实的。所以，弗赫斯博士把目光投向了孩子。人类在幼年时期能够保持高强度的大脑生理机能，是因为头盖骨尚未变硬，进而使得大脑膜的呼吸活跃。不过，成人后头盖骨变硬，大脑膜的呼吸也就随之停止了。

"博士深信此结论为真理，于是开始尝试开头手术。从额头的洞直接往大脑膜输送大量的氧气，最早的实验对象是他自己。他用牙医平时使用的电钻，在自己额头的中央开了个洞。除了大脑以外，

1　也称为"麦角二乙酰胺"，一种强烈的半人工致幻剂。——译者注

也不能碰伤包裹大脑的大脑膜，手术进行得很谨慎。做完手术，他用绷带把头包裹住，过几个月取下绷带之后，他发现洞的上面又新长出了一层薄皮肤。

"手术的效果很有戏剧性，弗赫斯博士从此再也没有出现过精神低落的状态了。换句话说，不用可卡因、兴奋剂、LSD，也能达到相同的效果。博士的发现受到了广泛关注，之后，很多年轻人也开始尝试开头手术了。但是，又过了一段时间，医学界开始对此进行强烈的排斥与抵抗，这个运动闹剧也就草草收场了。"

"居然还有这种事……"

数百年前的事暂且不论，没想到就是几十年前也有人在做啊。因为有这个事件背景，桐野觉得出现在他眼前的这位拥有第三只眼的人，也没那么不可思议了。

"所以，你是自己在额头上开了个洞？"桐野看向慎二说道。

"那种费时间的事情，我才不会做。我是花钱开的洞。"

"啊？在哪里？"

"东京。"

"就算是东京，居然会有人敢收钱做这种事情，这也——"

桐野突然又停了下来，他想起了爱之前说过的话。

"日本国内也是，以狂热的身体改造爱好者为服务对象，收取高额费用的服务业者好像也有不少人呢，他们通过和受经济不景气影响而难以谋生的外科医生合作。这种状况也就意味着，只要给钱，无论是多么危险的手术都会有人愿意操刀的。"

给头盖骨开洞的行为，确实很危险。但只要不惜花费大价钱，肯定会有人接这种活的。而且，这个少年有樫村千春藏在隐藏房间的数千万日元的现金。

"你是什么时候开的洞？"

"正好是去年的这个时候。"

"去年的这个时候？"

桐野大吃一惊，他回忆起了之前听藤井讲过的事。那时，慎二一直用帽子遮着头。实际上，与其说是遮住额头的洞，不如说慎二是为了遮住脑袋上缠着的绷带。

"过了三个月，额头上就重新长出皮肤了。"这次是慎二发话，他的语气带着几分自豪，"那之后，被谁见到都没关系。如果仔细看的话，能看出那里有小的凹陷。但是，没人会想到我是在骨头上开了洞，就像很少会有大人发现婴儿头上的大泉门一样。"

刚出生的婴儿的额头附近的洞，被称为大泉门。确实，即使和婴儿有过接触，也很少有大人能够发现这一点的。

"这么说，你今天是把额头上的洞那里的皮肤取掉了，然后装死躺在那两个人的尸体上面？"

"啊，没错。"

桐野离开之后，慎二把脸上的血洗干净，戴上假发，换上衣服，变身成了姐姐愉美。

不可解的密室之谜，已经百分之百被解开了。

"不过，你也就是个中学生而已，开头术这种东西，你是从哪里知道的？是刚才提到的那个荷兰的例子吗？"

"才不是呢，长颈鹿先生。"代理侦探说道。

"不是吗？那他是从哪里知道的？"

"你还不懂吗？开头术，是塔万廷苏尤帝国时代非常普及的手术。在那时，人们用图米进行头部穿孔手术。"

"欸？等一等。那个手术不是为了医治头部因外力损伤而出现硬膜外血肿症状的患者的吗？"

"确实也有这种说法，樫村教授也那么认为，不过我不相信。就像我在那时指出的一样，头盖骨的骨头无法还原之类的话，有很多不自然的地方。关于塔万廷苏尤的头盖穿孔，学者专家们普遍认为是出于某种仪式的需要。"

"出于某种仪式的需要……"

"和耳朵穿孔还有日本原始时代的拔牙的习惯，简直如出一辙。也就是说，这是属于身体艺术的一种。"

"啊！原来如此。"

桐野听到"身体艺术"这个词的时候，出现在他脑中的各种事物和景象，连在了一起。

"我认为那种说法是接近真实状况的。"

原来是这么回事。开头术，不过也是身体艺术的一种变形罢了。在这个意义层面上，真的不能否定明天东京就会突然出现一位接受过这种手术的人的可能性。

不对，才不是不能否定呢。

桐野感到一阵恶寒。

如果某位社会名人率先接受开头术，消息被传开了之后，这种潮流就会席卷整个社会，这种可能性是会有的。贪图安逸且喜欢寻求刺激的年轻人，不可能不会对这种究极的身体艺术不感兴趣。当然，希望他们不会傻到那种地步。

"对了，和樫村老师说话的时候，不是谈到了德国学者团队的研究结果了吗？公元前两千年到公元前一千年之间实施的头盖穿孔手术的成功率是百分之八十八。这数据，比现代脑外科手术的成功率都要高。"

"啊，我记得这个。"

"试着想想的话，肯定会觉得很奇怪吧。假定它只是一种身体艺术，而并不是为了治疗脑部疾患的手术的话，这个疑问就可以得到解决了。只是取出一小部分头盖骨，做的人多了，实施人的操作自然也就熟练了。"

桐野毫不犹豫地点了头，这是个大胆但是又很有逻辑的想法。这正是根津爱的过人之处。

"与之同时，这也正是塔万廷苏尤文明发展不平衡的原因。"

"不平衡？啊，对了，我想起来了。"

刚到这里的那晚，樫村龙造和爱对那个问题进行了争论。塔万廷苏尤的人们拥有先进的科学知识，政治管理也卓见成效，但是为什么没有铁、车轮和滑轮，而且也没有造出文字和货币呢？对于这个世界史上屈指可数的未解之谜，当时，爱回答说"因为塔万廷苏尤的指导者是孩子"。

桐野终于领会她说的这句话的意思了。恐怕，在塔万廷苏尤，指导者们几乎都接受过头盖穿孔手术吧。根据长年积累的这种方法与经验，使大脑能够获得更多的氧。也就是说，他们知道这么做可以获得更多的活力和创造力。不过，因此也产生了很多不平衡。类似于孩子只对某一种东西感兴趣一样。

那时樫村龙造的态度也有些奇怪，大概他也意识到事实的真相了吧。

"只是，能接受那种手术的人非常有限。如果是一般的庶民，则会在年幼的时候，通过外力挤压来改变头盖骨的形状。改变头的形状的习惯，在玛雅文明和古埃及文明中也都存在，他们这样做的目的，和头盖穿孔手术也是相同的。只要能把额头处骨头的一部分变薄，就算是没有开洞，也能让大脑比之前获得更多的氧。"

桐野想起了利蒂的故事。

利蒂的妹妹麻由，按照那个习惯，头盖骨被板子夹着，非常痛苦。面对抗议此事的利蒂，她的妈妈是这样回答的："这是从很久以前就延续下来的传统。这样做是为了变得幸福，所以，即便痛苦也必须忍受。"

之后，二人的对话是这样发展的。

"为什么改变了头的形状，就会变得幸福？"

"比如说，男人在选择自己的结婚对象时，首先就要确认头的形状。头盖骨细长的女人会被认为脾气秉性好，因为即使遇到了困难，也决不会灰心气馁。嫁给了优秀的男人，女人也会变得幸福吧？"

"……这样啊。那，男孩子为什么也要被夹木板呢？"

"那是为了受到别人的尊敬。头的形状好的男人，总是积极上进，有领导他人的能力。还有，最重要的是，这样的男人经常会有一些看似不着边际，实际上却很优秀的想法。所以，从很久以前开始，我们就延续着这种习惯。"

打开真相之门的钥匙，在很早之前就被提示了。

"真是太有意义了，感谢你给我上了这么深刻的一堂课。向你表示真诚的感谢。"会话中断的时候，慎二开口说道，"我没有这么渊博的知识。我之前做的这件事的意义，这下算是彻底明白了。就是你说的那样，自从额头上的洞可以呼吸之后，我每天都快乐得不行。我只是没在表面的态度上表现出来罢了。我站在世界的中心，我要是死了，整个世界就都会灭亡。我内心深处就是这么想的，你们不觉得这样很幸福吗？这和成为神明或是独裁者之后所感受到的幸福，是一模一样的。"

慎二进行密室表演的理由，这下就能完全理解了。如果他和世界上的独裁者的想法一样的话，那么夺走两条人命这种事，在他看来，就和捏死一只蚊子或是苍蝇的感觉相同罢了。爱评价这个怪物是"永远的孩子""非常优秀的孩子"的理由，也正是出于此意吧。

"如果我没有来这里，你接下来打算做什么？"桐野问道。

"暂时先躲在这里，再选择合适的时机消失。爸爸留给我的钱，还剩好多。也就是说，只有我的尸体会从杀人现场消失，我这个人也就会随之从这片土地上消失。

"这个被诅咒的家，我是没办法再待下去了。我想去一个不知名的城市，变成另外一个人生活。这个隐藏房间被发现，是我唯一的误算。不过这也不算是什么太大的失误，现在修正轨道还来得及。"

慎二的右手伸进了布袋。

"长颈鹿先生，小心！他手里有电击枪！"

桐野觉得这个武器很符合樫村慎二的气质。

很多网站都有在卖美国进口的电击枪。这种打着防身用品的名义——能够输出五万伏特甚至是十万伏特的高压电流的危险武器，却只要花五千日元就能轻松搞到手。仔细想想，这真的是个很可怕的事情。

桐野的冷静，连他自己都觉得意外。他有信心能够制伏慎二。

慎二从布袋里拿出一个长方形的黑色物体，能看出它的一端有两处突起，那是电极。

他右手握住电击枪，对准正前方，慢慢地走近。

桐野没有动。与其说是没动，不如说是动弹不得。

如果可能的话，桐野想至少离爱远一些。但是这个隐藏房间很窄，根本无法向左右移动。自己如果冲上去的话，未免太过危险了。桐野下意识地挡住了爱，站在了她的前面。

距离逐渐变近。慎二的表情，明显和刚才不一样。

他咧着嘴，表情就像是面对唾手可得的猎物时，口水快要止不住地往下流一样。

这才是他没有掺杂半点演技的真面目。

"每天都快乐得不行。"这是他刚才说的话。人偶制作的记录里也有类似的话。大脑能够直接吸收氧气，原来是这么厉害的事情啊。

额头上睁开着的"第三只眼睛"变得尤为清晰。桐野把自己的视线，从那里移向慎二的双眼。

他突然大吃一惊，屏住了呼吸。

慎二双眼的瞳孔变得很大，像是死了的人一样。

不对，不一样。应该说是"像兴奋剂或者可卡因中毒者"更贴切一些吧。摄入兴奋剂之后，药物的效果使得他的瞳孔被放大了。

樫村慎二的眼睛，已经不是正常人的眼睛了。注意到这一瞬间的时候，桐野的后背不禁开始颤抖。

自己仅有的一点点害怕，可能不自觉地写在了脸上。少年突然发出怪声，整个身子猛地冲了过来。像是什么坚硬的物体，碰到了桐野的左手手腕。接下来的瞬间，桐野抓住时机，向着对方的胸口就是一脚飞膝踢。

"呃……啊。"

只见慎二呻吟着，慢慢倒在了地上。他的膝盖和双手支在水泥地，剧烈地咳嗽着。电击枪从他的手上甩了出去，掉在了离他身体不远的地上。

令人惊讶的是，咳嗽停下来的时候，慎二放声地哭了起来。他右手握拳在地上猛捶，号啕大哭。

果然还是个孩子。

桐野不由得苦笑了起来。

这也太不过瘾了。

桐野不害怕电击枪，是因为熟知它的特性。为了能让对方因电击枪瞬间释放出的大量电流触电，必须要让两个电极同时接触对方的身体。之后再把开关打开的时候，攻击其实已经迟了。也就是说，在对方毫无防备的时候还能用它进行奇袭，但是在格斗的时候，它可就不是很合适的武器了。要是对方已经做好了防备的架势，它就更不利了。

为了把他控制住，桐野向他靠近。

"长颈鹿先生，千万不要大意啊！"

背后传来了爱的声音。

"他很有可能还有什么别的企图！"

"啊，我知道了。"

桐野头也没回地回答道。

确实，还没结束呢。自己应该慎重再慎重一些才对。

桐野蹲在还哭着的慎二的面前，先把掉在地上的电击枪捡了起来。桐野刚伸出右手，就在这时。

哭声戛然而止。少年的右手以迅雷不及掩耳之速，伸向了电击枪。

糟了！

桐野慌忙地按住那个黑色的物体，接下来的一瞬间，他的右手感到猛烈的剧痛。像是无数根细针扎进了手背里一样。迄今为止没有经历过的冲击，从桐野的右手手腕蔓延至上半身，最后遍及全身。

桐野的右手手掌按住电击枪的同时，整个人向前方倒去，趴倒在了地上。他的下巴撞在了水泥地上。他的脸扭向外侧的那一瞬间，爱不禁惨叫了起来。

12

到底发生了什么，桐野完全无法理解。

总而言之，身体使不上力气。自己的整个身体像是被果冻包裹住了，失去了知觉。但是，他并没有失去意识。

虽然有一瞬间，眼前变得一片空白，但那只是因为自己的脸快贴到了水泥地罢了。

"你胆子可真大啊。"

有声音，是樫村慎二的声音。

他应该就在附近，可是声音却像是从很远的地方或者说是从别的世界传来的一样。

"你刚才的那脚飞膝踢可真够狠的，效果出众。接下来就该轮到我给你好好地回礼了。"

慎二再次出现在了桐野的视线里。他的服装是少女款式，脸是少年的模样，额头的正中间还有第三只眼睛。这个怪物……

桐野定睛一看，他的手里抓着灰色的物体。长方形，前端有两处突起。

这么回事啊。

桐野终于认识到了自己身上发生的事情。

原来，慎二还另外藏了一把电击枪在身上。刚才他蹲在地上假装哭的时候，一定是从衣服里面取出电击枪之后，偷偷握在了左手上。

然后，他假装去捡那把黑色电击枪。桐野见状，急忙用手按住了它。这时，慎二趁机用左手的电击枪碰了桐野完全暴露在外的右手。而且，慎二用电极碰的地方，恰好是桐野毫无防备的手背。

真是太蠢了。

桐野除了自嘲还是自嘲。

明明被小爱提醒过"千万不要大意"，但是没想到仅仅过了几秒钟，就掉进了对方设好的圈套……哎，你果然是个没用的刑警啊。

桐野正那样想着的时候，感觉腹部隐约受到了冲击。

不对，这种隐约感应该是因为神经麻痹了吧。这样认为的证据，就是接下来的一瞬间，胃里的东西全都逆流向了喉咙，从嘴里溢了出来。

嘴里满是东西，呼吸变得困难。桐野侧着脸，把嘴里的东西全都吐了出来。之后他开始剧烈地咳嗽，一时之间根本无法停止。

舌头被酸臭味充斥着，好像只有嘴巴和脑袋没有被麻痹。

"住手！"

爱的声音传来。

"你还想再加重自己的罪行吗？到底要伤害多少人，你才算满意？"

"你可真烦啊！"

慎二回应了一句。数秒后，爱的声音变成了呻吟。猿辔被重新塞进了她的嘴里。

腹部再次受到了强烈的冲击。这次没有吐出来，但桐野感觉食物在喉咙里剧烈地上下浮动。

"你就这点本事吗？"

桐野发现慎二好像离开了自己的身边。

他去哪里了？觉得好像是出去了一样……

要是身体能动的话，可以利用这个时间空隙来思考对策。但是，桐野的手和脚完全无法动弹。

我要死在这里了吗？估计可能是。没办法，也怪我自作自受。但是，难道连小爱也要跟着我遭殃吗……

桐野此刻感到后悔莫及。如果不能好好守护爱的话，自己的死也是毫无意义。

"让你久等啦。"慎二用开玩笑的语气说道。

在仰着头躺着的桐野面前，他拿出了一个很大的绿色物体。

这……这是什么？

桐野还在想的时候，看到那个物体的一端拴着一根黑色的细棒。接着，那根细棒"吱"的一声，开始剧烈旋转。

电……电钻？

那是夺走藤井治郎和饭冈祐吉生命的凶器。

"我也帮你在额头上开出第三只眼吧？呵呵呵呵。"

慎二的笑声听起来很高兴。

"说了你可能不信。其实，在头盖骨上开洞的那一瞬间，你会看到从远处照来的一束白光，你的世界将会变得非常明亮，就像是站在高山之巅那样，心情格外舒畅。你能有这种体验，我都替你感到幸福。

"之后，电钻的钻头会充分搅拌你的脑浆，大脑里面本身就没有神经，所以你将完全不会感受到任何痛苦。请别紧张，放轻松一些。到时候，你会看到很多美丽的景色，听到多种悦耳的声音。就像是用了 LSD 一样。嗯，这也算是一种安乐死吧。"

爱的呻吟声变得更大了。她听见了忍无可忍的话，看到了无法直视的景象。

"真是烦人啊！你着什么急，等他死完，下一个就是你！给我安静点！"慎二冲着爱怒吼道。

"啊，对了。"慎二朝着桐野，语气带着奇怪的温柔，"在你死之前，我再告诉你一件事情好了。在你刚才听到的事件真相里，其实还剩一个谎言——绑架根津爱的过程。我以前在学校的时候，到处躲藏，不让别人看清我的正脸，最后勉强没有被识破身份。但是，昨晚把她引到停车场的时候，她居然立刻就发现了。被她问到'你是慎二吧'的时候，我真的是大吃一惊。不愧是眼光独到的大侦探。只是，要比狡猾的话，还是我更胜一筹。我预想到可能会出现这种情况，所以就事先准备好了一位人质。"

"人……人质？"

会是谁呢？里沙现在平安无事地待在别墅里，好像也没有其他合适的人选了吧。

"是我的姐姐。"

慎二把姐姐愉美作为了人质。

"刚好她又出现了解离性遁走的症状，我把她的双手绑在后背，让她待在外面的暗处。威胁爱'不按我说的做的话，我就杀了她'。当然，刀子我也早就准备好了。

"我当然是认真的啊。毕竟，这可是一生只有一次机会的密室表演。为了能让演出成功，我什么都可以做。即使不杀她，在她的手背或是手腕上，用刀子捅一下也就有效果了吧。爱背对着我，我在她的脖子后面施加了电流。然后，我让姐姐回到了别墅，把她拖到了这里。"

桐野觉得心里踏实了一些。原来，爱早就识破了犯人的真身。只是，犯人用了卑鄙的手段，让爱没有与他抵抗的办法。也就是说，这是不可抗力。

"这下你满足了吧？我可真是个诚实亲切的人啊。那接下来，就让你体验你人生中最精彩的表演吧？"

电钻的钻头开始转动。

"喂，稍……稍等一下。"

桐野使劲张嘴，声音出来得比想象中顺畅许多。

因为能够感受到呕吐物的酸味，所以他知道自己的舌头还有知觉。桐野对此也感到很意外。

"嗯？你，说话了？"

慎二的眼睛稍微睁得大了一些，他把钻头的开关调到了"OFF"。

"哎，你的身子可真是够长的。是不是担心十万伏特的电流电不死你啊？还是说，你想要求饶？"

桐野至少想让他放爱一条生路，他本来打算这样求他的。但是在听到他的话的一瞬间，桐野立刻就转变了想法。

"你小子……刚才说自己是'世界的中心'了吧？"

"啊，说了。怎么了吗？"

"我只想，再告诉你，一句话。"

也许自己的声音只是像蚊子的叫声那样小。但是，桐野也感谢自己的嘴巴和舌头还可以动。

"你知道，为什么有那么多的警察，都憧憬着要当刑警吗？"

"为什么？"

感觉像是要突然被说什么一样，慎二的表情明显多了几分惊讶。

"刑警这份职业，只要发生了案件，就会立刻开始没日没夜的搜查。一周、两周都回不了家，根本不算什么新鲜事。但是，即便这样，还是有很多人志愿当刑警，考试的报录比高达二十比一甚至是三十比一。大家想成为刑警的理由，你怕是不懂吧？"

慎二没说话。出现在桐野视线中的他的脸，又恢复到了之前的毫无表情。他看起来像是感到很困惑，没有理解桐野的意思。

实际上，桐野并没有什么特别的意图。只是，内心深处的想法不自觉地涌到了嘴边。

"我告诉你理由吧，你好好听着。那是因为，刑警是一份能被人发自内心地说出感谢的职业，你懂我的意思吗？

"你平时在便利店买东西的时候，也被店员说过谢谢吧？不过，那只是嘴上说说而已，店员并不会发自内心地感谢你。但是，当上刑警，逮捕了杀人犯的话，受害者的父母、兄弟还有孩子会流着热泪，握住我们的手，发自内心地说出谢谢。分量是不一样的。所以，大家才会都想当刑警。

"我真的觉得你很可怜。给额头开个洞来呼吸，可能会像喝醉之后那样觉得心情舒畅。但是，这在个世上，没有一个人会发自内心地对你说谢谢。

"你的一生，到死为止，都不会收到来自任何人的感谢，你将会一个人孤独地发着呆死去。可能，你是想成为这世上的独裁者吧。但是，实际上这世上根本没有人需要你，你不过就是广阔无边的沙漠里的一颗小沙砾罢了，渺小而又无助！"

"你给我闭嘴！"

慎二的左脸颊开始抽搐，脖子像节拍器一样不停地左右摇动。

"别嘴硬了！受死吧！"

桐野又听见了电钻的旋转声。他好像把慎二给惹怒了，但是，他并不感到后悔。就算是不说，也会被他杀掉。与这相比，说了想说的话也算是值了。

桐野真的觉得这个少年很可怜。如果可能的话，桐野希望他能再变回拥有正常情感的人类。但是，事已至此，为时已晚。

桐野闭上了眼睛。

电钻的声音越来越近。果然，心里还是无法保持平静。桐野准备面对那一刻的到来，他在不安的同时，咬紧了上下牙。

刺耳的声音接近鼻尖，马上就到头盖骨了。铁钻头开始接触皮肤。

终于……

桐野做好准备的那一瞬间，觉得整个面部像是受到了强烈的一击。

"呃……"传来了呻吟声。

桐野想睁开眼睛，但是睁不开。他的整个脸被紧紧地压迫着。

重压总算是解除了。突然，他听到像是有什么东西在激烈地摩擦着地板。电钻的钻头插进了地上，远处传来了女性的惨叫声。

"啊哈哈哈哈！哈哈哈哈啊哈！"

接着，大笑的声音传来。

桐野好不容易睁开眼的时候，樫村慎二已经从他的视线消失了。

笑声越来越远，杀人狂魔像是从隐藏房间里出去了。

桐野把头扭向另一侧，电钻还在地上剧烈地转动。整个电钻在地上不停地抖动着。

得救了吗？

桐野不清楚现在的状况，慎二还可能会再次回到这里。

事件，结束了吗？

这就更不知道了。

桐野呆呆地望着那个像活物一样在跳着舞的绿色物体，他的意识开始变得模糊了。

13

又是一个噩梦。

具体内容不是很清楚，但好像是被巨大的魔物追赶，好不容易才逃出一条命来。

被追到死胡同的墙角，就在快要放弃的时候，世界一下子就变了。

桐野仰着头躺在坚硬的地板上。像是刚刚跑完一样，他不停地喘着粗气。在惊吓之中，他感觉呼吸都快停止了，身体已被汗水浸透。

他稍微翻了一下身，趴在了地上。

"呜……"

只是这种程度的动作，浑身已经痛到不行了。特别是肚子和腰非常疼。

剧烈的疼痛，让桐野想起了他现在的状况。身体被麻痹之后又受到了暴力的攻击。

桐野忍受着剧痛，起身跪在地上。电击的效果好像缓解了一些，身体已经可以自由活动了。

樫村慎二呢？

桐野环顾四周，不见慎二的踪影。隐藏房间的灯倒是还亮着。

啊，对了。话说，小爱人呢？

桐野视线向下移动的时候，和歪坐在墙边的爱的目光重合了。

太好了！她还在。

桐野的心里松了一口气。虽然只是很短的一瞬间，但是他真的很担心在自己失去意识的时候，樫村慎二把爱带去了什么地方。

爱的手还被绑着，嘴里也塞着猿绺，但是从她的眼中明显能看出安心的感觉。她是一直在等桐野醒过来呢吧，果然她还是害怕樫村慎二会回来。

"小爱，你还好吗？"

桐野叫了她一声，只见对方微微点头。

他看了一眼手表，时间是上午九点五十七分。自己昏迷了一个小时以上。耗尽了电量的电钻，安静地躺在地板上。

桐野刚要站起来，左膝盖的剧痛就让他不禁叫出了声。看来刚才被慎二踢到那里了啊。只是，不管身体往哪个方向倾斜，都立刻会碰到墙壁，不会摔倒。

"稍微等我一下啊，我找找看这里有没有刀刃。"

桐野摇摇晃晃地从爱的身边走过。

堆着纸箱子的对面那里，可能会有吧。桐野想道。

他侧着身子，从缝隙穿过。和自己预想的一样。

前面被隔开的空间虽然更加狭窄，但是里面放着睡袋，还摆着手工制作的木头桌子和椅子。制作人偶的材料和道具也乱放在那里。在那些杂物里，正好有一把美工刀。桌子上面放着笔记本电脑和打印机。

桐野回到刚才的房间。

他蹲在爱的身旁，先解开她脚腕上绑着的绳子。虽然他觉得电击枪的影响应该已经没有了，但是手还是有些颤抖。要是弄伤爱可就不好了，桐野慎重地操作着美工刀。

令人稍微感到吃惊的，是爱的头发少了一些。看来慎二是剪了她的头发，用在人偶的身上了。这可能也是他独特的审美意识的体现吧。

桐野按照脚腕、膝盖、手腕的顺序，剪开了塑料绳。想解开猿辔毛巾很费力，因此他从打结处的边上把它给切开了。

操作全部完毕，桐野打心底里松了一口气。

杀人犯虽然跑了，但是，总而言之，代理侦探的安全得到保证了。

不过，是由于犯人的脾气反复无常才得以脱险的，回去之后见了根津前辈也没办法跟他炫耀了。

桐野全身乏力，想要立刻瘫坐地上。但是，现在还不是可以悠闲的时候。在慎二走远之前，他必须立刻报警。

"小爱，赶紧走吧——"

桐野刚要站起来的时候，被小爱一把抱住了。

欸？

这……这是怎么了？

桐野的左脸颊被柔软温热的物体给贴住了。又过了两三秒之后，他才反应过来那是爱的脸颊。

他的脸稍微往左动了一下，鼻尖碰到了她的头发。桐野的鼻腔里，充满了高贵的香气。

"对不起……长颈鹿先生。"

耳边传来爱的声音。

"对不起，真的……都怪我，事情才会变成这样……"

说最后一个字的时候，爱已经带着哭腔了。刚一说完，她就哭起来了。

她像婴儿一样抱着桐野，号啕大哭。

桐野想着应该说些什么，但是没说出来。要是开口说的话，自己肯定也会带着哭腔的，所以他保持了沉默。

这个时候，桐野突然想到：樫村慎二是否也会冲到别人的怀里，然后放声大哭呢？

14

爱哭完之后，桐野想赶快离开隐藏房间，但是爱说想去隔壁屋子看一下。

对于这个合乎情理的主张，桐野当然是同意了。二人一起走向了堆着纸箱的那面墙的对面。

出于长期潜伏的准备，大量的食物、饮料、漫画还有游戏机等物品都被慎二搬了过来。爱感兴趣的，是桌子上放着的那台 IBM 牌子的笔记本电脑。

"长颈鹿先生，我可以查看一下他的已发送记录吗？"

"已发送记录？"

"收到的六封邮件，是在今天凌晨的一点四十三分到一点四十五分之间吧？从这个时间来看的话，我觉得慎二君在那个时候很难回到自己在别墅的房间。"

爱称呼杀人犯樫村慎二为"君"。

"所以，他很有可能是用这台电脑发送邮件的。如果是这样的话，电脑里应该会留下记录的。"

"倒也有这种可能……不过，这里难道会有电话线？"

"那是不可能有的。不过，用无线 LAN 就可以了。"

"无线网？"

"就是用电波传递情报。有手机或者 PHS[1] 的话，就更简单了，但是这里没有手机信号。无线 LAN 的有效距离一般在一百米左右，不过如果和有指向性的天线并用的话，在两千米的距离之内进行通信也是完全没有问题的。只要把天线装在稍微高一些的树枝上，和别墅之间的通信应该就会很轻松了。"

"这样啊，我知道了。那先确认一下吧。"

桐野虽然想尽快通知警察，但是爱想确认的这个事实也很重要。不管是修复电话线还是给车换轮胎，都不可能马上做好。所以，干着急也没用。

而且，对于桐野来说，代理侦探能展开她的行动，也是一件高兴的事情。看她刚才的样子，桐野以为她一时半会儿还站不起来呢。

爱坐在椅子上，接通了电脑的电源。操作系统的界面出现之后，她点开了 Outlook，屏幕上出现了文件夹一览。接着她双击了"已发送信件"。

屏幕上方出现了许多封邮件，最下面的是"硬盘（Hard Disk）Ⅰ""硬盘（Hard Disk）Ⅱ""硬盘（Hard Disk）Ⅲ""硬盘（Hard Disk）Ⅳ""软盘（Floppy Disk）Ⅴ"和"硬盘（Hard Disk）Ⅴ"。果然，六封邮件是用这台电脑发送的。

爱把它们一个一个地点开。

她像是要把电脑吃掉一样，死死地盯着屏幕。那双本来就很大的眼睛，睁得更开了。她像是有了什么发现似的，桐野中途也没敢

1　即"小灵通"，一种个人手持式无线通信系统，已于2011年退出市场。——译者注

打扰她。

"这些邮件，我想要在被绑架之前读啊。"看过所有内容之后，爱感慨道，"要是读了的话，我就可以知道全部真相了。"

"什么意思？不知道你在说什么。"

短暂的沉默之后，爱轻叹了一口气，面朝着屏幕开始说道。

她说的内容足以让人吃惊。

桐野之所以会狼狈不堪，是因为他完全理解错了慎二发送的那两封编号为"Ⅴ"的邮件。

他被指出之后才意识到。硬盘"Ⅰ"到"Ⅳ"明明都是在描写人偶的制作过程，为什么硬盘"Ⅴ"写的却是利蒂被处刑的场面。同理，软盘"Ⅰ"到"Ⅳ"全都在写利蒂的故事，为什么"软盘（Floppy Disk）Ⅴ"的内容像是人偶制作的过程，而且内容还很粗略。

如果认真确认过标题的话，应该是可以发现的。但是，桐野被收到的邮件的顺序迷惑，没多想就认为这不过是标题写反了而已。

爱讲述的真相如下：

首先，"硬盘（Hard Disk）Ⅴ"——描写利蒂的处刑场面的内容，其实是樫村慎二替他的父亲樫村千春续写的。也就是说，千春所写的内容，到少女被养父侵犯为止。他没有写完的原因，是中途发生了什么事情，还是说他认为没有必要写处刑的场景？这些疑问，如今已经无从知晓了。总而言之，樫村慎二所写的内容，和之前的内容相比，明显幼稚拙劣了不少。慎二虽然可以写日记，但是他没有写过以对话为中心的小说风格的文章的经验，所以才会成了那个样子吧。

然后是"软盘（Floppy Disk）Ⅴ"，它远比"硬盘（Hard Disk）Ⅴ"要重要得多。

这篇文章明显是樫村千春写的，一定是作为可卡因中毒患者的千春在没有药物之后陷入忧郁状态时写的文章。身体的倦怠感、肠胃不舒服、鼻腔黏膜皲裂，还更难受的被称为"蚁走感"的典型症状，都被原原本本地记录了下来。

值得特别注意的是以下的内容。"之后就是看什么时候在头上开孔了。为了这一步，已经事先把头发剃光了。"桐野误以为这是在写球形关节人偶的制作过程，认为是为了固定人偶的头发，才需要在头顶开洞。

但是，如果与下面的内容合在一起看的话，解读就会完全不一样。

"人的一生，不需要什么药物，就能够活得熠熠生辉。必须想起那件事。"

也就是说，这篇文章写出了樫村千春将来有给自己实施开头术的意愿。慎二在隐藏房间里找到的软盘里恐怕也有这个文章吧。千春后来一定查了赫费斯博士的相关资料，不使用可卡因等兴奋剂，只要接受了开头术，每天就能够"活得熠熠生辉"了。他这样相信，想着能够实施那个恶魔般的手术。但是，在那之前，他大概是因为害怕而中止实施了吧。他写道："已经事先把头发剃光了……"他打算开洞的地方，应该不是额头，而是稍微再偏上一些的地方吧。

这是什么事情啊？！

听了爱的说明，桐野感到了绝望。

自己实在是太粗心大意了。

最失败的地方，是没有仔细确认"软盘（Floppy Disk）Ⅴ"这个标题。如果认真做了的话，应该立刻就能知道那封邮件不是"硬盘（Hard Disk）Ⅳ"的后续。为什么没看出来呢？桐野真是后悔不已。

发现了这个问题的话，桐野也就不会被密室手法欺骗，之后的发展也就会完全不同。樫村慎二应该知道这样做的风险，但他还是向现役刑警递出了挑战状，并且成功地戏耍了对方。

"硬盘"系列文章里的汉字非常多，给人留下一种它的作者的年纪应该比较大的印象。不过，与其这样说，倒不如说他的作者不是很在乎汉字的使用频率，过多地把假名转换成了汉字。只有"Ⅴ"的汉字变少了。

"那个……我……"

说明完毕的时候，爱开口说道。她的声音听起来有些有气无力。

"我不想再玩儿侦探这个游戏了。"

"你要放弃了吗？"

"我在别墅的时候都没能阻止事件的发生，还有什么脸再被叫作名侦探？我已经彻底失去资格了。"

她对自己的要求过于严格了吧？桐野这样想着，但是没有说出来。就算是反驳她的观点，到头来也会是各说各话吧。

"放弃，是小爱的自由。"想了一阵子之后，桐野继续开口说道，"我没有权利对你说三道四。但是，如果小爱做出那样的决定的话，我也不做警察了。"

"欸？"

听了桐野的话，爱从椅子上站了起来。

"为……为什么啊？为什么你要辞去警察的工作？"

"身处案发现场却没有阻止事件的发生，如果回去之后被问责的话，作为现役刑警的我的心情会比你还要沉重几倍甚至是几十倍。而且，我明明比小爱获得了更多的情报，结果反而什么都没有注意到，实在是太丢人现眼了。"

即使是发生在别的县的事件，桐野也会深切地感到自己应负的责任之大。他是在认真地考虑辞去警察工作。

"这样啊，我明白了。"过了一会儿，爱继续说道，"我已经非常明白了。"

她怎么可能明白呢？桐野没有追问。

只是，桐野觉得自己还是不能立刻就辞去警察的工作。

大概，说不定过个几天，爱就又会带着若无其事的表情，开始她的推理。不，一定会是那样的。桐野也希望她可以那样。

虽然表面上这样说，不过，在她的内心深处，每一起事件的分量，每一条生命的分量，她其实看得比谁都重，比谁理解得都真挚。

因为，根津爱就是这样的少女。

尾 声
acllahuasi

穿过暗道，二人来到了室外。

刚过了没多久，太阳就已经被遮住了。透过树梢的缝隙抬头向上望，天空笼罩着厚厚的云。

桐野觉得天空这番景象，正是这次阴惨事件的象征。

"这次，我被长颈鹿先生救了呢。"

走在橡胶带上的时候，爱说道。

"没，才没有这种事呢。非要那么说的话，也应该感谢樫村慎二的突然逃跑才对。真是没想到，眼看就要变成坏事了，最后关头反而成了这样的结果。"

"我觉得不是这样，应该是长颈鹿先生说的那番话触动他的内心了，他才决定放了我们的吧。一定是这样的。不论是谁，都想要得到别人的认可，都想被别人表达感谢之情。这是每个人心底最深处都会有的想法，所以慎二也被打动了……你真的很棒，特别棒。"

"欸？"

桐野看向旁边，爱低着头边走边说。

他已经张开嘴想要确认了，但是现在这种状况好像不太合适。就把她的这句话留在自己的耳朵里面好了。

他们开始下冰坡。桐野的膝盖使不上力气，感觉比第一次的时候都要吃力得多。他一步一步小心地向下走。

"长……长颈鹿先生,不好了!"

坡已经下了一半,桐野听见了跟在身后的爱的叫声。

"啊,怎……怎么了吗?"他使劲地抓住铁链,回头说道,"到底出什么事了?"

"你看那里!"

"那里?"

爱用手指着的方向,是坡的正下方。刚才一直都在看脚下,桐野并没有看向那么远的地方。他放眼望去,不禁大吃一惊。

冰冻的大地上,有一个仰面朝天倒在了那里的人。

不对,那是……

从服装来看,那个人毫无疑问就是樫村慎二。

"怎……怎么会这样?"

"长颈鹿先生,你看上面。"爱说道。这次她格外地冷静。

"上面?"

"升降机的绳索不见了。"

确实是这样。安装在坡面一侧的升降机,不知道在什么时候消失不见了。绳索从上面落在了地上,形成了一条蜿蜒起伏的黑带。

"看来,他和昨天一样,是在升降机上准备下降的时候,绳索突然断裂了吧。"

这可是一个即使抓住铁链也还是会觉得很危险的陡坡啊。一旦发生那种事情,肯定就会危及生命的。

"他怎么样啊?希望他只是昏过去吧……"

"总之，咱们加快脚步吧。"

二人下到了坡底，他们立刻走到慎二的身边，蹲下来检查他的脉搏。樫村慎二已经没有呼吸了。这次，他没法实施任何诡计了。

起初，桐野觉得他的死因是头部遭到强烈撞击，当然，也有可能是头部穿孔手术的副作用出现了吧。

"居然会有这种事情……"

桐野睁大了双眼，呆呆地望着死去的少年。

少年的右手，还死死地攥着绳索做成的那个圆环。

"绳索，看来是相当老旧了啊。"

"这并不是偶然，长颈鹿先生。"

"啊？"

"你看，就是这里。"

爱指的是绳索的头部。仔细一看，绳索像是被锐物割过一样，裂痕到了它直径四分之三的地方。

"这……"

"估计是藤井老师和饭冈祐吉干的吧。想让他假装成因事故而死，最简单、最省力的办法就是这个了。"

"原来是这样啊。"

"之后把绳索回收，只要二人约定好，当作什么都没发生过的话，绳索被锐物割断的事情，警察根本就无从可知。完美犯罪也就会成立了。"

没想到坏主意天才樫村慎二，最后掉进了别人设下的圈套，丢了性命。真是讽刺的命运啊。

爱弯下腰，手掌在少年的眼睑上划过，让他闭上了双眼。但是，额头上的那只眼，永远也闭不上了。

"该怎么说好呢，这个结局，有些难以接受。"爱在起身的同时说道，"说到底，还是个可怜的孩子啊。"

"嗯，确实是。"

如果可能的话，桐野想把他活着捉住。他犯下的罪行纵然不可饶恕，可就算再怎么说，他不过还是个十五岁的少年。桐野想给他一次重新来过的机会。

桐野双臂抱起樫村慎二的身体，站了起来。

令人吃惊的是，他的体重非常的轻。即使桐野膝盖还伤着，抱他也完全没关系。

桐野再次看了他一眼。孩子气的脸上，没有苦闷的痕迹。像是做着愉快的梦，睡了过去。

"长颈鹿先生，这样好吗？"爱问道，"随便碰尸体，你一会儿是想被搜查人员发牢骚吗？"

"估计会被说吧。但是，我不想让他就这样躺在这里。"

他开始慢慢地往前走。

"难道，你小子不知道绳索被动了手脚吗？"桐野对着少年的遗体自言自语道，"是因为我说你'不会被任何人感谢'，你才选择了这种死法吗？"

应该不可能是这样的吧。只是，桐野俯看着他脸上的那种不安的表情，难免会这样想。

"对里沙还有志乃阿姨，应该怎么说才好啊？"

爱走在桐野的身旁嘟哝道。

是啊。特别是志乃，她的丈夫被杀害了。知道了真相的话，她该会多么悲伤啊。

事件最终的大幕，看来还远远没有落下。

阴暗沉闷的天空，飘落着点点雪白。

雪花轻轻地落在地上，久久地不愿消失。

本作品纯属虚构，与特定个人及团体均无任何关系。

本书所刊太阳神殿之图样，与实际建筑有若干不同。

特此声明。

文库版后记

acllahuasi

　　美少女代理侦探·根津爱系列，目前已经出到第四册了。《知道咖喱饭》《夜宴》《巫女馆的密室》（以上为光文社文库），还有《餐桌讯息》（原书房）。每册都是独立成篇的故事，所以从哪一册读起都可以。按照时间顺序排列的话，就是上面提及的顺序。

　　作为作者，我认为这本《巫女馆的密室》，在这几本书当中占有着特殊的位置。"想写一本推理小说，让读者在读完之后对它的结局永生难忘。"以这种不着边际的野心为出发点，我开始执笔创作此书。在某种意义上，这是一本"究极"的本格推理小说。

　　我跟亲友讲过，想出这部作品主要手法的，其实是当时还在上小学五年级的我的大儿子。当时，他讲的内容过于出人意料，我回答："根本不可能把这种东西用作素材啊！"但是，又过了一段时间，我变成了"不对，等一下。如果人物背景的设定非常特殊的话，也不是不能用"这种想法。总之，我先给了儿子一些钱（我不是那种特别会教育孩子的父母，真的很不好意思）"封住"了他的嘴，"买"下了那个手法。

　　那之后，在原书房开始刊行系列丛书"*MYSTERY LEAGUE*"之时，负责该项目的编辑石毛力哉先生联系了我。我是一个很容易得意忘形的人，怀着上述的那种毫不谦逊的野心，我打开了文字处理机的电源。

虽然已经有所预料，但是写作过程还是出现了很多困难。毕竟，我想用的是"究极的密室手法"。就算只是纸上的文字，也要赋予它足够强的真实性。为了最后的解谜部分能够被读者接受，必须进行多种特殊设定、埋下多重伏笔。最后完成之后，我深感体力耗尽、疲惫至极。文库本刊行之际，我又回过头来重读此书，发现确实清除了几个应该逾越的难关。虽然每个人的好恶不同，但是，我认为这本书似乎做到了"永生难忘的结局"吧。

因此，虽然我很少提出这种请求，但是，如果可能的话，请读者朋友们在读完之后，能再重新阅读一遍。我想各位读者应该已经注意到了，本书的前半部分，看似只是各种知识的罗列，实际上，谜题的核心已经直截了当地被提示出来了。我虽然也很少重复阅读同一本推理小说，但是，比如说，如果再次阅读我孙子武丸的《杀戮之病》（讲谈社文库）的话，一定会感到更加有趣，从内心深处佩服作者的才智与敏锐。

对于本书感兴趣的各位读者朋友，除了上述的几册，我还想向各位推荐以下作品。同样是光文社"河童小说"系列出版的《被网住的噩梦》和《贝特森的钟楼》。特别是后者，在我完成《巫女馆的密室》的创作，尝试了多种可能，来来回回犯了许多错误之后，通过它到达了本格推理小说的彼岸。虽然它比本书要长很多，是一部大长篇，但是内容的精彩程度绝对毫不逊色。

我想要向关心和帮助我的各位人士表达感谢。

首先是石毛力哉先生，没有他的话，这本书也不可能问世，真的非常感谢。这部作品，在执笔之前，我就已经告诉编辑它将会使用的手法了。对我本人来说，这也是非常少有的例子。石毛先生不愧是专业人士，他在听完我的叙述的当下，连连点头称赞说"很有意思啊"，给了我非常大的肯定与认可。但是，后来他对我说"其实我在心里觉得这个想法有些不着边际"。让你这么难办，实在是对不起，我已经反省过了。

感谢一如既往地对我的作品进行精美装订和设计的松田行正、桶本康文两位先生。感谢光文社文库的编辑铃木广和先生。受您们的照顾了，今后也请多多关照。

还有，百忙之中抽出时间，为这部作品附上解说的篠田真由美女士，真的非常感谢。能够收到如此过奖的赞誉，作为篠田真由美的书迷的我来说，倍感荣幸。我想，我应该是写不出一部像篠田女士最近刚创作完成的《反常现象》那样杰出的历史推理小说的。

最后，对本书手法的创造者——才能远远凌驾于他的父亲之上的——我的儿子表示感谢。学习上的事情往后放一放，赶紧再帮我想出一个新的点子吧。你爸爸已经快没得可写了啊！

爱川晶

二〇〇四年八月

Original Japanese title: MIKO NO YAKATA NO MISSHITSU
© Akira Aikawa 2001
Original Japanese edition published by Hara-Shobo Co., Ltd.
Simplifiedl Chinese translation rights arranged with Hara-Shobo Co., Ltd.
through The English Agency (Japan) Ltd. and AMANN CO., LTD., Taipei

图书在版编目（CIP）数据

巫女馆的密室 / （日）爱川晶著；周庠宇译 . -- 北京：台海出版社，2020.11 (2022.9重印)

ISBN 978-7-5168-2734-5

Ⅰ . ①巫… Ⅱ . ①爱… ②周… Ⅲ . ①长篇小说 – 日本 – 现代 Ⅳ . ① I313.45

中国版本图书馆 CIP 数据核字 (2020) 第 171348 号

版权合同登记号　图字：01-2020-5017

巫女馆的密室

著　者：[日]爱川晶		译　者：周庠宇

出 版 人：蔡　旭　　　　　　　　　　封面设计：**MF**
责任编辑：员晓博

出版发行：台海出版社

地　　址：北京市东城区景山东街 20 号　　邮政编码：100009

电　　话：010-64041652（发行、邮购）

传　　真：010-84045799（总编室）

网　　址：www.taimeng.org.cn/thcbs/default.htm

E－mail：thcbs@126.com

经　　销：全国各地新华书店

印　　刷：三河市嘉科万达彩色印刷有限公司

本书如有破损、缺页、装订错误，请与本社联系调换

开　　本：880 毫米 ×1230 毫米　　　　1/32

字　　数：398 千字　　　　　　　　　印　　张：14.75

版　　次：2020 年 11 月第 1 版　　　　印　　次：2022 年 9 月第 2 次印刷

书　　号：ISBN 978-7-5168-2734-5

定　　价：65.00 元